KB261121

디지털 문화와 생태시학

디지털 문화와 생태시학

국립중앙도서관 출판시도서목록(CIP)

디지털 문화와 생태시학 : 최동호 평론집 / 최동호 지음.
— 파주 : 문학동네, 2004
 p. ;   cm

ISBN 89-8281-326-8 03810 : ₩10000

811.609-KDC4
895.7109-DDC21   CIP2004001681

디지털 문화와 생태시학

최동호 평론집

문학동네

일러두기

1. 각 글의 말미에 처음 발표했던 지면과 연도를 밝혀두었다.
2. 인용문의 표기는 원전의 원칙에 따랐으나 띄어쓰기는 현행 원칙을 따랐다.
3. 본문에서 사용한 약호는 다음과 같다.
    • 장편소설, 책, 잡지 : 『　』
    • 작품, 평론, 논문 : 「　」
    • 노래, 그림, 영화 제목 : 〈　〉
    • 대화, 인용 : "　"
    • 짧은 인용, 강조, 소제목 : '　'

책머리에

　『삶의 깊이와 시적 상상』(1995), 『하나의 도에 이르는 시학』(1997)에 이어 일곱번째 평론집 『디지털 문화와 생태시학』을 발간한다. 90년대 후반부터 2000년 초반까지 씌어진 글들을 묶었다. 이 시기를 결코 한가하거나 소홀하게 보내지 않았음을 스스로 확인하고자 하는 문학적 보고서이다.

　이 책은 모두 세 부분으로 구성되어 있다.

　제1부는 변혁 시대 또는 디지털 시대와 문학의 상관성을 탐색한 것들이다. 디지털 문화와 인간의 한계 상황이 중요한 화두였다. 노동의 전성 시대로부터 인간에 대한 새로운 존재 규정이 필요한 시대로의 전환이라는 거대 담론을 배경으로 미세하고 연약한 존재로서 시의 생명력 또는 말의 생명력에 대한 고찰이 중심을 이루고 있다. 특히 「소설어의 어휘적 계보와 특성」은 『소설어사전』(1998) 편찬 과정에서 얻어진

귀납적 논문으로 현대소설 100년을 종합 정리하고 미래를 투시하는 유익한 기초 자료가 될 것이다.

　제2부는 필자가 지속적으로 관심을 가져온 한용운·정지용·김수영 등에 대한 시인론이다. 김수영에 대한 네 편의 글들은 김수영 사후 30년이 되어서야 집중적으로 씌어졌다. 대학 시절부터 김수영의 시와 산문 그리고 그에 대한 많은 평문들을 읽어왔지만 정작 김수영에 대한 글을 연이어 쓰게 된 것은 최근의 일이다. 특히 김수영의 시적 사고의 원천을 동양의 고전에서 찾아보았던 것은 필자로서는 뜻깊은 일이었다. 전통의 뿌리를 확인한다는 것은 우리 시의 근거를 확고하게 한다는 점에서 늘상 이를 음미하고 돌이켜보아야 하는 것이 우리들의 기본적인 자세일 것이다.

　제3부는 시사적인 흥미가 가미된 것들로서 현장비평을 모은 것이다. 이때 해체시 부정론을 펼쳐 그것이 문단적 쟁점이 되었지만, 이에 대한 견해는 지금도 변함이 없다. 제1부의 원론적 탐색과 제3부의 현장비평은 서로 조응되면서 깊은 상관성을 갖는다. 총론과 각론이 어울릴 때 제2부의 시인론들도 보다 활기찬 생명력을 얻게 될 것이다.

　이 책의 제목을 『디지털 문화와 생태시학』이라 명명한 이유는 다음 두 가지이다. 하나는 생태시학에 대한 필자의 관심이 지난번 평론집에 이어 지속되고 있다는 것을 표명하기 위함이며 다른 하나는 21세기에 경험해야 할 디지털 문화가 생태시학과 어떤 상관성을 갖고 있는지를 나름대로 밝혀보고자 했기 때문이다.

　컴퓨터와 더불어 디지털 문화는 우리들의 삶에 대한 감각을 근원적으로 뒤바꿔놓을 것이다. 인간 유전자 지도의 완성은 더욱더 큰 격변을 일으킬 것이 분명한 일이다. 필자는 이 책에 수록된 여러 글에서 시란 무엇인가라는 명제가 인간은 무엇인가라는 명제와 상통한다고 주장하였다. 이런 논지에는 인간의 인간을 위한 인간의 시가 아니라면 앞으로 시는 문화의 중심에서 사라져버릴지도 모른다는 위기감이 서려 있다.

그러므로 생태시학의 문제를 외부의 자연 환경으로부터 인간 내부로 전환시켜야 된다고 믿는 것이 필자의 시각이다. 다양한 사고와 감정이 동시 다발적으로 출현하고 또 순식간에 사라져버리는 상황에서 시의 존재와 인간의 존재를 동일 평면에 놓고 하나의 복합적 문화 현상으로 통찰해야 한다는 것이 필자의 기본적 입장이다.

모두가 새로운 문물의 새로움에 주목하지만 그 새로움에만 이끌린다면 언제나 새로움의 환각만을 쫓게 된다는 것이 필자의 비평적 전제이다. 전통에 접맥되지 않은 새로움은 뿌리 없는 신기루 같은 것이라 생각하고 있는 필자는 이 책이 독자들에게 새로움의 뿌리에 대한 천착으로 그리고 복고주의를 거부하는 반어적 독법으로 받아들여지기를 소망한다.

맑은 가을 바람에 이 책을 떠나보낸다. 그리고 마음가짐을 새롭게 할 것이다.

어려운 출판 상황임에도 불구하고 평론집을 내어주신 문학동네 강태형 시인과 편집위원들에게 그리고 편집부의 김현정씨와 자료를 검색해준 이성우군에게 감사한다.

2000년 9월 9일
최동호

차례

제3부

제1부

사실과 변혁 그리고 예술적 감동
— 회화, 패러디 : 노동문학 그리고 가상 현실

1. 변혁의 시대와 사실

지난봄, 러시아 사실주의 화가 일리야 레핀Ilya Repin(1844~1930)의 '특별전'을 보았다. 오래 전부터 그의 명성은 듣고 있었지만, 그의 유화와 스케치, 드로잉 등이 국내에 전시된 것은 이번이 처음이 아닌가 한다.

리얼리즘 시대가 다 지나간 다음 그의 그림을 본다는 것은 어쩌면 우리 시대와 동떨어진 일이 될지도 모른다는 선입견을 갖고 있었다. 그러나 정말 우연히 들른 그곳에서 막상 전시장의 그림들을 관람하며 나의 생각이 잘못되었음을 깨닫지 않을 수 없었다. 그의 그림들은 철 지난 사실주의가 아니라 오늘 우리들의 문화 현상에 심각한 반성의 자료가 된다는 것이 필자의 솔직한 느낌이었다.

한 장의 그림 속에 압축된 사실적 장면들은 역사의 극적인 순간을 포착한 예술가적 통찰력으로 생생한 감동을 불러일으켰다. 흔히 하는 이야기지만, 사진과 예술의 차이가 무엇인가 하는 구분의 경계선에 사실주의 그림의 위치가 설정된다. 무엇보다 레핀의 유화에서 강렬한 것은 사진과 다르게 살아 움직이는 인간들의 생명력이었다. 시대의 분위기 탓이기도 하겠지만, 어두운 바탕에 꿈틀대는 숨쉬고 있는 인간들의 형상은 레핀의 예술혼을 집약한 듯한 형형한 눈동자를 통해 오늘의 우리를 꿰뚫어보고 있었다.

볼가 강의 배 끄는 사람들, 러시아의 농민들, 그리고 터키의 술탄에 조롱조의 편지를 쓰며 껄껄대는 카자흐 족 등등 한 시대의 역사와 현실 그대로를 레핀의 그림들은 우리에게 재현시켜주었다. 숲 위에 누워 책 읽는 톨스토이에서는 설화성과 친근성을 동시에 드러내면서 사실주의 화가의 내면에 있는 인간에 대한 성찰이 짙게 배어나왔다. 특히 필자의 관심을 끌었던 작품은 예고 없이 유배지에서 돌아온 혁명가의 초상을 그린 〈아무도 기다리지 않았다〉는 유화였다.

갑자기 유배지에서 돌아온 가장을 경계의 시선으로 바라보는 아내와 아이들의 눈빛은 사회 혁명기 인간들의 불안한 내면을 나타내고 있었다. 초라한 모습의 귀향자가 가족들의 놀람을 예감하고 있었던 것처럼 내리깔고 있는 비스듬한 눈길과 그가 몰고 올지도 모를 소용돌이를 직감한 가족들의 경악은 어느 시대나 통용되는 인간들의 이중성을 표현한 것이라 하지 않을 수 없다. 안락한 현실에 탐닉할 것인가 아니면 새로운 혁명의 길로 나갈 것인가 하는 명제는 19세기 말 러시아인들이 치러야 할 거대한 역사적 변혁이었을 것이다. 그리고 러시아 혁명의 불길은 1920년대 식민지하의 한국에서는 물론 해방 후 민족 분단으로부터 오늘에 이르는 기나긴 역사의 도정에서 중대한 매개항으로 작용한 바 있다. 이 고난의 시대를 딛고 일어선 90년대 후반 우리가 처한 것은 20세기에서 21세기로의 변혁이며, 당장 눈앞에 닥친 IMF 대란의 극복이다.

2. 패러디 시와 노동문학

　최근 수업 시간에 박목월의 「청(靑)노루」를 다루면서 필자는 하나의
놀라운 사실을 알게 되었다. 수강생들의 대부분이 이 시에 대해 아무
런 감동을 느끼지 않는다는 것이다. 오랫동안 이 시를 하나의 전범처
럼 생각해오던 기존의 문학적 관행에서 보자면 필자로서는 이것은 매
우 새로운 일로 여겨졌다.

　　머언 산 靑雲寺
　　낡은 기와집

　　山은 紫霞山
　　봄눈 녹으면

　　느릅나무
　　속ㅅ잎 피어가는 열두 구비를

　　靑노루
　　맑은 눈에

　　도는
　　구름

　그들이 이 시에 대해 별다른 느낌을 갖지 못하는 것은 다음 두 가지
로 정리된다. 하나는 이 시가 지나치게 정적이라는 것이고 다른 하나
는 이 시에서 말하고 있는 자연이 오늘의 젊은이들에게는 이미 현실이
아니라는 것이었다.

「청노루」는 회화적 구도를 가진 자연시이다. 물론 이 시에는 격렬한 움직임이 없다. 자극적인 언어도 없을뿐더러 현란한 수사도 없다. 그러므로 한 폭의 정물화 같은 시로 학생들에게 받아들여졌을 터이니 어떤 감정의 파장을 불러일으킬 수 없는 것은 자연스러운 일이었을 것이다.

그러나 60년대에 대학을 다닌 필자의 세대는 물론이고 그 이후에도 상당 기간 동안 이 시는 많은 사람들에게 마음의 고향을 노래한 대표적인 서정시 중의 하나로 읽혀왔던 것이 사실이다. 90년대 중반의 대학생들에게 이 시가 신통치 않다고 느껴졌다면 그 나름의 이유가 있을 것이다. 이것은 감수성의 변화라는 점에서 주목할 만한 일이라고 하지 않을 수 없다. 이와 함께 학생들의 '시창작론' 시간에 다음과 같은 시를 읽고 필자는 그들의 감수성 변화를 더욱 강하게 실감하게 되었다.

불놀이, 불놀이
주요한의 불놀이
위험한 놀이
향단아 그넷줄을 밀어라
내가 나가떨어지도록

교양국어 시간 진부한 시들을 놓고
이러쿵저러쿵 떠드는
교양국어 강사
말할 때마다 눈썹을 올렸다 내리는 버릇이
있다.

(……)

오오, 사로라! 사로라!
그렇게 나를 밀어다오

촙丹아

詩體들의 해부가 벌써 끝났는지
강사는 메스와 마스크를 챙기기 시작한다.
콘돔 같은 장갑도 벗어버린다.

위의 권희재(철학, 97)의 「열려진 자리와 막힌 두 귀」의 일부를 읽어보면, 종전의 교과서적 시들은 이제 학생들에게 야유의 대상임을 알게 된다. 현대시사상 최초의 근대시로 평가되는 주요한의 「불놀이」와 가장 뛰어난 생존 시인으로 평가되는 서정주의 「추천사」의 구절들을 용례로 '시체(詩體)/시체(屍體)'와 같은 말놀이를 통해 발랄한 언어적 재기를 보여주는 위의 시는 학생들의 아주 자연스러운 시적 반응의 단면을 담고 있다는 점에서 우리 모두에게 중요한 반성적 자료가 될 것이다.

오늘날 젊은 학생들에게 광범위하게 퍼져가는 이러한 현상을 단적으로 요약하면 다음 두 가지이다. 첫째는 자연과의 단절이며, 다른 하나는 감동의 상실이다. 그리고 그것은 지난 30여 년 동안 광적으로 질주해온 사회·문화적 변혁의 결과를 반영한 것이라 해석할 수 있다.

1960년의 4·19혁명에 뒤이은 군사 정권의 출현은 60년대 후반을 경제 개발로 치닫게 하였으며, 이 시대는 근대화·산업화에 모든 국가적 역량을 집중하는 시기였다. 가부장적 농경사회로부터 지난 30여 년간 한국사회를 주도적으로 변혁시켜온 것은 산업화이며 노동운동이었다. 산업구조가 농업에서 공업으로 격변하는 과정에서 도시로 집중된 노동인력은 산업화의 전위부대가 되었으며, 한국의 근대화는 이들의 자기 각성 과정과 맞물리면서 동적 추진력을 갖게 되었다.

60년대 후반부터 형성된 노동자층은 70년을 고비로 점차 인간으로서의 권리 선언은 물론 자신들의 노동력을 자본가들이 착취한다는 대타의식을 갖게 되었으며, 조직과 운동으로서 그들에 저항하고자 하였다.

　이러한 움직임의 첫 문학적 대응이 「객지」이다. '운지 간척 사업장'
에서 일어나는 노동자와 감독조, 그리고 현장 소장과의 갈등을 압축적
으로 그린 이 작품은 이후 7, 80년대를 관통하는 노동소설의 결정적
이정표가 되었다고 해도 과언이 아니다. 협상 조건의 결렬로 파업을
선언한 주인공 동혁이 현장 소장에게 노동자들은 제방이나 바윗돌이
아니라 인간들이며, 그들이 얼마나 강력한 폭발력을 가지고 있는가를
인식시키는 장면은 다음과 같이 압축적으로 묘사된다.

　　"요구 조건은……"
하며 소장은 봉투를 찢어볼 생각도 않고 손에 든 채 거만하게 물었다.
그는 자기의 당당한 모습을 절대로 허물어뜨려서는 안 된다는 것을 알
고 있었다. 평상시대로 애써 그들을 위압해야만 했던 것이다. 인부들이
무서운 형세로 연장들을 쥐고 굳어져 서 있지만, 소장의 눈에는 그들은
공사장의 제방이나 바윗돌, 바다나 갯벌처럼 고정된 풍경의 일부분같이
느껴졌고, 그들 개개인이 화를 낸다거나 울거나 웃거나 하는 것들은 상
상도 해보질 않았던 것이다. 고장난 트랙터, 또는 터져 물이 밀려드는
석축 정도의 위험을 떠올리는 것이 고작이었다. 착각에 지나지 않았으
나, 사무실 창으로 내다보면 황토 언덕 위에 드문드문 지어진 흙집들과
그 주변에서 오물거리고 있는 인부들의 떼는 해변의 모래나 조개껍데기
같은 자연의 일부분처럼 보여졌었다. 노임 대장을 펼치면 눈에 들어오
는 것은 함바 번호와 인부들의 일련 번호뿐이었다. 소장은 귀찮은 듯이
땀이 흐르는 턱 아래를 손등으로 문지르며 말했다.

　감독조를 내세워 노동자들을 조종하며, 그들 위에 군림하던 현장 소
장은 '국회 방문단'의 방문을 불과 이틀 앞두고 벌이는 이들의 파업에
놀라움을 억제할 수 없었을 것이다. 상상조차 할 수 없는 일이 벌어진
것이다. 파업을 선언한 인부들이 이제 무표정하고 고정된 풍경이 아니

라는 사실을 풍경을 통해 그리고 있다는 점에서 황석영의 작가적 솜씨
는 객관적인 것이라고 하지 않을 수 없다. 노동자도 인간이다. 그들이
자연의 일부분이 아니라 인간이라는 사실은 그들이 요구 조건을 내세
울 수도 있고, 파업을 선언할 수도 있다는 것을 뜻한다. 이는 감독조만
이 아니라 현장 소장은 물론 사업주에 대해 자신들의 권리를 위해 투
쟁할 수도 있다는 것이기도 하다. 노동자로서 자기 인식의 혁명적 탈
바꿈이라고 할 수 있다. 황석영의 작가적 의식은 여기에서 멈추지 않
는다.

그의 발길에 뭔가 채여서 굴러갔다. 동혁은 무심결에 그것을 주위올
렸다. 붉은 종이로 포장된 한 개의 남포였다. 그는 어제 한동이가 지껄
이던 농담을 생각해냈고, 그것을 심지가 바깥쪽으로 가도록 입에 물어
보았다. 꺼끌꺼끌하고 두터운 종이 포장 때문에 입 안이 건조해졌다.
그는 바위를 등지고 함바를 향해 앉았는데, 독산을 내려가는 인부들
의 모습이 몇 명씩 그의 눈앞에 아른거리곤 했다. 제방이 보였고, 그 너
머로 무한하게 펼쳐진 바다의 수평선이 보였다. 숙부가 타고 있던 이민
선이 바다 바깥을 다시 지나가고 있을지도 몰랐다.
그는 자기의 결의가 헛되지 않으리라는 것을 믿었으며, 거의 텅 비어
버린 듯한 마음에 대하여 스스로 놀랐다. 알 수 없는 강렬한 희망이 어
디선가 솟아올라 그를 가득 채우는 것 같았다. 동혁은 상대편 사람들과
동료 인부들 모두에게 알려주고 싶었다.
"꼭 내일이 아니라도 좋다."
그는 혼자서 다짐했다.

동혁이 내세운 조건은 노임 개선, 정확한 시간 노임제, 감독조 해산
등인데, 간척장 소장은 단가를 맞출 수 없다는 이유로 이를 거부하고,
깡패들이 주축이 된 감독조와 경찰력을 동원하여 이들의 집단운동을
잠재우려 한다. 일단 파업을 시작했지만, 회사측의 회유책과 명문화되

지 않은 불투명한 개선책 등으로 인해 하나둘 이탈하기 시작할 때,「객지」의 대미는 위와 같은 동혁의 독백으로 종결된다.

이민 간 숙부로부터 초청장이 오리라는 희망도 없어진 동혁에게는 자신의 모든 것을 던져 노동자들의 집단운동을 성취시키는 길밖에 남아 있지 않다.

폭발 일보직전의 노동자들의 결의가, 그리고 노동운동의 미래가 집약된 것이 황석영의 「객지」가 갖는 사회사적 의미라고 할 것이다.

「객지」의 주인공 '동혁'의 결단은 거의 동시에 청계천 피복 노동자 전태일에 의해 행동으로 선취된 바 있다. 아마도 '전태일 사건'과 「객지」가 거의 동시에 출현하였다는 것은 사회의식의 성숙이나 노동운동의 방향성이 집단적 중력의 표현이라는 점에서 주목할 만한 일이라고 하지 않을 수 없다.

1970년 11월 13일 낮 1시 30분 평화시장에서 '우리는 기계가 아니다'라는 플래카드를 내걸고 시위하던 노동자들 앞에 온몸이 불타는 한 청년이 뛰쳐나갔다. 그가 외친 것은 다음 세 가지 구호였다.

"근로기준법을 준수하라!"
"우리는 기계가 아니다! 일요일은 쉬게 하라!"
"노동자들을 혹사하지 말라!"

이 몇 마디 구호를 짐승의 소리처럼 외치다 그 자리에 쓰러진 '전태일 사건'은 이후 7, 80년대 노동운동의 꺼질 줄 모르는 상징이 된다. 분신 후 병원으로 실려간 그는 운명 직전 다음과 같은 유서를 남긴다.

사랑하는 친우여, 받아 읽어주게.
친우여, 나를 아는 모든 나여.
나를 모르는 모든 나여.
부탁이 있네. 나를, 지금 이 순간의 나를 영원히 잊지 말아주게.

그리고 바라네. 그대들 소중한 추억의 서재에 간직하여주게.
뇌성 번개가 이 작은 육신을 태우고 꺾어버린다고 해도
하늘이 나에게만 꺼져 내려온다 해도
그대 소중한 추억에 간직된 나는 조금도 두렵지 않을 걸세.
그리고 만약 또 두려움이 남는다면 나는 나를 영원히 버릴 걸세.
그대들이 아는, 그대 영역의 일부인 나
그대들의 앉은 좌석에 보이지 않게 참석했네.
미안하네. 용서하게. 테이블 중간에 나의 좌석을 마련하여주게.
원섭이와 재철이 중간이면 더욱 좋겠네.
좌석을 마련했으면 내 말을 들어주게.
그대들이 아는, 그대들의 전체의 일부인 나.
힘에 겨워 힘에 겨워 굴리다 다 못 굴린
그리고 또 굴려야 할 덩이를 나의 나인 그대들에게 맡긴 채
잠시 다니러 간다네. 잠시 쉬러 간다네.
어쩌면 반지(指環, 金力을 뜻함—인용자)의 무게와 총칼의 질타에
구애되지 않을지도 모르는, 않기를 바라는
이 순간 이후의 세계에서
내 생애 못다 굴린 덩이를, 덩이를
목적지까지 굴리려 하네.
이 순간 이후의 세계에서 또다시 추방당한다 하더라도
굴리는 데, 굴리는 데, 도울 수만 있다면
이룰 수만 있다면…….

  전태일은 우리에게 아직도 생생히 살아 있다. 그를 아는 이들 그리고 그를 모르는 이들 모두 '전태일 분신 사건'이 갖는 상징성으로부터 자유로울 수 없으며 80년대 후반 민주화를 위해 분신한 많은 '대학생'들 또한 그의 범례를 따른 것이라고 하지 않을 수 없다. 자유와 정의를 지키겠다는 열망은 선언적 의미가 아니라 온몸을 투척하여 실현하겠

다는 실천의지로 나타났고, 이 고고한 양심의 결단으로부터 그 누구도 벗어날 수 없었던 것이 당시의 상황이었다.

『전태일 평전』(1991)을 오늘의 시점에서 다시 읽어보았다(초판은 1983년에 『어느 청년 노동자』로 간행되었으나, 민주화 이후 오늘의 개정 판으로 보완되었다). 그리고 이를 영화화한 〈아름다운 청년 전태일〉도 관람하였다. 농경시대에서 산업시대로 전환하는 시기, 사회의 최하층을 전전하던 한 청년 노동자의 삶에서 우리는 그의 분신자살이 상징하는 유례 없는 참극에 전율을 금치 못한다. 『전태일 평전』은 어떻게 한 젊 은 노동자가 특별한 지적 훈련 없이 현장 체험만을 통해 자기 각성에 이르렀는가를 사실에 근거하여 담담하게 서술하고 있다. 이는 운동권 출신 변호사 조영래의 업적으로 지적되어야 할 바이기도 하다. 그러나 영화 〈아름다운 청년 전태일〉은 그 소재나 극적 성격을 잘 살려내지 못하고 있다고 생각된다. 그 우선적 이유는 조영래를 통해 전태일을 부각시키는 어설픈 이중적 인물 설정에 있다고 보지만, 심층적 인간 해석과 섬세한 사건 처리, 그리고 극적 사건의 충분한 효과를 살리지 못하고 영화예술로 성취할 수 있는 감동을 우리에게 전해주지 못하고 있었다. 전태일이 각성한 고귀한 인간 체험이 한국 현대사를 어떻게 바꾸어놓았는지 깊은 인간적 미학이 영화의 장면들을 통해 적절히 우 러나오지 못한다는 아쉬움이 바로 그것이다. 이 아쉬움은 우리의 영화 예술이 도달한 하나의 한계점일 것이며, 전태일의 분신 사건이 갖는 압도적 진실로부터 아직도 그것을 영상예술로 승화시킬 객관적 거리 를 확보하지 못하고 있다는 증거이기도 할 것이다.

전태일적 체험의 시적 구체화라고 할 수 있는 박노해의 시집 『노동 의 새벽』(1984)은 타성적이고 말잔치만 요란하던 문단에 혜성과 같이 던져졌으며, 그 파장은 사회적·정치적 영역으로 크고 넓게 퍼져나갔 다. 감정적 서술을 배제한 짧고 간결한 박노해의 시행들은 노동 현장 을 생생하고 객관적으로 그려주었을 뿐만 아니라 그들의 인간적 소망 에 대한 공감을 불러일으키는 데 성공하고 있다.

어쩌면 나는 기계인지도 몰라
컨베이어에 밀려오는 부품을
정신없이 납땜하다 보면
수천 번이고 로버트처럼 반복동작하는
나는 기계가 되어버렸는지도 몰라

—「어쩌면」 제1연

박노해 시의 대부분은 과격한 언사로 시작되는 것이 아니라 이처럼 평범하고 담담하다. 그러나 노동자들의 비참한 실례를 하나씩 들다가 마지막의 결정적 순간은 다음과 같이 강경한 메시지로 집약된다.

저 자상한 미소도
세련된 아름다움과 교양도
부유하고 찬란한 광휘도
어쩌면 우리 것인지도 몰라
우리들의 피눈물과 절망과 고통 위에서
우리들의 웃음과 아름다움의 빛을
송두리째 빨아먹는
어쩌면 저들은 흡혈귀인지도 몰라

—「어쩌면」 마지막 제5연

우리들의 피눈물과 절망과 고통을 빼앗아 마땅히 우리들의 것이어야 할 아름다움과 부유함을 누리는 부류가 있다면 그들은 흡혈귀임에 분명할 것이다. 이 시를 읽는 독자들이 부유한 자들을 흡혈귀라고 공감할 때 자본가와 노동자의 대립은 분명해진다. 인간을 기계로, 소모품으로 그리고 상품으로 타락시킨 그들은 인간이 아니라 노동자의 고혈을 착취하는 흡혈귀들일 것이다. 흡혈귀와 힘없는 노동자, 인간과 기계의 대립은 박노해가 노리고 있는 시적 목표이다. 여기서 분명히 말할 수 있는 것은 만일 '흡혈귀'라는 용어가 충분히 설득력 있게 제시되지 않았다면 그 시적 호소력은 약화된다는 점이다. 박노해는 겉으로 과격하게 표출되는 시를 쓴 것이 아니라 시적 호소력을 증폭시키는 평범히 절제된 어법을 적절히 구사하고 있다는 것이다.

박노해가 말하고 있는 현실은 일당 4천원의 저임금에 주 78시간 또는 84시간 노동을 강요당하는 저임금 노동에 의해 수출품을 생산하던 초기 산업시대의 노동 현실이다. 선적 날짜에 맞추기 위한 밤샘일은 물론이고, 더 나아가 인간을 기계로, 소모품으로 전락시키는 가혹한 노동 조건은 노동자들로 하여금 기업주나 자본가를 흡혈귀로 인식하기에 충분한 상황이라고 할 수 있다.

이런 노동 조건을 개선하기 위한 노조 결성을 시도하는 노동자들을 바라보는 시각을 뒤바꿔 바라보면 노동자와 자본가의 대립구도는 한결 선명해진다.

> 아늑한 사장실에서
> 책상을 마구 치며
> 노조를 포기하라고
> 개새끼들, 불순분자라고
> 길길이 날뛰는 저들의 머리 속은
> 기업주와 노동자는 사슴과 돼지처럼
> 결코 동등할 수 없다는
> 계급사상으로 굳건히 무장되어 있는지 모른다
>
> —「대결」 제1연

기업주가 계급사상으로 무장되어 있다면 노동자들도 계급사상으로 무장해야 한다는 것이 위의 시의 요지이다. 기업주가 잘못된 계급사상이 골수에 박혀 있다면, 노동자는 인간으로, 평등으로, 민주주의로 나아가 이들과 숙명적인 대결을 할 수밖에 없을 것이다.

평등한 인간주의에 근거하여 민주주의를 실현하겠다는 이와 같은 사고는 분명히 자본의 논리에 의해서 움직이는 기업주의 사고보다 한 단계 앞선 당위성을 확보한다. 이 점이 박노해 시가 널리 객관적 공감을 획득한 원동력이다. 꿈과 현실을 혼동하지 않고 냉철하게 바라보고 있다는 점에서 박노해의 현실 인식은 놀랍게 새롭다. 노동자들이 느끼는 절망의 벽을 깨뜨리기 위한 박노해의 각성은 서투른 그리고 안이한 타협을 거부함으로써 사회변혁의 추동력이 된다.

어쩔 수 없는 이 절망의 벽을
기어코 깨뜨려 솟구칠
거치른 땀방울, 피눈물 속에
새근새근 숨쉬며 자라는
우리들의 사랑
우리들의 분노
우리들의 희망과 단결을 위해
새벽 쓰린 가슴 위로
차가운 소주잔을
돌리며 돌리며 붓는다
노동자의 햇새벽이
솟아오를 때까지

—「노동의 새벽」 마지막 제5연

사랑과 분노가 희망으로 뭉쳐질 때 분명히 노동자들의 새벽은 올 것이라는 열망이 80년대 사회 전반으로 퍼져나갔다는 것은 당대는 물론 오늘에 있어서도 결코 부인할 수 없는 사실이다. 노동자들이 스스로의 가난을 어쩔 수 없는 운명이라 받아들이는 것이 아니라 거친 땀방울과 피눈물 속에서 희망으로 뭉쳐지고 있다는 사실은 다른 어떤 연대보다

80년대를 각별히 인식해야 될 필요성을 갖게 만든다.

80년대 전반이 소규모 공장 노동자의 시대였다면, 80년대 중반은 조선 철강 금속과 같은 거대구조로 개편된 산업 노동의 시대였다. 이는 가발이나 봉제공업으로는 국제경쟁을 따라잡을 수 없기 때문에 시도된 중화학공업 우선 정책과 산업구조의 변화에 따른 결과였다. 세계적 규모의 조선소와 제철소 건설은 일시에 대규모의 집단적 노동력을 필요로 하였고, 여기에 모인 노동자들은 필연적으로 노조를 결성했으며, 그들의 영향력 또한 증폭되었다. 근로기준법을 준수하라고 외치던 시대에서 초보적이기는 하지만 단체협상을 통해 그들의 권익을 확보할 수 있는 단계까지 그들의 의식은 성숙되었다. 물론 노동자들의 노조 결성은 소극적으로는 자신들의 권익 보호에 머무는 것이지만, 적극적으로는 민주화라는 정치운동과 함께 확산되는 사회운동의 성향을 머금고 있는 것이기도 하였다.

이러한 사회적 징후를 민감하고도 강력하게 표현한 백무산의 시집 『만국의 노동자여』(1988)가 혜성처럼 등장하였다는 것은 특기할 만한 일이다. 박노해에서 백무산에 이르는 과정에는 박영근의 『취업공고판 앞에서』(1984)나 김해화의 『인부수첩』(1986)이 있지만 80년대 후반의 사회적 징후를 예민하게 돌출시킨 것은 백무산의 시집이라고 하지 않을 수 없다.

1955년 경북 영천에서 태어나 1973년부터 조선 전기 금속 노동자로 일해온 백무산은 1984년 『민중시 1』에 「지옥선」을 발표하여 새로운 노동자 시인으로 자신의 존재를 선명하게 부각시켰다. 10년 이상 현장 노동자로서의 그의 체험은 추상적 대상으로서의 노동이 아니라 피와 땀으로 이루어진 노동 그 자체가 무엇인가를 강렬하게 보여줄 뿐만 아니라 당시의 노동 현실과 종전의 상황이 얼마나 달라졌는가를 명료하게 집약시켜준다. 특히 봉제공업에서 중공업으로의 탈바꿈은 미싱사와 조선공의 대비에서 극명하게 드러난다. 물론 백무산의 시적 중요성은 단순히 소재상의 특이성 때문만은 아니다.

호르라기 소리, 어디로 가는 거야!

씹새끼 죽고 싶어 떨어져 죽고 싶어!

어디로 가는 것인가

살자고 하는 짓인데

아름답던 작은 어촌 쇠말뚝을 박고

우리가 쌓은 것이 되려 우리를 짓이기고

가야 할 곳마다 철책을 둘러치고

비켜 비키란 말야!

죽는 꼴들 첨 봐! 일들 하러 가지 못해!

앰블란스 달려가고

뒤따라 걸레 조각에 감은

펄쩍펄쩍 튀는 팔 한 짝 주워들고

싸이렌 소리 따라 뛰어가고 그래도

아직도 파도는 시멘트 바닥 아래서 숨죽여 울고

—「지옥선 2」 중에서

지상 백 미터 상공에서 일하는 조선공들은 하늘에서 시멘트 바닥 아래 아득하게 철렁이는 물결 소리를 듣는다. 만선의 깃발을 날리며 돌아오는 낭만적인 옛 포구를 연상해보기도 하지만, 조금만 실수를 하면 저 아래로 떨어져 죽는 곳이 그들의 일터이다. 화자가 잠시 낭만적 상상에 잠기려는 순간 동료 한 사람이 떨어져 죽고, 파도는 시멘트 바닥에 낮은 소리로 철썩거린다. 밧줄 하나에 목숨을 걸고 지상 백 미터에서 일하는 조선공들이 그들이 만드는 배를 지옥선이라 부르는 것은 작업 현장의 혹독함을 알려주는 상징적 표현이다. 재봉틀을 밟는 미싱사와 허공중의 조선공들은 가내공업에서 거대공업으로의 변천을 알려주는 직업적 표징들이다.

노동자들이 기업가에게 저항하는 최대의 무기는 파업이다. 정당하다

고 주장하는 노동자들의 요구와 부당하다고 거절하는 기업가들의 거
부가 충돌할 때 파업이 야기된다.

> 이길 수 있을까 파업만으로
> 또다시 태풍이 몰려온다는데
> 까맣게 탄 얼굴들 위에
> 비웃는 얼굴들 겹치는데, 나서라
> 네놈들의 평화를 부수어주리라
> 선두에 지게차가 나서라!
> 포크레인이 나서라!

—「파업」 마지막 제3연

파업을 비웃는 공장장이나 기업가들의 야비한 얼굴들이 겹쳐지지만
이에 대한 노동자들의 대응 또한 결코 만만한 것이 아니다. 중무장한
그들의 무력 시위는 이제 기업가의 힘으로 쉽게 제어할 수 있는 일이
아니다.

노동자들은 종전처럼 일방적으로 착취당하고 억압받는 힘없는 존재
들이 아니다. 80년대 들어서 광범위하게 확산된 노동운동으로 인해 그
들의 주인의식은 확고해졌다. 작업도구인 지게차와 포크레인으로 무장
할 수도 있다. 경찰이 기업가의 앞잡이로 전락하고, 노동자들은 당당하
게 주인이 된다.

> 경찰은 데모를 하였다
> 납치범들의 졸개인 경찰은 무장을 하고
> 주인 앞에 몰려와서 데모를 하였다
> 최루탄을 쏘고 군화발로 짓이기며
> 과격 시위를 하였다
> 쇠몽둥이를 들고 곤봉을 휘두르며

극렬 시위를 하였다
공장 앞에 몰려와
극렬하게 데모를 하였다

노동자들은 진압에 나섰다
저들의 살상 무기를 막자고
지게차가 나섰다 포크레인이 나섰다
깃발을 들고 함성으로 나섰다
주인인 노동자들은 피 흘리며 진압 나섰다
　　　　　　—「경찰은 공장 앞에서 데모를 하였다」 제4~5연

　노동자들이 나라의 주인이라는 인식이 이처럼 반어적으로 나타난 예는 드물다. 경찰이 데모를 하고 노동자들이 진압을 한다. 이제 노동자들은 기업가는 물론 공권력 앞에서도 결코 주눅드는 존재가 아니다. 기업가들의 횡포와 공권력의 정당성에 대한 불신이 이와 같이 전도된 상황 인식을 도출한 것이다.

　비굴한 노동 속에 젊음을 모두 잃었지만
　이젠 인부들의 피맺힌 합창 소리를 들을 줄 알고
　뜨거운 생명의 소리를 들을 줄 알고
　마구잡이로 타는 가슴과 눈물이 아니라
　희망과 사랑과 해방을 향한
　합창 소리로, 전진의 해방군가를 지어 부를 줄 알고부터
　우리는 우리를 용서했다
　　　　　　—「인부들의 합창」 마지막 제2연

　무식하고 잡스러운 인부들이 뜨거운 생명의 소리를 듣고 희망과 사랑의 해방군가를 부르며 스스로를 용서할 때 어떤 권력이나 기업가도

부당하게 그들의 힘을 억압할 수 없게 된다. 노동자들은 기업가의 앞잡이가 된 경찰의 극렬한 시위를 진압하는 당당한 주인으로서 자신의 모습을 드러내게 되는 것이다.

이 지점에 이르면, 노동운동은 사회운동의 물결을 선도하고 반체제 운동으로 나아가며, 그리고 민주화운동과 어깨를 함께하면서 80년대적 질곡을 깨뜨리는 전위적 역할을 담당하게 됨을 우리는 목격할 수 있다. 80년대를 관류했던 민주화운동은 독점 권력과 독점 자본의 야합을 무너뜨리고 인간적 평등주의를 실현하려는 한국 근대사 최대의 목표를 향한 것이었으며, 노동운동은 학생운동과 더불어 이의 기폭제가 되었다고 할 것이다.

노동운동가의 획을 그은 전태일 사건의 상징적 의미는 박노해의 『노동의 새벽』과 백무산의 『만국의 노동자여』 등에 의해 시적으로 표현되었으나, 적어도 현장의 사건이 문학으로 구체화되기 위해 15년여의 세월이 필요했다는 사실은 눈여겨볼 만하다. 그러나 80년대를 관통하는 명제로서 사회운동으로서 노동운동이 노동자 출신의 시인들에 의해 그 핵심에 강력하게 자리잡는 계기가 되기도 했다.

90년대 들어서면서 한국사회는 산업사회를 크게 뛰어넘어 정보화시대로 진입하였고 다시 90년대 중반을 넘어서면서 고도 정보화시대로 빠르게 변화하고 있다. 특히 최근에 간행되는 젊은 소설가들의 작품에 사회 선도의 중심권이 바뀌는 속도감이 반영되기는 하지만, 크게 보아 그들의 작품이 종전에 비해 문학적 감동의 밀도가 떨어진다는 것이 필자의 솔직한 판단이다. 새로운 감각, 가볍고 빠른 문체, 부담없는 섹스 장면, 이국적 풍물들이 불러일으키는 색다른 질감 등등이 그들의 문학적 응전이라 할 수 있지만, 이제 그들의 문학에서 찾을 수 있는 것은 약간의 쾌락뿐이다. 비디오를 보는 듯하지만, 과연 그런 유(類)의 소설들이 비디오보다 더 효과가 있는지 의심스러운 경우도 많다. 잠시의 읽을거리 이상의 어떤 것을 구할 수 없다. 어떤 젊은 여류시인은 자신의 누드를 시집에 수록하여 화제를 불러일으켜 세인의 주목을 강요하기에 이르렀다. 세상이 변했으므로, 그럴 수도 있을 것이다. 과연 그것이 전부일까. 생활 체험과 감수성의 분열이 얼마나 엄청난 것인가를 누구도 부인할 수 없을 것이며 세기말적 종말론적 속도감으로 더 강력하게 이끌려가고 있는 것이 작금의 상황이라고 할 것이다.

3. 정보화 시대와 가상 현실에서의 예술

산업화 시대 농촌에서 도시로 전입해온 사람들 중 약간의 경제적 여유를 획득한 사람들의 일부가 다시 전원으로 돌아가는 복고적 움직임이 일고 있다. 산업화 시대를 지나서 고도 정보화 시대를 살고 있는 많은 도시인들은 지금 이중의 딜레마에 봉착해 있다. 도시문화를 부정하면서 도시를 떠날 수 없는 것이 그들의 삶이다. 자연과 인간의 단절이 심각한 단계에 이르렀지만, 생태계 파괴라는 개발의 패러다임을 대체할 만한 충분한 어떤 대안도 제시되어 있지 않다.

도시를 생활의 중심권으로 삼고 있는 오늘의 많은 젊은이들에게는 거대 담론이 무너진 상황에서 어떤 것도 본질적인 것은 없다. 파편화, 주변화, 밀실화된 그들의 자폐적 감성은 말놀이의 빠른 속도감에 의지하거나 암울한 종말론적 물신주의의 분위기에 사로잡혀 있다. 도시문화의 특성은 빠른 속도에 편승한 자기 탐닉에 있다. 가볍고 경쾌하게 사태에 대처하거나 정면돌파가 불가능한 경우 코믹하게 상황을 희화화하면서 문제를 우회한다. 그러나 20세기에서 21세기로의 변화는 아무도 기대하지 않고 있거나 어느 누구의 기대치도 뛰어넘을 정도의 놀라운 격변으로 다가와 공룡처럼 커다란 입을 벌리고 있다.

자연과 인간이 단절되고 감동이 사라진 시대, 현실과 가상이 뒤얽힌 시대, 우리가 새로운 인간학을 정립하지 못한다면, 우리는 기술문명의 노예로 전락하고 말 것이다. 음악, 미술, 연극 등 다양한 예술을 접하고, 시와 소설을 읽으며 풍부한 인간성에의 깨우침이 우리를 풍요롭게 하지 않는다면, 주체를 상실한 기술문명 시대의 인간은 테크노피아의 사막에 홀로 버려지게 될 것이다. 삶의 질을 고양시키는 것이 아니라 삶의 쓰레기만 산적할 것이다. 창조적 생산성이란 풍부한 상상에서 비롯되는 것이며, 소모적이고 찰나적 감성은 고갈된 자의식을 반영할 뿐이다. 부르주아 사회의 부정적 징후들로 인해 우리는 한편으로 우울증적 자기 분열의 노출을 심각하게 경험하고 있다. 병적 징후의 확대란 언제나 답보하거나 붕괴하는 사회상을 반영한다. 그러므로 그것이 한 시대의 부정적 아픔을 반영하는 것이기는 하지만 창조적이며 생산적인 에너지를 고갈시킨다는 점에서 각별한 주의가 요청된다. 일리야 레핀의 사실주의적 통찰은 새로운 세기를 맞이하는 우리에게 과거를 비추는 것이 아니라 오늘을 비추는 거울이 될 것이다. 그의 사실주의적 필치에는 현실을 투시하는 예술가적 영혼이 전하는 감동이 아직도 살아 있기 때문이다.

진실과 가상, 사실과 허위 중에서 과연 어떤 것을 선택할 것인가. 감동이 사라진 예술은 예술이 아니다. 가상은 가상일 뿐이다. 감동은 진정성으로부터 오고, 진정성은 삶의 체험과 밀착된 진실로부터 획득된다. 영상 미디어에 의해 가치의 혼돈이 심화되는 시대일수록 더욱더 가상과 허위를 명료하게 인식하게 하는 것이 진정한 예술의 힘이라고 강조해두지 않을 수 없다. 오늘의 대학 신입생들에게 아리스토텔레스의 『시학』이나 최인훈의 『광장』 같은 작품에 대해 이야기하거나 읽어보라고 한다면, 아마도 이렇게 재미없고, 쓸데없는 고민으로 가득 찬 작품을 읽어서 무엇하느냐고 반문할 것이다. 도스토예프스키의 『카라마조프 가의 형제들』을 읽어보라면 더욱 그러할 것이다. 무협지나 탐정 만화류의 책 읽기 수준이라면 더 말할 나위가 없다. 컴퓨터 화면에 명멸하는 활자들이나 영화의 자막 위를 매끄럽게 흘러가는 영상들에 익숙한 그들이라면 당연한 반응인지도 모른다. 박목월의 「청노루」가 그들에게 별다른 감흥을 불러일으킬 수 없다는 것 또한 자명하다.

감동은 억지로 강요되는 것이 아닐 뿐만 아니라 이것이 시험 위주의 고득점 경쟁을 위해 중고등학생 시절에 머금고 있었던 순연한 감성의 대부분을 탕진시켜버린 그들만의 잘못이라고 할 수도 없다. 그러나 변하는 오늘만을 바라보는 사람은 변화에 대한 감각은 예민해지겠지만 미래를 조망하는 능력은 상대적으로 약화된다. 과거의 고전에 대한 깊은 천착이 오늘을 심도 있게 바라보게 하고, 새로운 내일을 조망하게 한다. 마치 한국의 젊은이들이 격렬한 한순간의 몸짓들만의 단절된 토막으로 나열된 시대적 감각을 갖고 오늘을 살고 있다면 우리의 미래는 얼마나 끔찍한 일인가. 아니면 아무것도 생각할 수 없는 고속 필름처럼 삶을 질주하듯 살아간다면 또 얼마나 비극적인 일인가. 아마도 그들은 선진 국가의 젊은이들과 함께 결코 미래를 설계할 수 없을 것이다. 참다운 예술이 주는 감동의 진정성이 삶의 체험으로 구체화되고, 그로부터 풍요로움을 얻지 못한다면, 컴퓨터가 만들어낼 가상 천국이란 인간이 살 만한 세상이 아니라 컴퓨터들이 사는 가상의 세계가 될 것이다. 책 읽기의 괴로움이 책 읽기의 즐거움으로 나아가 나날의 삶을 풍요로움으로 가득 차게 할 것이라는 사실에 대한 우리의 믿음을 확고히 하면서, 낡고 두터운 활자의 사막 속에서 새로운 삶으로 나가는 활로를 찾아보기로 하자. 책 읽기가 소외되는 시대일수록, 남보다 많은 책 읽기를 거듭하는 사람만이 새로운 시대를 선도할 혜안을 갖게 될 것이라는 역설을 되새겨보기로 하자. 느끼고 천착하는 계기를 중첩시켜주는, 그러나 느리게 진행되는 책 읽기는 빠른 속도의 기계들이 만들어내는 영상이 갖지 못한 자기 성숙을 발판으로 우리를 감동의 세계로 이끌어줄 것이다.

때때로 노원역에서 4호선 지하철을 타고 미아삼거리역에 내리는 경우가 있다. 지하 보도를 걸어오르다 무심코 오른쪽을 보면 박목월의 「청노루」가 아크릴판에 씌어진 것을 본다. 그것이 단순한 장식물인지 아니면 지하철의 삭막함을 달래기 위해 특별히 배려한 게시물인지 필자로서는 어느 쪽으로 확정짓기 어려운 경우를 자주 경험한다. 어쩌면 이 아크릴판 자체가 제거될 날이 올지도 모른다는 생각이 들기도 한다. 사이버 가수 '아담'이 가요계에 등장할 것이라고 예고되는 이즈음 지하철을 타고 가다 「청노루」를 중얼거려보는 것이 정말 오늘의 우리에게 어떤 의미가 있을지 생각해보기도 한다. 아크릴판 속의 형광등이 꺼진 것 같은 것이 오늘의 우리들이 갖고 있는 예술에 대한 감각이라면, 지나치게 극단적일지도 모른다. 거칠게 요약하자면 노동운동이 사회운동에서 정치적 운동으로, 그리고 민주화로 나아가는 전기적 견인차가 되었던 것이 지난 30여 년간의 변혁 과정을 말해준다. 노동운동의 황금시대가 다 흘러가버린 것이 아닌가 하는 우려가 제기되는 것이 최근 IMF 체제하의 우리의 현실이다. 인권의 확립과 부의 분배가 정의롭게 이루어져야 한다는 이상적 명제가 지배하던 현실에서 이제는 멀티미디어가, 그리고 가상 현실이 우리를 지배하는 현실로 뒤바뀐 것이다. 다가오는 21세기는 지금 번성하고 있는 영화나 연극 그리고 대중 미디어에 의해 지배되는 것이 아니라 사이버 공간에서 이루어지는 상상과 느낌과 아이디어들이 삶의 구체적 감각으로 실현될 것이다. 그럼에도 불구하고, 우리가 확실하게 전망할 수 있는 것은 다음과 같이 집약된다. 가상과 현실 그리고 인간과 컴퓨터의 접점에 예술이 자리할 것이며, 예술이 자리하는 영역에서 감동이 사라진다면, 우리들의 삶은 화려하지만 쓸모없는 쓰레기 더미에 불과하다.

(『문학을 사랑하는 젊은이들에게』, 1998)

현대시의 정신사와 탈근대성의 지평
─20세기 한국시에 대한 조망

1. 정신사적 방법과 정신주의

　혼돈은 무질서의 표현이지만 혼돈 속에는 새로운 가치 창출을 위한 다양한 갈등이 머금고 있는 창조적 씨앗이 배태되어 있다. 20세기를 마감하는 1990년대 우리 시는 지향점을 상실한 채 암중모색을 거듭하고 있는 것처럼 보인다. 그러나 우리가 숨쉬고 있는 세기말적 혼돈에서 우리는 그 이전의 어느 연대도 가질 수 없었던 다기한 인자들이 꿈틀거림을 느낀다. 획일적으로는 그 무엇도 단정할 수 없는 오늘의 상황에서 단순히 20세기 초두의 전환기적 갈등과 비교할 수 없을 만큼 거대한 혁명적 변화가 전개되고 있다. 종전의 '혁명적'이란 용어에는 근대성을 향한 보수와 진보라는 대타적 개념이 담겨 있었지만 이제 그런 구분 자체를 폐기시키면서 경이적인 속도로 눈부시게 펼쳐지는 과학기술의 질적·양적 약진은 우리들의 삶의 곳곳을 근본적으로 뒤바꾸어놓고 있다.

　정보의 확산과 과학기술의 혁신은 지난 2천 년간 집적된 모든 문화적·역사적 산물들을 10년 동안에 초과 달성할 수준에 이를 정도로 가속화되고 있다. 이 엄청난 흐름에 미처 정신차릴 여유도 없이 휩쓸려 가고 있는 것이 오늘의 우리들의 삶일 것이다. 절대적으로 변하지 않는 것이 하나도 없다고 말할 수 있을 정도로 모든 것이 절대적으로 변하고 있는 상황에 직면한 오늘, 과연 우리 시가 나아가야 할 방향이 무엇일까. 1920년 이후 1980년대까지 우리 문화의 전진적 추진력을 활기차게 이끌어왔던 리얼리즘 시가 약화되면서 유행처럼 번지기 시작한 포스트모더니즘 계열의 시들은 급변하는 시대적·사회적 와동(渦動)에서 새로운 활로를 찾기보다는 사회 분위기에 편승하여 현실 추수적, 해체적, 파괴적, 허무적 시들로써 새로움을 갈망하는 독자들의 호기심을 자극하고 있다는 것이 필자의 판단이다.

　1980년대 중반 필자는 20세기 한국 현대시를 보다 객관적으로 집약하기 위해서 『현대시의 정신사』(열음사, 1985)를 간행한 바 있다. 이 책에서 필자는 헤겔의 '시대정신Zeit Geist'이라는 개념을 원용하면서 객관적 정신 속에 표현되는 민족정신을 설정하여 '역사를 움직이는 형이상학적 힘'으로서 정신의 중요성을 강조하고, 그러한 시각에서 우리 현대시를 조망해야 된다고 말한 바 있다. 물론 헤겔적 시각이 '자민족 중심주의'이며, '이성 중심주의'라는 비판이 제기될 수밖에 없는 일이었지만, 이 당시 필자가 의식하고 있었던 것은 주체적이며 객관적인 한국 시사의 정립이 다른 어떤 것보다 우선하는 과제였다고 할 것이다. 광주민주화운동 이후 민중주의가 시단을 주도하던 시기였던 까닭에 이러한 주장이 크게 받아들여진 것은 아니었다.

　그러나 이러한 극단화로 인해 정신사적 방법은 종전의 논리에서 한 걸음 나아가 정신주의라는 보다 선명한 시각을 내세우게 되는 계기를 갖게 되었다. 1980년대 말 필자는 다시 우리 시의 네 가지 약점을 순수주의, 민중주의, 달관주의, 파괴주의라고 규정한 바 있으며, 이어서

1990년대 서정시를 전망하는 자리에서 우리 시의 나아갈 길을 '서정시와 정신주의적 극복'(『현대시학』 1990년 3월호)이란 명제로 요약한 바 있다.

위의 글에서 다시 우리 시가 극복해야 할 네 가지 측면을 세속성·주관성·정체성·해체성이라 지적했으며, 정신주의 시의 계보로서 첫째 한용운에서 조지훈으로 이어지는 불교적 현실 참여시, 둘째 황매천과 이육사로 계승되는 유교적 절사의식의 시, 셋째 신석정과 김달진 등이 대변하는 은둔적 초월주의 시, 넷째 윤동주에서 김현승으로 이어지는 기독교적 정신주의 시, 다섯째 김수영에서 김지하와 황동규로 이어지는 현실 비판적 모더니즘 시, 여섯째 이용악과 백석에서 신경림으로 이어지는 토착적 서정시 등으로 가름한 바 있다.

돌이켜보면 매우 소략하고 반론의 여지가 많은 관점이었으나, 여기서 말한 정신주의 시의 미학적 기초가 결코 '물질과 정신'이나 '근대와 반근대' 그리고 '참여와 은둔'의 대립적 개념으로 설정된 것이 아니라는 것을 이러한 분류를 통해 알 수 있을 것이다.

또한 정신주의의 사상적 근거가 전통적인 동양 사상에 더 넓게 근거하고 있기는 하지만, 20세기 초두에 널리 확장된 기독교적 사상 또한 넓게 포용하려 하고 있음을 엿볼 수 있을 것이다. 이렇게 말하면, 그렇다면 정신주의에 포괄되지 않는 것이 있을 수 있겠는가라는 의문이 제기될 수도 있다.

정신주의라는 말 속에는 물론 전략적 개념이 담겨 있다. 그것은 1990년대 시의 방향 상실로부터 촉발된 것으로서, 포스트모더니즘 시가 지닌 해체적 탈이성주의 시들이 자기 방기적, 허무적 경향으로 기울어짐에 대한 비판적 시각을 머금고 있는 것이다.

1990년대 방향 상실은 극단적인 이분법적 일원론의 사고체계 붕괴 후에 오는 하나의 과도기적 혼돈에서 비롯된 것이다. 정치적으로는 좌이든가 우이든가 둘 중 하나의 선택만 가능했으며, 논리체계로는 이성 중심의 서구적 사고가 가졌던 이원적 일원론이 해체되고 남은 자리에

종잡을 수 없는 국적 불명의 다원주의가 횡행한다는 것이다. 물론 그것이 일견 다양한 개성의 다채로운 공존으로 비칠지는 모르지만 끝내는 인간을 방향 상실의 자기 최면적 상업주의의 거대한 마술 속으로 빠져들게 만드는 함정이라 하지 않을 수 없다.

여기에서 우리가 새로운 세기의 창조적 지평을 개진하기 위해서는 다원적 일원론의 새로운 구축이 요구된다. 이는 서구의 이성 중심주의와는 다른 동양의 포괄적 인간주의를 토대로 한 다원적 일원론이 확립되어야 함을 뜻한다. 물질과 정신의 분리가 아니라 물질과 정신을 아우르면서 주체적 인간으로서 개인주의를 극복하는 창조적 세계관이 동서의 대립적 세계관을 넘어서 정립되어야 한다는 것이다.

분화보다는 종합을, 부정보다는 긍정을, 불화보다는 화합을, 허무주의보다는 낙관주의를, 기계보다는 인간을, 문명보다는 자연을 강조하면서 끝내는 인간과 자연과 문명이 하나의 전체로서 조화되는 생성적 세계관을 구축하려 한 것이 정신주의 미학의 토대일 것이다.

중심을 상실하여 통어(統御)되지 않는 다원주의가 고립된 개체의 이기심을 조장하고 여기서 나아가 기계에 종속된 인간들의 군집으로서 소비사회의 분화가 가속될 때 이미 유기적 생명체로서의 인간은 그 존재 의의를 상실하고 말 것이다. 이기적인 다원주의의 총아들은 욕망의 충족을 위해서 생태계를 무자비하게 파괴하고 끝내 그 스스로도 파괴해나갈 것이며, 머지않아 인간을 컴퓨터의 노예로 전락시킬 것임에 틀림없다.

텔레비전에서 보내주는 거짓 체험의 세계나 컴퓨터의 가상 공간의 세계가 아무리 눈부시게 아름답게 유혹한다고 하더라도 나날의 삶을 살아가는 인간의 실제적 땀이 없다면 이미 인간은 생명의 주체로서 살기를 포기한 것이라고 할 수 있으리라. 컴퓨터 프로그램의 방만한 정보 속에 갇힌 인간은 더 많은 자유를 위해 그보다 큰 자유의 속박을 선택했음을 깨달아야 할 것이다.

창작의 고뇌와 체험의 심화 과정은 사라지고 컴퓨터로 복제된 화려한 상품들이 버젓하게 새로운 창조물처럼 이미 주체적 자기 판단을 상실한 구매자들에게 소통되어 그들의 사고와 감정을 마비시키고 있는 것이 오늘의 현실일 것이다.

2. 정신주의 시의 네 가지 명제

정신주의 시에 대한 다양한 비판이 작금에 제기된 바 있다. 때때로 긍정적 부분에 대한 조명도 있었으며, 그 위험성에 대한 지적도 있었다. 정신주의가 정신없이 횡행한다고 야유를 들을 만큼 문단적 논의의 대상이 되기도 했다. 여기에서 나는 논의의 지평을 확대하기 위해 정신주의가 토대로 해야 하는 네 가지 명제를 다음과 같이 제안하고자 한다.

첫째, 과도기적 상황에서 언제나 새로운 역사 지평의 확대를 모색한다.
둘째, 정적인 시학을 부정하고 동적 시학을 지향하여 보수적 고착성을 타파한다.
셋째, 세속주의를 거부하면서 현실의 현실성에 대한 각성을 촉구한다.
넷째, 한국적인 신성함의 추구와 더불어 인간 존재의 고귀성을 고양한다.

이 명제들은, 이미 우리 시에서 여러 차례 거론되었거나 앞으로 추구해야 할 것들 중에서 정신주의가 가져야 될 기본적인 사항들로 서로가 밀접한 상관성을 지닌 것들이다.
새로운 역사 지평의 확대로서 정신주의 시를 찾아보면 우선 20세기 초두의 황매천의 「절명시(絶命詩)」를 떠올릴 수 있다.

난리를 겪어 나는 허여센 머리
죽으려고 해도 못 죽는 게 몇 번이러뇨
오늘에는 진실로 어찌할 길 없으니
휘휘한 바람에 날리는 촛불 창공을 비추네
亂離滾到白頭年
幾合捐生却末然
今日眞成無可奈
煇煇風燭照蒼天

　　매천 황현은 한일합방(1910)이 되자 국치를 통분하며, 이 나라가 선비를 기른 지 5백 년이나 되었는데도 나라가 망해도 한 사람 죽는 이가 없음을 한탄하면서 「절명시」 네 수를 남기고 음독 순사(殉死)한다. 위의 시에서 휘휘한 바람에 휘날리는 촛불이 칼날처럼 창공을 찌른다고 화자가 인식할 때 우리는 죽음을 결단해야 하는 그가 눈앞에 느끼는 급박한 절명의 순간을 명료하게 확인한다. 거기에는 과장된 거짓이 없다. 황현과 같은 행동의 원리가 한국인들의 정신적 전통과 접맥되고 있다는 사실은 한말의 수많은 애국지사들의 결연한 죽음에서 발견할 수 있다. 그 개인으로서는 스스로 죽을 이유가 없다고 하면서도 죽음을 선택하는 황현의 행동의지에서 우리는 역사적 지평을 개진하려고 하지만 끝내 뜻을 이루지 못한 지사가 필연적으로 택할 수밖에 없는 죽음의 장렬함을 볼 수 있다.

　　그것은 20세기 이전과 이후의 교체기에서 우리의 선인들이 보여준 숭고한 정신의 표현일 터이며, 그것은 새로운 역사 지평을 열기 위한 최후의 선택 방법이었을 것이다. 여기서 한 걸음 나아간다면, 우리는 이육사의 시를 떠올릴 수 있다.

　　이러매 눈감아 생각해볼밖에

겨울은 강철로 된 무지갠가 보다

—「절정」 제4연

하늘도 지쳐 끝난 서릿발 칼날 위에 서 있는 지점은 시련의 절정이면서 이 시련을 뚫고 나가야 하는 초극의 한순간이기도 하다. 여기서 강철로 된 무지개는 비정한 차가움으로 미래를 투시하는 신념의 빛을 뿜어낸다. 1930년의 피압박 민족이 자각한 암흑의 절정에서 화자는 차라리 무릎을 꿇고 싶었을는지도 모른다.

그러나 한 발 움직일 곳조차 없는 절정에서 비정한 신념의 비전을 통찰한다는 것은 쇳소리가 울리는 강철의 정신을 반증하는 것이며, 불굴의 지사정신을 웅변으로 증언하는 것이리라. 국가의 운명이 결정되는 순간 한 개인으로서 이에 맞서야 했던 것이 구한말이나 식민지 시대의 민족적 역량의 하강기의 대응 방식이었다면, 역사의 전진을 추동하는 무게중심이 개인에서 집단으로 옮겨간 4·19혁명의 대응은 민족적 상승기를 예고하는 대응 방식이라고 할 수 있을 것이다.

서울도
해 솟는 곳
東쪽에서부터
이어서 西南北
거리거리 길마다
손아귀에
돌 벽돌알 부릅쥔 채
떼지어 나온 젊은 隊列
아! 神話같이
나타난 다비데群들

—「아! 신화같이 나타난 다비데군들」 제1연

신동문(辛東門)이 감격적으로 쓴 위의 시를 읽으면, 우리는 독재 권력에 항거하며 일어난 젊은 학생들의 시위 대열에서 역사의 전진에 동참하는 젊은 세대의 힘찬 함성을 들을 수 있다. 독재 권력인 골리앗을 물리친 젊은 학생들을 지칭하는 다윗에게서 우리는 어떤 신성한 힘을 느끼게 된다.

그러나 이 역사적, 신화적 순간은 현실에서 구체적으로 결실을 맺지 못했다. 민족적 열망의 신성한 광휘가 한순간 찬연하게 빛났지만, 그들은 5·16군사혁명으로 인한 좌절을 경험하면서 1960년대 후반을 보내야 했다.

김수영이 60년대 말에 남긴 「풀」에는 당시 고통받는 민중의 꺾이지 않는 힘이 담겨 있다.

날이 흐리고 풀이 눕는다
발목까지
발밑까지 눕는다
바람보다 늦게 누워도
바람보다 먼저 일어나고
바람보다 늦게 울어도
바람보다 먼저 웃는다
날이 흐리고 풀뿌리가 눕는다

—「풀」 마지막 제3연

늦게 누워도 먼저 일어나고, 늦게 울어도 먼저 웃는 풀이야말로 당시 한국인들의 웃고 우는 삶의 절실한 표상일 것이다. 그러나 경제 발전이란 명분으로 정치적 억압은 가중되었고, 사회 전반에 깔린 어둠의 그늘은 70년대로 넘어서며 한층 더 심화되었다. 김수영의 비판적 계승자인 김지하는 자유에 대한 갈망으로 타는 목마름의 시대를 질주해 들어갔다.

신새벽 뒷골목에

네 이름을 쓴다 민주주의여

내 머리는 너를 잊은 지 오래

내 발길은 너를 잊은 지 너무도 너무도 오래

오직 한 가닥 있어

타는 가슴속 목마름의 기억이

네 이름을 남몰래 쓴다 민주주의여

—「타는 목마름으로」 제1연

　1970년대 널리 퍼졌고 1980년대까지도 젊은 학생들의 가슴에 메아리쳤던 김지하의 「타는 목마름으로」는 당대의 사회적·정치적 지향점이 무엇이었는가를 단적으로 드러내준다. 정치적 억압이 언론의 자유를 통제하던 시기에 집권 세력의 부정과 비리를 「오적」(1970)으로 질타하고 민주주의에 대한 국민적 열망을 타는 목마름으로 외치던 김지하는 1980년대 중반 또다른 시적 변신을 거듭하여 『애린』(1986)의 세계로 나아가고 생명사상으로 자신의 세계관을 확고히 한다. 1990년대 후반 김지하는 한 걸음 더 나아가 생명사상을 우주적 생명의식으로 확대하고 '율려' 운동을 전개함으로써 21세기를 맞이하는 주체적 사상 운동가로 변신하고 있다는 점에서 한국 현대시사에서 가장 문제적 시인이라고 할 수 있다(김지하의 '율려' 운동에 대한 비판적 시각은 필자의 「에코토피아와 인간의 존엄성」, 『월간문학』 1999년 6월호 참조). 이처럼 사회적·시대적 전환기에 외부로부터의 압력에 굴복하지 않고 살아 있는 정신으로 새로운 역사 지평의 방향을 모색하는 것이 바로 정신주의의 일차적 명제일 것이다.

　둘째, 정신주의는 정적 시학을 부정하고 동적 시학을 지향하며 보수적 고착성을 타파한다는 시각에서 현대 시사를 돌이켜보자. 식민지 시대의 암흑이 사회 전체를 뒤덮었을 때 등단한 박목월은 「길처럼」

(1939)에서 다음과 같이 썼다.

>   머언 山 구비구비 돌아갔기로
>   산 구비마다 구비마다
>
>   절로 슬픔은 일어……
>   보일 듯 말 듯한 산길
>
> —「길처럼」 제1~2연

이 실낱 같은 산길이 식민지 시대의 질곡 속에서 한국인들이 그들의 심혼에서 찾을 수 있는 서정시의 길이었으며, 현실의 억압으로부터 자연을 통해 자신의 존재를 발견하는 길이기도 했다.
조지훈의 「승무(僧舞)」(1939) 또한,

>   복사꽃 고운 뺨에 아롱질 듯 두 방울이야
>   세사에 시달려도 煩惱는 별빛이라
>
> —「승무」 제7연

에서 세상살이의 시달림에 하늘의 별빛을 매개시켜 현실을 초탈하고자 하는 시적 의지를 선명하게 표출하였다. 그것은 그것대로 아름답고 고고한 세계일 것이며, 그것은 또한 서정시의 근본적인 토대이기도 할 것이다. 그러나 우리는 이런 유형의 많은 시들이 개인적 슬픔을 정적 미학으로 형상화시키고 있음을 간과할 수 없다.
이러한 정적 서정시가 동적인 활력으로 표현되기 시작한 것은 신경림의 「농무(農舞)」(1971)에서이다. 「승무」로부터 「농무」에 이르기까지 약 30여 년의 사회적·문화적 격변을 겪어야 했던 것이다.

>   징이 울린다 막이 내렸다

오동나무에 전등이 매어달린 가설무대
구경꾼이 돌아가고 난 텅 빈 운동장
우리는 분이 얼룩진 얼굴로
학교 앞 소줏집에 몰려 술을 마신다
답답하고 고달프게 사는 것이 원통하다

—「농무」 제1~6행

비료값도 안 나오는 농사를 지으며 산구석에 처박혀 발버둥치며 사는 농민들의 원통함을 대변하고 있는 위의 시는 1970년대 이후 사회 전면에 등장하여 산업사회를 선도할 민중들의 잠재된 그러나 폭발적인 에너지를 표현하고 있다. 「농무」의 세계는 한편으로 1980년대 김용택의 『섬진강』(1984)으로 이어지며, 다른 한편으로는 노동 현실로 나아가는 박노해의 『노동의 새벽』(1984)과 백무산의 『만국의 노동자여』(1988)로 확대되기도 한다.

어쩔 수 없는 이 절망의 벽을
기어코 깨뜨려 솟구칠
거치른 땀방울, 피눈물 속에
새근새근 숨쉬며 자라는
우리들의 사랑
우리들의 분노
우리들의 희망과 단결을 위해
새벽 쓰린 가슴 위로
차가운 소주잔을
돌리며 돌리며 붓는다
노동자의 햇새벽이
솟아오를 때까지

—「노동의 새벽」 마지막 제5연

착취당하는 노동자들의 사랑과 분노는 자기 각성을 통해 희망으로 변용되고 이는 다시 노동운동으로 결집되며, 80년대를 관통하는 노동 해방운동은 독재 권력과 독점 자본의 야합을 무너뜨리고 인간적 평등 주의를 실현하려는 한국 근대사 최대의 목표를 향한 것이었다. 학생 운동과 노동운동이 합류함으로써 결집된 시민운동이 60년대의 4·19혁 명이 성취하지 못한 민주화운동의 한계를 넘어서서 마침내 80년대 말 군부 독재를 타파했다는 것은 노동운동이 사회운동의 선두에서 진취 적이며 주체적으로 사회 변혁을 이끌어나갔다는 점에서 기념비적이라 고 할 수 있다.

그러나 노동의 전성 시대는 또한 노동의 종말을 예고한다. 산업 시 대에서 기술정보 시대로의 사회사적 전환은 20세기에서 21세기로의 전환이라는 세계사적 문제와 맞물리면서 문제의 복잡성이 심화된다. 80년대 노동시의 전위적 견인차였던 박노해가 『참된 시작』(1993)으로 백무산이 『인간의 시간』(1996) 등으로 새로이 인간에 대한 희망을 확 대하고 있는 것은 이런 변화에 대한 새로운 대응이란 점에서 눈여겨볼 필요가 있다.

리얼리즘 시가 아닌 순수시에서의 90년대적 전환은 박용하의 시집 『나무들은 폭포처럼 타오른다』에 보다 동적으로 표현된다.

비는 가장 작은 물로 내려
지상의 가장 큰 한발을 소리도 없이 차곡차곡 적시며
사랑의 몸짓이든 때론 격렬하게
어둠에 불타고 있는 나무와 풀과 도시와
인간의 집들을 적시며 파랗게 불빛 일으키며
여름 벌판에서 겨울 벌판까지
지상의 죽어가는 모든 들꽃을 일으키며
불타오른다. 이 비는 거의 꺼질 것 같은 나뭇잎의 등불처럼

　　자신을 지상에 파열하며 사랑의 불꽃을 일으킨다

　　오! 비는 하나의 거대한 불의 塔
　　生의 기둥을 쾅쾅 박으며 하늘로 치솟는 나무처럼
　　지상으로 내려오며 생명의 에너지를 뿌린다

—「비」 제3~4연

　생은 후회되지 않고 망해버릴 것이며, 생은 계속되지 않고 계속 죽어갈 뿐이라고 자각했을 때, 그는 태산준령 깊은 곳에서 불타오르는 나무들을 통해 자신의 시적 에너지를 응집시킬 수 있는 에너지를 얻는다. 위의 시에서 작은 물방울이 자신을 지상에 파열시키며 획득하는 힘은 가장 확실하게 자신의 생을 뿌리내리고자 하는 젊은 열망의 표현이다. 다만 여기서 그가 그 극단에서 별빛으로 나아가느냐 아니면 부정적 현실을 끌어안아 새로운 인간학을 정립하느냐 하는 것은 1990년대 우리 시가 치러야 할 중요한 과제 중의 하나가 될 것이다.

　세번째, 정신주의 시는 세속주의를 거부하면서 현실의 현실성에 대한 새로운 각성을 촉구한다는 명제를 돌이켜보자. 1990년대 우리 시는 포스트모더니즘 시의 유행과 더불어 도시적 세속주의가 광범위하게 유포되고 있다. 거의 모든 젊은 시인들이 도시의 아들이며, 부르주아 문화의 후손들이며, 컴퓨터의 예속자들이다. 그들의 말놀이 시들은 컴퓨터의 조작에 의해 얻어지며, 그들의 주된 관심의 대상은 상업 광고의 모델이며, 그들이 노니는 세계는 압구정의 뒷골목이다. 이미 그들은 1980년대의 전사도 아니며 첨단 산업의 선두주자도 아니다. 사회적 격변에 주도적 영향력을 행사하지도 못하는 소외된 문화인들이며 도시의 주변인들이다. 그들의 전위적 의식은 어떤 점에서 자포자기적 의식의 소용돌이로부터 파생되어 화려한 섬광을 일으키는 불꽃과도 같은 것들이다.

　그들 중의 일부는 에로티시즘에 대한 편집증을 드러내는데 그들의 고착된(또는 억압된) 성적 욕망은 자학적인 자기 노출로는 결코 다 충족되지 않는다. 물신을 추구하지만 그것을 손에 넣을 수 없는 무력한, 그러나 불만스러운 개체들이 시라고 이름지어진 문자 행위를 빌려 무차별하게 배설 행위를 하고 있다는 인상을 지우기 어렵다. 때로 문명 비판이란 이름을 내세워 세속 도시의 즐거움을 풍자적으로 말하는 경우에도 욕망의 거품 속에 스스로를 던지고 마는 예를 빈번히 발견할 수 있다. 최승호의 『세속 도시의 즐거움』(1990)의 경우는 그 나름의 시적 긴장과 자의식을 보여준다. 그러나 대부분의 세속시들은 세상의 타락에 편승하여 나도 마음껏 욕설을 내뱉기로 했다는 식으로 세계에 대한 응전 방식이 자포자기식으로 바뀌었다는 것이다.

리얼리즘에서 말하는 현실은 이미 현실이 아니다. 생산된 물품들을 거리낌없이 소비하는 환락적 즐거움만이 전부라는 것이 그들을 지배하는 주된 의식일 것이다.

이렇게 일그러진 자의식이 노골화되는 시대라면, 우리는 차라리 다음과 같은 조정권의 선언에서 섬뜩한 전율을 느낄 수밖에 없다.

> 칼을 입에 물고 노래하는 歌人을
> 오래 머물게 하라.
> 切腹의 시대가 온다.
> 삶과 망치와 깃대는
> 땅속 깊이 매장하고, 삭풍 앞에 나서
> 입에 문 칼끝을 삼키면서
> 스스로를 증명하는
> 切腹의 시대가 온다.
>
> —「산정묘지(山頂墓地) 5」 제9~16행

부르주아 사회의 병적 자의식에 마비되어가는 1990년대적 상황을 누가 이처럼 통렬하게 질타하여 참된 의식을 일깨울 것인가. 또 누가

어떻게 안락함과 편의주의의 메커니즘에 사로잡힌 오늘의 우리들에게
입에 문 칼끝을 삼키면서 스스로를 증명해야 할 절복의 시대가 다가오
고 있음을 선언할 것인가. 우리가 맞이하고 있는 시대는 정말 꿈과 현
실이 일치하는 시대일까. 아니면 세속주의의 끝없는 타락 속으로 끌려
들어가는 시대인가. 소돔 성에서의 그들은 행복한 것일까. 민중주의에
서 대중주의로의 전환이 문화적 건강성을 상실할 때 우리는 또다른 세
속주의의 대두를 예의 주시해야 될 것임에 틀림없다.

　세속주의적 에로티시즘 또한 그것을 극기적으로 통어하는 자기 조
절 능력을 상실한다면 찰나적 쾌락주의로 흘러갈 것이 당연하지 않겠
는가.

　　그의 육체는 뿌리와 같다. 영혼의 꽃피는 불을 위한 모든 것을 빨아
올리고 준비한다. 걸어다닐 때도 춤출 때도 땅속에 뿌리박고 있다. 땅은
어둡다. 그러나 뿌리인 그의 육체는 밝고 밝다. 地上의 햇빛 속에 피워
내는 것이 있기 때문이다. 육체여 왜 어둡겠는가. 그의 육체는 뿌리와
같다.

—「한 고통의 꽃의 초상(肖像)」 제1연

　회오리 바람을 일으키는 중심에 모인 힘으로 기쁨을 향해 열려 있는
얼굴에서 그는 맑고 밝게 피어난 고통의 꽃을 보면서 또한 열락의 극
치를 감지한다. 기쁨의 심연을 향해 열려 있는 그의 눈길에서 육체적
기쁨의 극한을 보고 있는 것이다. 우리는 위의 시에서 육체적인 것의
정신화라는 정현종의 중요한 시적 성취를 확인할 수 있다. 육체적 엑
스터시의 절정에 고통과 열락이 함께 공존함을 인식하는 것은 냉철하
게 깨어 있는 정신이 살아 있기 때문에 가능한 것이다.

　그것은 마비나 탐닉이 아니다. 고통의 극한이 기쁨의 극한과 만나는
지점에 정현종의 정신주의가 자리잡고 있으며, 그가 분방하게 전개하
는 시적 상상 또한 생명적인 것에서 생명적인 것으로 중심을 자유로이

이동할 수 있는 계기를 마련할 수 있는 것이다.

전신적 기쁨으로서 기네시스gynesis는 몸의 정치 혹은 신체적인 것
들에 대한 미적 평가를 의미한다—가끔 전신적 기쁨jouissance은
j'ouisens(나는 의미를 듣는다)로 나타낼 수 있듯이—그것은 또한 시각
중심주의의 전복을 의미하기도 한다. (……) 전신적 기쁨은 여성의 목
소리에 청진기를 갖다 대며, 그것은 남성의 특징인 바라보기가 아니라
듣고 말하는 축복이고 에로티시즘이다. (……) 전신적 기쁨은 몸의 다
산성을 우리의 사유와 행동에 통합시키면서, 개념conception과 지각
perception을 양분시키는 남근 지배를 질타한다.
—정화열,『몸의 정치』(민음사, 1999), 256~257쪽

위의 인용에서 말하는 전신적 기쁨이란 정현종이 말한 고통 꽃의 열
락과 일치한다. 그것은 정신주의의 정점에 도달한 순간 느껴지는 육체
적 엑스터시인 동시에 감각과 개념을 그리고 육체와 정신을 하나로 일
치시키는 즐거움이다. 지금 여기에서의 삶의 중요성은 전신적 기쁨의
다양성일 것이며 그것은 정신과 육체의 일치감으로서 중대한 의미를
갖는다.

욕망으로 부글거리는 세속 도시의 무절제를 통렬하게 비판하면서
절복의 시대를 선언하는 조정권의 「산정묘지」나 육체적 고통의 뿌리에
서 최상의 기쁨의 순간을 경험하는 정현종의 「한 고통의 꽃의 초상」
등등에서 우리는 새삼스럽게 현실이 무엇인가라는 의문을 떠올려보아
야 할 것이다.

사물은 실체를 상실하고 하나의 기호로 전락했을 뿐 아니라 소비가
소비를 창출하는 사회에서 과연 인간이란 기호는 그 뿌리를 어디에 두
어야 할 것인가를 생각해볼 필요가 있다는 것이다. 현실은 사회적 불
평등에 있는가, 아니면 소비를 촉진시키는 가상의 욕망에 있는 것일까.

네번째로 한국적인 신성함의 추구와 더불어 인간 존재의 고귀성을

고양시킨다는 명제를 검토해보자. 국권의 회복이나 조국 근대화라는 명분 아래 한국적인 모든 것이 비하되고 부정되던 시기가 있었다. 식민지 시대는 물론이고 1960년대에서 1980년대에 이르기까지 거의 모든 진보론자들은 한국적 전통에 대해 부정적 시각을 갖고 있었다. 지난 역사는 하루빨리 청산해야 될 부끄러운 과거로 치부되었다. 또한 1980년대 젊은 시인들의 상당수는 아비를 부정하고 나선 홀어미의 자식들이었다. 어미마저 부정한다면 그들은 부모 없이 갑자기 하늘에서 떨어진 새로운 세대들이라고 야유적으로 말할 수 있다. 정치적 억압이 그들의 일그러진 자의식을 어느 만큼 정당화시켜주었고, 부분적으로는 가족 단위의 해체와 핵가족화라는 사회, 경제적 변동이 그들이 지닌 자의식을 부분적으로 설명해주기는 하지만 우리 사회 도처에는 이제 어디에도 신성한 것은 그 자취를 감추고 말았다. 신성함이란 권위주의와는 다르다. 우리 민족 모두가 공감할 수 있고, 새로운 역사 지향에 창조적 씨앗이 될 중심점에 신성함이 자리잡고 있어야 한다는 것이다. 신성한 것에 대한 가치 확립보다는 불신주의적 집단 이기심만이 팽배한 것이 작금의 현실이다.

1980년대 젊은 세대들의 극단적인 자의식은 삶을 부정하고, 자기를 부정할 뿐 아니라 자신이 쓴 시마저 부정하기에 이른다.

깨고 싶어
부수고 싶어
울부짖고 싶어
비명을 지르며 까무러치고 싶어
까무러쳤다 십 년 후에 깨어나고 싶어
　　　　　　　―「나의 시가 되고 싶지 않은 나의 시」 중에서

최승자의 위의 시를 읽을 때 과연 그가 자신의 말대로 십 년 후에 깨어난다면 무엇을 말할 것인가가 궁금하다.

정신주의 시각을 내세울 때, 필자는 서구나 동양을 일방적·대립적 관계로 설정한 것은 아니다. 그러나 한국 현대시사를 조감할 때 서구의 모더니즘적 방법을 원용하여 시의 체계를 전면부정한 선두주자는 이상이다. 이상의 「오감도」(1934)가 발표되었을 때 당시의 독자들이 느낀 충격과 당혹은 시의 전형을 부정하는 그로테스크한 파괴주의에서 비롯된 것이었다. 이상의 시는 상당 부분 불가해한 것이기는 하지만 종전의 시에서 찾아볼 수 없는 파괴의 전율과 긴장이 내장되어 있었다.

이상의 시들은 50년대의 '후반기' 동인들인 박인환, 조향, 김경린, 60년대의 김춘수의 무의미시를 거쳐서 70년대 이승훈의 비대상의 시로 이어진다. 그러나 80년대의 부정적 해체적 시들은 많은 첨단적 아류를 파생시키기는 하지만, 끝내 위의 시처럼 시의 부정은 물론 저자의 부정이라는 극단적 인식의 경계선까지 나아간다. 여기서 우리는 내일이 없고, 자기가 없고, 희망이 없는 세대들에게 과연 시란 무엇일까 반성해보지 않을 수 없다(자기 부정의 해체시에 대한 비판적 시각은 필자의 「시의 부정, 해체 그리고 시적 생성」, 『문학사상』 1996년 10월호 참조).

이 극단적인 자기 부정에서 떠올리고 싶은 것은 한용운의 「찬송」이나 박두진의 「해」와 같은 시들이다. 이 두 시인이 말하고 있는 밝고 빛나는 세계에 대한 찬란한 소망의 시대는 이미 지나가버렸다고 말할 것인가. 한용운은 임은 갔지만 나는 임을 보내지 않았다는 의지를 표출하고 그 임을 얼음 바다에 봄바람처럼 광명과 정화를 사랑하는 지고한 임으로 제시하였고, 박두진은 해를 빌려 산 넘어서 밤새도록 어둠을 살라먹고 이글이글 앳된 얼굴로 솟아서 꽃도 새도 짐승도 한자리에 앉아 앳되고 고운 날을 누려보리라고 말했다.

물론 1980년대는 1920년대 한용운이나 1940년대의 박두진이 말하는 꿈과 이상이 사라져버린 시대이다. 1990년대에 그 모든 양상들이 더욱 악화되었으며, 이제 더이상 미래에의 전망은 불가능한 것처럼 비쳐지기도 한다. 그렇다고만 생각한다면 우리는 미래를 포기해버린 것이 아닐까. 소비가 소비를 촉진하는 사회에서도 우리는 결코 무한정 풍요를 향락할 수만은 없을 것이다.

다가올 새로운 천년을 조감하는 자리에서 자크 아탈리Jacques Attali 는 다음과 같이 말하고 있다.

무한정한 선택의 꿈은 결코 아무것도 선택할 수 없는 악몽으로 끝나게 될지도 모른다. 풍요의 세계는 궁핍의 시대에서 몰락해버릴지 모른다. 지구는 결코 무한한 자원을 지닌 축복받은 곳이 아닌 것이다.

다가올 신천년(新千年)은 끔찍할 수도 있고 멋진 것일 수도 있으나, 어떻게 될 것인가는 우리들이 스스로의 꿈을 일정 수준에서 자제할 수 있는 능력을 얼마나 가지고 있는가에 달려 있다. 모든 것이 다 가능한 것은 아니며 꼭 그렇게 되어야만 하는 것도 아니다. 우리는 스스로의 꿈을 줄여나가는 지혜를 가져야만 한다. 한도를 넘으면 위험한 (윤리적 생물학적) 한계가 있는 것이다. 지속될 수 있는 문명을 창출하기 위해서는, 인류는 어떻게든 자연과 화해해야만 하며 스스로와도 화해해야만 한다. 인류는 성스러운 것에 대한 심원한 의식을 지닌 다원주의적이며 관대한 정치문화를 받아들여야 한다.

—『21세기의 승자』, 유재천 옮김, 144~145쪽

어떤 시인이 자기 자신과도 그리고 자연과도 화해하지 못할뿐더러 성스러운 것에 대한 심원한 의식도 갖지 못한다면, 우리는 그를 그날 그날의 눈앞만을 바라보고 숨가쁘게 살아가기 때문에 새로운 미래는 전혀 대처할 수 없는 시인이라고 말하지 않을 수 없다.

지난 20세기는 우리 민족에게 지극히 불행한 세기였다. 그렇다면 과연 새로운 천년에서 우리 민족이 인류와 더불어 공존하면서 지녀야 할 지표는 무엇일까.

그것은 민족적인 것에서 성스러운 것을 확립하는 것이며, 젊은 시인 이야말로 시를 통해서 그 다양한 가능성을 성취할 수 있는 전위적인 존재들이 아닌가. 물론 아직까지 그런 시가 씌어졌다고 말할 수는 없다. 그러나 1980년대나 1990년대적 상황의 좁은 테두리 안에서의 논쟁을 넘어서서 우리의 역사 지평을 넓혀가야 한다는 것이 필자의 생각이다.

그것의 첫출발은 다음과 같이 모국어에 대한 새로운 인식에서 시작된다는 것은 상식적이지만 어쩌면 되풀이 강조되어야 할 일인지도 모른다.

> 太極의 언어, 神靈한 언어
> 너로 말미암아 이 나라 이 겨레의
> 과거와 현재와 미래는 하나!
> 시간 속에 태어나도
> 너는 시간을 초월하는 까닭이다
> 늘 끊임없는 혁신을 통해
> 새롭게 태어나는 불사신인 까닭이다
>
> 자랑스럽구나
> 너를 가진 기쁨이여
> 너 한국어, 구원의 믿음이여
> 티 하나 묻지 못할
> 금강의 언어여!
>
> 너 한국어, 무한한 가능성
> 풍요하고도 휘황한 미래여!
>
> —「한국어를 기리는 노래」 중에서

박희진의 위의 시에서 우리는 한국어가 지닌 무한한 창조적 가능성을 느낄 수 있다. 눈앞의 것만을 부정하고 비판하는 시각을 넘어서서 더 크고 넓은 역사 지평에서 창조적 주체가 되는 것이 오늘날 우리 시인들이 가져야 될 자세일 것이며, 정신주의 시의 지평 또한 여기서 크게 열려질 것이라 생각한다.

3. 주체적 자기 각성과 탈근대성

이상에서 우리들은 네 가지 측면에서 정신주의적 명제들을 검토하였다. 가까이는 시대사적 전환기라는 시각에서 출발하여 정적 시학에서 동적 시학으로 나아감을 논했으며, 1990년대 우리 시에 광범위하게 확산된 세속주의적 에로티시즘의 비판과 그것의 정신화라는 측면을 다루었으며, 이를 기반으로 1990년대적 자기 부정의 시에서 한국적인 신성한 것을 추구하여 인간 존재의 고귀성을 드높이는 데 정신주의 시의 초점이 있음을 말했다.

「90년대 시에 대한 몇 가지 단상」(『문학사상』 1992년 9월호)에서 필자는 포스트모더니즘 시들을 복제된 추수주의라고 규정한 바 있으며, 종말론적 세계 인식이나 자기 배설적 개인주의의 극복이 매우 긴요하다고 지적한 바 있다. 새로운 역사 지평을 개척하려는 창조적 열망이 제거된다면 우리 시가 나아갈 길은 자폐적 자기 탐닉의 길일 것이며 머지않아 소모된 에너지로 인해 스스로 고갈되어버릴 것임에 분명하다.

생의 현실 속에서 찾아지지 못한 시적 응전은 그것이 부글거리는 욕망의 거품을 더욱 들끓게 하는 것일 때 부정적·허무적 성향은 더 넓게 확산되어 우리들의 삶의 표면을 감각적 현란함으로 아름답게 만들어줄 것이다. 여기에 속도의 감각이 가미된다면, 그것은 외적으로 활기차고 새로워 보이기도 할 것이므로 커다란 사회적 유행을 가져올 수도 있을 것이다.

그러므로 안락한 쾌락주의에 편승하려는 유혹을 물리치고 자기 자

신을 고뇌하면서 위태롭지만 앞으로 나아가려는 불굴의 정신이 없다
면 신성한 것이 사라진 자리에 우리를 감싸는 물신적 상업주의는 더욱
비대해질 것이 분명하다.

굽이를 돌 때마다 인색하게 문을 연다
새벽은
바위를 뚫듯 캄캄한 어둠 속
겨우 한 줄 황색선으로 길을 마련하고
짐작으로 우리는 나아갈 뿐이다
강의 침묵이 마을의 잠을 어루만졌다
새소리도 깊이 그믐달 속에 숨었다
기계음에 놀라 잠깐씩 소스라쳐 어깨를 치켜올리는
赤松, 헤드라이트가 끊어내는
길 바깥의 풍경이 도무지 낯설다
　　　　　　　　　　　　　　　—「새벽에 길을 가다」 제1~10행

장옥관의 위의 시에서 필자는 어렴풋이 1990년대적 어둠 속에서 다
가오는 새벽의 징후를 감지한다. 앞뒤를 분간할 수 없는 캄캄한 새벽길
에 나선 것이 우리 시가 당면한 현실이 아닌가. 여명이 다가오기 전에
더 깊은 어둠에 빠져드는 순간이 있을 것이다. 이 어둠에 빠져드는 혼
돈 속에서 생의 표면이 아니라 생의 심연을 투시하고, 만화경처럼 다채
롭게 변하는 사회적 추동의 빠른 속도에만 도취될 것이 아니라 느리게
흘러가는 자잘한 물살들의 흐름에도 섬세하게 주목하면서 세기말적 혼
돈을 극복해나갈 한 줄의 낯선 길을 찾아야 할 것이다. 삶의 중심은 어
느 한 곳에 고정되어 있는 것이 아니며, 세계의 중심은 더욱 그러하다.

탈근대성 postmodernity은 정제되어 있는 생각과 정제되지 못한 생
각들이 모여 있는 거대한 결집체이며, 하나의 패러다임으로서 문화적인

것과 지적인 것을 포함한 모든 변형을 상징한다. 탈근대성은 또한 데카르트, 칸트, 헤겔에서 하버마스에 이르기까지 단일한 목적 즉 서양 또는 유럽을 문화와 정치, 특히 경제의 세계적 수도로 규정짓는 서구 근대성을 중단시킨다.

우선, 근대 서구의 고안물인 유럽 중심주의나 오리엔탈리즘의 해체는 탈근대적 조건의 근절에 의한 것이다. 탈근대성은, 동일성의 독백을 차이의 대화로 바꾸어놓음으로써 동일성을 전복시키며 현격한 변혁을 추구한다. 이 점에서 탈근대성은 근대성의 또하나의 들릴 듯 말 듯한 메아리가 아니라 전혀 새로운 목소리이다.

—정화열, 앞의 책, 7~8쪽

탈근대성의 전혀 새로운 목소리에 주목하고, 새로운 역사 지평을 찾는 것이 오늘의 우리가 할 일이 아닐까. 20세기의 세계사가 서구 중심의 헤겔적 이성주의의 역사라면 그리고 이에 반발한 것이 오리엔탈리즘이라면 이제 탈근대성의 목소리는 상호공존과 다원주의가 지배할 21세기의 우리가 확고히 구축해야 할 정신주의적 민족 자존을 촉발하는 목소리일 것이다.

세계 문화에 우리 자신의 문화를 추가, 보완하면서 분명한 자리매김을 통해 독자 문화의 존재 근거를 갖고자 하는 것이 정신주의의 목표이다. 그렇다면 일단 20세기를 지배한 서구 중심의 헤겔적 이성주의는 다음과 같이 비판될 수 있을 것이다.

우둔한 헤겔이여,
감성은 이성에 앞서는 것,
시의 길은 철학의 길과 다르다.
물이 얼음이 되고
용암이 바위가 된다 하지만
물은 결코 바위가 될 수 없는 법,

    그러므로 너는
    시인을 존경할 줄 알아야 한다.

— 「어리석은 헤겔」 제5연

오세영의 위의 시는 "감성은 이성에 앞선다"는 명제를 통해 헤겔을 비판하고 있다. 헤겔적 이성주의의 권위가 얼마나 파행적 질주를 거듭했는가는 20세기를 피압박 민족으로 살았던 우리 모두가 심각하게 공감하는 바일 것이다.

탈근대성이란 헤겔적 이성주의로부터의 해방을 뜻한다. 그러나 오늘의 우리가 겪고 있는 혼돈과 방황은 이성에서 감성으로, 근대에서 탈근대로의 전혀 다른 패러다임으로의 변혁에서 비롯된 것이며, 과연 그러한 변혁이 새로운 세기의 우리들의 삶에 어느 정도 정당성을 갖게 할 것인가에 대해 확신을 갖지 못하는 의구심에서 비롯된 것이라 하지 않을 수 없다.

생태환경은 무자비한 개발로 극단적으로 파괴되고, 기술 정보는 불가능의 것들을 가능의 현실로 뒤바꾸어가고 있는데, 기존의 종교는 신뢰감을 상실하는 등등의 엄청난 일들이 우리들 눈앞에 망망하게 펼쳐지고 있는 것이다.

그러나 우리 앞에 놓인 세기말적, 세계사적 전환의 거대한 불확실성에도 불구하고 우리는 아탈리의 다음과 같은 지적을 깊이 음미해보아야 할 것이다.

무엇보다도 중요한 것은 지구가 존속되도록, 일시적인 것이 영원한 것에 길을 비켜줄 수 있도록 그리고 다양성이 획일성에 저항할 수 있도록, 자연과 인간 사이에 새로운 성약(聖約)이 맺어져야만 한다는 것이다. 위엄이 힘의 우위에 서도록 받쳐주어야만 하며, 창의성이 폭력을 대신해야만 한다. 이 새로운 정신 속에서 기계의 지능에 불과한 것이 아닌 인류의 지혜가 발전해야만 하는 것이다. 개개인은 자신의 운명을 창조할 수단을 가져야만 한다. 그 누구도 자신이 소모되어가는 것을 바라보는 구경꾼으로 전락해서는 안 된다. 개인은 자신이 가진 자유를 구사함으로써, 스스로 생을 무미한 모조품 대신 예술작품이 되도록 만들기를 희구하면서, 문명에 방향을 제시해줌으로 해서 문명의 유산에 공헌할 수 있는 힘을 지니게 되어야만 한다.

—『21세기의 승자』, 157쪽

앞으로 다가오는 세기에도 결국 중요한 것은 문명의 방향성에 대한 인류의 지혜일 것이다. 위의 인용에서 강조되는 것은 인간과 인간 사이에, 인간과 기계 사이에, 그리고 인간과 자연 사이에 새로운 관계 맺기이다. 새로운 문명과 인간의 관계 정립이 창조적 주체로서 역사 지평의 개척자가 되는 길이며, 그것이 앞으로 우리가 나아갈 정신주의의 지향점이자 인류의 지혜임을 확인할 수 있을 것이다.

욕망의 무제한적 방출과 파괴적 본능의 증폭은 불안한 인간의 심리적 쌍생아들이다. 세기말의 소용돌이가 경박성을 가중시킴으로써 문화적 표층이 세속적 자기 부정에 휩쓸리고 창조적·발전적 방향보다는 소모적·자폐적 방향으로 기울어지고 있다는 판단은 필자 개인만의 기우일 것인가.

나날의 삶은 물론 인간이 지향하는 지표에 부여하고자 하는 어떤 성스러움에 대한 공통의 감각을 구태여 정신주의라고 명명하는 것부터 부당한 획일화로 인식되어서는 안 될 것이다. 시대정신의 지향점을 어떻게 설정하느냐에 따라 우리가 21세기의 승자가 될 수도 있고 패자가 될 수도 있다는 전망은 20세기 우리 민족사의 황금 부분에서 분출될 것이며 그것이 앞으로 전개될 새로운 시의 창조적 원천이 된다는 것은 의심할 여지가 없을 것이다.

(『현대시의 반성과 만해 문학의 국제적 인식』, 1999. 8)

세기말과 시적인 것의 근원에 대한 천착

1. 시적인 것과 예술

모든 예술적 행위 속에는 시적인 것이 있다는 명제는 예술을 예술로 만드는 과정에서의 절차와 방법의 다양성에도 불구하고, 그 절정의 순간에는 시적인 어떤 것을 지향한다는 뜻일 것이다. 최근 우리 문화 현상을 바라보고 있으면서 느껴지는 것은 잡박한 대중문화의 회오리에 모든 문화예술이 휩쓸리고 있는 것이 아닌가 하는 것이다. 이것을 세기말적 혼돈이라고 말해버리고 지나가기에는 무언가 무책임하고 현실도피적이라는 아쉬움이 남는다.

이런 와중에서 김우창의 「시의 리듬에 대하여」(『세계의문학』 1999년 봄호)를 읽는다는 것은 즐거운 일이 아닐 수 없다. 갑자기 리듬이 웬 말인가 하고 의아해할 수도 있다. 그러나 이 글이 다음과 같은 문제의식에서 출발하였음을 인식한 독자라면, 결코 이 글이 가지는 시의적절성을 부정할 수 없을 것이다.

　시의 음악은 자의적으로 또는 기계적으로 외부로부터 부여될 수 있는 것이 아니라 발견되어야 하는 어떤 것이다. 보다 전통적인 시대에 시의 형식은 시인의 손 밑에 놓여 있어서, 시인은 이것을 들어올려 쓰기만 하면 되었던 것처럼 보인다. 그러나 어느 시대에나 진정 잘 된 시에서 적절한 음악의 형식은 발견되어야 한다. 어떤 시기에 그 발견은 지극히 어려운 일이 된다. 오늘의 시대는 그러한 시대라고 생각된다. 그러나 그러한 시기에도 시인의 음악을 찾는 노력이 완전히 포기될 수는 없다. 오늘의 문제의 하나는 마치 그러한 것이 문제가 아닌 것처럼 생각된다는 데 있다.

—「시의 리듬에 대하여」, 같은 책, 204쪽

"소월의 시의 특이성은 그 음악성에 있다. 음악성이 시의 내용과 적절하게 조화되는 것이 소월의 시의 비결이다"라는 문장으로 시작되는 이 글은 일견 범박한 의견을 말하고 있는 것처럼 들린다. 마치 시의 음악을 찾으려 고심하는 시인의 목소리처럼 나지막하고 섬세한 어투로 담담하게 전개된다. 그러나 이 글은 우리 시의 오늘의 문제가 무엇인가에 대한 깊은 통찰을 담고 있다. 오늘의 문제는 무엇인가. 그것은 다름아니라 음악을 찾으려는 시인의 노력이 포기된 시대처럼 그에게 느껴진다는 것이다.

시인들이 허황한 세속주의에 휘둘릴 때, 그들은 자신의 시적 음악을 찾으려는 진지한 노력보다는 어떻게 하면 시대 조류에 영합하는가에 골몰할 것이다. "어느 시대에나 진정 잘 된 시에서 적절한 음악의 형식은 발견되어야 한다"는 그의 진술은 시류적 변화가 빨라지고 문화적 동요가 커질수록 오히려 역설적으로 자신의 음악을 찾으려는 시인의 노력이 강조되어야 함을 말하는 것이라 보아야 할 것이다.

소월적인 시의 음악이 거의 불가능하게 된 오늘의 시대에도 일부 그

러한 시가 씌어지고 있기는 하지만, 과연 오늘의 시인들이 골몰하는
것은 무엇일까. 그들의 고뇌는 시의 해체를 부르짖거나, 압구정 거리를
배회한다고 해서 해결될 문제도 아니고 밀폐된 골방에서 침잠한다거
나 컴퓨터 자판만을 두들긴다고 해결될 수는 없는 일이다. 물론 오늘
과 같은 시대에는 김우창의 지적처럼 "삶의 근본을 통괄하는 리듬은
삶의 외적 조건에 어울리는 것이 되기 어렵다"는 것도 사실이다. 그러
므로 시인들의 음악의 발견은 힘든 고난의 과정이 될 것임에 틀림없
다.

그런데 여기서 우리가 간과할 수 없는 것은 시의 리듬이 개인의 삶
만이 아니라 공동체의 삶의 근본에 관계된다는 점이다. 뿐만 아니라
더 강조되어야 할 것은 리듬이 안과 밖에 동시에 작용하는 지극히 내
밀한 것이면서 객관적인 사실로 인지된다는 점이다. 이 리듬의 객관성
은 바로 규칙성에 의해 입증된다는 것이다. 이러한 논지를 바탕으로
김우창은 다음과 같이 이 글을 끝맺고 있다.

우리 시대의 한 특징으로 구호의 범람을 들 수 있다. 그러나 동시에
근년에 와서 이러한 구호도 점점 사라져가는 것을 본다. 그 대신 매우
내밀한 개인적인 언어들이 공공의 장소에 —광고에, 대중매체에, 작품에
나타난다. 가령 광고에서 '……로 바꾸니 그렇게 좋을 수가 없더라구
요' 하는 것과 표현의 경우를 들어보자. 이것은 극히 개인적인 대화 속
의 말의 느낌을 나타내려는 언어이다. 이러한 가짜 개인적 스타일의 범
람은 진정한 객관적 스타일이 없는 곳에는 진정한 내면적 체험의 표현
도 있을 수 없다는 것을 깨닫게 한다. 사람이 참으로 개체적 존재가 되
는 것도 객관적인 것으로의 자기 초월이 없이는 불가능한 것일 것이다.
윌리엄 콘돈이 말하는 바와 같이, 리듬은 개인의 삶에 개체적 정의를 부
여한다. 그러나, 그 리듬은 사회에서, 또 삶의 근원으로부터 온다.

—같은 책, 223~224쪽

　상업주의 광고의 범람 속에서 김우창이 짚어내는 '가짜 개인적 스타일의 범람'에 대한 지적은 우리 모두가 오늘의 문화 현상에 대해 한번쯤 깊이 음미해보아야 할 통찰이라고 하지 않을 수 없다. 시인들이 자신의 음악을 찾는다는 것은 '진정한 객관적 스타일'을 찾는다는 것을 뜻하며, 바로 이 점에서 시에서 음악의 발견이야말로 세기말적 혼돈을 객관화시키는 작업일 것이며 진정한 내면적 체험을 표현하려는 시인들의 자기 집중의 노력이 경주되어야 할 부분일 것이다.

　범람하던 구호에 편승하거나 이에 의지하여 글쓰기를 영위하던 시인이나 비평가 모두 진지하게 이에 주목하고 나아갈 지평을 모색해야 할 것이다.

2. 문자문화와 구술문화

　그러나, 리듬의 부재가 오늘의 삶과 언어의 주된 특징이라면 이 세기말적 혼란의 와동 속에서 과연 무엇을 어떻게 해야 할 것인가. 오늘날 우리 모두는 전자문화의 시대에 살고 있다. 우리가 경험하고 있는 문화적 격변은 인쇄된 문자문화에서 전파에 의한 전자문화로의 대전환에서 찾을 수 있다. 전자문화의 시대에 시의 나아갈 길이 무엇일까라는 문제의식을 가지고 필자 또한 「시적인 것에 대한 발상 전환을 위하여」(『시와사상』 1998년 겨울호)를 발표한 바 있다. 이 글에서 "구술성을 배제한 현대시는 결코 텍스트에서 벗어나지 못할 것이고, 인쇄된 종이 위의 글자에 사로잡혀 있는 한 우리들의 시는 생명력을 잃어버리고 말 것"이라는 전제하에 다음과 같이 말한 바 있다.

　'詩歌'의 전통이 강력하게 이어져오던 우리 시에서 '詩'와 '歌'의 분리는 근대성이 거론된 이후의 일이다. 모더니즘과 리얼리즘을 두 축으로 현대시가 추동되어왔던 것이 사실이지만, 포스트모더니즘 이후 부딪

친 해체시라는 자기 부정의 시들 앞에서 우리들은 새로운 길을 모색하
지 못하고 있다.

텍스트에만 집착하는 경우 그 심오한 논리적 정밀성에도 불구하고 우
리는 끝내 시적인 것을 상실하고 말 것이다. 어쩌면 텍스트주의란 시의
역사를 지나치게 단절적으로 본 결과가 아닐까. 텍스트의 신비화가 그
최후의 종착점이다. 이 신비화로부터 탈출하는 것이 오늘의 위기를 극
복하는 길이 될 것이다.

문자 이전의 시대에도 아니 오히려 더 직접적으로 사람들은 시를 읽
고 즐기는 생활을 누렸다고 해도 과언이 아니다. 시와 노래가 분리되기
이전의 원시 예술이 갖는 미적 역동성은 텍스트에 집착하는 우리들이
상상하기 어려운 일일 것이다.

—같은 책, 18~19쪽

텍스트의 신비화를 탈출하는 것이 오늘의 위기를 극복하는 것이며,
그 대안으로서 시와 노래가 분리되기 이전의 노래가 지닌 음악성을 강
조하면서 새로운 종합을 시도해야 한다고 전망한 것이 이 글의 주요한
논지였다고 할 것이다.

돌이켜보면, 1920년대나 1930년대 김소월이나 김영랑의 시대는 구
술문화에서 문자문화로 넘어오는 과도기적 시대였고, 그들은 그들 나
름의 리듬을 발견하여 우리 현대시사를 추동시킨 것 또한 사실이다.
1960년대 이후 그들의 시의 음악은 우리들의 시야에서 현저하게 퇴색
해갔고, 우리들은 이념적 구호의 범람 속에서 시를 읽고 살아왔다. 이
제 1990년대 우리들은 이념적 구호도 퇴색하고, 전파 매체에 의한 상
업 광고가 부추기는 가짜 개인적 스타일의 범람 속에서 살고 있는 것
이 우리들이 거부할 수 없는 삶의 체험이고 사회적 현실인 것이다.

「시적인 것에 대한 발상 전환을 위하여」에서 필자가 강조한 구술성
이란 삶의 체험을 표현하는 인간의 목소리이다.

　많은 시인들은 지금까지 자기가 익숙시켜온 종이 위의 시쓰기를 멈추기 어려울 것이고, 비평가들 또한 그러하지 않을까. 글쓰기란 얼마나 혹독한 훈련을 요구하는가. 그러나, 지금 우리에게 절실한 것은 시적인 것에 대한 발상의 전환이다. 백지의 사막에 남아 있을 것인가 아니면 살아 있는 인간의 목소리를 되찾을 것인가 하는 문제는 시인들 각자가 선택할 몫이자 그들의 운명일 것이다.

　시적인 것이란 인쇄된 활자 속에 사물화되어 숨겨져 있는 것이 아니라 숨쉬고 살아가는 인간들이 경험하고 느끼는 구체적인 삶의 감정 속에 내재해 있다는 것이다.

─같은 책, 25～26쪽

　김우창의 「시의 리듬에 대하여」는 이러한 주장에서 한 걸음 나아가 보다 정치하게 시의 문제를 직접적으로 거론한 것이라 볼 수도 있을 것이다. 이 양자가 서로 같은 시각과 입장을 갖고 있는 것은 아니라고 하더라도 시를 통해 오늘의 문화적 공동이나 시적 혼란을 극복해나가는 하나의 실마리를 찾으려 했던 공통의 노력을 표현한 것이라 말할 수 있을 것이다.

3. 음악의 발견과 한국의 전통

　오늘의 과제가 시의 음악을 발견하는 데 있다는 김우창의 견해가 발표되기 직전에 한국어의 전통 속에서 음악적 요소를 찾아야 한다는 케빈 오록의 「한국시의 전통 찾기」(『문학사상』 1999년 1월호)를 접한 것은 필자로서는 이상한 우연의 일치라고 하지 않을 수 없다. 한국의 고시조를 20년 넘게 영어로 번역해온 아일랜드인의 시각이라는 점에서 그의 다음과 같은 주장은 흥미롭다.

　　전문가들은 한국에는 두 가지 전통이 있다고 한다. 하나는 한자로 쓰인 한시이고 또하나는 구어체로 쓴 시다. 이 두 전통은 근본적으로 다르다. 한시는 읽고 사색하기 위한 시이지만 구어체 시는 노래하고 듣기 위한 시다. 한국은 19세기 말까지 쓰인 모든 구어체의 시가 노래로 불린 전통을 갖고 있는 나라다. 읽고 사색하는 시는 리듬보다는 이미지나 개념을 중시한다. 구어체의 시는 낭송하는 말소리보다는 노래의 가락을 중시한다. 그런데 1920년대에 도입된 영시(英詩)의 전통은 소리 중심이었다. 영시는 영어 자체가 가지고 있는 음악성을 강조한다. 그러나, 한국 시는 사색적인 것이 먼저다. 따라서 한국 시인들은 의식적이든 무의식적이든 일종의 갈등을 겪게 되었다.

　　20세기 한국의 문학비평가들은 노래 중심의 구어체 시를 문학 텍스트로 비평하면서 서구 문학의 비평 용어들을 쓰기 시작했다. 이는 마치 몸에 어울리지 않는 옷을 입히는 것 같았다.

—같은 책, 258쪽

　　거칠게 서술된 내용이지만, 오록의 이러한 견해는 한국문학을 전공하고 그 내부에 있었던 비평가나 시인들에게는 매우 새롭게 들리는 것이기도 하다.

　　그에 의하면 20세기 한국 시인들이 겪어야 했던 갈등은 노래의 가락을 중시하는 한국의 구어체 시의 전통과 소리 중심의 영시의 음악성 사이에서 겪어야 했던 혼란과 모순이었다는 것이다. 비평가들 또한 서구의 비평 방법을 그 시적 전통이 다른 한국시에 적용함으로써 몸에 맞지 않는 옷을 입히는 것과 같은 비평을 했다는 것이 그의 주장이다. 물론 "한국시의 전통은 사색적인 것이 먼저다"라는 주장이 얼마나 설득력 있는 것인지는 좀더 따져보아야 할 것이다. 오히려 구어체의 시에 더 많은 비중을 둘 수도 있을 것이고, 이러한 구어체 시에 대한 강조는 1970년대 이후 크게 공감을 확장시켰던 것이기도 하다.

　　위의 논지에서 우리가 정말 눈여겨보아야 할 것은 20세기 한국의 시인과 비평가들이 겪어야 했던 혼란과 갈등일 것이다. 그리고 한시에서 사색적인 시의 한국 전통을 찾는다면 그것은 20세기에 들어서서 모더니즘적 시의 방법론적 도입이나 이념적 전위성을 내세운 좌파적 이데올로기 시들의 유행을 떠올릴 수 있을 것이다.

어떻든 구어체 시의 전통을 강조하면서 오록이 "영시의 운율meter과 리듬을 그대로 모방하지 말고 한국어만이 가지고 있는 음악적 요소를 찾아 한국어의 음악성이 보여줄 수 있는 형식을 실험적으로 시 창작에 활용하자는 것이다. 때로 김소월의 시가 보여준 것처럼"이라고 글을 마무리할 때 우리는 외국인이 오히려 한국인들에게 한국적 전통을 찾으라고 권고하고 있다는 사실에 당황하지 않을 수 없다. 문제는 최근 수많은 한국인들이 입버릇처럼 한국적 주체성을 외치고 있지만, 과연 그 주체성을 자기 전문 분야에서 얼마나 실천하고 있는지 오히려 외국인에게 질문당하고 있다고 보아야 할 것이다.

김억 또한 1920년대에 「작시론」이나 「시형의 음률과 호흡」에서 얼마나 시의 음악성을 강조했던가. 그러나, 그가 자신의 주장을 실제 작품에서는 자수율을 반복적으로 사용하는 어색한 시적 방법 이상으로 개진시키지 못했고, 정작 독자적인 리듬을 찾아내고 자신의 독특한 시적 세계를 확립한 것은 김소월이었다는 사실을 우리들은 잘 알고 있다. 물론 김소월적 시의 리듬을 외형적으로 반복하여 뒤쫓는 것은 오늘의 시점에서 커다란 의의를 찾기 어렵다.

그런 의미에서 앞에서 인용한 대로 "어느 시대에나 진정 잘 된 시에서 적절한 음악의 형식은 발견되어야 한다"는 진술은 다시 음미될 필요가 있다.

4. 고전적 전통과 세기말

1990년대는 한 세기의 끝이고, 새로운 세기의 시작이다. 크게 보아

1980년대가 시의 시대였다면 1990년대는 시의 위기의 시대였다고 정리될 것이다. 포스트모더니즘 이후 해체시의 횡행으로 인해 시 자체의 부정으로 치달으려는 성향이 두드러졌기 때문이다. 그러나, 표피적 현상을 좀더 주의깊게 응시하면, 고형진이 「90년대 젊은 시인들의 신서정과 고전적 미학」(『문학과의식』 1999년 봄호)에서 보여준 다음과 같은 시각도 나름대로 설득력이 있을 것이다.

> 90년대는 사회·문화적으로 시의 힘이 현저하게 떨어진 연대이다. 90년대 내내 시단을 떠돈 화두의 하나는 '시의 위기'였다. 그것이 비록 저널리즘적 화제성에서 비롯된 혐의가 있다고 하더라도, 90년대는 사회·문화적으로 영상 매체의 영향력이 급증하고 인문학의 소외 현상이 두드러지면서 '시'의 존재와 '시'의 미래에 대한 질문이 끊임없이 일어난 연대였다. 이러한 질문이 공개적으로 연이어 제기된 연대가 그전에도 있었는가? 90년대는 확실히 '시'가 특별한 상황에 직면한 연대였다. 90년대의 젊은 시인들은 이처럼 사회·문화적으로 시가 몰리는 상황 속에서 오히려 시의 古典을 향해 나아갔다. 그들은 영상 매체와 인문학의 소외가 두드러진 상황 속에서 오히려 시의 본래적 울타리를 튼튼히 가꾸며 재래적 서정시의 미학을 새롭게 가꾸어나갔다. 그리하여 천박한 대중문화의 범람 속에서 시의 위의와 광휘를 보여주었고, 시의 밝은 미래를 보여주었다. 그들은 시가 가장 어려운 상황 속에서 가장 본래적인 서정시를 가꾸어나감으로써 시의 힘을 보여준 셈이다.
>
> —같은 책, 20쪽

인문학의 위기의 시대에 오히려 젊은 시인들이 서정시의 미학을 가꾸어나가면서 천박한 대중문화의 범람 속에서 시의 위의와 광휘를 보여주었다고 고형진은 90년대의 시적 상황을 낙관적으로 바라보고 있다. 물론 그것은 확실한 시각이기는 하지만 지나치게 정태적인 것이 아닌가 하는 느낌을 한편으로 지울 수 없는 것 또한 사실이다.

그러한 지적은 안도현, 장석남, 이희중, 나희덕 등의 시작법이나 시적 태도에 관한 지적이라면 어느 정도 타당성이 있을지 모르지만, 이것을 90년대의 젊은 시인들 모두에게 적용한다면 그것은 지나치게 과대한 해석이 되고 말 것이다.

오늘의 문화적 상황을 전제한다면 오히려 우리는 고전적 작법이나 시적 태도의 문제보다는 유종호가 「고전의 매혹」(『문학과의식』 1999년 봄호)에서 다음과 같이 고전이 파생적 생산적 가치를 가지고 있다고 강조하는 것에 더욱 설득력을 느낄 것이다.

3천 년의 저녁 어스름을 뚫고 『오디세이아』는 단연 오늘의 얘기로 되살아나서 우리에게 다가와 눈짓하며 호소한다. 누구나가 『계몽의 변증법』의 저자들과 같이 빼어난 텍스트의 해독자가 될 수 있는 것은 아니다. 그렇지만 누구나 고전이란 제1텍스트에 자기 나름의 제2텍스트를 겹쳐 놓는 즐거움을 누릴 수 있다. 고전일수록 파생 텍스트의 가능성이 커지고 해독의 다양성도 커진다. 이것이 고전의 거역할 길 없는 만고 불역(不易)의 매혹이다. 고전을 읽지 않는 것은 지척에 있는 절경을 구경하지 않는 것처럼 행복에 대한 무엄한 외면이요 방자한 거부이다. 당신의 팔을 뻗어보라. 틀림없이 거기 비옥한 고전이 놓여 있을 것이다.
—같은 책, 14쪽

고전일수록 파생 텍스트의 가능성이 커지고 해독의 다양성도 커진다는 논리는 오늘의 우리가 겪고 있는 문화적·정신적 혼돈을 헤치고 나가는 데 필요한 총론적 해결책일 것이다. 김우창의 「시의 리듬에 대하여」가 구체적 각론이라면, 유종호의 「고전의 매혹」은 총론적 포괄성을 갖는다는 것이다. 그러나, 이 양자 사이의 공통점은 인문학적 지성에 근거한 창조성의 자기 발견에 있을 것이다. 그런 점에서 우리가 양자의 접근 방법에서의 차이를 인정한다 하더라도 궁극에 가서는 천박한 대중문화의 범람과 문화적 공동화 현상에 대한 양자의 시각은 공통점을 가지고 있다고 하겠다. 그리고, 이러한 시각들이 지향할 방향은 개체적 자기 규정의 확실성이 없는 시대에 그리고 가짜 개인적 스타일만 범람하는 시대에 진정한 객관적 스타일을 찾는 지적 패러다임의 전환으로 나아갈 것이라고 판단된다.

그것이 시의 음악을 발견하는 일이든, 아니면 더 거슬러가 고전의 매혹을 통해 파생적 텍스트의 다양성을 찾는 일이든 그 전체는 문화적 혼돈을 뚫고 나아가려는 인문정신의 자기 발견에 중심점이 놓여질 것이다.

우리가 강박적으로 사로잡혀 있는 문자문화란 인쇄문화가 발달하기 시작한 역사와 궤를 같이하는 것이며, 그것은 인류사에서 그렇게 오랜 시간이 아니다. 우리의 눈앞에서 펼쳐지고 있는 전자문화의 시대란 인쇄문화를 부정하고 성립되는 것은 아니다. 그럼에도 우리들이 느끼고 사고하고 행동하던 종전까지의 패러다임을 송두리째 뒤바꿔놓을 만큼 엄청난 변화가 인터넷의 신경 세포처럼 무차별적으로 퍼져나갈 것임에 틀림없다.

종래의 시적 감성이나 시적 방법에 머무를 것이냐 아니냐 하는 것은 오늘의 젊은 시인들이 선택할 문제이고, 비평가들 또한 이와 유사한 어떤 선택을 하지 않을 수 없을 것이다. 20세기 초두에 그랬던 것처럼 20세기의 세기말에도 김소월적 선례는 매우 교훈적이다.

그렇다면, 시적인 것이란 과연 무엇일까. 그것은 인간의 마음이나 감정의 움직임에 따라 형성되는 인간적인 반응일 것이며, 이때 인간적인 것이란 인간의 삶의 체험에 뿌리를 박고 있는 것이다. 많은 사람들이 예측하듯이 21세기에는 과학만능 시대가 될 것이고, 생명공학기술은 인간 복제도 가능케 할 것이다.

지난 70년대 이후 한국사회를 추동시킨 명제는 '인간은 기계가 아니다'라는 것이었다. 기계와 다른 인간 존재의 존엄성이 전제되어 있었다. 그러나, 앞으로 유전자를 조작하는 기술을 획득한 과학자들은 머지않아 '인간은 기술 정보다'라는 명제가 떠오르게 만들 것이다. 인간

과 동물의 경계가 무너지고 급기야는 가상 복제된 인간마저 등장할 날
이 머지않았을 것이라 말할 수 있다. 기술 정보 그 자체는 감정을 갖지
않는다. 거기에는 오늘날 우리가 말하는 시적인 것도 또한 존재하지
않을 것이다. 슬픔의 감정도 사랑의 감정도 존재하지 않을 것이다. 결
국 시적인 것에 대한 질문은 인간이란 무엇인가라는 질문에 대한 천착
이며 이를 통해 인간의 삶이란 무엇인가에 대한 새로운 개념 정립이
요구된다고 할 것이다. 새로운 세기가 다가오는 이즈음 우리의 문화
예술을 조망하면서 시적인 것의 근원에 대한 천착이 없거나 그러한 천
착이 아주 미미한 것에 불과하다면, "죽느냐 사느냐 이것이 문제로다"
라고 고뇌하던 인간 햄릿의 화두가 오늘의 시인들에게 그리고 그와 동
시에 오늘의 비평가들에게도 화살처럼 날아가 가슴에 박힐 것임에 틀
림없다.

(『한국문학평론』 1999년 여름호)

하이테크 디지털 문화와 현대시의 존재 전환

1. 인쇄문화에서 전파문화로

요즘 우리 시대의 문화적 화두는 디지털 문화이다. 디지털 문화는 일단 시에서 구술성과 문자성의 문제를 제기한다. 시적인 것이란 무엇일까. 기존의 선입관으로는 오래 생각해보아도 쉽게 풀리지 않을 만큼 시적인 것이 무엇인가라는 의문은 새롭게 제기된다.

구술성을 배제한 현대시는 결코 텍스트에서 벗어나지 못할 것이고, 인쇄된 종이 위의 글자에 사로잡혀 있는 한 시는 우리들에게 생명력을 잃어버리고 말 것이다.

인쇄된 문자로서의 시의 텍스트가 더이상 나아갈 길이 없을 때 우리는 해체시에 필연적으로 직면하지 않을 수 없었으며, 이제 이에 대한 새로운 대안이 제시되어야 할 것이다.

'시가(詩歌)'의 전통이 강력하게 이어져오던 우리 시에서 '시(詩)'

와 '가(歌)'의 분리는 근대성이 거론된 이후의 일이다. 모더니즘과 리얼리즘을 두 축으로 현대시가 추동되어왔던 것이 사실이지만, 포스트모더니즘 이후 부딪친 해체시라는 자기 부정의 시들 앞에서 우리들은 새로운 길을 모색하지 못하고 있다.

디지털 문화가 광범위하게 확산되어나가는 상황하에서 텍스트에만 집착하는 경우 그 심오한 논리적 정밀성에도 불구하고 우리는 끝내 시적인 것을 상실하고 말 것이다. 어쩌면 텍스트주의란 시의 역사를 지나치게 단절적으로 본 결과가 아닐까. 과학적 엄밀성을 내세우지만 텍스트의 신비화가 그 최후의 종착점이다. 이 신비화로부터 탈출하는 것이 오늘의 위기를 극복하는 길이 될 것이다.

활자문화 이전의 시대에도, 아니 오히려 더 직접적으로 문자 이전 시대의 사람들이 시를 노래하고 즐기는 생활을 누렸다고 해도 과언이 아니다. 시와 노래가 분리되기 이전의 원시 예술이 갖는 미적 역동성은 텍스트에 집착하는 우리들이 상상하기 어려운 일일 것이다.

구술성과 문자성의 역동성에서 시적 활로를 찾는 것이 텍스트 파괴로 인한 괴기스러운 자의식 앞에 직면한 시인들이 나아갈 길이라는 것이다. 구술문화에서 문자문화로의 역사적 이행은 거기에 머무르지 않고 이제 디지털 시대의 전자문화로의 진행이라는 대전환을 맞이하였다. 월터 J. 옹은 『구술문화와 문자문화』(이기우·임명진 옮김, 문예출판사, 1995)에서 '전자문화'를 '2차적인 구술성'(205쪽)이라고 부르면서 다음과 같이 말하고 있다.

전자기술은 전화, 라디오, 텔레비전, 가지각색의 녹음 테이프에 의해서 우리를 '2차적인 구술성'의 시대로 끌어넣었다. 이 새로운 구술성은 다음의 점에서 예전의 구술문화와 놀랄 만큼 유사하다. 즉, 2차적인 구술성은 그 속에 사람들이 참가한다는 신비성을 가지며, 고유한 감각을 키우고, 현재의 순간을 중히 여기는 한편, 나아가서 정형구를 사용하기조차 한다. 그러나 이 구술성은 그 본질에 있어서는 한층 의도적이고 스스로를 의식하는 구술성이며, 쓰기와 인쇄의 사용에 끊임없이 기초를 두고 있는 구술성이다. 쓰기와 인쇄는 이 구술성의 요구를 제조하고 기능을 발휘하는 데는 물론이고 그것을 사용하기 위해서도 없어서는 안 되는 것이다.

전자문화에서 쓰기와 밀접한 구술성이란 바꾸어 말하면 구술성과 밀접한 쓰기라고 말해도 과언이 아닐 것이다.

근대 이후 한국의 현대시는 구술성보다는 글쓰기를 앞세운 텍스트주의에 더 강하게 지배받은 것이 사실이다. 지금에 돌이켜보면 이 텍스트주의 배면에서 모더니즘과 리얼리즘은 얼마나 강력하게 우리 문화를 지배하던 이데올로기였던가. 그리고 얼마나 강력한 관념의 통제 수단이었던가. 신비평이나 구조주의의 화려한 논리적 완벽성 앞에 얼마나 많은 시인들이 주눅들어했는가. 우리 모두 20세기적 지적 패권주의에 속수무책이었던 것이다.

텍스트의 폐쇄성으로부터 벗어나, 구술적 연행의 개방성을 확보하는 것이 난관에 처한 우리 시에 절대적으로 요구되는 사항이라고 말하지 않을 수 없다.

시적인 것은 말로 불리고, 공동으로 참여하는 청중들과 함께 이루어 내는 하나의 하모니를 통해 성취된다.

인쇄된 활자들을 살아 있는 것처럼 배열하고 뒤틀고 해체하는 작업으로서의 시는 더이상 살아 있는 사람들의 마음에 감동을 불러일으킬 수 없다. 뿐만 아니라 그것은 우리들이 보고 듣고 느끼는 실제 삶의 감각을 반영한 것도 아니다. 텍스트에 밀폐된 자의식이란 이성주의의 틀에 갇힌 창백한 인텔리겐치아의 것일 뿐이다.

2. 기계적 메커니즘과 시가의 전통

　도시문명에 탐닉된 시인들은 자연 지향의 시들에 대해 심한 거부감을 갖는다. 신경질적인 불편함이 그들의 일차적 반응일 것이다. 문명의 이기들이 가져다 주는 안락과 쾌락을 선뜻 떨치기 힘든 것이 사실이다. 기술문명의 예찬이 무엇 때문에 비판되어야 하느냐. 둘러보라. 빌딩과 지하철과 컴퓨터와 엘리베이터 등등에 의해 우리들 삶이 안락하고 효율적으로 영위되고 있다. 오늘날 우리가 전화와 TV 없이 어떻게 생활할 수 있느냐고 반문할 것이다. 그렇다.
　그러나, 좀더 생각해보아야 할 것은 TV의 화면이 전하는 자연은 다음과 같은 A. 유팡키의 시 「바람의 노래」가 들려주는 자연과 다르다는 것이다.

　벌판 너머, 숲 너머 그리고 산 너머 끝 모를 바람이 분다. 보이지 않는 커다란 자루에 바람은 땅에서 솟아나는 모든 소리, 말, 중얼거림을 모아 담는다. 절규, 노래, 휘파람, 기도 등 인간과 산과 새들이 부르거나 혹은 우는 모든 진실은 바람의 커다란 마법 주머니 속에 빨려들어간다.

　하지만 때때로 그 자루는 너무 무거워져 그만 바늘땀이 터지고 말 때가 있다.

　그때 하늘 가득히 쏟아져내린다. 멜로디 한 조각, 한 소절의 후렴구, 우아한 휘파람 소리, 속담 한마디, 구성진 창(唱) 속에 숨어 있는 쓰린 심장 한 조각, 민요 가락 끝에 묻어나는 날카로운 소리의 공명 등이……

　그리고 바람은 지나간다, 풀잎 위엔 잃어버린 소리 조각들이 남아 이슬처럼 맺힌다. 간절한 기도의 염주알 같은 그 조각들은 시간과, 망각과,

폭풍을 견뎌낸다. 개중에는 말라버리거나, 부서지거나, 땅속에 묻히는 것
도 있다. 혹은 견뎌내는 것도 있다. 어떤 것은 빛깔이 더 영롱해지는 것
도 있다. 기적처럼, 시간과 망각은 하늘의 연금술에 의해 가끔 그 조각
들을 찬란한 보석으로 빚어낼 때도 있다.

그러다 가끔 그 조각들은 씨알(민중)의 영혼의 눈에 뜨일 때가 있다.
어느 날 누군가가 그것을 발견한다.
(······)
시간이 흐르고 꼬마들과, 어른들과, 새들과, 기타들이 목청을 돋운다.
혹은 고독한 아르헨티나의 밤에 혹은 청명한 아침에 혹은 생각에 잠긴
듯한 오후에, 그렇게 그들은 잃어버린 소리 조각들을 바람에 되돌려준
다.
그래서 바람과 가까운 친구가 되어야 한다. 바람 소리를 들어야 한다.
이해해야 한다. 사랑해야 한다. 쫓아야 한다. 꿈꿔야 한다. 바람의 방향과
언어를 이해할 수 있는 자, 그 목소리를 듣고 운명을 읽을 수 있는 자,
그는 세상의 흐름을 알고, 시를 받아 적으며, 노래를 뚫고 들어갈 수 있
으리라.
———A. 유팡키, 「바람의 노래」, 김홍근 옮김, 중에서

TV 화면에서 보는 '동물의 왕국'은 야생의 것이라고 할 수 없다. 가
공되고 처리된 자연이다. 꽁치 통조림 속의 꽁치와 같은 자연이라면
지나친 비유일까.
인간은 꽁치가 아니다. 기계적 메커니즘에 의해 절단된 자연을 자연
이라고 인식한다면, 그 스스로 얼마나 자기 기만에 빠진 것인가. 시인
은 그러한 자기 기만에 빠진 인간의 삶을 일깨우는 자이다. 잃어버린
소리의 조각들에 영혼의 눈을 뜨게 하는 자가 시인이다.
바람과 친구가 되고, 바람의 목소리를 듣고 운명을 읽을 수 있는 자
이다. 그는 가상이 아니라 진실을 노래하는 자이다. 그러므로 과학기술

문명이 발달할수록 그의 운명은 비극적이다. 통조림 속의 꽁치가 아니라 살아 헤엄치는 바다 속의 꽁치가 되고자 하기 때문이다.

바람의 노래를 거부하면서 인간은 문명의 진보를 거듭해왔고, 드디어 그 막다른 벼랑에 선 것이 오늘의 우리들이 아닌가. 인간들에 의한 자연 파괴와 환경의 파탄으로 자연의 재앙을 그 어느 때보다 심각하게 경험하고 있는 것이 작금의 현실이다.

20세기 초반 김소월은 「초혼」에서 산산이 부서져 파편화된 인간의 목소리를 다음과 같이 전한 바 있다.

부르는 소리는 비껴가지만
하늘과 땅 사이가 너무 넓구나

선 채로 이 자리에 돌이 되어도
부르다가 내가 죽을 이름이여!

—「초혼」 중에서

산산이 부서져 허공중에 헤어진 이름이란 삶의 경계선 저편에 있는 죽은 자의 혼을 부르는 것이요, 인간과 자연이 도저히 접근할 수 없는 간극을 경험한 자의 것이다. "부르는 소리"는 살아 있는 자가 죽은 자를 부르는 소리인 동시에 삶과 죽음의 경계선에서 사랑과 죽음을 동시에 인식한 자의 목소리이기도 하다.

이 목소리가 이제 21세기를 맞이하여 기술문명에 종속된 노예가 되어가고 있는 인간을 부르는 소리라면 지나친 비약이 될지 모르겠다.

김소월이 비탄의 목소리를 격정적으로 전해주고 있다면, 한용운은 「알 수 없어요」나 「찬송」에서 읽을 수 있는 것처럼 "시냇물의 노래"나 "얼음 바다에 봄바람"과 같은 생명의 목소리를 전해주고 있다. 한용운 시의 공감력은 그 난해성에도 불구하고 생명 원천에 대한 탐구를 담고 있기에 획득된 것이다.

윤동주 또한 「서시」에서

　　잎새에 이는 바람에도
　　나는 괴로워했다

고 고백하고 "별을 노래하는 마음으로" 죽어가는 모든 것을 사랑하겠다고 말한 바 있다. 죽어가는 모든 것을 사랑한다는 것은, 살아간다는 것을 그리고 살아 있음을 사랑한다는 뜻이다. 이처럼 사랑과 생명을 갈구하는 목소리를 전하는 김소월이나 한용운 그리고 윤동주 시에서 우리 근대시의 절정을 경험한다는 것은 결코 우연이 아니다. 우리가 잃어버린 소리의 조각들을 그들의 시가 되살려내고 있다는 것이다. 박두진의 「해」가 절창이 되는 것 또한 그의 시가 읽는 이 모두에게 힘찬 생명의 약동을 느끼게 하기 때문이다. 화자가 해에게 명령투로 말하는 독백 형식이지만 그 배면에는 단둘만의 대화가 아니라 시적 산문적 율동으로 인해 읽는 이 모두가 살아 있는 것들과 더불어 희망찬 생명의 향연에 초대받게 됨을 느낄 수 있기 때문이다.

　돌이켜보면, 우리 시가에는 구술적 전통이 강력하게 계승되고 있었다. 판소리나 시조창은 물론이고 서사 무가나 민요에서 우리 시가의 생명적 동인으로서 구술적 전통을 확인할 수 있다.

　이러한 구술적 전통은 20세기 서구 과학기술문명의 유입과 더불어 그 활력을 크게 상실하였지만, 그럼에도 이러한 흐름은 현대시에서도 끊이지 않고 이어져 크게 보아 다음 두 가지 정도로 대별된다. 민요 시인이라 불린 김소월에서 김영랑, 박목월, 박재삼 등으로 이어지는 민요적 서정시적 계보, 서사민요·판소리에서 서정주, 김지하, 신경림 등으로 이어지는 사설적 서사시적 계보 등이 그 주요한 흐름이라 요약할 수 있을 것이며, 앞으로 우리 시의 활로는 여기서 찾아져야 한다는 것이다.

3. 시적인 것과 살아 숨쉬는 인간들

육체와 정신이 분리될 수 없는 역동성을 갖고 있는 것처럼 구술성과 문자성 또한 분리될 수 없는 역동성을 갖는다.

해체를 위한 해체란 시를 막다른 파국에 다다르게 만든다. 해체와 생성의 변증법이 문자성에서 구술성으로의 전환에서 비롯된다는 시각이 요구되는 것은 바로 그러한 이유 때문일 것이다. 구술성과 단절된 텍스트나 텍스트와 단절된 구술성은 앞으로 존재하기 어려울 것이다.

현대 시인들이 텍스트 위에서 단어들을 배열하면서 그가 상정한 미지의 독자들에게 고독한 메시지를 전하고 있을 때, 텍스트를 박차고 나아간 시인들은 바람의 노래를 살아 있는 목소리로 다수의 청자들에게 구연하게 될 것이다.

서정시인이란 바람과 친구가 되고, 바람의 목소리를 듣고 그 운명을 읽을 수 있는 자이다. 그 운명의 막다른 지점에 도달하기까지 그가 기뻐하고 슬퍼했으며 그리고 즐거워했던 일들을 살아 있는 인간의 목소리로 전하는 것이 그의 임무일 것이다.

대부분의 시인이나 비평가들이 텍스트주의에서 벗어나지 못하고 있는 오늘의 현실을 돌이켜보면서, 우리는 『시경(詩經)』의 최초 주석서인 『모시(毛詩)』의 '서(序)'를 다시 한번 음미할 필요가 있을 것 같다.

시(詩)는 뜻이 가는 것을 나타낸 것이니 마음속에 있는 것을 지(志)라 하고 말로 나타내면 시라고 한다. 정(情)이 마음속에서 움직이면 말에 나타나니, 말로 부족하기 때문에 탄식하고, 탄식으로 부족하기 때문에 길게 노래 부르며, 길게 노래 부르는 것이 부족하면 자기 자신도 모르게 손으로 춤을 추고 발로 뛰는 것이다(詩者, 志之所之也, 在心爲志, 發言爲詩. 情動於中而形於言, 言之不足故嗟嘆之, 嗟嘆之不足故永歌之, 永歌之不足, 不知手之舞之, 足之蹈之也).

『시경』이 편찬되던 시기에 '시(詩)'와 '가(歌)'와 '무(舞)'가 하나의 종합적 행위로서 이루어지던 예술의 시대가 있었다는 것은 주지의 사실이다. 그것은 춤이자 노래이고, 노래이자 시였을 것이다. 위의 인용에서 '말'은 구술적 문화 속에서의 말이지 쓰기문화를 통해 익숙시킨 '글'이 아니다. '글' 이전의 '말'의 위력을 실감할 때 우리는 디지털 시대에 열려질 '글' 이후의 '말'의 예술적 역동성을 깨닫게 된다는 것이다.

이와 같은 구술적인 연행을 염두에 두고 창작되지 않은 시는 이제 더이상 자기 한계를 극복하기 어렵다는 것이 나의 판단이다. 해체와 분해의 길이 아니라 새로운 종합에의 길로 창조적 에너지를 결집시켜야 할 것이다. 뿐만 아니라 디지털 시대의 모든 매체들을 최대로 활용할 수 있어야 할 것이다. 이 점에서 보자면 일부 성급한 논자들이 문학의 죽음을 선고했지만, 오히려 시의 새로운 부활을 선언해야 할 것이다.

그러나 많은 시인들은 지금까지 자기가 익숙시켜온 종이 위의 시 쓰기를 멈추기 어려울 것이고, 비평가들 또한 그러하지 않을까. 글쓰기란 얼마나 혹독한 훈련을 요구하는가. 그러나, 지금 우리에게 절실한 것은 시적인 것에 대한 발상의 전환이다. 백지의 사막에 남아 있을 것인가 아니면 살아 있는 인간의 목소리를 되찾을 것인가 하는 문제는 시인들 각자가 선택할 몫이자 그들의 운명일 것이다.

시적인 것이란 인쇄된 활자 속에 숨겨져 있는 사물이 아니라 숨쉬고 살아가는 인간들이 경험하고 느끼는 구체적인 삶의 감정이나 숨결이라는 것이다.

4. 21세기 시와 디지털적 존재 방식

젊은이들이 전자오락실의 DDR(Dance Dance Revolution) 위에서 신바람 춤을 추고 있는 장면을 보면, 앞으로 그들의 놀이문화가 크게 달라질 것이라는 느낌을 받는다. DDR이 젊은 세대들에게 선풍적 인기를 얻고 있는 이유는 DDR을 하고 나면 심신이 후련하고 상쾌하다는 것이다. 아마도 온몸으로 자신을 표현할 수 있기 때문일 것이다.

21세기가 "찬란하고, 환희에 차 있으며, 야만스럽고, 행복하고, 기상천외하고, 기괴하고, 도저히 살 수 없고, 인간을 해방시키며, 끔찍하며, 종교적이며 종교 중립적인 사회"가 될 것이라 전망한 자크 아탈리 Jacques Atali는 그의 『21세기 사전』에서 앞으로의 예술을 다음과 같이 규정하고 있다.

> 예술은 미지의 길을 사용하고 새로운 방법을 빌려 쓰나 늘 동일한 목표를 추구할 것이다. 감동시키고 고양시키고 다른 이들이 전에 한 것과는 다른 방식으로 세상을 보고 듣고 만지고 느끼고 맛보도록 하는 것.
>
> 고전적인 표현 방식(그림, 조각, 음악, 문학, 연극, 영화)이 지금까지는 상상하지도 못한 문화와 기술의 만남을 주선할 것이다. 소리의 변조, 색깔의 혼합, 소재의 여과 등…… 선택한 재료를 개인의 취향에 따라 배합하는 손수 제작 '맞춤형' 예술을 추구할 것이다. 초상화 예술에 대한 새로운 수요도 생겨날 것이다. (……)
>
> 가상 현실이나 꿈속 유토피아를 넘어 예술은 실제로 체험하는 유토피아가 될 것이다. 새로운 미학이 생겨날 것이다. 자기 삶을 예술작품으로 만드는 것이 바로 그것이다. 예술을 창조할 권리가 인권으로 자리잡을 것이다.
> ―『21세기 사전』, 편혜원·정혜원 옮김(중앙M&B, 1999), 213~214쪽.

문화와 기술의 만남이 지금까지는 상상할 수 없는 표현 방식의 변화를 초래하고 가상 현실이나 꿈속의 유토피아를 넘어 유토피아를 실제로 체험하게 하는 예술이 탄생할 것이라는 아탈리의 전망은 대체로 많은 사람들이 동의할 것이다.

그러나, 위의 언급에서 특히 주목해야 한다고 생각하는 것은 "예술을 창조할 권리가 인권으로 자리잡을 것이다"라는 명제이다. 자신의 삶을 예술로 만들고 싶어하는 인간의 소망을 권리이자 인권으로 바라보고 있다는 것은 매우 흥미로운 지적이라고 하지 않을 수 없다. 자기의 삶을 예술로 승화시키면서 '자신을 끊임없이 창조하는 경지'란 바로 다름아닌 불사불멸의 꿈을 성취하는 것이라 할 수 있을 것이다.

이때 자신의 삶을 예술로 승화시키는 첫출발이 시적인 것으로부터 비롯함은 물론 그 마지막 단계 또한 시적인 것으로 완성된다는 것이 필자의 생각이다. 그것은 인간이 인간이고자 하는 최초의 출발점인 동시에 인간이 인간이고자 할 때 도달할 수 있는 최상의 지점에 대한 자각과 그 완성이 될 것이다. 물론 그 완성은 끝없이 파괴되면서 이루어지고, 이루어지면서 파괴되는 한 지점을 말하는 것일 수도 있다.

컴퓨터나 인터넷이 인간의 인간적인 문제를 모두 해결해줄 것이라는 희망적·낙관적 비전이 21세기의 우리를 이끌 것이다. 그러나, 과연 그러할까. 인간적인 것과 기술 정보 사이에서 중심축이 기술 정보 쪽으로 기울면 더욱더 인간적인 것에의 갈망과 향수가 촉발될 것이다. 유토피아에서나 가능하다고 꿈꾸어왔던 모든 일들이 실제 현장에서 가능하게 된다면, 인간의 삶은 기괴하고 끔찍한 것이 되고 말 것이며, 오히려 그러한 현실에서 도피하고자 하는 시도를 하지 않을 수 없다는 것이다. 이때 가상과 현실을 판별하고 완충하는 작용을 하는 것이 예술이 될 것이며, 그 핵심에 시적 감수성이 작용하리라는 것이다.

상황이 그렇다고 하더라도 앞으로 시는 어떻게 존재할 것인가 반문해보지 않을 수 없다. 지금까지의 사회문화적 제도로서 시가 발표되고 향유되는 것과는 전혀 다른 방식이 되리라는 것은 의심할 바 없다. 예상되는 방식은 크게 보아 다음 세 가지이다.

첫째, 거대 패러다임으로 대중들의 의식을 통합하고 지배하는 시적 사고는 분화되고 모든 시적 운동들은 소집단화될 것이다. 잘게 분화되어 때로는 작은 취미 그룹으로 세분될 것이다. 유사한 기질과 취향을 같이하는 사람들이 동질감을 공유하며 자기의 삶을 시로 표현하는 즐거움을 통해 자기 존재를 확인하고자 할 것이다.

둘째, 표현 매체가 활자문화에서 전파문화로 뒤바뀔 것이며, 새로운 기술 개발에 의한 매체들을 적절히 사용할 때 그들에게 공감하고 동참하는 사람들의 호응도 커질 것이다. 시를 주도하는 집단이나 이데올로기는 분화되겠지만, 시라는 예술 양식은 시와 노래, 춤은 물론 다양한 매체를 종합하는 방향으로 나아갈 것이다. 활자문화에 집착하는 일부 엘리트주의 집단은 점점 소수로 전락할 것이며, 그들의 사회적 영향 또한 감소할 것이다. 대중문화나 고급문화라는 이분법적 개념 구분 자체가 사라져간다는 것이다.

셋째, 레고 게임과 같은 조립과 해체의 놀이문화가 일부 퍼져나가겠지만 시의 경향은 명상과 관조를 통해 자기 존재를 예술적으로 드높이려는 쪽으로 전개될 것이며, 이러한 방향이 적절치 않을 때 많은 시들이 왜곡되고 불구화될 것이다. 특히 명상과 사색의 시편들을 음악에 실어 노래로 유행시킬 수 있는 음유시인들이 등장할 것이며, 그들은 아탈리의 표현대로 유목문화의 대변자가 될 것이다. 21세기에는 예술가는 물론 인간 모두가 불멸의 꿈이 실제로 가능한 현실로부터 유배자가 될 것이며, 그로 인해 새로움으로부터 뒷걸음치고 싶은 인간들의 불안을 위로하는 예술이 필요할 것이라는 전망 때문이다.

식민지 해방이나 사회 혁명이 20세기에 뚜렷하게 자리잡을 수 있었던 것은 유토피아에 대한 공동체적 환상 때문이었다. 그러나, 그 유토피아가 환상이 아니라 현실에서 실현되고 그것을 직접 체험할 수 있게 된다고 할 때 인간들은 자기 자신에게 심한 배신감을 느끼지 않을까. 이런 것은 내가 하려고 했던 것이 아니야. 그렇다면 그 주인공은 누구일까. 아마도 오늘도 혁신을 거듭하며 자기 복제를 멈추지 않는 컴퓨터가 그 주인공일 것이다. 그리고 컴퓨터는 그 기계적 속성으로 인해 그 종말이 인간에게 행복한 것이냐 아니냐에 크게 관심이 없을 것이다. 그것이 점점 불가능하게 되어간다고 하더라도 작동하는 컴퓨터를 멈추고 인간적인 것을 돌아보게 하는 것이 시라고 필자는 생각한다.

복제양 '돌리'가 탄생(1996)하고, 복제 원숭이 '테트라'가 탄생(2000)하면서 멈출 수 없는 시계를 멈추게 하는 것도 인간이고 그 시계를 더 빨리 촉진시키는 것도 인간이다. 난치병을 극복한다는 명분을 앞세워 인간 복제를 감행할 것인가 아니면 유일무이한 자신의 삶을 시적으로 승화시키면서 자신의 인권을 보존할 것인가 하는 것이 앞으로 인류사의 난제가 될 것이다. 그러나, 21세기 모두에 서 있는 지금 아직도 그 선택권은 우리 인간에게 있다고 판단된다. 시와 인간이 모든 생명체와 더불어 운명을 함께할 수밖에 없다는 문명사적 명제는 유종호에 의해 다음과 같이 간명하게 요약된다.

여치야
번지없는 풀섶에서
밤을 새는 여치야
임마
이제 너는 죽었다!
이제 우린 죽었다!

—「시는 죽었다」 끝부분

시가 죽고 신이 죽고 그 다음 여치가 죽고 마지막 인간이 죽는다. 제4행의 의도적 호칭에 이어 마지막 두 행의 되풀이는 인류사 종말의 강조이다. 인간이 죽고 나면 아무리 찬란하고 환희에 찬 문명이라도 그것이 무슨 소용이 있겠는가. 사이보그 인간이나 복제 인간이 활보하는 세상이 온다면 시적인 것을 가능케 했던 모든 인간적 감성들이 사라지거나 전혀 다른 것으로 뒤바꿔지고 말 것이다. 전기나 에너지에 의해 작동되는 기계적 인간들의 기괴하고 끔찍한 세상이 천국처럼 펼쳐지게 될 것이다.

(『문학과의식』 2000년 봄호)

생태묵시록 시대와 신인간의 한계 상황

1. 생태시학에 대한 반성

새 천년의 최대 쟁점으로 떠오르고 있는 것은 사회적으로는 인류의 존재 근거가 되는 자연과 환경 문제일 것이며, 문학적으로는 환경과 생명이 화두가 되는 생태문학일 것이다. 이는 물론 과학기술의 진보가 끝없이 가속화된다는 전제를 머금고 있다.

이러한 문제와 관련하여 필자는 「에코토피아의 시학과 신인간의 역사철학적 방향」(『시와사람』 1999년 겨울호)을 발표하였고, 이어서 「새로운 세기에도 시인이 존재해야 하는 이유」(『시와환경』 2000년 4월호, 토지문학관 세미나 주제 발표) 등을 발표한 바 있다. 「에코토피아의 시학과 신인간의 역사철학적 방향」은 이에 앞서 발표된 「21세기를 향한 에코토피아의 시학」(『하나의 도에 이르는 시학』, 고려대 출판부, 1997)에 제안한 필자의 논지에 대한 반성적 시각을 제시한 것이다. 생태시의 문제가 외부에 있는 것이 아니라 인간의 내부에 있다는 것이며, 앞으로의 쟁점 또한 이러한 방향으로 전환되어야 한다는 것이 필자의 견해이다. 「새로운 세기에도 시인이 존재해야 하는 이유」는 과연 21세기에 인류가 시인의 존재 없이 자신들의 삶을 풍요롭게 영위할 수 있는가에 대한 회의에서 비롯된 글이다. 고도 기술 정보에 의해 생명까지도 조작할 수 있는 시대에 인간이 자신의 존재 이유와 삶의 근거를 어디에서 찾아야 하는가 하는 의문이 필자의 주된 관심사였다.

이 두 편의 글이 발표된 이후에도 생명공학은 끝없는 발전을 거듭하여 이제 복제 인간이나 인조 인간의 탄생이 기술적으로는 거의 가능한 단계에 이른 것이 아닌가 판단된다. 이 세계사적 명제 앞에 과연 오늘의 인간들은 어떻게 대처할 수 있을 것인가. 필자 또한 뚜렷한 방향감각을 가지기 어려울 정도이다. 그러나 편집자의 거듭된 요구에 의해 이미 발표한 「에코토피아의 시학과 신인간의 역사철학적 방향」에 약간의 첨삭을 가하여 수록하고, 여기서 한 걸음 나아가 최근에 전개되는 상황에 대한 경고적인 의미에서 시적 과제를 마지막으로 검토하는 것으로서 필자의 입장을 정리해두고자 한다(이하 2, 3, 4장은 이미 발표한 것을 첨삭한 것이다).

2. 생태계의 파괴와 인간 존재의 부정

20세기가 마감되면서, 심각하게 다가오는 세계사적 쟁점은 자연 파괴와 생태계 변화이다. 자연의 파괴는 그것으로 그치는 것이 아니다. 더 심각한 것은 인간성의 부정이다. 과학기술의 놀라운 발전은 인간들로 하여금 테크노피아의 세계를 눈앞의 현실로 만들어주었지만, 그와 동시에 자연 생태계의 파괴와 인간 존재의 부정이라는 심각한 위기 상황을 초래케 한 것이다.

한국문학에서 산업 공해와 자연 재해가 제기되기 시작한 것은 1970

년대 중반 성찬경의 시 「공해시대와 시인」(1974)이나 김용성의 「사해(死海) 위에서」(1976)나 김원일의 「도요새에 관한 명상」(1979) 등의 소설에서 비롯되지만 사회적 쟁점으로 크게 확산되지는 못했다. 1978년 10월 5일 정부는 피해자들의 거센 요구를 잠재우고 나름대로 방향 정립을 위해 소극적이기는 하지만 '자연보호헌장'을 제정하였다. 그러나 산업 재해나 공해 문제는 군부 독재와 독점 권력의 타도를 목표로 한 민주화 투쟁에 밀려 중심적 과제로 떠오르지 못했다. 산업 공해의 문제들은 90년대를 고비로 김지하의 「생명과 환경」(1990. 12) 등은 물론 김성곤의 「문학생태학을 위하여」(『외국문학』 25호, 1990)를 비롯한 비평적 관심의 부각, 그리고 공산주의 이데올로기의 몰락과 더불어 중요한 사회·문화적 쟁점이 되었으며, 20세기를 마감하는 오늘에 이르러서는 그 어느 문제보다도 인류의 미래를 가늠하는 심각한 논의의 대상이 되고 있다. 그러나, 최근 많은 논문들이 활발하게 축적되고 있지만 생태학에 대한 철학적 천착이나 문학적 심화 과정에 결정적 전환의 계기를 마련해주는 체계적 논리나 작품이 발표된 것은 아니다. 이는 아직 우리 학계나 문단의 대응이 초보적인 단계를 크게 벗어나고 있지 못하다는 증거이기도 하다. 이런 와중에서도 이진우의 『녹색 사유와 에코토피아』(1994)나 이남호의 『녹색을 위한 문학』(1998. 5), 임도한의 「한국 생태시 연구」(1998. 12, 고려대 박사 논문), 김경복의 『한국의 아나키즘 시와 생태학적 유토피아』(1999), 박희병의 「한국의 생태사상」(1999) 그리고 신덕용의 『초록 생명의 길』(1997)과 『환경 위기와 생태학적 상상력』(1999) 등이 종래의 산발적인 논의를 종합하여 진일보한 최근의 저작들이라고 할 수 있다. 특히 박희병은 한국의 전통사상에서 생태사상의 근원을 탐색했으며 신덕용은 환경과 문학의 상관성에 집중적이며 지속적인 관심을 보여주었다는 점에서 주목할 만하다.

　생태시를 최초로 분류한 이건청의 「한국시와 생태 환경 문제」(『현대시』 1996년 5월호)에 이어 필자 또한 시적 상상력의 생태학적 전환이라는 시각에서 「21세기를 향한 에코토피아의 시학」(1996)이라는 글을 통해 환경 생태 위기의 심각성을 지적하면서 1970년대부터 1990년대 중반까지의 생태시를 민중적 생태 지향시, 전통적 생태 지향시, 모더니즘적 생태 지향시 등 세 가지 갈래로 분류한 바 있다(생태문학의 여러 논의의 흐름에 대해서는 신덕용과 임도한의 논문을 참조하면 도움이 될 것이다).

지금까지 필자의 시각에 대해 크게 다음 두 가지 반론이 제기되었다. 첫째, 한 시인의 작품 경향은 어느 하나로 분류할 수 없다는 것, 둘째, 지나치게 기존의 시사적 갈래의 틀에 의거하고 있다는 것 등이다. 이러한 반론에는 그 나름의 논거가 있다고 여겨지지만, 필자의 입장에서도 다음 두 가지를 깊이 생각하고 그러한 분류를 시도했음을 말해 두고 싶다. 그 하나는 아직 한국에서는 생태 환경 위기에 대한 깊은 인식을 갖고 지속적으로 작품을 쓰는 시인이 드물다는 것이다. 시사적으로 그때그때 제기되는 산발적인 대응일 뿐 그의 전 작품을 꿰뚫는 주제의식을 가지고 현실의 쟁점들을 작품으로 승화시킨 경우는 많지 않다는 것이다. 이른바 시적 사고의 패러다임을 전환하여야만 새로운 감성과 통찰력으로 자신의 예지를 표현할 수 있는 것이라고 필자는 판단한다는 것이다.

다른 하나는 시적 사고의 패러다임을 전환한다고 하더라도 20세기의 한국시를 갈래 짓던 커다란 줄기와 생태문학을 단절시켜 생각할 수 없다는 것이다. 생태 지향의 시들이 기존의 문학과 전혀 다르게 갑자기 하늘에서 뚝 떨어지는 것은 아니라는 점을 분명히 인식해야 한다. 지속과 변화 속에서 지나치게 변화에만 주목한다면 그것이 아무리 엄청난 것이라도 전후 문맥을 절단시켜버리는 결과를 초래한다는 것이다. 어떻든 아직 우리 학계나 문단은 생태학적 사고나 그 문학적 응전에서 혼란과 과도기적 상황을 크게 벗어난 것이 아니며, 생태 지향의 시들에 대한 필자의 분류 또한 이러한 과도기적 상황을 그대로 반영한 것이다.

생태문학의 명칭이나 분류에 대해 이미 많은 비평가들에 의해 다종

다양의 제안이 있었다. 그러나 생태문학이 그 이전의 문학과 전혀 다른 별종의 것임을 지나치게 강조한다면, 그들의 제안에 그 나름의 유효성이 부분적으로 인정된다고 하더라도 그 설득력이 얼마나 지속될 것인가에 대해 이의가 제기될 것이라는 점을 인식해야 할 것이다.

현재까지 거론된 생태문학의 문제점은 다음과 같이 요약된다. 하나는 생태문학이 지나치게 현장적이고 소재적이며 산발적이라는 점이다. 다른 하나는 전통 사상과 현대의 생태문학론이 긴밀하게 접맥되지 않았다는 점이다. 전통 사상에서 앞으로 생태문학이 나아가야 할 어떤 이론적 근거를 찾는다면 생태문학은 더욱 확고하게 뿌리를 내리게 될 것이라고 판단된다. 그렇다면 생태시학은 어떻게 전개되어야 할까. 필자가 제안한 「21세기를 향한 에코토피아의 시학」에서 근본적으로 문제가 되는 것은 무엇일까. 이 의문을 실마리삼아 '에코토피아와 신인간의 역사철학적 방향' 이란 주제에 접근해보기로 하겠다.

3. 에코토피아와 신인간의 근거로서의 인간

유토피아라는 것은 인류사의 과거에만 존재했던 것일까. 아니면 새롭게 다가올 테크노피아의 세계에 존재하게 될 것인가. 유토피아가 가진 매혹적 유혹에도 불구하고 선뜻 테크노피아의 세계로 나아가지 못하는 것이 우리들 인간의 고민이다. 「21세기를 향한 에코토피아의 시학」은 다음과 같은 문제의식에서 비롯되었다.

문제는 다가오는 21세기에도 과연 지구라는 녹색 별이 인간들의 삶을 풍요롭게 부양할 수 있는 생태계를 적절히 유지할 수 있는 것인가이다. 여기에는 크게 낙관론과 비관론이 있을 것이나 우리에게 필요한 것은 실현 가능한 삶을 위한 모색과 각성이 지구를 위해서, 그리고 앞으로도 지구에 생존해야 하는 인간을 위해서 강구되어야 한다는 것이다.

　자연에 대한 일방적인 착취가 한계를 넘어서고, 위기가 다가와도 그것을 해결하려는 노력이 없다면 우리는 끝내 파국에 도달하고 말 것이기 때문이다.
　　　　　—최동호, 『하나의 도에 이르는 시학』, 고려대 출판부, 1996

　그러나, 과연 위에서 제기한 문제의식은 얼마나 적절한 것인가. 돌이켜 생각해보면 이와 같은 시각에는 '인간/자연'이라는 이항 대립이 '기술 개발/자연 파괴'라는 또다른 대립항을 전제로 하고 있는 것이라는 점에서 가치 중립적 사고로의 전환이 제대로 발휘되었다고 말하기 어렵다.

　필자는 위의 글에서 김지하의 「생명과 환경」이 "합리적·체계적 패러다임에 의해 전개되기보다는 풍수사상과 동학의 진보사상에 회귀함으로써 발전적·진취적으로 나아가지 못한다"고 비판한 바 있다. 특히 김지하가 인용하고 있는 '동기감응론(同氣感應論)'이 순환적 연속 사관에 근거한 풍수사상의 범주를 크게 벗어나지 못한다는 점에서 논리적 설득력을 확보하지 못했다고 지적하였다.

　물론 김지하는 「생명과 환경」에서 한 걸음 나아가 「생명 가치의 구체화를 위한 방향」(1994. 12)에서 다음과 같이 인간의 '영성'을 강조하고 있다.

　생명 과정은 무엇인가? 생명은 살아 있음의 과정이다. 살아 있음은 스스로 움직이고 스스로를 조직하며 시간 속에서 지속적으로 존재하는 현상인 생성, 성장, 변화 및 사멸 그리고 종족 번식을 특징으로 한다. 시간의 정지는 과정의 정지이며 생명의 정지이다. 이 흐르는 과정을 지속적으로 가능하게 하는 것을 신기(神氣)라 할 수도 있고 내발적 에너지라 할 수도 있다. 이 내발적 에너지는 외부와의 내적 필연적 연관성을 특징으로 한다. 생명 과정은 인간과 우주 자연, 인간과 인간, 인간과 자기 자신, 상호간의 관계성, 순환성, 다양성과 영성을 특징으로 한다. 특히 관계

성, 순환성, 다양성이 단위 생명체들이 만들어내는 세계 전체에 초점을
둔 생명 과정의 특성이라면, 네번째의 영성은 생명체 한 단위의 포괄적
통일성과 세계와의 연관을 함축한 것이다. 이 네 가지 특성은 생명 과정
에서 서로 분리될 수 없다.

―김지하, 『틈』, 솔, 1995

이 글은 90년대 초반 뜨겁게 논의되던, '세계화'라는 명제에 대응하
여 '지방'은 무엇이고, '생명'은 무엇인가에 대한 성찰을 담고 있다.
특히 '영성'을 강조하면서 영성을 "생명체 한 단위의 포괄적 통일성과
세계와의 연관"으로 파악한다는 점에서 이는 남다른 통찰력이라 할 만
하다.

또한 생명의 과정에서 그가 강조하는 것은 '조화'와 '통합'인데, 문
제는 이러한 논리가 어떤 현실적 통어력과 설득력을 가질 수 있는가가
문제일 것이다. 김지하는 여기에 머무르지 않고 1998년에는 전통 풍류
도를 바탕으로 한 문화운동단체 '율려학회'를 발족시키고 '율려'란
"제대로 숨쉬고 노래 부르고 춤추고 배설하는" 것이라 정의하고 "마음
이 변하지 않고는 생태계를 지킬 수 없고, 문화가 변하지 않고는 정
치·경제·사회를 변화시킬 수 없습니다. 특히 인간에 대한 해석이 변
하지 않고는 아무것도 바뀔 수 없다"고 주장하면서 '신인간주의 문화
운동'을 펼치겠다고(『문예중앙』 1999년 봄호, 중앙일보, 1999년 3월 29
일자 등) 말한 바 있다. 그의 주장에서 "인간에 대한 해석이 변하지 않
고는 아무것도 바뀔 수 없다"는 명제 자체에 대해서는 누구도 쉽게 이
의를 제기하기는 어렵다.

그러나 김지하가 제창하는 '율려운동'이나 '신인간주의 문화운동'은
크게 다음 두 가지 점에서 검토의 대상이 된다. 하나는 그의 논리적 근
거가 복고주의적 지향을 갖고 있는 것이 아닌가 의아심을 갖게 만든다
는 것이고 다른 하나는 우주적 삶을 회복한다는 명제가 거창하기는 하
지만 지나치게 허황하게 들린다는 것이다. 그는 "정복자·착취자로서

의 주체가 아니라 우주 만물을 책임감 있게 보살피는 주체로서 인간, 우주적 책임을 가지고 두루두루 이롭게 하는 성숙한 인간이 바로 홍익 인간이고 신인간이라고 할 수 있습니다"라고 말하고 있다.

과연 그러할까. 홍익인간이란 말이 남용되는 것은 아닐까. 앞으로의 21세기적 인간상이 과연 김지하가 내세우는 그러한 '신인간'일까 하는 의문을 떨쳐버릴 수 없다. 신인간으로서 그가 어떻게 우주적 책임을 가질까 등등의 의문이 생긴다. 오히려 그와 정반대로 앞으로의 인간은 더욱 탐욕스러워질 뿐 아니라 지금까지 자신을 지켜오던 자기 존재의 정체성마저 부정하고 자기를 주체하기 힘든 인간이 되는 것은 아닐까.

인간이란 어떤 존재일까. 소포클레스는 「안티고네」에서 인간이 얼마나 무서운 존재인가를 다음과 같이 노래했다.

무시무시한 것이 많이 있지만, 인간보다
무시무시한 것은 아무것도 없다네.
그는 폭풍우 치는 남쪽의 잿빛 바다 위
거센 파도를 가르며 돌진해가네.
결코 소멸하지도 않고 결코 지칠 줄도 모르는
신들의 지고한 땅마저 파헤치고
해마다 말과 당나귀를 끌고
쟁기와 보습으로 쑤셔대네.

코러스에 불린 이 노래는 아무리 상상할 수 없을 만큼 교활하고 풍부한 재주를 지닌 인간이라 하더라도 나라의 법과 신께 맹세한 정의를 지키는 자만이 그 나라를 영원히 우뚝한 것으로 만들겠지만, 그렇지 못할 경우 파멸에 이르게 된다는 뜻을 전하는 것으로서 그 자신이 강요하는 국법을 내세워 신께 맹세한 정의를 지키지 않은 크레온에 대한 경고를 담고 있다.

오늘의 인간은 어떠한가. 쟁기와 보습을 버리고 광학 현미경과 슈퍼 컴퓨터를 동원해 신의 영역을 침범하려는 자들이 아닐까. 인간의 탐욕은 많은 문학작품에서 징벌의 대상이었지만, 인간의 어리석음에 대한 18세기 영국 시인 포프Alexander Pope의 지적은 다시 음미할 만하다. 그는 『인간론』에서 인간이란 '어두우면서도 지혜롭고, 거칠면서도 위대한 존재'라는 양면성을 갖고 있다고 하면서 다음과 같이 결론짓고 있다.

> 자신 있게 그 자신을 신으로도 짐승으로도 생각 못 하며
> 자신 있게 정신도 육체도 선택하지 못하며
> 태어나선 죽고, 판단하되 그르치며
> 그의 이성이 그 정도니, 적게 생각하나
> 많이 생각하나 무지하기는 마찬가지.
> 사상과 감정은 온통 뒤죽박죽의 혼란.
> 언제나 미망에 속고 깨고
> 일어났다 주저앉도록 지어지고
> 만물의 영장이면서도 만물의 제물이라.
> 진리의 유일한 재단자이면서도 끊임없는 오류 속으로 내던져지니
> 진정 온 세상의 영광이요, 웃음거리요, 수수께끼로다.

인간이 오류를 가진다는 것을 인정하는 것과 인간의 능력을 절대 신뢰한다는 것은 사물을 이해하는 데 커다란 차이를 가져온다. 진리의 유일한 재단자로서 인간은 신에 가까운 존재이다. 그는 만물의 영장이요 온 세상의 영광이다. 그러나, 인간의 이성은 때로는 보잘것이 없어 끊임없이 오류에 던져지고 인간은 세상의 웃음거리가 되기도 한다. 이 인간의 양면성을 고려할 때 인간이란 존재는 영원한 수수께끼일 수밖에 없다.

포프는 어디까지나 인간과 우주 사이의 어떤 연관을 상정하고, 이 연관이 깨어질 경우 인간이 얼마나 오류에 빠질 수 있는가를 역설하고

있다. 호머가 말한 인간과 자연 사이의 '황금 고리'가 있다는 전제하에
인간의 어리석음과 본성을 말한 것이다. 그럼에도 불구하고 데카르트
이후의 사유하는 존재로서의 이성적 인간은 끝내 니체에 이르러 신의
사망을 선고하고 자연의 정복자로 군림하게 되었으며, 자본주의라는
이데올로기는 인간의 욕망을 자극하면서 20세기 인간들의 찬란한 기
계문명을 이룩하였던 것이다. 그리고 우리는 20세기 문명의 마지막 단
계에서 종전의 패러다임으로는 해결하기 어려운 생태계의 파괴와 인
간 존재의 부정이라는 위기 상황에 직면한 것이다.

　그렇다면, 동양의 인간관은 어떤 것일까. 동양에서의 인간은 하늘과
자연을 매개하는 절대적 존재일 뿐만 아니라 자연과 인간은 불가분의
관계에 있는 동시에 다음과 같이 천지와 공동 창조자로서 인식되고 있
다.

　오직 천하에 지극히 성실한 이만이 자기의 타고난 본성을 극진히 할
수 있다. 자기의 타고난 본성을 극진히 할 수 있다면 사람의 타고난 본
성을 극진히 할 수 있다. 사람의 타고난 본성을 극진히 할 수 있으면 만
물의 타고난 본성을 극진히 할 수 있다. 만물의 타고난 성질을 극진히
할 수 있으면 천지가 만물을 화육(化育)하는 운동에 참여하고 도울 수
있다. 천지가 만물을 화육하는 운동에 참여하고 도울 수 있다면 천지,
즉 우주와 더불어 그 운동에 공동으로 참여할 수 있다.

　唯天下至誠, 爲能盡其性. 能盡其性, 則能盡人之性. 能盡人之性, 則能盡
物之性. 能盡物之性, 則可以贊天地之化育. 可以贊天地之化育, 則可以與天
地參矣.

—『중용(中庸)』 22장

　우선 『중용』에서 우리는 사람의 타고난 본성과 만물의 타고난 본성
을 이원적으로 파악하고 있지 않다는 점에 주목할 수 있다. 그리고 인
간이 지극함으로 만물과 하나가 된다면 천지의 화육운동에 동참하는

공동 주체가 될 수 있다. 위의 인용에서 되풀이 강조되는 것처럼 지극히 하여 타고난 본성과 하나가 된다는 것은 지극히 어려운 일임에 틀림없다. 그럼에도 자연과 인간이 대립하거나 인간이 자연에 군림하려는 자세는 찾아보기 힘들다.

인간 존재의 근거가 자연이라는 사실은 인간과 자연이 궁극적으로 하나이며, 인간이 자연을 파괴할 수 없으며 자연 또한 인간을 부정할 수 없다는 뜻이다. 천지가 만물을 화육하는 운동에 동참하는 인간은 창조적 주체이지 파괴적 주체가 아니다. 왜 그러할까. 인간은 자연으로부터 오고 자연으로 돌아가는 존재이기 때문이다.

16세기 조선조의 철학자 서화담(徐花潭)은 자연의 순환 과정에서 인간이 어디로부터 왔는가에 대해 다음과 같은 시를 남기고 있다.

> 추위를 물리치는 창을 문득 남으로 열어젖히니
> 얼굴에 맞이하는 서늘한 바람에 봄기운이 돌아오네
> 맑디맑은 하늘빛은 의구하게 머니
> 비로소 나의 본성이 어디로부터 왔는지 알겠네.
> 屛寒窓牖忽南開
> 迎面冷風淑氣回
> 湛湛天光依舊遠
> 始知吾性所從來
> —「창문을 열고 읊음(開窓吟)」,『花潭先生文集』제1권

인간의 본성이 만물을 화육하는 자연으로부터 왔고 하늘이 그 주재자가 된다는 것은 자연과 인간을 분리시켜 생각하지 않는 동양적 사고는 물론이고 한국적 사고의 근원이 되고 있음은 두말할 필요가 없다. 한국인들에게는 유(有)와 무(無)는 물론이고 생(生)과 사(死) 또한 하나로 사고하는 경향이 일반적이며, 음(陰)과 양(陽)의 화육운동 속에서 인간과 자연이 조화를 이루는 것을 이상적 목표로 삼고 있다고 할 것

이다.

　서화담은 「천기(天機)」라는 시에서 "조물주의 기밀은 알기 어렵다 (玄宰難見幾)"라고 하면서도 다음과 같이 끝맺고 있다.

　　봄이 돌아옴은 인자함이 베풀어짐을 보겠고
　　가을이 이름은 위엄이 펼쳐짐을 알겠네
　　바람이 불고 나면 달이 밝게 빛나고
　　비가 온 뒤에는 풀이 풍요롭네
　　보노니, 하나가 둘을 생(生)하고
　　물물(物物)이 서로 의지하네
　　현기(玄機)를 꿰뚫어 얻어
　　허실(虛室)에 앉으니 휘휘한 빛 일어나네
　　春回見施仁　秋至識宣威
　　風餘月陽明　雨後草芳菲
　　看來一乘兩　物物賴相依
　　透得玄機處　虛室坐生輝

―「천기」 끝부분

　봄이 자연의 인자함을 가을이 자연의 위엄을 나타내주는 것처럼 바람과 달, 비와 풀 등이 서로서로 생육하고 의지하고 있음을 노래한 이 시에서 자연물의 상호연관은 물론 상생의 이치를 표명하고 있는 자연사상이 확인된다. 조물주의 기밀은 알기 어렵지만 이렇게 자연 현상을 통해 조물주의 뜻을 파악하는 주체가 되는 것이 바로 인간이다. 그 또한 조물주의 뜻에 따라 만물이 서로 의지하고 있다는 '물물상의(物物相依)'의 사상을 깊이 천착할 때 구극의 진리인 자연의 빛을 통찰할 수 있을 것이다(전통 사상에서 생태문학의 여러 근거들은 박희병의 「한국의 생태사상」 참조).

　이러한 자연사상을 체득한 인간이라면 결코 자연의 파괴자나 정복자가 되려고 하지 않을 것이다. 이런 점에서 본다면 탐욕적 인간이 아니라 자연과 의지하는 인간, 어리석고 오만한 인간이 아니라 천지만물의 생성에 동참하는 인간이 동양적 인간의 이상형이다. 그러한 인간이 테크노피아 세계의 기술적 인간형이 아니라 에코토피아의 창조적 인간형이 될 수 있지 않을까. 물론 이러한 대비는 극단적이고 편의주의적인 면이 있다. 그럼에도 자연 파괴를 극단적으로 가속화시키고 있는 탐욕적 인간을 대할 때『중용』에서 말하는 창조적 인간이 우리에게 더 지극하게 느껴진다는 것 또한 부인하기 어렵다.

　한 걸음 물러서서 생각한다면, 김지하가 설정한 '신인간'은 상당 부분 동양적 인간형을 전제하고 있다. 기계문명의 모순과 부조리를 뛰어넘을 수 있는 대안으로서 그 나름의 설득력을 갖는다. 그럼에도 김지하가 주장한 신인간은 인간의 탐욕과 자기 파괴에 대한 안티테제로서 이상적 인간이라면 모르지만, 현실에서 우리가 만나는 인간은 탐욕으로 일그러지고 마침내 자기를 부정하는 복제 인간을 만들어낼 위기에 처한 것이 오늘의 상황이라는 것이다. 오늘의 현실을 지배하는 것은 일차적으로 동양적 인간형에 대한 서양적 인간형의 승리이며, 현실 상황은 20세기적 물질문명의 추구에서 비롯된 것임은 두말할 필요가 없다.

4. 신인간의 역사철학적 의미

　앞에서 필자는 「21세기를 향한 에코토피아의 시학」의 기본 논리가 인간과 자연이라는 대립항을 전제하고 '기술 개발/자연 보존'이라는 이항 대립을 가치 중립적으로 심도 있게 파악하지 못했다고 말한 바 있다. 결국 인간과 자연을 분리시키고, 자연에 대한 인간의 파괴와 그로 인한 재앙이라고 문제의 핵심을 보고 있다는 것이다. 그것은 문제를 외각에서 파악한 시각에 불과하다는 것이 필자의 반성이다. 오늘날 자연 파괴로 인한 자연 재해가 도처에 일어나고 있다는 것은 누구나 경험하고 눈으로 볼 수 있는 구체적인 사실이지만, 더욱더 중대한 위기는 인간의 내부에 있다는 것이다. 인간의 밖이 아니라 인간의 내부에 문제의 출발점이 있다는 것이다. 자연 파괴의 현장을 답사하고 분노하고 흥분하는 것만으로 문제가 해결될 수 없다. 그것은 어디까지나 내적 동기를 가진 인간 행동의 결과일 뿐이다.

자본주의를 추동시킨 인간의 탐욕은 가공할 만한 기술 공학을 발전시켜왔고, 앞으로도 기술문명의 발전 속도를 가속화할 것이다. 기술 공학이 국가 경쟁력으로 나타날 것이며, 이 경쟁에서 패배한 국가는 지구촌의 변방으로 사라져갈 것이라고 전망된다. 그러나, 여기서 우리가 분명히 인식해야 할 것이 있다. 그것은 기술 공학의 발전과 더불어 생명 공학의 발전이 끝내는 인간 복제에 이르게 될 것이라는 사실이다.

1999년 4월 '쥐-인간'이 탄생될 것이라는 보도는 1996년 7월 5일 영국에서 복제양 돌리가 탄생했을 때 예견된 일이며, 국내에서도 한우가 복제되어 그 이름을 '진이'로 명명했다는 것 등은 머지않아 인간 복제의 시대가 다가오리라는 사실을 예고해준다.

'쥐-인간'의 생식세포 클로닝cloning(미수정란의 핵을 체세포의 핵으로 바꿔놓아 유전적으로 꼭 같은 생물을 얻는 기술)이나 한우 복제에서 사용된 '암수 교배 없이 체세포를 복제해 대리모에게 수정란을 이식시키는 방법' 등은 생명 공학의 발전이 국내외를 막론하고 어느 정도 수준에 있는가를 보여준다.

이러한 사실들은 지금까지 확고하게 지켜져왔던 인간과 동물의 경계선이 무너지고 있음을 알리는 것이며, 생명체로서 인간의 유일 절대성이 부정됨을 뜻하는 것이다. 복제된 인간이 우글거리는 세상이 된다면, 전통적인 의미에서의 가정도 파괴될 것이고 윤리·질서가 근원적으로 부정될 것이다. 인류사를 지배해왔던 종교도 뿌리가 흔들릴 것임에 틀림없다.

그러나 문제의 심각성은 여기서 끝나지 않는다. 『21세기의 승자』란 저서로 한국에도 널리 알려진 자크 아탈리는 최근 가상 미래 소설『자본주의를 종식시킨 사랑 이야기』에서 21세기의 인간 복제는 가상 복제와 생물학적 복제 두 가지 방향으로 진행될 것이라 예견하여 우리에게 또다른 충격을 안겨주고 있다. 인간을 3차원의 가상 현실에서 재현한 가상 복제, 즉 '클론 이마주clone-image'는 5~10년 후면 실용화될 것이라는 것이다. 그는 가상 복제 인간과 사랑에 빠진 한 남자가 자신의 실연이 모든 물체와 생물들을 그대로 복제할 수 있는 '악마적' 신기술의 결과임을 깨닫고, 이 사실을 전 세계 시장에 알리면서 모든 재화 가치가 소멸하고 자본주의는 2037년 12월에 종말을 고한다고 쓰고 있다. 이는 생명 공학의 발전이 결국 어디로 향하게 될 것인가를 보여주는 준엄한 경고라고 하지 않을 수 없다. 그러나, 누가 이 기술 경쟁에서 뒤처지려고 할 것인가. 2005년 안팎에 사람들은 자기의 모든 유전자 정보를 컴퓨터에 보관하게 될 것이라는 예견 또한 결코 예견으로 끝나지 않을 것이다. 생물학적 복제는 물론 가상 복제도 마음대로 할 수 있게 된 인간은 과연 어떻게 자신을 조절해야 할 것인가.

21세기를 맞이하는 오늘의 인류는 자연 파괴와 인간 존재의 부정이라는 두 가지 해결하기 어려운 난관에 부딪쳤다고 하지 않을 수 없다. 이런 시점에서 최성각의 환경 소설「동강은 황새여울을 안고 흐른다」(『세계의문학』1999년 봄호)는 지나치게 낭만적이고 소박한 것이다. 최성각의 소설에서 볼 수 있는 보상을 겨냥한 유실수 심기, 외지인의 투기, 주민들의 찬반 갈등, 수자원공사의 엉터리 환경영향 평가보고서 등등은 우리가 발딛고 있는 한국적 현실을 섬뜩하리만큼 날카롭게 드러내는 것이기는 하지만, 아직도 우리나라의 지식인이나 문인들의 지적 사고의 패러다임이 크게 전환되지 못했음을 입증하는 예가 될 것이다.

자연과 일체감을 갖고 생활하고 사고해왔다는 동양적 사유나 철학이 오히려 무차별적으로 자연을 파괴하거나 초월적 신비주의로 도약해버리는 맹점을 어떻게 합리적 논리로 극복할 것인가가 문제일 것이다. 여기서 우리는 인간과 자연, 정신과 물질의 유기적 상관성을 강조하면서 인간과 자연을 살아 있는 정신적 관계로 연결짓는 인간에 대한 새로운 개념 규정을 통해 인류가 처한 위기 극복의 예지로 결집시켜야 한다고 믿는다. 바로 이 점에서 한스 요나스Hans Jonas가 기술 시대의 생태학적 윤리로서 "신은 우리를 도울 수 없다. 우리가 신을 도와야 한다. 그것이 우리 자신을 궁극적으로 돕는 길이다"라는 명제를 내세우고 주장했던 책임의 원칙에 대한 천착이 요구된다.

오늘의 책임을 미래 차원으로 확장함으로써 결론적 주제인 유토피아가 등장한다. 전 세계를 포괄하고 있는 기술 진보의 동력은 그 자체에 유토피아주의를 함의하고 있다. 물론 이것은 계획되었다기보다는 경향적으로 그러하다. 전 지구적 미래관을 가지고 있는 윤리학의 하나인 마르크스주의는 기술과의 연합을 통해서 유토피아를 명백한 목표로 부상시켰다. 이러한 사실로 말미암아 유토피아적 이상을 상세하게 비판하는 것이 필요하다. 이 이상은 태곳적 인류의 꿈을 함축하고, 이 꿈을 하나의 사업으로 실행할 수 있는 수단을 기술에서 찾을 수 있다고 생각하기 때문에, 예전의 안일한 유토피아주의는 이제 오늘날 인류가 가지고 있는—바로 가장 이상적이기 때문에—가장 위험한 유혹이 되어버렸다. 생태학적으로뿐만 아니라 인간학적으로 실패하고(전자는 증명될 수 있고, 후자는 철학적으로 해명될 수 있다) 있는 목표 설정의 오만성에 대해 책임의 원칙은 공포와 경외가 명령하는 보다 겸손한 과제를 대립시킨다.
　　　—한스 요나스, 『책임의 원칙』, 이진우 옮김, 서광사, 1994

요나스의 이 글은 공산주의 체제가 붕괴되기 이전에 씌어진 것이므로 전 지구적 미래관의 하나로서 마르크시즘을 논하고 있지만, 공산주의 체제가 무너지고 기술 권력의 지배가 더욱 강력하게 행사되고 있는 오늘의 상황에서도 그 나름의 설득력을 갖는다.

그는 종래 윤리학이 순간적 행위가 갖는 윤리적 성격만을 강조했을 뿐 순간적 행위와 더불어 살고 있는 이웃의 권리까지 확장되지 못했다고 지적하고 미래를 예견하고 지구의 전 영역을 인과성의 의식 속에 포함시켜야 하며, 그런 점에서 종래의 윤리학이 결여하고 있던 책임의 원칙을 강조하고 있다. 직접적으로 말하자면 인간과 인간, 인간과 자연 사이에 이루어지는 모든 행위에서 책임의 원칙이 적용되어야 한다는 것이다. 순간의 행위가 아니라 인류의 미래에까지 윤리학의 범위를 확장시켜야 한다는 그의 지적은 기술 권력의 지배하에 파괴되는 자연 생태계는 물론 인간의 인간성의 파괴에 직면한 오늘의 우리들에게 절박한 호소력을 전달해준다.

뿐만 아니라 여기서 우리가 깊이 생각해보아야 할 것은 요나스의 책임의 원칙이 『중용』에서 말하는 지극한 인간 그리고 타고난 본성을 극진히 할 수 있는 인간의 실천의지와 상통한다는 점이다. 사람의 타고난 본성과 만물의 타고난 본성을 극진히 하여 천지가 만물을 화육하는 운동에 참여하고 도울 수 있는 인간이야말로 타고난 본성에 대한 책임의 원칙을 실천하는 인간일 것이다. 서화담이 말한바 만물이 서로서로 의지하고 있다는 사실은 다시 한번 각성할 필요가 있다. 책임의 원칙을 현실에서 실천하는 인간은 분명 김지하가 말하는 신인간과 어떤 변별적 경계선을 갖는다. 우주만물을 두루두루 책임지고 이롭게 하는 신인간은 그 책임의식이 지나치게 과장된 것으로 느껴지기 때문이다. 모든 것을 책임진다는 것은 때로는 어떤 것도 책임지지 않는다는 것을 뜻하기도 한다. 자연의 파괴자나 기술 권력의 유토피아가 지닌 환상을 투철하게 깨달은 인간이 바로 인류의 미래를 책임질 수 있는 인간일 것이다. 그가 쉽게 노래 부르고 춤추고 배설할 수 없음은 자명한 일이다.

인간이 인간으로서 유일 절대의 고유성을 지키며 자연 생태계와 적절한 조화를 이루며 인류사를 전개한다는 것은 21세기를 조망하는 지금의 시점에서 신인간이 가져야 할 역사철학적 의미가 될 것이다. 김지하류의 신인간이 매우 거창한 것이기는 하지만 현실성이 제거되어 있다는 점에서 한국의 현대시에서 인간 탐구는 앞으로의 진로를 모색하기 위해 더욱 힘든 탐구의 도정을 거쳐야 될 것이다. 미모와 지성을 가진 여성의 난자가 공산품처럼 인터넷을 통해 경매에 부쳐졌다(1999년 10월 25일자 조선일보, 동아일보, 중앙일보)는 보도는 앞으로 인류가 어떤 세상을 살아가야 하는가를 단적으로 보여주는 예일 것이다. 가상이 아니라 현실이 문제이며, 어제가 아니라 오늘이 그리고 오늘은 물론이지만 내일이 더 적절하게 활용되는 패러다임을 창출하는 것이, 신인간 시대의 도래를 눈앞에 둔 우리들의 과제이다. 그런 점에서 인간의 자유는 책임과 결합되지 않을 때 그 존엄성을 유지할 수 없다는 자각이야말로 새로운 세기를 맞이하는 신인간의 존재 근거가 될 뿐만 아니라 문학적 탐구의 목표가 된다는 사실을 깊이 되새겨야 할 것이다.

5. 인간 게놈과 생명 공학의 상품화

인간의 유전자 지도를 밝히는 제1단계의 연구가 완성 단계에 이르고 있다는 연구진의 발표가 2000년 5월 8일에 있었다고 한다(5월 10일자 조선일보, 동아일보, 중앙일보). 특히 인간의 21번 염색체의 완전 해독은 다운 증후군과 같은 '선천적인 정신지체'의 원인 규명과 치료약 개발에 중요한 디딤돌이 될 것이라고 말하고 있다. 인간의 질병 치료에 목적을 둔 것처럼 보도되고 있는 '인간 게놈 프로젝트(HGP)'는 앞으로 정보산업 분야보다 더 큰 시장 규모를 가질 것으로 예상되고 있다.

유전자가 상품화되는 시점에서 보자면 생태 환경의 문제는 생명체 그 자체의 문제로 심화될 것이며, '윤리 논쟁'이 그 조절 능력을 갖지 못한다면, 이제는 생명체 자체가 상품으로 생산되고 판매될 것이라는 전망을 갖지 않을 수 없게 된 것이다. 선천적 질병 치료라는 아름다운 목적에만 사용될 것인가에 대해 강한 의문을 갖지 않을 수 없다. 머지

않아 있게 될 인간 유전자 암호의 완전한 규명이 인류에게 복음이 될 것인지 아니면 재앙이 될 것인지 하는 문제는 눈에 보이는 자연 파괴나 환경 공해와는 차원이 다르다. 최근의 또다른 보도는 인간의 장기 매매가 실제 질병 치료보다는 성형이나 미용에 더 많이 이용되고 있다고 한다. 생명 공학의 발전이 지금까지 인류가 해결하지 못한 엄청난 과학적 진보를 이룩하고 있는 것은 분명한 사실이지만, 이로 인해 윤리적 책임에 대한 배려가 없다면 그 폐해 또한 그에 상응하는 것이 되리라고 전망하지 않을 수 없다.

이런 상황에서 우리는 인간의 과대망상과 오만에 대한 경고로서 권천학의 다음의 시를 떠올려보지 않을 수 없다.

나는 믿는다 인간의 힘을
그리고 과학의 기적을.

토마토 가지에서 감자가 열리게 하고
죽은 자의 심장을 뽑아
산 사람 가슴팍 파고 옮겨담아서
생명의 촉수를 밝히는
인간의 하이테크라면
쓰레기와 공해 그리고 산성비쯤에도 꺼떡없을
신품종의 인간도 만들 수 있을 테니까.

농약이나 페놀을 제거시키는
활성탄화 왕겨가 개발되었다는
아침신문을 보면서
그러면 그렇지
나는 끄덕인다.

어쩌면 이제 개량종 인간 제작에
들어갔을지도 모른다.
머지않아 몇 가지 유형의
개량된 신품종 인간과
필요할 때마다 갈아끼울 수 있는
인조 양심의 샘플이
휴대용 곁들여
TV 광고 화면을
가득 메우게 될 테니까.

—「21세기의 과대망상」 전문

신품종의 개량 인간이 거리를 활보하고 인조 양심의 샘플이 대량으로 판매되는 시대가 온다면 과연 그것이 인류가 꿈꾸던 유토피아가 실현된 현실일까.

지금까지 인간을 인간답게 만들어왔다고 여겨지는 삶의 가치나 덕목의 중요성이 혁명적 대전환을 이루게 되는, 이렇듯 눈부시게 화려한 세상을 눈앞에 두고 책임이 원칙을 논하고, 양심과 진실을 주장하는 것은 어쩌면 문자 그대로 해묵은 논쟁거리를 부추기는 것에 불과한 것이라 도외시될지도 모른다. 멸종된 동물을 되살려내고, 인조 양심의 샘플을 만들어내는 인간이란 전지전능의 존재인 동시에 20세기까지의 인간에 의한 그리고 인간적인 모든 것을 멸종시키고 단절시키는 위험한 모험을 감행하는 인간이라 단언할 수 있을 것이다. 인간이 인간에 의해 인간을 부정하는 모순에 도달한다는 것이다. 시가 필요하고 예술이 존재하는 것은 인간이 인간으로 존재하고자 할 때이다. 환경 공해와 산성비와 무관한 신품종 인간이란 인간이 아니라 로봇 인간일 것이다. 로봇 인간에게는 사랑도 슬픔도 책임도 없을 것이며, 시와 예술도 쓸모없는 것이리라. 시를 필요로 하고 예술을 갈망하는 것이 인간이고 사랑과 슬픔을 갖고 사는 것이 인간이다.

『중용』에서 말하는 것처럼 천지만물을 화육하는 운동에 참여하고 도울 수 있는 것이 인간이며, 우주와 더불어 그 운동에 공동 참여자가 인간이다. 그러므로 우리는 다시 한번 심도 있게 요나스의 "신은 우리를 도울 수 없다. 우리가 신을 도와야 한다. 그것이 우리 자신을 궁극적으로 돕는 길이다"라는 명제를 음미해보아야 한다. 유토피아에 대한 안이한 환상이나 인간의 오만을 깨뜨리지 않는다면 산아율은 더욱 저하될 것이며, 로봇 인간이 활보하는 세상에서 제약회사 TV 광고에 그 자신의 존재가 부정당해야 하는 머지않은 미래를 조망하는 지점에 이른 것이 오늘날 생태시학이 직면한 한계 상황이라고 하지 않을 수 없다.

(『한국문학평론』 2000년 여름호)

소설어의 어휘적 계보와 특성

1. 소설어를 찾아서

『소설어사전』에는 표제어 1만5841개와 속담·관용구 2405개, 그리고 용례 2만3036개 등이 수록되어 있다. 이는 작가 365명, 장편 315편, 중단편 1180편, 북한소설 122편 등의 작품에서 선별된 것들이다. 이 사전을 편찬하는 과정에서 확인된 한국 현대소설어의 중요한 특성을 요약적으로 기술하는 것이 이 글의 목표이다.

그러므로, 이 글은 기존의 소설 연구가 주제나 등장 인물의 성격, 그리고 구성 등의 형식 미학을 중심으로 이루어져왔다는 것에 대한 하나의 반성적 자료가 될 것이다. 소설의 토대를 이루는 것은 정치·사회적 압력이나 유행 사조의 파동 이상으로 더 깊게 상상력을 자극하는 동적 질료로서의 소설어, 즉 어휘에 대한 천착과 그것들의 심화라는 사실을 우리는 여기서 다시 한번 생각해보지 않을 수 없을 것이다.

시와 달리 소설은 현실의 압박이나 타락이 심할수록 독특한 힘을 발휘하여, 그 매개체로서의 소설은 어떤 시어도 감당할 수 없는 부정적·비판적 기능을 담당한다고 보는 것이 일반적이다.

소설은 묘사의 예술, 산문의 문학이다.

소설은 시가 할 수 없는 것을 해낼 수 있는 특이한 예술이다.

시는 지저분한 현실에 대한 악의를 이렇게까지 교묘·섬세하게 표현할 수가 없다.

그러므로 소설은 시가 절망하는 곳에서 교묘하게 활동할 수 있는 것이다.

이래서 세태 묘사의 소설은 풍자시와 같이 작자 자신의 자태를 그렇게 똑똑히 내놓지 않고 단지 묘사되는 현실 그것을 통하여 독자에게 현실의 지저분함을 능히 전달할 수 있는 것이다.

그런 때문에 묘사되는 현실이란 실로 하나의 정신적 가치를 갖는 것이며 세태소설이란 순전히 소설의 이런 측면에다만 작자가 자기를 의탁할랴는 문학이다.

　　　　　—임화, 「세태소설론(世態小說論)」, 동아일보, 1938. 4. 5.

채만식의 『탁류(濁流)』(1937)나 『태평천하(太平天下)』(1938)는 물론이고 홍명희의 『임꺽정(林巨正)』까지도 '세태소설'이란 관점으로 바라보는 임화의 시각에서 말한다면, 소설이야말로 타락한 현실에 가장 강력하게 대응하는 특성을 가진 예술 양식이라고 규정할 수 있을 것이다. 현실이 타락할수록 묘사의 예술로서 소설이 위력을 발휘한다는 것은 부인하기 어려운 사실이다. 뿐만 아니라 여기서 말하는 "묘사되는 현실"이란 소설어에 의해 구축된 현실이다. 그 현실이 정신적 가치를 갖기 위해서는 소설어에 함축된 색깔과 냄새가 삶의 실감을 유감없이 표현할 때 가능한 것이리라. 삶과 어휘의 불가분성이 여기서 확인되며 삶의 현장에서 퍼져나간 어휘의 그물을 통해 우리는 다양한 삶의 방사망을 포착할 수 있는 동시에, 다시 어휘의 그물을 통해 "묘사되는 현실"로서 삶의 진실을 간파할 수 있는 것이다.

이러한 전제를 바탕으로 하여 이 글은 다음 두 단계로 진행된다.

첫째, 소설 어휘의 계보를 가능한 범위 내에서라도 밝혀보는 것이다. 이는 우리에게 소설사를 바라보는 새로운 시각을 열어줄 것이다. 어휘에 대한 탐구 없이 진정한 소설은 씌어지지 않는다는 것이 우리들의 관점이다. 하나의 단어, 하나의 문장으로 고민해보지 않은 사람은 진정한 작가라고 말하기 어렵다.

둘째, 작가들의 어휘 구사에서 고유어의 분포도가 어떻게 형성되는가이다. 어떤 작가이든 그들이 성장한 유년기나 청소년기의 언어를 떠나서 소설적 상상력을 전개하기는 어렵다. 이는 일차적으로 지역성을 떠나서 성립하기 어려운 것이며, 이러한 언어의 다양성으로서의 '말맛'의 다양성은 우리 문학의 다채로운 창조성을 반영하는 일이 될 것이다. 한 작가의 성장 배경에서 지역성이나 교육, 문화, 환경 등은 어휘의 지역적 분포도인 동시에 문화적 스펙트럼으로 작용한다는 점에서 우리에게 흥미로운 시각을 열어줄 것이다.

2. 소설어의 어휘적 계보

지금까지 소설사 연구의 대부분은 연대기별로 또는 작가에 따라 그리고 그들의 작법이나 주제 등에 대한 탐색으로 이루어져왔고, 작품의 사회사적 의미도 중요한 몫을 차지해왔다.

지난 백년의 한국사가 숨가쁘게 진행되어왔다면, 소설이 씌어지고 연구된 역사 또한 바쁘게 진행되어왔다고 해도 과언이 아니다. 특히 서구의 문학 연구 방법이나 비평적 논리는 우리의 소설비평이나 연구에서 주도적 영향력을 행사해왔다고 해도 과언이 아니다.

지극히 미시적이지만 소설의 어휘들을 응시하고 있으면, 그것이 매우 작은 활동의 반경을 가진 것처럼 보인다고 할지라도 생성과 쇠퇴를 거듭하면서 소설 생성의 원동력으로 작용하고 있음을 깨닫게 된다. 소설 어휘의 흐름을 살펴볼 때 대체로 다음 세 가지 유형이 관찰된다.

(1) 고유어 계보
(2) 인공어(외래어) 계보
(3) 고유어, 인공어 혼합 계보

위와 같이 세 가지로 나눌 수 있다 하더라도 (1)과 (2)의 계보가 주로 나타나며, (3)의 계보는 채만식 이후 그렇게 두드러지게 관찰되지는 않는다. 특히 최근에 이르러서는 (1)의 계보보다는 (2)의 계보가 강화되고 있는 것이 전체적인 흐름이다.

우리 현대소설 초창기 작가들인 이광수나 김동인의 경우 그들의 첫 발표작이 일본어로 씌어졌다는 사실도 간과해서는 안 될 것이다. 초창기 작가로서 소설쓰기의 어려움을 김동인이 다음과 같이 고백하고 있다는 사실은 (2)의 계보가 얼마나 우리 현대소설에 강한 영향을 미치고 있는가를 알려준다.

> 소설을 쓰는 데 가장 먼저 봉착하여—따라서 가장 먼저 고심하는 것이 '用語'였다. 구상은 일본말로 하니 문제가 안 되지만, 쓰기는 조선글로 쓰자니 (……) 더욱이 나는 자라난 가정이 매우 엄격하여 집안의 하인배까지도 막말을 집안에서 못 쓰게 하여 어려서 배운 말이 아주 부족한데다 열다섯 살에 외국에 건너가 공부하니만치 조선말의 기초 지식부터 부족하였고 게다가 표준어(경기말)의 지식은 예수교 성경에서 배운 것뿐이라, 어휘에 막히면 그 난관을 뚫기는 아주 곤란하였다.
> ―김동인, 『문단30년사』, 동인문학전집 8권, 홍자출판자, 1967, 395쪽

김동인은 1919년 「약한 자의 슬픔」이란 소설을 쓸 때 겪었던 어려움

을 위와 같이 회고하고 있다. 특히 그는 자신이 고심한 것이 조선말의 용법과 소설 어휘의 부족이었다고 솔직하게 고백하였다.

표준어 지식이 박약하다고 고민하던 그에게 염상섭이 경기도 마누라를 얻으라고 권고했다는 충고는 지금에 와서 돌이켜보면, 하나의 삽화적인 이야기 같지만 당시의 그에게는 매우 중대한 작가적 고민이었을 것이다.

여기서 더 지적해두고 싶은 것은 15세 이전의 유년기에 배운 말들이 한 인간의 상상력과 감성의 원천이 된다는 것이고, 토박이 말을 제대로 배우지 못한 그가 인공어 계보의 작가의 선두에 서게 된다는 것은 매우 역설적인 상관성으로 이해된다는 점이다. 반응 양식은 다양하겠지만 글쓰기와 구상의 괴리 현상을 극복하고자 하는 예술적 충동에서 한국 현대소설이 출발하였다는 사실을 단적으로 보여주는 것이 위의 진술이다. 김동인이 ①구어투 탈피, ②과거형의 도입, ③ 'He' 'She'를 대명사 '그'로 표기한 것 등이 자기의 공로라고 강조하고 있지만, 이는 김우종의 『한국현대소설사』(선명문화사, 1968)에 이르면 김동인의 올바른 공적에 해당되는 것은 '사투리 사용' 뿐이라고 폄하된다. 이것이 소설사의 변증법이라면, 김동인만이 아니라 우리 모두에게 이는 결코 단순한 역사적 사실만은 아닐 것이다.

『상록수』(1935)의 작가 심훈은 우리말과 글에 대한 소감을 쓴 「무딘 연장과 녹슨 무기(武器)」에서 우리말과 글을 자유자재로 구사하기 위해서는 외국인과 같은 학습과 노력이 필요하다고 강조하고, 당시 문단에서 가장 풍부한 어휘를 가진 작가로 벽초(碧初), 상섭(想涉), 빙허(憑虛), 민촌(民村) 네 사람을 예로 들었다.

碧初先生은 漸次 아깝게 파묻혀가는 옛날의 순전한 朝鮮말을 다시 파내고 자취없이 달아나는 보배를 붙잡아다 적당히 벌여 쓰는 데 있어 獨壇場이니 그 점에 있어 그의 座右에 나갈 사람이 없다. 언제 끝날지 모르는 林巨正傳 六百數回를 거침없이 時體의 熟語나 述語는 단 한마디를 안 쓰고도 넉넉한 작품을 살려나가는 데는 嘆服하지 않을 수 없다. 한번 林巨正傳을 直讀하면 적어도 數千의 語彙를 배워 얻을 수가 있을 것이다.

—『심훈전집』 3권, 탐구당, 1966, 564쪽

이어서 심훈은 상섭(중인계층의 용어 구사)과 빙허(경상도 태생인데도 서울놈 뺨치는 기호 지방 말의 통달), 그리고 민촌(충청도 지방 농민의 말을 뛰어나게 구사) 등의 어휘적 특성을 함께 지적하고 있다.

이는 작가들이 각각의 출신계층과 그들의 개성에 따라 소설어의 용법을 사용하고 있음을 지적한 예인데, 여기에는 서울 출신 작가로서 심훈 자신의 토박이 말과 글에 대한 고투의 무게가 실려 있다고 하겠다. 특히 위에서 거론한 (1)계열 작가의 대표자로 홍명희의 경우 당대의 다른 많은 분들의 평가가 그러했던 것은 물론이지만 오늘의 시각에서 보더라도 『임꺽정』이 토박이 말의 보고와 같다는 사실은 누구도 부인할 수 없는 것이다.

당대는 물론이고, 그 이후로도 좀처럼 유례를 찾기 힘든 『임꺽정』에 나타나는 홍명희의 어휘적 특성은 다음 다섯 가지 정도로 요약된다.

첫째, 궁중으로부터 관아, 절, 농민, 부녀자, 장사치, 대장장이, 백정, 광대, 기생, 무당, 노름꾼 등에 이르기까지 여러 계층과 다방면에서 사용되는 어휘가 다양하게 구사되고 있다.

궁중(납시다, 무수리, 수랏간), 관아(거먹초립, 구실아치, 급장이, 포장), 절(불목하니, 소도바), 농민(새경, 억대우), 부녀자(너울, 안찝), 장사아치(동무장사, 시계전, 여리꾼, 들병이), 대장장이(머루마치, 모루, 쇠뿌러기), 광대(줄타기, 땅재주), 기생(놀이채, 몽두리), 무당(포함, 공수, 넋두리), 노름꾼(무대, 서시, 엿방망이) 등.

둘째, 민담, 굿의 사설, 고유어로 된 인명, 지명, 속담 등을 통해 구비

적 전통의 어휘가 풍부하게 구현되어 있다. 민담의 경우 한 예를 들어
보면 오가의 여편네 맛 이야기는 다음과 같이 흥미롭게 전개되어 독자
들의 관심을 촉발한다.

> • "자네는 지금 여편네 맛이 단 줄루 알 테지만 그것이 본맛이 아닐세.
> 여편네는 오미 구존한 것일세. 내 말할께 들어보려나. 혼인 갓 해서
> 여편네는 달기가 꿀이지. 그렇지만 차차 살림 재미가 나기 시작하면
> 여편네가 짱아치 무쪽같이 짭잘해지네. 그 대신 단맛은 가시지. 이 짭
> 잘한 맛이 조금만 쇠면 여편네는 시금털털 개살구로 변하느니, 맛이
> 시어질 고비부터 가끔 매운 맛이 나는데 고추 당초 맵다 하나 여편네
> 매운 맛을 당하겠나. 그러나 이 매운 맛이 없어지게 되면 쓰기만 하
> 니."

이러한 삽화적 이야기의 도입은 각계각층의 독자들을 의식하고 그
들에게 친근하고 평이하게 접근하기 위한 작가의 의식적 노력의 결과
일 것이다.

셋째, 『임꺽정』에는 수많은 인물이 등장하는데 작중 인물의 성격적
특성이나 신분을 드러내거나 또는 욕설에 가까운 별명식 이름이 많다.
특히 욕설에 가까운 별명식 이름 뒤에는 천한 것일수록 강한 생명력을
갖는다는 민중들의 믿음과 기원이 담겨져 있다는 점에서 주목된다. 정
식 이름이 없는 청석골 군사들을 예로 들면 다음과 같다.

> 김몽돌이, 강아지, 부엌개, 마당개, 도야지, 최오쟁이, 박씨종이(씨종은
> 대대로 종노릇 하는 사람), 삽살개미치, 쇠미치, 말미치, 쥐불이, 말불이,
> 황천왕동이 등.

민중적 삶이란 역설적으로 천한 목숨을 가진 이들의 이름을 통해 면
면히 이어진다는 점에서, 이러한 작명은 한국적 정서를 살리려는 홍명

희의 소설적 의도를 높이는 데 크게 기여한다.

넷째, 첩어가 비교적 많이 사용되었는데, 한자어보다는 고유어로 이루어진 첩어의 비중이 높다. 이 또한 매우 의식적인 어휘 사용이라 할 수 있다.

- 십여 명의 사람이 잠시 동안 너미룩내미룩하더니 나중에 네댓이 같이 갔다 온다고 일어서들 나갔다.
- 단천령이 말을 할 때 밖에서 두세두세하는 소리가 나더니 여러 사람이 사랑 앞 마당으로 죽 들어서며 그중의 두 사람은 바로 방으로 들어왔다.
- 입에 마닐마닐한 것은 밤에 다 먹고 남은 것으로 요기될 만한 것이 피밤 여남은 개와 흰무리 부스러기뿐이었다.
- 청석골서 서울로 보내는 봉물짐이에게 저녁때 고개를 넘어갔다고 생게망게한 소리를 하여 황천왕동이가 근일에는 청석골서 봉물짐을 보낸 일이 없다고 말하였다.

위의 예에서, 너미룩내미룩하다(서로 상대편으로 책임을 떠넘기는 모양), 두세두세하다(묵직하고 나지막한 목소리로 잇달아 정답고 조용히 이야기하다), 마닐마닐하다(연하고 보드랍다), 생게망게하다(뜻밖의 행동, 말이 갑작스럽고 터무니없다) 등이 고유어로 된 첩어들이다.

다섯째, 상황과 화자에 따라 아어체의 서울말 종결어미를 적절히 구사하고 있다.

"너무 실없이 굴지 마세요. 남의 눈에 띄일까 봐서 마음이 조마조마해요."

"잠깐만 기세요. 어젯밤에 밥을 나우 지어서 떠둔 것이 한 그릇 있으니 가지고 가세요."

"고분고분히 구세요. 첫째 말씨를 조심하세요. 혹 또 봉변하시리다."

계층적, 지역적 차별을 미묘하게 드러내는 홍명희의 이와 같은 어휘 구사 능력은 이후 대하 장편소설의 원천이 되었다고 해도 과언이 아니다. 특히 황석영의 『장길산(張吉山)』(1979)이나 김주영의 『객주(客主)』(1984) 등은 소설어에서 홍명희의 고유어 계보의 영향권에서 그 흐름과 맥을 잇고 있다는 사실이 확인된다.

이들의 소설적 어휘의 친연성은 다음과 같은 소설어의 사용에서 그 구체적 편린을 엿볼 수 있다.

(1) 『임꺽정』과 『장길산』에서 공통적으로 사용된 소설어

(ㄱ)노구메 : 산천의 신령에게 제사지내기 위해 노구솥에 지은 메밥. '노구솥'이란 놋쇠나 구리쇠로 만든 것으로, 자유로이 옮겨 따로 걸고 쓰게 되어 있는 솥을 가리킴.

- "오늘 부엉바위 용왕당에 노구메를 올리구 와서 사위 취재가 끝났다는 방을 써붙일 텐데 우리 내외 가는데 자네도 같이 가세."(홍명희, 『임꺽정』)
- 그가 진대골로 들어가니 마침 봄철 첫심을 보러 나가는 산신제가 벌어져서, 서낭목 아래 노구메와 폄을 벌여놓고 또한 흘림까지 따라놓고 경을 읽는 중이었다.(황석영, 『장길산』)

(ㄴ)대궁 : 밥그릇 안에 먹다 남은 밥.
- "상제님은 얼마 안 잡수신 대궁이 그대로 있습니다."(홍명희, 『임꺽정』)
- 중노미 노릇으로 기루에 빌붙어 굶주리지 않고 대궁밥에 식은 술로 살아넘기는 신세에 자족하였던 터였다.(황석영, 『장길산』)

(ㄷ)말감고 : 옛날 곡물시장에서 마되질하는 일을 업으로 삼았던 사람.

- "이거 산따다기로군. 액미가 너무 많은걸" 하고 쌀을 타박하니 그 총각은 대번에 눈방울을 굴리며 "당신이 살 테요?" 하고 말감고에게 대들었다.(홍명희, 『임꺽정』)
- "말감고 녀석이 됫박질을 하는데 손재주가 어찌나 매정스러운지 석 되밖엔 안 되구 거기다 가격이 몇 문이나 차이가 지더란 말이오."(황석영, 『장길산』)

(ㄹ) 방구리 : 물을 긷는 질그릇. 모양이 동이와 같으나 좀 작음.
- "큰 병만두 못 한 방구리를 술 두 방구리에 쌀 한 말 값을 내라? 되우 비싼 술일세."(홍명희, 『임꺽정』)
- 신랑과 신부가 마주 서니 대독과 방구리를 세워놓은 듯하여 구경꾼들 틈에서 킥킥거리는 소리가 들렸다.(황석영, 『장길산』)

(ㅁ) 배코 : 상투 앉히는 자리.
- 그때는 배코를 치지 아니하였던 까닭에 머리를 치기가 용이하였고 덕수는 수염이 없던 까닭에 사나이 표가 나지 아니하였다.(홍명희, 『임꺽정』)
- 그 중은 덩치가 컸고 어깨는 마치 바위처럼 탄탄해 보였으며 머리는 반들반들 배코를 쳤으나, 귀밑과 코밑, 턱밑에서 가슴팍에까지 까실까실한 털이 수북하였다.(황석영, 『장길산』)

(2) 『임꺽정』과 『객주』에서 공통적으로 사용된 소설어

(ㄱ) 가시버시 : '부부' 의 낮춤말.
- "같이 살면 가시버시지 어째 명색이 없느냐?" "가시버시니 무엇이니 하지 말고 분명히 말씀하오. 나를 첩으로 삼으려고 생각했소, 안해를 삼으려고 생각했소?"(홍명희, 『임꺽정』)
- "마님께서 아시다시피 애당초 금침을 갖추어 시집갈 가망이 없는 신

세로 혼수인들 생각을 하였겠습니까. 한번 한 방을 쓰고 나면 그것이
곧 가시버시가 아니겠습니까?"(김주영, 『객주』)

(ㄴ)되반들거리다 : 되바라지게 반들거리다.
• "어서 들어오게" 하고 돌석이가 재촉하여 계집이 짓수긋하고 되반들
거리며 들어오더니 돌석이가 삽작문을 닫아거는 동안에 쪼르르 건넌
방으로 들어갔다.(홍명희, 『임꺽정』)
• 그쯤해서 길소개는 고개를 똑바로 들고 되반들거리는 눈으로 매월을
쳐다보았다.(김주영, 『객주』)

(ㄷ)등메 : 두리를 헝겊으로 두르고 뒤에 부들자리를 대서 만든 돗자
리.
• 두 목상을 그네에서 끌어내려서 등메 위에 세웠다가 당집 안으로 받
들고 들어갔다.(홍명희, 『임꺽정』)
• 민겸호는 사창이 이글거리고 타오르는가 싶게 촛불을 밝히고 화문 등
메에 비스듬히 나자빠 누워 교전비(轎前婢)의 시탕(侍湯)을 받다간
누마루 끝으로 올라서는 인기척을 느끼고 미닫이를 손수 삐쭘하니 열
었다.(김주영, 『객주』)

(ㄹ)묵새기다 : 한 곳에 묵으면서 하는 일 없이 날짜를 보내다.
• 서울 포도 군관들과 황해 감영 군관들이 금교 와서 며칠씩 묵새기며
수탐하다가 소득이 없으면 반드시 평산으로 나갔다.(홍명희, 『임꺽
정』)
• 미리 거취를 알리지 않았음에도 그냥 두고 떠날 수도 없거니와 기약
없는 사람을 그냥 묵새기고 앉아 기다릴 수도 없어 행구를 챙기기 시
작하는데 금방 어둑한 주막 앞 고샅길로 이용익이 들어서고 있었
다.(김주영, 『객주』)

㈕ 물어멈 : 물을 긷는 일을 맡아 하던 여자 하인.

- "지금은 고사하고 한참 불릴 때도 의복은 물어멈같이 차리고 다녔다더라."(홍명희, 『임꺽정』)
- 이름 지어 반빗아치라 하였으나 길손들의 서답 수발에 물어미 노릇까지 겹치어 대궁밥에 푸새김치로 몸가축하며 세월을 줄였다.(김주영, 『객주』)

이러한 용례를 통해 후배 작가인 황석영과 김주영이 마치 심훈이 선배 작가들에게서 어휘 구사의 모범을 찾았듯이 의식적으로 학습하고 익혀 그들의 대하 장편을 창작하였음을 알 수 있다. 물론 이런 언어 탐구가 그들의 소설적 개성을 약화시키는 것이 아니라 오히려 강화시키는 힘이 되고 있다는 사실을 우리는 간과해서는 안 될 것이다.

소설어의 다양성은 채만식의 『탁류』『태평천하』 등에 약여하게 표현된다. 그의 소설 문장이 판소리적 가락을 살리고 있음은 널리 알려진 바이지만, 소설어 하나하나에는 그 나름의 작가적 탐구가 깃들여 있다. 채만식의 소설어의 어휘적 특성은 다음 다섯 가지로 요약된다.

첫째, 고유어, 외래어(영어, 불어, 일어 등), 한자어 등이 광범위하게 사용되었으며, 고유어는 감각어가 다채롭게 계발되었고 속담 또한 많이 쓰였다. 소설의 배경이 전라도인 경우 구어체의 전라도 말이 판소리 가락에 실려 소설적 효과를 얻고 있다.

버엉떼엥하다, 베랑, 오리소리하다, 갠소롬하다. 여대치다, 여승, 마새, 오꼼, 쎄왈대왈, 아리탑탑하다, 애탄가탄, 글장하다 등.

둘째, 『탁류』에서 소설적 배경으로 군산 미두장을 묘사하기 위한 경제, 행정 용어가 빈번히 사용된다.

각지편지, 간이보험, 거주계, 경매, 경상비, 고리대금, 고원, 만인계, 매도계약, 쓰요끼, 근저당, 금절표 등.

셋째, 외래어의 빈번한 사용이 두드러진다. 식민지 당대에 유입된 서구 문명, 일본 문화의 광범위한 유포 과정을 드러내주고 있을 뿐만 아니라, 채만식이 새로운 문물에 개방적 자세를 갖고 있었음을 나타내 준다. 이는 외래어 사용으로 당대 현실생활에 대한 리얼리티 확보를 위해 시도한 것으로 이해되기도 하며, 다른 한편으로는 특정 부류의 인물들에게 그들 계층과 신분에 적합한 외래어를 사용하여 그들의 처지를 풍자적으로 표현하는 소설적 효과도 얻는다.

바스(Bass), 마르크스뽀이(Marxboy), 라우드스피커(loudspeaker), 엑스타시(ecstasy), 아이들보이(idleboy), 랑데부(불 : rendez-vous), 바스띠유(불 : Bastille), 아베끄(불 : avec), 바다지(ぼだち), 봉야리(ぼんヤり), 오까와리(おかわり) 등.

넷째, 인물의 성격을 묘사하기 위해 빈번하게 속담을 사용하여, 그 인물에 대한 친근감을 높인다.

- 이렇게 반찬 먹은 고양이 잡도리하듯 지청구를 하니, 실로 죽어나는 건 대복입니다.(『태평천하』)
- 하하하, 저 눈 좀 봐요. 얼음판에 미끄러진 황소 눈이라니, 글쎄 저 눈 좀 봐요. 하하하하 (……)(『탁류』)
- 여편네는커녕 아주머니하구 나하구 그 외는 어리친 개새끼 한 마리 없더라.(「치숙(痴叔)」)
- "미친 녀석! 늙은 사람두 그런 것 바친다드냐?" "아무렴! 개가 똥을 마대지?" 둘이는 걸찍하게 농지거리로 주거니받거니 합니다.(『태평천하』)
- 그년이 곤달걀 지구 성 밑에 못 가겠네.(『탁류』)

• 과부댁 종놈은 왕방울로 행세한다더니, 윤직원 영감은 며느리 고씨와 싸우다가 몰리면 이혼하라고 할 테라고, 아들 창식을 불러오라는 게 유세통입니다.(『태평천하』)

위의 인용에서 알 수 있듯이 고양이, 황소, 개새끼 등 주로 동물과 관련된 속담의 활용으로 사실적 표현의 익살스러움이 한층 높아진다.

다섯째, 한자어 고사성어를 사용하거나 '한자어＋고유어'를 포함한 어휘를 사용하여, 새로운 조어는 물론 한문에 깊숙이 세례받은 당대인들에게 공감을 유발하기 위한 배려도 아끼지 않았다.

이상과 같은 점들을 포함할 때, 채만식은 위에서 설정한 소설어 어휘 계보에서 (3)에 해당하는 작가라 할 수 있다. 고유어의 활용과 외래어 구사에 남다르게 적극적이고 진취적이었다는 점에서 채만식은 소설어 어휘 계보에서 이색적인 존재라고 할 수 있다.

1969년에 연재를 시작하여 1994년 완간된 박경리의 대하 장편 『토지(土地)』 또한 언어 구사에서 빼놓을 수 없는 역작이다. 『토지』의 어휘적 특색은 작품의 무대에 따라 경남 및 함경도 방언이 많이 구사되었으며 필요한 경우에는 전라도 말 또한 사용되고 있다. 또한 작중 인물들의 사회적 신분이나 계층에 따라 언어가 구분되어 있다. 양반이나 지배 계층 또는 교육받은 인물들은 서울말을, 상민이나 피지배계층의 인물들은 경상도나 전라도 말을 사용한다. 특히 경남 하동의 소작인과 하인들은 경상도 남부지역 말을, 용정의 주민들은 함경도 말을 사용하여 현장적 생동감을 불어넣는다.

박경리의 어휘적 특성에서 가장 특기할 것은 일본어를 외국어로 인식한다는 점이다. 초창기 일본 유학생 출신의 작가들이 일본어로 창작하거나 일본어를 지문이나 대사에 저항감 없이 삽입시키던 것과 극명한 대조를 이룬다. 박경리는 일본어의 경우 그 뜻이나 어원을 의식적으로 소괄호 대괄호 안에 병기해놓은 점으로 보아 상황에 따라 사용을 하기는 하지만, 의도적으로 일본어를 외국어로 생각하고 있음을 알 수 있다.

이상과 같은 사실을 포함하여 우리 현대 소설사를 어휘 계보 (1)의 관점에서 조망하자면 다음과 같이 커다란 의미망이 형성될 것이다.

(1) 홍명희 『임꺽정』(1928~1939) ⇒ 염상섭 『삼대』, 이기영 『고향』, 채만식 『탁류』『태평천하』⇒ 박경리 『토지』, 황석영 『장길산』, 이문구 『우리동네』, 현기영 「순이삼촌」, 김주영 『객주』⇒ 송기숙 『녹두장군』, 조정래 『태백산맥』, 이문열 『변경』⇒ 최명희 『혼불』(1981~1996)

크게 보아 대하 장편소설 계열이 어휘 계보 (1)의 주류를 형성하고 있음을 알 수 있으며, 이에 대응하는 어휘 계보 (2)의 경우 다음과 같이 정리할 수 있을 것이다.

(2) 김동인 「감자」 등 ⇒ 이상 「날개」⇒ 최인훈 『광장』⇒ 김승옥 「서울 1964, 겨울」, 이청준 『당신들의 천국』, 홍성원 『남과 북』, 조세희 「난장이가 쏘아올린 작은 공」⇒ 이인성 「낯선 시간 속으로」, 오정희 「유년의 뜰」, 최수철 『고래뱃속』⇒ 90년대 작가군

해방 이전과 이후를 이어주는 작가가 (1)의 계보에서 김동리, (2)의 계보에서 황순원이라고 여겨진다. 한국 현대소설에서 높이 평가되는 『무정』(1917)의 작가 이광수의 경우에는 평안도 말을 의도적으로 구사하지는 않았고, 평이하고 표준적인 문장과 어휘가 사용되어 서울 출신 작가와 크게 다르지 않았다. 필요한 경우 한자어나 한자어와 결합된 어휘를 사용하고 있다. 이런 점에서 한문 세대와 신학문 세대 사이에 걸쳐 있는 것이 이광수의 어휘적 특징이라고 판단된다.

대하 장편소설이 (1)의 계보의 중심이라면 (2)의 계보에서는 중단편 소설이 대다수를 차지한다. 눈에 띄는 것은 1990년 이후 컴퓨터 세대 작가군이 등장하면서 고유어보다는 인공어가 우세하다는 점이다.

신세대 작가라 할 수 있는 구효서, 박상우, 박일문, 윤대녕, 엄창석, 심상대, 김소진, 이인화, 배수아, 서하진, 송경아, 한강, 은희경, 전경린 등의 작품에서 특수한 개념어를 제외하고 뚜렷하게 고유어를 구사한 작가는 김소진, 심상대 정도라고 할 수 있다.

- 나는 마누라가 어찌나 빠꼼이인지 속여넘기기도 어려우니 말이야.(「사랑니 앓기」)
- 아버지의 등뒤를 향해 저녁밥을 푸다 말고 밥주걱을 세차게 흔들어대던 철원네의 새청맞은 목소리가 다시금 귓전을 때리는 것 같았다.(「쥐잡기」)
- "그럴 거야. 개새끼. 어디 장사 한두 번 하나 씨팔. 그저 싼 맛에 내가 석죽어서 대가리 숙이고 들어가니깐 얕보고 순 핫바리로만 준다 이거지, 쌍."(「늪이 있는 마을」)
- 줄을 건 장대 바로 밑에 자리잡은 철원네는 손갓을 만들어 이맛전에 갖다 붙였다. 동아줄이 가르고 지나간 하늘은 쪽빛물을 먹인 듯 파랬다.(「쌍가매」)
- "한 선배, 기왕이면 고리타분한 성현보다는 아삼삼하고 물 좋은 비바리나 어떻게 주선 좀…… 낄낄."(「임존성 가는 길」)
- 원체 노름에는 재간이 없는 권가인지라 찬돈을 꼬나박다 못해 언제부턴가 노름방에서는 눈속임을 쓰기 시작했다.(「처용단장」)
- 일에서 돌아와 걸근걸근 저녁상을 받는데 왠지 아내의 몸가짐이 허천해 보였다.(「그리운 동방」)

모두 김소진의 작품에서 인용한 예들인데, 이렇게 본다면 앞으로 고유어에 대한 탐색보다는 인공어에 대한 선호가 증폭되리라 예견되지만, 오히려 그로 인해 고유어의 계발과 활용이 크게 요구된다고 할 수 있다. 왜냐하면, 컴퓨터 세대의 소설이 현장에 대한 답사 없이 가상공간으로 쉽게 넘어가거나 추리소설 기법 또는 폭력과 섹스로 소설을 꾸

미려는 유혹에 빠져들기 쉽기 때문이다.

3. 소설어의 분포도

소설어의 분포도는 대체로 교육, 종교, 지역 등 세 가지 요인에 의해
결정된다고 할 수 있다.

첫째, 교육이란 작가의 학력에 따라 소설어가 다르게 나타난다는 것
이다. 최서해, 오유권, 강준희 등은 초등학교 졸업자로 작가가 되었는
데, 그들은 자연발생적이며 생래적인 어휘를 구사하고 있다는 점에서
특징적이다.

- 키도 넘는 나뭇짐을 가까스로 진 경수는 끙끙거리면서 험한 비탈길로
  엉금엉금 걸었다. 짐바가 두 어깨를 꼭 죄어서 가슴은 뻐그러지는 듯
  하고 다리는 부들부들 떨려서 까딱하면 뒤로 자빠지거나 앞으로 곤두
  박질할 것 같다.(최서해, 「기아(飢餓)와 살육(殺戮)」)
- 이같은 자기가 젊은 평생을 지지리 못난 남자 밑에서 쪼그라드는가
  하자 한숨이 절로 나왔다. 열이 단 몸으로 삭정이를 척척 꺾어서 불을
  넣고 있으니까 남편이 뒤늦게 얼굴이 벌게가지고 돌아왔다.(오유권,
  「곱단이」)

이들이 구사하는 문장이나 어휘는 난삽한 관념어가 배제되어 있으
며, 누구나 일상적으로 접할 수 있는 쉬운 말들로 문장이 이루어져 있
다.

이들에 비하여, 대학교육 이상을 받은 다음과 같은 작가들은 의도적
으로 관념어 또는 난삽한 문장을 구사하고 있다.

- 이 교양사업이라는 것도 그 한 가지였다. 그때까지 명준의 말버릇에

서는, 교양이란 낱말은, 퍽 개인적인 겪음에 치우친 낱말로 되어 있었
다. 그 교양이란 말에 얼어붙은 사업이란 낱말은, 글라디올러스 화분
에 붙잡아 맨 전기 모우터처럼, 영 어색하게만 보였다.(최인훈, 『광
장』)

- 헌데, 그 葬禮式에 참여했던, 한 野史꾼의 記錄에는, 저 埋葬이 이렇게
  도 이해되어 있는바, 그것은 첨부해둔다 해도, 뱀을 그린 그림에다, 다
  리를 그려 붙여주기 같거나, 하지는 않을 듯하다.(박상륭, 『칠조어론
  (七祖語論)』)
- 하긴 청년 시절이 끝나고 불혹(不惑)의 중년으로 접어드는 길목이었
  다. 이미 정해진 자신의 분수를 철학적 자세로 받아들이고 이룰 수 있
  는 것을 목표로 삼아 흔들리지 않고 나아가기 위해 옷깃을 여미는 나
  이였다.(복거일, 『비명(碑銘)을 찾아서』)

직핍한 서술이나 묘사를 피하고, 일부러 에둘러 가는 듯한 난삽한
어휘와 문장을 우리는 위의 예에서 읽을 수 있다. 현학의 과시이기도
하고 자기 취향의 표현이기도 하며, 소설적 개성이라고 말할 수 있을
것이다.

대체적으로 확인된 바이지만, 대학에서 외국문학을 전공했는데 토박
이 말을 잘 구사하는 작가로 박태원, 이효석, 현기영, 임철우 등을 들
수 있고, 대학에서 외국문학을 전공한 황순원, 홍성원, 이청준, 공지영
등은 토박이 말을 잘 구사하지 않은 작가들이다. 토박이 말을 잘 구사
하지 않은 작가들의 경우 오히려 외래어(서구어)를 많이 사용하는 경
향이 있다는 것도 하나의 일반적 특징이다.

종교적 배경에 따라 소설어가 다르게 나타나기도 한다. 우리 시대를
대변하는 불교와 기독교의 영향이 작가들의 성장과 작품세계에 영향
을 미친 결과이며, 많은 신도들 또한 이러한 종교적 내용을 담고 있는
소설들을 선호하는 경향이 있다.

불교적 어휘가 두드러진 작품으로 다음 예를 들 수 있다.

- 색색의 꽃들이 흐드러지게 피어 있는 대웅전 앞의 화원 속에 나는 누워 있었다. 꽃잎이 활짝 벌어졌다. 나는 한 마리의 나비가 되어 그 속으로 들어가고자 날개를 파닥였다. (……) 나는 서쪽으로 서쪽으로 날아갔다. 사바세계(娑婆世界)가 아득히 멀어져 까만 점이 되더니 이윽고 아득하고 아득한 10만억 국토(國土)를 지나 서방정토(西方淨土)에 이르르는 것이었다.(김성동, 『만다라』)

- 그러면 지효스님은 부처님 앞으로 나가 향 하나를 새로 사르고 융의 성불을 발원하며 천 배를 했다. 자비와 광명의 본체이신 관세음보살님, 관세음보살님께 발원합니다. 저는 이생의 제 생명을 다 바쳐 융을 꼭 성불시키겠나이다. 천 번의 발원과 천 번의 절이 다 끝나면 지효스님은 법당 밖으로 나왔다.(남지심, 『우담바라』)

- 나는 비로자나불(毘盧蔗那佛) 앞에 삼배한 다음, 요사채로 갔다. 원주승은 요사채 머리맡으로 흐르는 도랑물에 장삼을 빨고 있었다.(정찬주, 「무문사(無門寺)에 가서」)

기독교적 어휘가 두드러진 작품으로 다음 예를 들 수 있다.

- 막달라 마리아. 창녀였던 그 여자는 예수의 교훈을 듣고 감동되어 그동안 몸을 팔아 축적해둔 3백 데나리온 가치의 감람 향유가 든 옥합을 깨뜨려 그 기름으로 예수의 발을 씻었다고 한다.(백도기, 『가룟유다에 대한 증언』)

- 이제야 감히 말씀드립니다만, 나는 우리가 사는 세상에 어떤 외부 힘이—그것이 은총의 형태로든 신탁의 형태로든, 아니면 계시의 길을 통해서이든—침투해 들어온다는 것을, 그리하여 인간이 그 지배하에 놓인다고 하는 것을 받아들일 수가 없습니다.(이승우, 『에리직톤의 초상』)

- 그때 에덴은 아담에게 있어 선악과를 먹지 말라는 여호와의 계명이

자기를 얽어매던 곳이요, 또 그 계명을 범한 죄의 흔적이 남아 있는 현장이었네. 아담은 에덴이 불타오르는 것을 보면서 여호와의 계명으로부터의 자유와 죄의 흔적으로부터의 해방을 후련하게 맛보았을 것이네. 어떻게 보면 그 불은 정화의 불길이었네. 그러나 그것은 선악과를 태우는 불길인 동시에 생명나무를 태우는 불길이기도 하였네. 해방이면서 상실이요, 자유이면서 죽음이요, 정화이면서 심판이었네.(조성기, 『라하트하헤렙』)

백도기는 한국신학대학, 이승우는 서울신학대학, 조성기는 장로회신학대학원 졸업자들이며, 김성동은 승려 출신이고, 남지심은 열렬한 불교신자이며, 정찬주는 불교신자일 뿐 아니라 동국대 국문과 졸업자이다.

박상륭의 『죽음의 한 연구』『칠조어론』은 유교, 불교, 도교, 밀교가 혼합된 형태의 추상적 관념소설이라고 할 수 있다.

소설어의 분포에서 가장 핵심이 되는 것은 무엇보다 지역성일 것이다. 15세 이전에 배운 말이 모든 인간들의 상상력의 원천이 된다고 본다면 20세기 전반을 살았던 작가들에게 출신 지역으로서의 향토성은 학습에 의한 후천적 언어 자질보다 훨씬 본질적인 언어로서 상상력의 심층에 자리잡고 있다.

한글맞춤법이 제정(1934)되면서, 서울지방 말이 표준어로 공인되어 서울을 중심으로 한 경기지방(개성 포함) 말은 독특한 방언으로 취급되지는 않지만, 서울말은 박종화, 염상섭, 박태원, 박완서 등의 소설어로서 아어체의 세련됨을 보여준다.

• 덕기는 안마루에서 내일 가지고 갈 새 금침을 아범을 시켜서 꾸리게 하고 축대 위에 섰으려니까 사랑에서 조부가 뒷짐을 지고 들어오며 덕기를 보고, "애, 누가 찾아왔나 보다 그 누구냐? 대가리 꼴하고…… 친구를 잘 사괴야 하는 거야. 친구라고 찾어온다는 것이 왜 모두 그

따위뿐이냐?"(염상섭, 『삼대』)

- "아, 이쁜이허구, 걔 어머니허구 멀말이지. 지금 잠깐 들렀더니, 바누질을 허다 말구 드러눠 있는데, 가뜩이나 쪼꾸만 얼굴이, 참말 조막만허군 그래. 모녜가 단둘이서 의지허구 지내오든 터에 그리 됐으니, 그 속이 대체 으떻겠어?……"(박태원, 『천변풍경(川邊風景)』)
- 시집와서 이날이때 호랑이처럼 무섭기만 한 영감 그늘에서 유순하고 소심하게 눈치만 보던 수수한 얼굴에 느닷없이 당당한 위엄까지 서렸다. 아랫것들을 쉴새없이 닦달질해가며 엄청난 물량의 설음식을 장만할 때처럼 자신이 얼마나 큰 부상(富商)의 아내란 걸 실감할 때도 없었으니까. 세배 손님에게 일일이 독상을 차려 대접하는 발상도 실은 홍씨 부인한테서 나온 거였다. 거상의 집답지 않게 알알이 자로 재고, 싹싹 쓸어 됫박질한 것처럼 검약한 살림에 짓눌리다 보면 일 년에 한 번쯤은 흥청망청 기죽을 펼 기회가 필요했는지도 모른다.(박완서, 『미망(未忘)』)

경상도, 전라도 말은 남북 분단 이후 가장 향토적 개성을 잘 드러내는 말로 부상하여 많은 작가들이 그들의 토박이 말을 소설에 구사하고 있다. 경상도의 경우를 보자.

- "아까봐서 줏소." "아깝다니 그기이 어디 씨이나?" "멍도 안 들고 시들지도 않고 우찌나 이쁜지." "미쳤다. 할 일도 없는갑다."(박경리, 『토지』)
- "내 말 너무 냉정하게 들리겠지만, 용순이사 아직 젖 묵던 가늘라라 지금같이 에러분 처지에 오히려 큰짐 들었다고 생각해라."(김원일, 『불의 제전』)
- "그건 글코—야야. 차라리 내일 아침 첫차로 나가제. 이십리 길도 마딘데. 걸어보지도 않은 니가 어예 걷는다꼬……"(이문열, 『변경』)
- "니가 연락하면 나는 이불 위로 뛰어내릴 끼다." "그러다가 죽으면 우

짜노." "죽기는 왜 죽어." "다리 부러진다카이."(김주영,『고기잡이는
갈대를 꺾지 않는다』)

- "너 국문과 나왔어도 췌객이 뭔지 모르제?" "취객(醉客)이 아니구요."
"취가 아니고 췌야. 군더더기 췌자. 옛부터 사위들은 다 성가실 뿐 쓸
데가 없는 자들이라고 그런 이름을 붙여준 거야. 하나 틀린 말이 아니
제?" 다시 웃음이 터졌다. "그래도 성가신 줄은 아는구먼." 췌객으로
불리운 장서방이 한마디 했다.(최학,「외가(外家)」)

위의 인용에서 우리는 거칠고 투박한 경상도 말의 남성적 맛을 느낄
수 있을 것이다.

전라도 말은 채만식 이후 최일남, 송기숙, 조정래, 문순태, 임철우, 최
명희 등이 그 짭짤한 맛을 살리고 있다.

- "야미 거름 살라고 박이 터질 때는 강 건너 불구경으로 손발 개었고
앉았던 녀려 새끼덜이, 과부년 똥녁가래 내세우대끼, 촌놈덜 느그덜
으짤라디야 하고 처맽기는 것 보면 으아이고, 호랭이는 시방 뭣을 묵
고 사는고?"(송기숙,『자랏골의 비가(悲歌)』)
- "우리 애 압씨가 무슨 죄가 있었어요. 산사람들이 쥑인다고 총부리
들이댐서 박천도의 집을 가르쳐달라고 헌께, 집 가르쳐준 죄밖에 더
있었소? 그때 맘 같아서는 당장 마을을 떠나고 싶었소만 참고 견뎠다
우……."(문순태,『징소리』)
- "요 벌교 바닥서 우리만치 속 답답허고 애강장 타는 여편네덜이 또
있었는가. 근디 우리찌리 입방아 찧고 애태우먼 무신 소양이 있는가.
쉬느니 한숨이요. 짜느니 눈물 아니었어? 앞일이 워찌될란지 모른께
우리는 남정네덜 뒷수발헐 궁리나 각단지게 혀야 써."(조정래,『태백
산맥』)
- "그러고. 그 내우법인가 화초댐인가 허능 것, 그렁 것도 다 머이 있을
때 허는 이얘기제에. 울도 담도 없는 방 한 칸에 돼야지들맹이로 오글

오글 삼서, 어따가 안채를 짓고 어따가 사랑채를 짓는당가. 거그다, 머? 누가 못 보게 내우벽을 쳐? 꾀 벗고 장도칼을 차는 꼴이제."(최명희, 『혼불』)

곰삭은 젓갈맛이 나는 전라도 말은 인간적 체취의 곡진함을 나타내는 데 유감이 없다.

충청도 또한 이기영, 홍명희, 박경수, 이문구, 방영웅 등 기라성 같은 작가를 배출하였고, 부드러우면서 질긴 어조 속에 쉽게 포기하지 않는 유장한 정서를 표현하는 데 유감이 없다.

- "왜 숫놈은 암놈을 먹구 숫놈을 먹어야 헌대유. 세상은 참 이상두 허지……."(방영웅, 『분례기』)
- "그런 건 물어주구 쳐주믄 되잖어유? 아무것도 모르는 닭은 왜 죽이려구 그러유? 그냥 쫓으믄 되쥬."(박경수, 『동토』)
- "당신이나 우리나 해방 후 같이 늙어진 처지여. 그러니 반말헌다구 나삐 생각 말구 솔직히 말해봐. 어떡헐쳐? 여기서 무덤 팔쳐, 보따리 쌀쳐?"(이문구, 『관촌수필』)

강원도는 이효석, 김유정의 고향이며 농촌 어휘만이 아니라 광산촌 어휘도 빈번하다는 점에서 다른 지역과 변별성을 갖는다.

- 그가 제일 걱정되는 것은 둠구석에서 돼자라먹은 안해를 데리고 가면 서울 사람에게 놀림도 받을 게고 거리끼는 일이 많을 듯싶었다.(김유정, 「소낙비」)
- "성호야, 가주구 온 거 디래라. 성님이 이댁 마님께 갖다 디리라구 뭘 싸주시던구만유."(유재용, 『침묵의 땅』)
- 함 반장은 마지막 뚫은 발파 구멍에 화약을 장전했다. 막장에서 뿜어내는 뜨거운 열기가 야위어 말라붙은 함 반장의 얼굴을 후끈 달아오

르게 했다. 함 반장은 뇌관에 심지를 연결시켰다. 굵은 땀방울이 갱도 바닥으로 굴러떨어졌다.(김종성, 「채탄」)

- 광부들이 광차에 타고 나올 것이고, 정 반장은 한바탕 욕지거리를 해 댈 것이다. 안전망이 쳐진 인차를 제외하고는 광차에 탈 수 없다는 안 전수칙이 있었지만, 그 수칙을 지키는 사람은 드물었다.(최용운, 『흰 겨울 검은 봄』)

강원도 태생인 김종성이나 최용운의 소설에서 발견되는 탄광촌의 어휘는 삶과 언어가 분리될 수 없다는 사실을 깨닫게 만들어준다.

내륙으로부터 멀리 떨어진 제주도 또한 강원도 못지않게 독특한 어 휘 구사로 지역적 특성이 표현된다. 제주도의 경우에는 표준말과 격차 가 심해 언뜻 들어서 그 말뜻을 알아듣기 힘들 때가 많다.

- "동네 사람들이 날 숭보암서라. 새로 온 민기네 집 식모는 밥 하영(많 이) 먹는 제주도 할망(할미)이엔 소문나서라."(현기영, 「순이삼촌」)
- "어멈이랑 어서 처가에 강 있어." 각시를 내려놓고 김성홍은 박운휴와 함께 면사무소로 들어갔다.(한림화, 『한라산의 노을』)
- "놀래지 말고 들읍서. ……덕배 아방이 차에 다천 죽었수다……." 수 화기 저편에서 들려오는 처제의 목소리는 지극히 절제되어 있었 다.(오성찬, 「한라구절초」)

위의 예에서 현기영의 경우에는 '숭보암서라'와 같은 제주도 특유의 이색적인 말투나 개별 어휘에서도 괄호 안의 표준어를 삭제한다면, 그 말이 무슨 뜻인지 알기 어려울 것이다.

이북에서 월남한 작가들의 상당수는 이남생활에 적응하기 위해 의 도적으로 토박이 말을 버리고 표준어를 구사하는 경우가 많은데, 그들 중에도 자신이 고향에서 배운 말을 소설에 사용하고 있는 경우가 많이 나타난다.

함경도의 경우,

- "새완이들 욕으 봅메." 창윤이의 어머니가 이고 나온 점심도 유난히 맛이 있었다. "햄새가 맛이 있어서 잘 먹었소꼬망."(안수길, 『북간도』)
- 감자를 알맞게 쪘다. 그중 먹음직한 것을 골라 베보자기에 싸고 나머지를 뚝배기에 담아서 솥에 넣었다. (……) 만길네와 원척댁의 이야기 소리가 토방에까지 들렸다. "배가 몹시 부르다이. 산달이 언젭메?" "그런데 어마에, 페럽소(이상하오)." "짐작으 못 하겠음메? 그럴 수도 있지비."(이정호, 「감비 천불붙이」)
- "에구멍이나, 아버지, 아칙두 앙이 먹구서리 나가시더이…… 이기 무시기요. 이기…… 무시기요. 이기…… 제발, 손에 든 그것 좀 내려놓으소, 예?"(김남일, 『국경』)

등의 용례를 찾을 수 있고 평안도의 경우,

- "내레 메라구 합다. 녀지네 잘 보살피라고 했디. 님재 내레 그른다구 마다구 했디 안았읍마." 더 할멈에게 붙여볼 말이 없었다.(선우휘, 「똥개」)
- 나는 자기 눈을 의심하면서 들여다보았다. 틀림없었다. "할머니, 아이가 아니야요." "뭐라구?" "아이가 아니야요. 베개야요."(김광식, 「중강진」)

와 같이 볼 수 있으며, 황해도의 경우에도

- 노전 "장운이" 하면, 뒷일을 생각지도 않고 그대로 "멍훈" 하고 아모렇게나 막고 마는 것이다. 그래 너무 패가 기울어지는 것도 외려 자미가 없어, "아니 서방님 찻길이 아니웨까" 하고 말을 가르켜주기도 했는데, "에히, 손에 잡히지 않으니 그만둡세" 하고 아직도 말쪽이 많이

남어 있는 걸 장기 쪽으로 흥클려버리고, 번뜻이 양손을 뒤으로 의지
하야 노전 우에 기대버리고 만다.(김남천, 『대하』)
- 총각이 이모는 거기에 대해서는 말하지 않고 "반편같이…… 동네에
서 놀다가 자기 집도 찾지를 못해서 징징 울구 헤매다니는 애가 어떻
게 고향엘 간다는 거니? 가고 싶으면 너 혼자서나 가보렴. 괜히 승크
럽게 나한테 보채들랑 말구서리" 하고 퉁구니를 놓았으므로 태룡이는
화가 났다.(박태순, 『가슴속에 남아 있는 미처 하지 못한 말』)

분단 이후 북에서 작자명 없이 씌어진 집체소설에서도 다음과 같은
예들은 독특하게 우리말을 사용한 경우에 해당될 것이다.

- 북문 밖에 나서자 우실거리던 부슬비는 점차 굵고 거센 작달비로 변
하였다.(「닻은 올랐다」)
- 듣자니 요즘은 철도 공사판에 나가 자갈추기를 한다더니 얼마 전에
남정네가 돌아왔다는 소문이 났소꼬마.(「대지는 푸르다」)
- 사람이 푸수할 성싶지만 실상은 여간 거만하고 팩한 성미가 아니
다.(『피바다』)
- 그놈들이 우리 집안을 칼탕쳐놓았다. 제 할애비 죽인 원쑤라도 졌단
말인가! 금순이는 악이 치받쳐 견디기 어려웠다.(『한 자위단원의 운
명』)
- 어린 전령병의 부석부석한 얼굴에서는 가까스로 일이난 듯 아직도 잠
내가 풍기였다.(「근거지의 봄」)

북한에서 씌어지는 소설어 중의 상당수는 위의 예에서 보는 것처럼
의식적으로 '고유어+고유어'를 통한 어휘가 돋보이며, 그 결과 자연
스럽지 못하고 어색한 경우가 있기는 하지만 고유어를 살리겠다는 주
체적 자각이 두드러진다는 점에서 많은 서구어가 외래어로 유입된 남
한의 경우와는 대조적이다.

지금까지 위에 거론된 각 도의 고유어의 예들을 중심으로 실험적으로 토박이 말의 분포도를 작성해보면 대체로 다음과 같이 될 것이다.

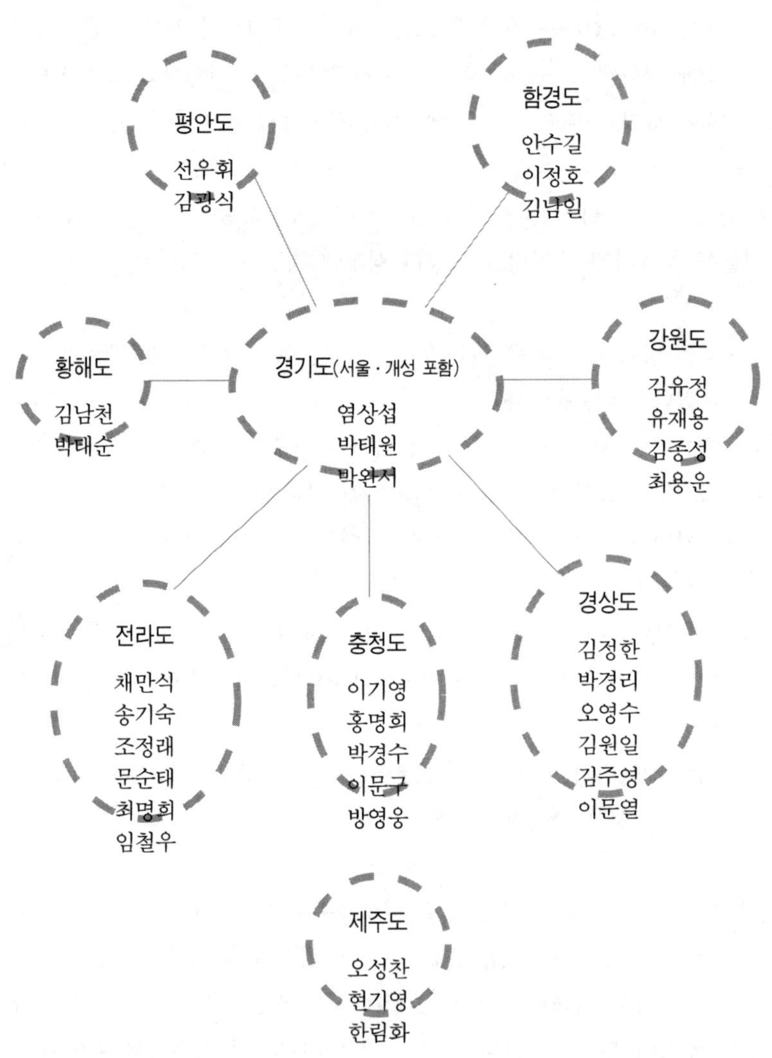

물론 이와 같은 분포도는 대체적이며 잠정적인 것이다. 이 분포도의 정밀한 작성을 위해서는 좀더 체계적인 방언학이 도입되어야 할 것이다.

그럼에도 위의 분포도를 통해 알 수 있는 것은 우리말의 다양성이다. 실제 언어생활에서는 두드러지게 그 차이를 실감하지만, 문자 표기에서는 쉽게 간과되기 쉬운 특성이다. 복잡미묘한 생활 감정이 녹아 있고, 살아 있는 인간들의 땀냄새가 스며 있는 토박이 말의 활용을 통해 우리말의 생명력을 강화시키지 않는다면, 우리는 말과 글의 분열이라는 엄청난 비극을 또다시 경험하지 않을 수 없다.

남북통일 시대를 대비하는 언어의 이질화 극복, 그리고 컴퓨터 언어의 광범위한 확산으로 인한 세계어의 공용화론 등이 당장 우리 눈앞에 제기되는 과제일 것이다. 뿐만 아니라 질 높은 문화생활을 위한 언어생활을 위해서도 토박이 말을 배척할 것이 아니라 적절히 활용하고 생명력을 부여할 때, 표준어 또한 동적인 힘을 얻어 세계어에 대척할 탄력을 갖게 될 것이다.

이는 물론 고립적 민족주의를 내세우기 위함도 아니고 세계어의 활용으로 인한 국가적 이득을 포기하자는 것도 아니다.

토박이 말에 대한 천착과 모국어에 의한 심화된 언어의식 없이 인공어에 의존한 문화는 뿌리없는 가상의 문화가 될 뿐 아니라, 언제 어떻게 무너질지 모르는 거품에 휩싸인 획일주의의 위험성을 갖고 있다는 것이다.

4. 새로운 말과 새로운 문화

크게 보아 모더니즘과 리얼리즘이라는 이데올로기에 의해 우리 문학이 동적 긴장을 얻었던 것이 지난 20세기의 지적 상황이었던 것으로 이해된다. 19세기에서 20세기로의 대전환이 주자학적 세계관의 붕괴로부터 시작되었음은 누구나 다 아는 일이다.

새로운 시대는 새로운 사상에 의해 열리고, 새로운 사상은 새로운 말에 의해 표현된다. 모더니즘의 한 극단인 다다이즘이 그러했고, 리얼리즘의 논리적 근거인 마르크시즘이 그러했다. 1920년대 초창기 김동인의 고민에서 한 걸음 나아가 1960년대를 열었던 『광장』의 작가 최인훈의 다음과 같은 직언을 들어보자.

> 언제나, 어떤 일에 어울리는 '당사'의 대목을, 대뜸, 바르게, 입에 올릴 수 있는 힘. 그것을, 코뮤니스트들은 교양이라 불렀다. 명준이 써오던 말들의 뜻이, 모조리 고쳐져야 했다. 새 말을 만들어내는 사람들. 하지만 정작 그것이 탈인 건 아니었다. 다다이스트나 오토마티스트의 무리가 새로운 말을 만들려고 꾸미던 일이 그럴 만한 노력이었다면, 새로운 바탕에서 사람을 이끌자는 사람들이, 그에 어울리는 새 말을 만든대서, 굳이 탓하고 싶지는 않았다. 탈인즉 만들어진 말의 뙴뙴이다. 다다이스트들이 그르친 것처럼, 코뮤니스트들도 그르친 것이었다. 다다이스트가 넋두리 같은 혼잣말을 만드는 데 겨냥이 있었다면, 코뮤니스트들은 속속들이 무릿말을 만들려고 했다. 그들의 말에는 색깔의 바뀜도 없고 냄새도 없었다.
>
> ―최인훈, 『광장』, 최인훈전집 1, 문학과지성사, 1976, 118~119쪽

20세기적 혁명과 실패는 다다이스트와 코뮤니스트가 함께 그 운명을 같이했다고 말할 수 있다. '혼잣말'의 극단에 다다이스트의 막다른 길이 있었고, '무릿말'의 공소함에서 코뮤니스트의 파산이 야기되었다. 새로운 말이란 그것을 생활하고 느끼는 자들에 의해 만들어질 때 그 생명력을 획득하는 것이다. 색깔도 냄새도 없이 오로지 이데올로기에 의해 만들어지는 말이란 공포와 전율을 일으키는 가공의 세계일 것임에 틀림없다.

합리적 실용주의를 내세워 토박이 말이나 민족어의 중요성을 도외

시한다면, 그러한 합리주의에는 획일적 전체주의의 폭력이 극도로 발휘될 위험이 도사리고 있다는 점을 간과해서는 안 될 것이다. 세계가 하나로 통합되어가는 것은 어쩔 수 없는 세계사적 조류인 것처럼 느껴진다. 그러나, 그 위력이 가공할 만한 것이라고 하더라도 정말 그 흐름이 고정불변의 것이라고 생각한다면 그 또한 하나의 오류가 아닐까. 만약 그렇지 않다고 하더라도, 컴퓨터에 의해 통합되는 하나의 세계적 흐름이 있다고 하더라도, 주체적 길항력을 갖지 못한 일방적 이끌림이란 언제나 자신을 허망하게 만들 것이라는 사실을 지적해두지 않을 수 없다.

문화의 다양성이 없다면, 그리고 언어적 다채로운 창조성이 없다면 우리들의 삶이란 획일적이고 교조적인 강령을 뒤따르는 노예적 추수주의에 불과할 것이다. 최인훈이 지적한 대로 다다이스트와 코뮤니스트의 극단적 말 만들기를 우리는 하나의 교훈으로 삼을 수도 있을 것이다.

현대문학 초창기에 해외유학파들의 '멋진 새 말'이 새로운 유행을 만들어내거나 과격한 민족주의자들이 급조된 '우리말'을 만들어 유포시키기도 하였지만, 성급한 경박성과 촌스러운 생경성을 탈피하지 못했으며, 민중들의 삶에 더 깊게 뿌리내린 토박이 말들이 강하고 질긴 생명력을 가지고 우리 문화의 터전을 굳건히 다지고 있음을 또한 깊이 음미해보아야 할 것이다.

위에서 논의한 대로 소설어의 어휘 계보에서 (1)의 경우 토착어 중심의 풍속적 리얼리즘의 세계를, (2)의 경우 인공어 중심의 모더니즘의 세계를 그리고 있다는 것은 현대 소설사의 흐름이 그대로 반영되고 있음을 알려주는 것일 뿐만 아니라 앞으로 작가들의 방향성을 가늠하게 한다는 점에서 흥미로운 부분이 아닐까 한다.

다만 90년대의 컴퓨터 세대 작가들의 대부분이 토착어에 대한 탐구와 계발보다는 인공어 중심의 가상세계를 소재로 하는 소설에 기울어진다는 것은 하나의 반성적 준거가 될 수 있을 것이다. 토착어에 대한 탐색이란 인간의 삶에 대한 탐색이며, 삶의 본질에 있는 인간성의 다채로움에 대한 천착이라고 할 수 있기 때문이다. 컴퓨터가 설치된 안방에서 소설공장을 차리고 작품을 양산하고 있다면 지나친 말이 될지 모르겠다.

최근 외국자본에 거세게 위협받는 '종자(種子)전쟁'이 크게 지면에 보도된 바 있다(문화일보 1998년 7월 8일자, 『뉴스플러스』 1998년 7월 23일자). 미국 자본에 토종업체의 70퍼센트가 침몰되고 있다는 것이다. 그 동안 개발해온 지적 재산과 대대로 축적해온 생명자원이 외국회사에 통째로 유출될 뿐만 아니라 가져간 씨앗을 다시 우리에게 비싼 값으로 역수출할 가능성도 있다는 것이다.

국내 종자은행이 보유하고 있는 작물종자는 미국의 18퍼센트 수준이고, 미국의 경우 자신들의 보유종자의 1차 유전 특성을 파악하고 있다고 한다. 한국이 원산지이면서 미국에서 정원수로 팔리고 있으며 이미 국내에 역수입되고 있는 자생식물로 미스김라일락, 원추리 등이 있다.

작물종자의 예를 갑자기 든 것은, 토박이 말이란 우리들의 언어생활에서 바로 자생식물과 같다는 생각이 들었기 때문이다. 물론 낙관적으로 본다면 외국 거대자본의 유입으로 한국이 아시아의 '종자 센터'가 될 수도 있다고 말할 수 있을 것이다. 그리고 이런 낙관론에 근거하여 속 좁게 자기를 고집하는 배타적 민족주의의 편협성을 지적할 수도 있을 것이다.

그러나 우리가 지금까지 거론한 소설어의 어휘들은 마치 자생식물의 '씨앗'과 같다는 느낌을 지울 수 없다. 소설어의 어휘 계보나 분포도를 거칠게나마 작성해본 것은 그러한 관심을 표명한 것에 불과하다. 토착적 어휘에 대한 보다 깊은 관심과 애정을 가지고 작가들은 어휘 계발을 해야 할 뿐 아니라 독자들 또한 이에 대해 끊임없는 사랑과 격려가 있어야 할 것으로 생각된다. 셰익스피어나 괴테의 위대성은 바로 그들 모국어에 대한 헌신과 기여 때문에 획득된 것이다. 그들의 문학

이 가지는 보편적인 가치는 모국어의 특수성을 기반으로 가능했던 것
이기도 하다. 민족주의적 특수성만의 강조는 우리들을 우물 안의 개구
리로 만들 것이고, 국제주의적 보편성만의 강조는 우리들을 세계 제국
에의 환상에 사로잡힌 뿌리없는 방랑자로 만들 것이다. 고유한 개성을
가진 각개의 말들이 건강한 씨앗처럼 육성되고, 그리고 개개의 작가와
각각의 민족들이 독자적이며 보편적 문화 창조에 동참할 때 새로운 세
계 또한 우리 모두 함께 살 만한 가치를 함께 공유하게 되리라고 전망
하지 않을 수 없다.

(『소설어사전』, 1998)

제2부

우리들의 한용운, 세계의 한용운

1. 『님의 침묵』은 어디에 있는가

문학의 죽음과 저자의 실종이 거론되는 시대에 한용운의 문학은 과연 우리에게 어떤 의미를 갖는 것일까. 이제는 철 지난 고문서에 불과한 것일까. 19세기 종반인 1879년에 출생하여, 3·1운동이 일어난 1919년 민족을 대표하는 독립운동가로 활동하다 1944년 작고한 시인이자 선승이었던 한용운이 오늘의 우리에게 던지는 의미는 무엇일까. 3·1운동으로 인한 옥중 체험을 거친 다음 1926년에 간행된 시집 『님의 침묵』은 초판 이후 해방 이전에는 가장 많이 읽힌 시집의 하나였으며, 1960년대에 부활하여 1970년대 가장 왕성한 비평적 세례의 대상이 되었던 그의 문학적 업적들은 이제 무언가 낡고 퇴색한 듯한 느낌을 우리에게 던져주고 있는 것이 사실이다.

21세기를 눈앞에 둔 오늘은 정치 투쟁이 요구되는 사회 혁명의 시대도 아닐 뿐만 아니라 기술 정보의 혁신으로 인한 감수성의 격변은 종전의 문학들이 세계 도처에서 대중적 지지를 상실하고 있다는 것이 솔직한 상황 진단일 것이다.

요즘 한 세대 이전의 문학을 거론하는 곳은 대학 강의실밖에 없으며, 한 세대 이전의 문학을 읽는 곳도 대학 도서관밖에 없다. 수업에 필요하다는 이유만으로 인쇄되는 책들은 초서니 셰익스피어니 밀턴이니 하는 옛날의 문학작품에만 국한되지 않는다. 오늘날의 문학작품 역시 대학의 울타리 안으로 그 존재를 축소시켜가고 있다. 창작이 어엿하게 대학의 주요 과목으로 자리잡았고, 시인과 소설가가 객원 작가로 대학의 지원을 받고 있으며, 대학 출판사가 문학사와 문학비평에서 시와 소설에 이르는 문학서적들의 출판을 전담하다시피 하고 있다. 문학과 관련된 이론적 토론은 대학 내부에서 이루어질 뿐이다. 문학 텍스트의 편집, 작가 전기의 집필, 색인의 수집, 문학사의 수립 등 문학이라는 제도를 유지하기 위해 필요한 수많은 실제적 활동들이 이루어지는 곳 역시 대학이라는 공간이다.
　　—앨빈 커넌, 『문학의 죽음』, 최인자 옮김, 문학동네, 1999, 52쪽

미국 쪽의 사정만 이런 것이 아니다. 한국에서도 한 세대 이전의 문학은 대학 강단이나 대학입시를 위한 고등학교 수업 시간에나 가능한 것이 아닐까. 만약에 대학이라는 완강한 최후 저지의 울타리가 무너진다면 활자로 인쇄된 그날그날의 문학도 머지않아 읽혀지지 않을 것이며, 끝내는 우리 모두 신문이나 TV에 의지하여 빠르게 진행되는 문화적 새 물결을 물끄러미 방관적으로 바라보고 있는 말없고 무표정한 관중으로 전락하고 말 것이다.

2. 한용운의 현재성과 전인적 성격

한용운은 흘러간 인물인가. 그의 문학은 다시 읽혀질 필요가 없는 것일까. 대중예술을 부정하고 고급문화를 논하는 것만으로, 그리고 엘리트적 만족감을 표하는 것만으로 자기 존재를 확인하는 것이 무슨 의미가 있는지 진지하게 검토해보아야 하지 않을까.

시대적 분위기에 편승하여 텍스트 자체가 권위를 갖던 시기가 있었다. 1960년대 후반부터 적어도 10여 년 동안은 한용운 전집이나 시집 『님의 침묵』이 비밀 문서처럼 신성하게 읽혀지던 시절이었다고 말할 수 있을 것이다. 정치적 억압에 정면 대응하지 못할 때, 앞으로 전진하고자 하는 사회적 추동력은 우회의 경로를 택하게 되며, "독자 앞에 시인으로 나서는 것이 부끄럽다"는 한용운의 시적 전언 또한 빛을 발휘하는 상호감응의 전파력을 가질 수 있었던 것이다.

그러나, 새로 개발되는 첨단 기계들이 끊임없이 수많은 복제품을 만들고, 컴퓨터가 전파를 발사하여 예술품들이 지닌 고유한 아우라를 파괴시키고 있는 오늘날 가상공간으로 퍼져나가는 대중들의 취향과 감각은 더이상 식민지 시대의 한 독립운동가가 만든 시적 아우라에 매료되기를 거부하게 된 것이다.

필자는 바로 얼마 전에 학생들에게 한용운의 시집을 읽고 감상문을 제출해보라고 권한 바 있다. 대체로 그들의 반응은 어째서 이런 문학이 가능했던 것인가 의아해하는 것이었다. 그들의 반응은 크게 보아 다음 세 가지로 정리된다.

첫째, 사랑에 관해서이다. 그들의 판단으로는, 약간의 예외가 있기는 하지만, 「님의 침묵」에서 볼 수 있는 사랑은 그들에게는 매우 낯선 것이며, 가능한 것도 아니라는 것이다. 그들은

님은 갔습니다. 아아 사랑하는 나의 님은 갔습니다.

와 같은 구절에는 공감하지만, 다음과 같이,

> 우리는 만날 때에 떠날 것을 염려하는 것과 같이, 떠날 때에 다시 만날 것을 믿습니다.

와 같은 시행은 미덥지 않다는 것이다. 다시 만난다는 것에 별달리 기대하지 않는다는 것이다. 소심함을 간직한 일부 사람을 제외하고는 만남과 떠남이 있을 뿐이지 떠나고 나면 다시 만날 것을 믿지 않는다는 것이 그들의 풍조이다. 더군다나,

> 아아, 님은 갔지마는 나는 님을 보내지 아니하였습니다.

와 같은 시행은 더더욱 신뢰할 수 없다는 것이다. 임이 떠났는데, 왜 보내지 않았다는 것이냐. 떠나면 떠난 것이지, 이에 연연하며 매달리는 것은 구차스럽다. 사랑이 있고 만남과 떠남도 있지만, 다시 돌아올 것을 믿는다는 것은 어리석거나 둔한 사람들의 이야기일 뿐이다. 그렇게 한다면 결국 상처만 더욱 커질 뿐이다.

둘째, 한용운의 불교적 깨달음에 대한 회의이다. 한용운이 깊은 깨달음을 얻었다고 하지만, 그것은 알 수 없는 의문투성이다. 확실한 것은 아무것도 없고 모호하고 불투명한 의문만을 잔뜩 제시하고 있다는 것이다. 「알 수 없어요」라는 시가 그들의 의문을 증폭시킨다. 도대체 어디에 해답이 있는지 모르겠다.

> 연꽃 같은 발꿈치로 가이없는 바다를 밟고 옥 같은 손으로 끝없는 하늘을 만지면서 떨어지는 날을 곱게 단장하는 저녁놀은 누구의 시(詩)입니까.

라고 화자가 장중한 여운을 가지고 대상을 묘사하고 시행을 이끌어나갔음에도 불구하고 이와 같은 장경(場景)에 별다른 시적 감흥을 느끼

지 않는다는 것이다.

그 이유는 다음 두 가지이다. 하나는 우선 수사법이 오늘의 젊은 세대들에게 맞지 않게 낡았다는 것이요, 다른 하나는 곱게 단장된 저녁놀이 그들에게 화자가 말하려고 하는 만큼의 시적 감흥을 불러일으키지 못한다는 것이다. 오히려 컬러로 채색된 영화의 장대한 한 장면이나 컴퓨터 화면에 뜨는 가상적 공간이 그들에게는 더 현실적으로 느껴질 것이다. 물론 그들이 참으로 알 수 없다는 것은 마지막 시행이다.

　타고 남은 재가 다시 기름이 됩니다.
　그칠 줄을 모르고 타는 나의 가슴은 누구의 밤을 지키는 약한 등불입니까.

그들의 의문은 아주 상식적인 것이다. "타고 남은 재"가 어떻게 기름이 될 수 있느냐는 것이다. 불교적 윤회사상이란 참고서적의 설명이고, 시험 문제에 나온다면 점수 때문에 그렇게 쓰기는 하겠지만 아무래도 재가 기름이 될 수는 없지 않겠느냐는 것이 그들 대다수의 생각이다. 유전자 조작에 의해 생명체를 만들 수 있다는 신문 보도를 매일 접하기 때문에 그들로서는 재가 기름이 된다는 것은 더욱 불가능하다고 믿는 것이 아닌가 여겨졌다.

과학기술에 의한 생명 공학만이 그들이 눈으로 확인할 수 있는 것이라면, 과학으로 입증되지 않은 사실은 믿을 수 없다는 것이다.

세번째, 독립운동가로서 한용운의 시적 대응이 너무나 소극적이라는 점이다. 직접적 방법을 택하거나 표현하지 않은 독립운동은 별다른 의미가 없다는 것이다. 논개나 계월향의 애인이 되거나 타고르의 시를 읽고 부끄러워하는 것이 무슨 독립운동이 되겠느냐는 것이다. 그들에게는,

　'민적 없는 자(者)는 인권(人權)이 없다. 인권이 없는 너에게 무슨 정

조냐' 하고 능욕(凌辱)하려는 장군(將軍)이 있었습니다.
　　　　　　　　　　　　　　　　　—「당신을 보았습니다」 중에서

와 같은 표현이나,

　만일 당신을 쫓아오는 사람이 있으면 당신은 나의 죽음의 뒤에 서십
시오.
　죽음은 허무와 만능(萬能)의 하나입니다.
　죽음의 사랑은 무한인 동시에 무궁입니다.
　죽음 앞에는 군함(軍艦)과 포대(砲臺)가 티끌이 됩니다.
　　　　　　　　　　　　　　　　　　　　—「오셔요」 중에서

와 같은 시행들이 추상적이고 답답하다는 것이다. 왜 당당하게 직접적
으로 말하지 못하느냐는 것이다. 만일 적이 있다면 최신식 무기를 동
원하거나 우주특공대를 파견하라는 것이 그들의 감수성이자 반응 양
식인 것이다.

　물론 아직도 기계와 산업기술에 의해 만들어진 첨단적 예술에 부정
적 반응을 보인 학생들이 없었던 것은 아니다. 그러나, 그들의 수는 앞
으로 급속도로 줄어들 것이며, 그들이 보여준 반응 또한 필자의 세대
가 가진 시적 반응과 매우 다르다는 것이다.

　학생들의 이와 같은 태도 변화를 살펴보면서 필자는 격세지감을 느
끼지 않을 수 없다. 앞으로 과연 한용운이 얼마나 읽혀질 것인가. 문학
의 죽음만이 아니라 한용운의 죽음 또한 선언해야 할 단계에 도달한
것이 아닌가 생각해보지 않을 수 없다.

　한용운이 읽혀지는 것이 대학 강단만이거나 대학입학을 위한 수능
시험 문제에만 국한된다면 문학의 죽음은 당연한 것이 아닐까. 과연
살아 있는 문학의 현장은 어디에 있다는 말인가.

모든 사람들이 자기가 생각한 것만을 말하고 자기가 아는 것만을 이야기하며 언제나 그 순간 떠오르는 말로만 이야기하는 그런 사회가 있다면 문학을 배울 사람은 그곳으로 가면 될 것이다. 그곳이 바로 문학학교니까.

하지만 우리는 그곳에 갈 수가 없다. 백해무익한 스승들은 학생들이나 흉내내기 좋아하는 사람들을 불러모아 어리석은 유행을 전파할 뿐이다. 신이여, 우리들을 용서하소서! 만약 최후의 심판 날에 문학을 가르쳤다는 이유로 정죄당한다면, 나는 결코 문학을 믿지 않았으며, 다만 처자식을 먹여 살렸을 뿐이라고 항변할 것이다.

—앨빈 커넌, 앞의 책, 9쪽

위의 인용은 옥스퍼드 대학 최초의 영문학 교수 월터 롤리 경이 1921년 1월 조지 고든에게 보낸 편지의 일절이라고 한다. 오늘의 사회 문화적 상황과 문학 교수들의 입장을 대변해준다는 점에서 그의 선견지명은 매우 아이러니컬하다. 물론 오늘의 우리에게는 용서를 간구할 신마저 존재하지 않는다는 점에서 그때보다 상황은 더욱 악화되어 있다고 할 것이다.

그러나, 더욱 놀라운 것은 위의 발언이 20세기 초이며, 한용운이 3·1운동으로 인해 옥중생활을 하던 시절이었다는 점이다. 한용운이야말로 모든 사람들이 갈 길을 잃고 방황하던 시대에 그들에게 가장 절실하다고 믿었던 전인들을 『님의 침묵』으로 발표했다는 점을 우리는 또한 상기하지 않을 수 없다.

'님' 만 님이 아니라 기룬 것은 다 님이다. 중생(衆生)이 석가(釋迦)의 님이라면 철학(哲學)은 칸트의 님이다. 장미화(薔薇花)의 님이 봄비라면 마시니의 님은 이태리(伊太利)다. 님은 내가 사랑할 뿐 아니라 나를 사랑하나니라.

연애(戀愛)가 자유(自由)라면 님도 자유일 것이다. 그러나 너희는 이름 좋은 자유에 알뜰한 구속(拘束)을 받지 않느냐. 너에게도 님이 있느냐. 있다면 님이 아니라 너의 그림자니라.

나는 해 저문 벌판에서 돌아가는 길을 잃고 헤매는 어린 양(羊)이 기루어서 이 시(詩)를 쓴다.

—「군말」 전문

시집의 '서문'인 「군말」에서 한용운은 왜 이처럼 장황해졌을까. 왜 이 시집을 발간하느냐. 모두가 떠오르는 말로만 이야기하고 실천이 없는 시대에 시인으로 독자 앞에 나서는 것을 부끄러워하며 "해 저문 벌판에서 돌아가는 길을 잃고 헤매는 어린 양(羊)이 기루어서 이 시(詩)를 쓴다"는 것이 한용운의 선언이었다. 마치니의 임이 이탈리아라면 한용운의 임은 조선이며, 조선 민족의 임 또한 조선이다.

그렇다면, 과연 한용운이 부여하고자 한 문학적 의미는 어디에 있을까. 한용운 자신 또한 역사의 전진을 예감하고, 시집의 말미에 다음과 같이 썼다.

나는 나의 시를 독자의 자손에게까지 읽히고 싶은 마음은 없습니다.

식민지 시대 당대에만 자신의 시가 읽혀지기를 바랐던 것이 한용운의 마음이었을 것이다. 아니 행동으로 독립 투쟁에 나설 수 없는 시대에만 읽혀지기를 바랐다는 것이 더 정확한 말이 될 것이다. 그렇다면 독립이 되고, 민주화가 이루어지고 첨단 과학기술이 수출을 선도하는 오늘의 한국에서 과연 그의 시들이 읽혀질 필요가 있는 것일까.

그렇다면 다음과 같은 질문을 던져볼 필요가 있다. 과학기술만으로 인간이 살아갈 수 있을 것인가. 그리고 한국적 정체성을 확립하는 데, 오늘의 우리 눈앞에 순간순간 떠오르는 것만으로 가능한 것일까. 역설적으로 그 어느 때보다도 한국적인 것이 요구되고 전인적인 것이 요구되는 것은 아닐까.

식민지 시대가 정치적·군사적 지배였다면 지구촌 시대의 오늘은 기술 정보와 세계 자본의 지배가 전 세계적으로 확산된 시대라고 할 것이다.

식민지 시대에 한국인이 겪었던 역사적 문화적 단절은 물론 정신적 상처는 한용운이나 이육사 그리고 윤동주 등의 선각적 시인들이 사기 희생을 무릅쓰고 확립한 고결한 정신을 통해 그 자존심을 지켜 가질 수 있었던 것은 아닌가. 한용운식의 사랑, 한용운식의 깨달음, 한용운식의 독립운동은 오늘의 우리에게는 촌스럽거나 알 수 없거나 우회적인 것으로 비쳐질 수도 있을 것이다.

그러나, 이 모두를 하나의 인간으로 종합하고 이를 실천하면서 자신의 생을 완성해나간 경우라면, 이를 어떻게 보아야 할까. 결코 예사로운 일이 아닐 것이다. 오늘의 우리에게 한용운의 의미는 무엇일까. 『전편 해설 님의 침묵』(1974)을 저술한 바 있는 송욱은 이미 다음과 같은 예언적 통찰을 밝힌 바 있다.

장차 이 나라의 시인들은 '시학'을 배우려고 『님의 침묵』을 읽는 것은 드물지도 모른다. 그러나, 어떻게 전통(傳統)을 생생하게 몸에 지니고 어떻게 미래(未來)를 개척하며 '사느냐'. 이 문제와 맞설 때마다 『님의 침묵』이 지닌 사자후(獅子吼)에 귀를 기울이리라.
—『전편 해설 님의 침묵』, 과학사, 1974, 444쪽

어느 시대에나 전통을 부정하고 앞으로 나아갈 수는 없다. 전통을 전면 부정하는 것이 일시적으로 더 빨리 더 멀리 나아갈 수 있다고 느껴질 수도 있을 것이다. 20세기 초의 한국인들은 전통을 부정해야만 했다. 과거를 단절하는 것만이 서구화, 근대화의 지름길이라고 믿었다. 그러나, 지난 세기 동안 그리고 짧게는 해방 후 지난 50년 동안 전통 단절론자들이 추구한 것은 과연 무엇이었을까. 정신사적으로 보아 대부분 변절과 자기 부정이 그들이 도달한 결론이었다고 해도 과언이 아닐 것이다.

어쩌면 전통을 계승 발전시키려 해도 무엇을 어떻게 해야 할지 알 수 없는 혼란과 격변이 몰아쳐왔다고 보는 것이 솔직한 표현인지도 모른다.

한용운을 비롯한 몇몇의 예외적 개인들이 보여준 삶의 길과 문학의 길은 혼란과 격변이 다가올수록 빛을 발하는 것이라고 말하지 않을 수 없다. 수사적 표현을 아로새기려는 시인만으로는 그리고 오로지 구도에 뜻을 두는 소승적 깨달음의 길만으로는, 마지막으로 정치 투쟁을 목표로 한 독립운동만으로는 한용운을 제대로 이해하기 힘들 것이다. 한용운의 전인적 성격은 기계화되고 분해된 삶을 사는 미시적 현대인들에게 더욱 큰 귀감이 되는 것이다. 한용운은 어느 한 부분만으로는 제대로 이해하기 어렵다.

죽느냐 사느냐 하는 것이 초두의 관심사가 될 때나 절체절명의 선택의 순간에는 어느 한 면만으로 인간을 평가할 수 없는 것과 같다.

3. 세계 속의 한용운을 위하여

한용운의 문학이 우리에게 필요없다고 던져버릴 수 있다. 그러나, 정작 우리에게 필요한 것은 한용운의 한용운다운 이해일 것이다. 그 동안 우리는 한용운의 문학을 읽는 데 있어서 너무나 편의적으로 우리에게 필요한 부분만 논의했던 것이 아닌가. 정치적 억압에 대한 비유로서 아니면 사랑이라는 흥미거리로 아니면 불교사상의 단편적 적용을 위해서 읽었던 것이 아닐까. 우리가 살고 있는 시대를 세계화 시대라고 한다. 차라리 오늘의 우리에게 절실한 것은 한용운을 세계화하는 만해학의 정립이라고 생각한다.

세계화 시대의 한국인들은 과연 무엇을 근거로 내세워 정신적 가치를 지닌 문화적 독자성을 세계에 내놓을 것인지 판단해야 할 것이다. 특히 전통을 생생하게 몸에 지니고 자신의 문학을 구체화시킨 예가 누구인지를 판단해보아야 할 것이다. 자긍심이 없는 민족은 세계화에 성공할 수 없다. 언제나 뒤따라가는 추수주의에 급급할 것이다. 세계화를 위해서는 특수한 것의 보편화가 이루어져야 한다. 한용운적인 것에 대한 학문적 탐색이 체계적으로 이루어져야 한다. 중구난방이 아닌 국민적 합의와 대중적 동의가 있어야 한다. 한용운 연구는 끝이 아니라 바야흐로 새로운 시작을 맞이하고 있다는 것이 필자의 판단이다.『님의 침묵』이 성공할 수 있었던 것은 그의 시가 억압의 시대에 선동적 구호로 전락하지 않았다는 점에 있다. 오늘의 우리가 지향해야 할 학문적 탐색 또한 그러한 것이 되어야 할 것이다.

만해학에 대한 탐색이 본격화되어 보편적 설득력을 얻는다면, 오늘의 젊은이들에게도 그의 시는 새롭게 읽혀질 수 있을 것이다. 셰익스피어가 셰익스피어인 것은 그에 대한 끊임없는 연구와 평가가 있었기 때문이다. 고전이 고전으로서 생명을 갖는 것도 바로 그러한 노력과 동의가 있음으로써 가능한 것이다.

왜 우리들은 새로운 것에만 온통 관심을 집중시키는 것일까. 우리는 전통이란 용광로 속에서 새로운 것을 창출하는 생성적 에너지가 없다는 것일까. 과거가 없는 자에게는 미래도 없다. 끊임없이 계속되는 오늘만 있다면, 그 문화와 문명은 숨막히는 오늘의 것에만 복무하고, 창조적 에너지를 상실하고 말 것이다. 전통을 통해 새로운 것의 창조가 참으로 불가능하다고 여겨지던 시대에 한용운이 뚫고 나아가야 했던 길은 오늘의 우리가 헤치고 나기야 할 길보다 훨씬 험난한 길이었을 것이다. 모든 것을 알 수 없다고 했지만 한용운은 그 마무리에서 "그칠 줄 모르고 타는 나의 가슴은 누구의 밤을 지키는 약한 등불입니까"라고 말했다. 20세기가 저물고 새로운 세기가 열리는 어두운 밤 한용운이 밝힌 등불이 창조적 지평을 여는 역사성을 갖는다면 우리는 당당한 긍지를 가지고 새로운 역사를 선도해나갈 수 있을 것이다.

(『문학사상』 1998년 7월호)

난삽한 지용 시와 '바다 시편'의 해석
―「바다 2」를 중심으로

1. 지용 시의 난삽성

정지용 시를 꼼꼼히 읽어보면, 그 동안 많은 사람들의 노력에 의해 그 의미가 상당 부분 밝혀지고 있기는 하지만, 아직도 그 시적 의미가 무엇인지 적절히 해석되지 않는 시들이 산적해 있음을 확인하게 된다. 하나하나의 잘 풀리지 않는 시어에서부터 시작하여, 시행은 물론 한 편의 작품으로서 그 전모가 드러나지 않은 채 의문에 쌓여 있는 작품을 종종 발견한다. 해석되는 일부의 시만을 가지고 지용 시의 전체를 논하는 것은 매우 위험한 일이 아닐까. 막연하고 어렴풋한 대체적 윤곽을 가지고 지용 시를 논한다는 것은 그만큼 위험을 감행한 연구라고 하지 않을 수 없다.

지용 시 한 편 한 편에 대한 정독이 선행된 다음에야 전체를 꿰뚫는 작업이 온전히 진행될 것이며 이런 연구만이 확고한 기반 위에서 자신의 논지를 전개할 수 있는 것이라 여겨진다. 지용과 같이 독특한 상상력을 개성적 언어로 표현한 시인의 경우 그 시에 대한 접근이 결코 용이한 일은 아니다. 그러나, 지용 시 해석의 묘미는 그것이 어려운 과정을 동반할수록 그만큼 기쁨도 배가된다고 말할 수 있는 것이다. 음미하고 검토하면 해석이 가능한 시들을 소홀히 방치하는 것은 연구자들의 책임 회피이다. 때로 실수가 있다고 하더라도 새로운 해석을 시도하는 노력을 통해 우리 시 연구가 심화되리라는 것은 분명한 일이다. 이 글은 「유리창」과 더불어 지용의 초기 대표작으로 거론되어온 '바다 시편' 중에서 특히 「바다 2」를 중심으로 하여 그 시적 의미를 밝혀 보고자 한다.

1902년 충북 옥천 출생의 정지용은 1923년 휘문학교를 졸업하고 교비유학생으로 동년 3월 일본 교토로 유학을 가게 된다. 서울에서 교토로 가는 과정에서 1차적 충격으로서 느꼈을 바다 체험은 산골 출생의 지용에게는 경이로운 것이었을 것이다. 이 체험은 훗날 그의 시편에 다채롭게 변주되어 나타난다. 이 글에서 검토하려는 「바다 2」는 1935년 12월 『시원(詩苑)』에 「바다」로 발표되었으며, 동년 10월에 간행된 『정지용시집』의 제1부 첫머리에 「바다 1」과 더불어 수록된 작품이다. 『정지용 시집』에는 제2부에도 「바다 1」 「바다 2」 「바다 3」 「바다 4」 「바다 5」 등으로 바다 연작이 실려 있으며 모두 89편의 시가 4부로 나뉘어 수록되어 있는데 직간접으로 바다를 소재로 한 시편들이 대략 20여 편 정도에 이르러 후에 간행한 시집 『백록담』(1941)과 대비하여 '바다' 시집이라 해도 과언이 아니다.

많은 바다 시편 중에서 특히 제1부의 「바다 1」과 「바다 2」는 제2부의 바다 시편에 비해 두 편 모두 참신한 비유를 구사하고 있지만 독자들의 접근을 쉽게 허락하지 않는 해석상의 어려움을 유발하는 시들이기도 하다. 「바다 1」이 1930년 5월 『시문학』에 발표되어 지용의 발랄한 감각성을 천하에 드러내주었다면, 「바다 2」 또한 기발한 비유로 인해 지용의 상상력이 "이에 이르러 절정"[1)]에 달했다고 평가된 작품이기도 하다.

2. 발랄한 이미지와 완성된 해도

　많은 바다 시편들 중에서 「바다 2」의 해석상 어려움은 어디로부터 오는 것일까, 이 작품이 정말 시로서 가치를 갖는 것일까 등등의 의문을 우리는 이 시에 던져보지 않을 수 없다. 누구나 언뜻 알 수 있을 것 같지만, 다시 생각해보면 쉽게 연결되지 않는 부분들이 있다. 특히 후반부가 그러하다.

　　바다는 뿔뿔이
　　달어날랴고 했다.

　　푸른 도마뱀떼같이
　　재재발렀다.

　　꼬리가 이루
　　잡히지 않었다.

　　힌 발톱에 찢긴
　　珊瑚보다 붉고 슬픈 생채기!

　　가까스루 몰아다 부치고
　　변죽을 둘러 손질하여 물기를 시쳤다.

---

1) 김학동, 『정지용연구』(민음사, 1987), 38쪽.

이 앨쓴 海圖에
손을 싯고 떼었다.

찰찰 넘치도록
돌돌 굴르도록

회동그란히 바쳐 들었다!
地球는 蓮닢인 양 옴으라들고…… 펴고……[2]

　　이 작품의 전반 4연은 그 이전에 누구도 그렇게 표현할 수 없었을
만큼 기발한 비유로 돌출된다. 아마도 이 부분이 신선한 것이어서, 평
자들은 후반부의 난삽한 시적 전개가 머금고 있는 시적 역동성을 대체
로 무시하고 지나가거나 아니면 앞부분만 인용하고 지용의 감각적 비
유의 탁월성을 논하여왔던 것 같다.
　　그러나, 이 시의 후반부가 없다면, 전반부의 기발함 또한 효과가 반
감된다. 우선 이 시는 크게 전반부 제1∼4연, 후반부 제5∼8연으로 나
눌 수 있으며, 각 2연을 네 부분으로 분절시키면 전통적인 기승전결을
그대로 적용시킬 수 있다. 전반부의 사실적 묘사들은 후반부의 상상적
원의 완성을 떠받치면서 유기적 전체로서 동적인 내포를 가진 시로서
완성된다.
　　제1연의 자잘한 이미지들은 제2연의 색채적 이미지가 겹쳐지며 생
동감 있는 실체로서 바다를 다가오게 만든다. 제3연은 왜 필요한 것일
까. 달아나려고 하는 파도를 붙잡으려고 하기 때문이다.
　　화자는 왜 달아나려고 하는 바다를 붙잡으려는 것일까. 그 이유는
제6연에 제시된다. "앨쓴 海圖"[3]를 완성하고자 하기 때문이다. 화자는

---

2) 『정지용시집』(시문학사, 1935), 26쪽. 이하 같은 시집에서 인용.
3) "앨쓴 海圖"는 다음과 같이 풀이된다. 김학동 : "상상력으로 조형한 해도"(『정지용연구』,
　민음사, 1987, 40쪽). 민병기 : "'앨쓴'은 '애를 쓴'의 준말"(『정지용』, 건국대 출판부, 1996,

바다를 바다로 구경삼아 보고만 있는 것이 아니다. 그는 사생하듯 바다를 관찰하고, 그 바다를 하나의 화폭 속에 담아내려고 한다.

그러나, 그 바다가 쉽게 그의 손에 잡힐 리 없다. 바다는 그리려는 화자의 촉수를 벗어나 달아나려고 한다. 잡히지 않는 바다를 잡으려고 하기 때문에 제4연과 같은 묘사가 가능하다. 화자가 번뜩이는 눈으로 바다를 놓치지 않고 담으려 하기 때문에 바다에 이는 파도의 거품을 흰 발톱이라고 통찰할 수 있었을 것이다. 도마뱀떼같이 달아나는 파도의 꼬리도 잡을 수 없다. 남겨진 것은 해안가에 남은 검붉은 암석들뿐이다. 특히 "珊瑚보다 붉고 슬픈 생채기!"라는 표현은 다음 세 가지 점에서 주목된다. 첫째, 바다의 표면만 아니라 바닷속까지 시적 상상을 확장시킨다는 점에서 산호의 매개적 의미를 생각할 수 있다. 둘째, "붉고 슬픈"이란 색채와 감정 표현을 통해 화자가 시도하고 있는 바다 그리기가 얼마나 지난한 일인가를 알려준다. 셋째, "생채기"는 제2연의 푸른 색깔과 대비되면서 흰 거품과 더불어 붉은 바위를 강조하여 바다의 사실적 생동감을 살리는 데 크게 기여한다. 파도치는 바다만 그린다면 더이상의 말이 필요없을 것이다.

그런데, 문제는 여기서 끝나지 않는다. 제5연에서 주목할 것은 이 모든 바다의 이미지들을 화자가 가까스로 몰아다 붙여 바다 그림을 완성하고자 한다는 점이다. 특히 "변죽을 둘러 손질하여 물기를 시쳤다"고 한 표현은 무엇일까. 변죽이란 둥근 것의 가장자리를 말하는 것이라 본다면 우리는 이 시가 제4연에서 5연으로 진행되면서 무엇인가 표면에 드러나지 않는 커다란 변모가 그 이면에서 이루어졌음을 감지할 수 있을 것이다.

더욱 주목할 것은 위의 5연에 이어 제6연에서 화자가 그가 완성하고자 한 것이 "앨쓴 海圖"라고 하면서, 지금까지 숨기고 있던 자신의 의도를 밝히고 있다는 점이다. 우리는 제5연과 제6연에서 되풀이하여

80쪽).

156

"물기를 시쳤다" "손을 싯고 떼었다"고 말하고 있다는 사실에서 화자가 무엇인가의 완결을 독자에게 강조하고 있음을 눈치챌 수 있을 것이다. 그가 강조하고자 하는 것은 무엇일까. 전반부에서 생동하는 물결의 이미지를 하나도 놓치지 않으려는 화자가 왜 이와 같이 불필요한 반복을 되풀이하는 것일까.

문제의 해답은 이 시의 마무리에 해당하는 제7~8연에 있다. 서두의 제1~2연에 비해 무언가 모호하고, 확산되는 듯한 표현이 제7~8연에 제시되고 있는 것은 아닌가 하는 의아심에도 불구하고 이 마무리야말로 정지용이 가까스로 몰아다 붙이고 완성한 해도의 최종적 모습이다.

그렇다면 제4연과 제5연에서 쉽게 포착되지 않는 건너뜀은 무엇일까. 필자는 제4연까지의 서술은 실제 바다를 그리고 있는 수평적인 것이요, 제5연 이후의 서술은 지구의와 같이 입체적 바다의 완성을 묘사한 것이라 해석한다.

이 시를 쓰고 있는 화자는 실제 바다를 바라보고 있는 것이 아니다. 물론 지용은 그 이전에 남다르게 바다를 보았을 것이며 또 그 움직임들을 관찰하였을 것이다. 그런데, 이 시의 제6연에서 말하고 있는 것처럼 그가 그리고 있는 것은 "앨쓴 *海圖*"이다. 실제 바다는 아니지만 실제 못지않게 살아 있는 바다를 그리는 것이 이 시의 화자의 목적이다.

그러므로, 이 시가 지리 시간에 사용되는 커다란 지도를 바라보면서 쓴 「지도」(『조선문단』 1935년 7월호)와 유사한 연상에서 착상되었다는 이숭원의 지적[4]은 타당한 것이다.

> 地理敎室專用地圖는
> 다시 돌아와 보는 美麗한 七月의 庭園.
> 千島列島附近 가장 짙푸른 곳은 眞實한 바다보다 깊다.
> 한가운데 검푸른 點으로 뛰여들기가 얼마나 恍惚한 諧謔이냐!

---

4) 이숭원, 『지용 시의 심층적 탐구』(태학사, 1999), 117쪽.

椅子 우에서 따이빙 姿勢를 取할 수 있는 瞬間,
敎員室의 七月은 眞實한 바다보담 寂寞하다.

—「지도」 전문

위의 인용 제5행에서 보는바 지도를 바라보는 화자의 상상은 기발
한 것이기도 하다. 의자 위에서 다이빙 자세를 취하면서 화자는 진실
한 바다보다 적막한 바다를 상상한다. 지도를 통해 상상한 바다가 더
생동한다는 뜻이다. 문제는 「지도」가 평면적이라면, 「바다 2」는 입체적
이라는 점이다. 지용의 시적 상상이 「지도」를 매개로 한 걸음 더 나아
간 "앨쓴 海圖"가 「바다 2」라는 것이다. 왜냐하면 마지막 8연에서 보는
지구는 결코 평면적인 것으로 이해하기 어렵기 때문이다. 결국 이 시
의 문면에 구체적으로 제시되어 있지는 않지만, 우리가 연상할 수 있
는 것은 이 시가 지도는 물론이지만, 이와 더불어 지구의를 옆에 놓고
상상하지 않았는가 하는 점이다. 둥근 지구의가 매개되어 파도를 연상
하고 "眞實한 바다보담" 더 생동하는 바다를 연상한 것이 아닌가라고
역으로 추정해볼 수 있을 것이다.

이 시가 지구의를 만드는 과정을 나타낸 것이라고 오탁번은 다음과
같이 지적한 바 있다.

마치 천연색의 지구의를 만들기 위한 手工처럼 바다는 도마뱀떼처럼
뿔뿔이 달아나기도 하고 물감처럼 뚝뚝 떨어지기도 한다. 그러므로 바
다는 무수한 바다 또 무수한 수포로 나누어지기도 하고, 폭포처럼 위에
서 아래로 곤두박질하며 떨어지기도 한다.[5]

「바다 2」를 해석하는 데 도움이 되는 흥미로운 지적과 관찰이다. 시
상 전개에서 지용적 독특성을 통찰하고 있다는 점에서 필자도 이에 공

---

5) 오탁번, 『한국현대시사의 대위적 구조』(고려대 민족문화연구소, 1988), 119쪽.

감한다. 그러나, 더이상 이 시에 대한 정치한 분석이 시도되지 않았다. 이러한 착상이 후반부 마지막 시행까지 개진되어야 이 시 전체에 대한 체계적 해석이 이루어진다. 수평적 바다에서 둥근 원형의 구체를 인식시키기 위해 제8연 제1행에서 화자는 "회동그란히 바쳐 들었다!"라고 시적 감탄을 토로한다. 이때 "앨쓴 海圖"는 이미 해도가 아니라 둥근 지구의로 이해되며, 그 지구의를 받쳐들어 본 다음 이어서 "地球는 蓮 닢인 양 옴으라들고…… 펴고……"와 같은 후속되는 시행이 가능한 것이다. 이 마지막 행에 이르러 작자의 의도는 더욱 분명해진다. 그는 단순히 바다 풍경을 그리려고 했던 것이 아니다. 바다 풍경을 그림으로써 바다를 통해 지구 전체를 하나의 연잎으로 제시해놓고자 한 것이다. 지용 시에서 연잎과 물방울의 이미지는 다음과 같이 표현된다.

睡蓮이 花瓣을 폈다.
옴으라첫던 잎새. 잎새. 잎새.
방울방울 水銀을 바쳤다.
아아 乳房처럼 솟아오른 水面!
바람이 굴고 게우가 미끄러지고 하늘이 돈다.

—「아츰」 제3연

연잎 위에 구르는 물방울을 본 사람은 누구나 물방울이 넘치지 않고 돌돌 구르는 장면을 떠올릴 수 있을 것이다. 지구를 연잎으로 제시한 것은 무엇 때문일까. 이러한 의문을 던질 때 우리는 수수께끼같이 겉돌던 제7연을 이해할 수 있게 된다. 앨쓴 해도를 완성하고 손을 떼고 난 다음 그 바다에서 일어나는 물결의 파동은 넘치고 굴러도 엎질러지지 않게 완성된 것이다.

뿔뿔이 달아나고 이루 잡을 수 없는 바다가 앨쓴 해도 속에 파동치고 있는데, 그렇게 디테일하게 묘사된 바다가 밖으로 달아날 수 없는 것은 둥근 지구가 연잎같이 오므라들고 펴고 하면서 넘쳐도 넘치지 않고 굴러도 구르지 않고 파동치게 하기 때문이다. 평면적 바다에서 입체적 바다로 시적 상상을 전환하지 않는다면 이러한 표현은 불가능한 것이다. 뿔뿔이 달아나 붙잡을 수 없는 파도를 붙잡을 수 있는 것이 연잎이라 보았던 것이다.

여기서 우리는 이 시의 전반부를 밀물로 후반부를 썰물로 본 다음과 같은 해석도 참고할 필요가 있다.

"회동그란히 바쳐 들었다!"는 썰물이 빠지니 흰 모래벌이 둥글게 드러나는 바다 풍경을 묘사한 것이다. 육지로 깊숙이 들어온 바다 즉 만(灣)의 백사장이니 둥근 모습으로 묘사했다. 둥글게 받쳐든 주체는 백사장이고 들린 것은 바닷물이다.

"지구는 연닢인 양 옴으라들고"에서 '지구'는 썰물 때 드러난 백사장과 갯벌을 뜻한다.[6]

「바다 2」의 후반부에 대해 위의 언급처럼 디테일한 이해는 드물다. 밀물과 썰물이 이 시에 생생한 그림처럼 파동치는 것은 사실이다. 그러나 '지구'를 썰물 때 드러난 백사장과 갯벌이라고 보는 것은 평면적인 이해로서 시상을 전체적으로 파악하기 위해서는 해석상의 무리가 뒤따른다고 하지 않을 수 없다.

배를 타고 여행을 해본 경험이 있는 사람들이 처음 느끼는 것은 바다가 넓고 푸르다는 것이다. 모든 풍경이 새롭고 놀라운 것들이다. 그러나, 좀더 바다를 향해 멀리 나아가보면, 이렇게 넓고 평평한 바다가 둥글다는 사실에 더욱 놀라게 된다. 바닷가 풍경도 신기로운 것이지만, 이 모든 풍경들이 지구라는 구체 안에서 서로의 인력을 작용시키면서 존재한다는 사실일 것이다. 이러한 풍경의 체험은 20세기 들어와 근대적 과학기술문명의 발전으로 더욱 구체적으로 경험할 수 있었던 것이

---

6) 민병기, 「정지용의 '바다'와 '鄕愁'」, 『시안』 1999년 여름호, 261~262쪽.

다. 이런 의미에서 근대적 풍경의 발견이 바다를 통해 그리고 지용에
의해 날카롭게 그리고 있다는 사실은 한국 시사에서 특기할 만한 사건
이다. 육당의 계몽적인 시 「해에게서 소년에게」(1908)와 비교하면 지용
의 개성은 더욱 강하게 드러날 것이다. 충북 옥천 산골 태생의 지용에
게는 「다시 해협(海峽)」에서 확인되는 것처럼 아마도 1923년 최초로
현해탄을 건넌 이후 바다를 체험하고 지구를 지구로서 느끼는 경험을
되풀이하면서 참으로 새롭게 자신의 인식 지평을 확대하지 않을 수 없
는 계기를 만들어준 일대 사건이었다고 판단된다. 최초의 바다 체험
이후 10여 년이 지난 1935년에 가서야 이 시를 발표했다는 사실을 상
기해 보자. 시집을 간행하기 직전까지 지용은 이 시를 명편으로 갈고
다듬었을 가능성이 크다. 결과적으로 시집 간행이 이 작품의 문예지
발표보다 두 달 앞서는 이례적 결과를 가져온 것은 그러한 이유 때문
이었다고 할 수 있다.

　『정지용시집』에는 제1부 「바다 1」「바다 2」 그리고 「해협(海峽)」「다
시 해협」 그리고 제2부 「바다 1」「바다 2」「바다 3」「바다 4」「바다 5」
등 직접적으로 바다를 표제로 한 시편만 모두 9편이 수록되어 있다.
특히 「다시 해협」에서 그는 첫 바다 체험을 다음과 같이 표현하고 있
다.

正午 가까운 海峽은
白黑痕迹이 的歷한 圓周!

마스트 끝에 붉은 旗가 하늘보다 곱다.
甘藍 포기포기 솟아오르듯 茂盛한 물이랑이어!

班馬같이 海狗같이 어여쁜 섬들이 달려오건만
——히 만저주지 않고 지나가다.

海峽이 물거울 쓰러지듯 휘뚝하였다.
海峽은 업지러지지 않았다.

—「다시 해협」 제1~4연

　「바다 2」보다 4개월 전인 1935년 8월 『조선지광』에 발표된 위의 시에서 우리는 정지용의 바다에 대한 시적 인식의 한 원형을 보게 된다. 우리는 제1연에서 배가 지나간 흔적인 둥근 원주를 통해 둥근 지구에 대한 인식을, 제2연에서 포기포기 솟아오르는 무성한 물이랑을, 제3연에서 빠르게 앞으로 진행하는 배의 속도감을, 제4연에서는 파도에 배가 기우뚱하였지만 엎질러지지 않은 바다를 연속적으로 확인할 수 있다. 이러한 시적 경험들은 「바다 2」의 발랄한 시적 어구들을 조탁하는 데 기본적인 자료가 된다. 「다시 해협」이 보다 직접적 표현들이라면 「바다 2」는 이를 바탕으로 지용 특유의 언어적 조탁이 가해진 것이다. "무성한 물이랑"을 변용시킨 것이 「바다 2」의 "푸른 도마뱀떼" "흰 발톱" 등이라는 것이다. 이미지를 통해 바다를 그리고 있다는 점에서 독자적이다. 「다시 해협」의 제4연 "海峽은 업지러지지 않았다"와 같은 표현은 「바다 2」의 제7연 "찰찰 넘치도록/돌돌 구르도록"을 이해하는 단서가 된다. 그러므로 제8연의 마지막 행 "地球는 蓮닢인 양 옴으라들고 …… 펴고……"가 어떤 문맥에서 얻어진 것인가를 확인시켜준다. 앞에서 거론한 「아침」과 「다시 해협」을 겹쳐놓고 본다면 「바다 2」의 후반부는 더 적절히 이해될 것이다.
　「다시 해협」의 후반부는 다음과 같이 마무리된다.

火筒 옆 사닥다리에 나란히
濟州道 사투리 하는 이와 아주 친했다.

수물한 살 적 첫 航路에
戀愛보담 담배를 먼저 배웠다.

                                                    —「다시 해협」 마지막 연

    미지의 세계로 유학 가는 젊은 청년의 불안과 외로움을 위의 시에서
읽을 수 있다. 휘문학교의 교비 지원에 의한 것이기는 하지만 14세에
충북 고향을 떠나(「옛이야기 구절」 참조) 상경한 고학생이었던 그가 다
시 일본 교토로 유학을 떠났다는 사실을 근거로 우리는 21세 청년이었
던 그에게 심적으로 극복하기 어려운 복합적 감정이 잠복되었을 것이
라 짐작할 수 있다. 「향수」가 이러한 문맥에서 씌어졌을 것이며, 새로
움에 대한 충격이 그의 바다 시편들로 집약되었으며, 「바다 2」가 그 대
표적인 명편이라고 할 수 있을 것이다. 그의 바다 체험을 직접적으로
알려주는 시를 한 편 더 인용하면 다음과 같다.

    어디로 돌아다보든지 하이한 큰 팔구비에 안기여
    地球 덩이가 동그랐타는 것이 길겁구나.
    넥타이는 시언스럽게 날리고 서로 기대슨 어깨에 六月 볕이 시며들고
    한없이 나가는 눈ㅅ길은 水平線 저쪽까지 旗폭처럼 퍼덕인다.
                                       —「갑판(甲板) 우」 제7~10행

    「갑판 우」를 읽어보면 화자가 수평선 끝까지 바라보고, 지구가 둥글
다는 사실을 깨닫고 있음을 알 수 있다. 이 발상의 전환이야말로 그의
시적 인식의 틀을 깨는 원체험으로 작용하는 것이라고 하지 않을 수
없다. 산에서 바다로, 바다에서 산으로 이동하는 지용의 시적 전개에서
바다는 그의 유년 체험과 성인 체험을 매개하는 청년기 체험으로서 새
로운 세계를 각인시키고, 어린이를 어른으로 만드는 결정적 계기를 마
련하는 것이다. 지용의 첫 시집 『정지용시집』은 바다 체험을 통한 시적
자기 발견의 시집이라 하여도 과언이 아니라는 것이다. 바다로 나아갈
때 지용에게는 청년기의 꿈과 이상이 있었고, 산으로 되돌아갈 때 지
용에게는 성인의 고민과 성숙이 있었다. 결과적으로 「바다 2」는 초기

바다 시편을 집약하는 대표적인 바다시라는 점에서 감각적 발랄함과 더불어 시적 용량의 심화를 아우르는 작품이라는 점에서 결정적 의미를 갖는다.

지금까지 이 시를 해석하는 데 있어서 전반부의 재기발랄한 표현에만 주목해왔던 것은 크게 잘못된 것이다. 전반부의 감각적 표현도 뛰어난 것이지만 후반부의 시행들로 인해 이 시의 상상력의 용량은 바다에서 지구로 확대 심화된다. 그러므로 후반부에 대한 다음과 같은 해석들은 재고의 여지가 있다.

처음에 푸른 도마뱀떼처럼 재재바르던 바다의 움직임이 화폭에 이동되면서 찰찰 넘치고 돌돌 구르는 것으로 축소되다가 종국에는 연잎처럼 미미한 움직임으로 변화하는 것을 볼 수 있다.[7)]

이 시에 나타나는 바다의 동적 움직임은 결코 후반부에 가서 축소되는 것이 아니다. 오히려 연잎에 비유함으로써 넘치고 구르는 바다의 움직임이 지구적 차원에서 전개되는 것이라고 해석된다. 연잎에서 구르는 물방울을 관찰해본 사람은 아는 일이지만, 이 연잎이야말로 뿔뿔이 달아나는 바다를 자유자재로 파동치게 하는 중요한 비유적 매개물이다. 이 시 앞부분의 발랄한 표현들은 후반부 연잎처럼 생명운동을 신축 자재하는 지구를 통해 완결될 때 결정적 의의를 갖는다. 그러므로, 다음과 같이 이 시에 표현된 시각적 인상만을 바라보는 것 또한 이 시 전체를 제대로 파악한 것이라고 말하기 어렵다.

그는 왜 이렇게 詩를 썼을까? 오로지 순간이 주는 視覺的 印象만으로

---

7) 이숭원, 『정지용 시의 심층적 탐구』(태학사, 1999), 119쪽. 마지막 부분에서 상상력의 동력이 약화되었다는 해석은 양왕용의 『정지용 시 연구』(삼지원, 1988)에서 시작되어 최근의 주목할 만한 박사 논문이라 평가되는 김신정의 「정지용 시 연구」(연세대 박사 논문, 1999. 2) 84쪽에서도 보인다.

작품을 구성한 것은 무슨 까닭인가? 이는 그가 감정을 드러내지 않는 것이 現代性이라고 생각하였기 때문이리라…… 매우 조심스럽게 순수한 感覺的 印象만을 다루면 이처럼 情緖의 표현을 상당히 회피할 수 있다는 사실을 우리는 이 작품에서 배울 수 있다. 또한 感覺的 印象만을 노렸기 때문에 그는 짤막한 산문을 모아놓을 수밖에 없었을 것이다.[8]

여기서 송욱이 보았던 것 또한 감각적 인상만으로 이 시를 재단한 것이라고 말하지 않을 수 없다. 지용이 서두에 제시한 감각적 발랄함이 독자들의 시선을 빼앗는 것은 사실이다. 그러나, 이 시 후반부로 나아가서 지용이 자신의 시적 상상을 지구 전체로 확장시키고 있음을 판단한다면, 결코 이 시를 '바다가 주는 視覺的 印象의 斷片을 모아놓은 散文'이라고 혹평할 수는 없을 것이다. 그렇다고 하더라도 다음과 같이 지나치게 깊게 보는 것 또한 문제이다.

마지막 연에는 단지 "蓮닢"의 움직임이 그려지고 있을 뿐 '바다'의 정신적 변용의 상징으로서 '연꽃'의 형상은 결코 나타나지 않는다. 〈보이지 않는〉 '연꽃'의 형상은 "蓮닢"에 의해서 간접적으로만 그 존재가 암시되고 있다. 이같은 특징은 바로 지용의 시각 체험이 〈보이는〉 대상을 정밀하게 포착하는 차원에서 머무는 것이 아니라 〈보이지 않는〉 대상들을 느끼는 차원으로 나아가고 있음을 보여주는 것이다.[9]

이와 같은 진술은 텍스트 자체의 해석이라기보다는 텍스트를 해석하는 연구자가 지나치게 연상작용을 발동시킨 예가 될 것이다. 정지용 시의 전개 방향을 포괄적으로 전개하는 데 이러한 진술이 어느 정도 통용될 수 있을는지는 모르지만, 우리는 '연잎'을 통해 '연꽃'을 매개

---

8) 송욱, 「정지용, 즉 모더니즘의 자기 부정」, 『시학평전』(일조각, 1963), 196쪽.
9) 김신정, 「정지용 시 연구」(연세대 박사 논문, 1999. 2), 84~85쪽.

할 어떤 시적 진술을 위의 시 어디에서도 찾을 수 없기 때문이다.

　필자는 이 시가 후기의 "정신적 회화성의 세계인 산수시(山水詩)의 세계로 향하는 첩경이었을 것"[10]이라고 말한 바 있다. 왜 초기의 감각적 세계에서 후기의 세계로 넘어가는 분기점에 이 시가 놓여져야 하는 것일까 하는 의문을 이 자리에서 다시 던져보지 않을 수 없다.

　우선 『정지용시집』 제2부에 실린 「바다 1」을 예로 들어볼 수 있다. 이 시는 1926년 1월 교토에서 쓴 것을 1927년 2월 『조선지광』에 발표한 것으로서 다음과 같이 지용시의 초기적 감성을 보여준다.

　　오·오·오·오·오·소리치며 달려가니
　　오·오·오·오·오·연달아서 몰아온다.

　　간밤에 잠 살포시
　　머언 뇌성이 울더니,

　　오늘 아침 바다는
　　포도빛으로 부풀어졌다.

　　철석, 처얼석, 철석, 처얼석, 철석,
　　제비 날어들듯 물결 새이새이로 춤을 추어.

―「바다 1」 전문

　20대 중반 지용의 시적 감성은 후기의 시에 비해 단조롭게 반복되는 바다 물결의 움직임에 대한 초보적인 인식을 드러내는 것이었음을 위의 시에서 알 수 있다. 20년대 중반의 초기 바다 시편들과 30년대 중반의 「바다 2」는 시적 감성의 발랄함과 그 깊이에 있어서 놀라운 진

---

10) 최동호, 『하나의 도에 이르는 시학』(고려대 출판부, 1997), 160쪽.

전을 보이고 있다. 시적 모색과 자기 번민이 가미되었기 때문일 것이
다. 결과적으로 「바다 2」는 초기 시편들의 장단점은 물론 시적 중심을
찾기 위한 노력을 집약한 시편이며 후기의 『백록담』에 이어지는 교량
적인 지점에 놓여 있음을 우리는 간과할 수 없다. 시적 방향을 찾는 모
색의 노력은 그 나름의 정신적 자기 중심을 찾으려는 과정을 드러내는
것이다.

　중심이 없다면 원은 이루어지지 않는다. 중심이 없다면 물결이 돌돌
구르거나 찰찰 넘쳐도 서로의 인력이 작용하지 않고 엎질러지고 말 것
이다. 파도를 그리고, 지구를 그리는 그의 손끝의 촉수에는 그것을 그
리게 만드는 거의 본능적인 방어감각이 작용하고 있을 것이다. 손끝의
기교가 멀리 나아갈수록 그것을 끌어당기는 인력이 작용한다는 것은
시인으로서 본능적인 것일 터이며, 이것은 지식이나 교육에 의한 것이
라기보다는 중심을 지키려는 자기 방어의 삶의 균형감각이었다는 것
일 터이다.

　　　鋪道로 나리는 밤안개에
　　　어깨가 저윽이 무거웁다.

　　　이마에 觸하는 쌍그란 季節의 입술
　　　거리에 燈불이 함폭! 눈물겹구나.

　　　제비도 가고 薔薇도 숨고
　　　마음은 안으로 喪章을 차다.

　　　걸음은 절로 드딜 데 드디는 三十 적 分別
　　　咏嘆도 아닌 不吉한 그림자가 길게 누이다.

　　　밤이면 으레 홀로 돌아오는

붉은 술도 부르지 않는 寂寞한 習慣이여!

—「귀로(歸路)」 전문

1933년 10월 『카톨릭 청년』 5호에 발표된 위의 시에서 우리는 30대 초반 지용의 마음속에 드리운 검은 그림자를 확인하게 된다. 그 동안 제2연에 보이는 감상적인 언어감각에 크게 주목해왔으나, 이 시의 후반에 보이는 자의식의 그림자는 30년대 초반의 시대 상황 속에서 30대 초반의 지용이 가지고 있던 분별심을 드러내준다. 제대로 발 디딜 곳을 가려내는 균형감각이야말로 마음속으로 상장을 차고 있는 시인에게는 위기의 시대를 살면서 삶의 중심을 지키는 지혜로운 생활감각일 것이다. 「바다 2」에서 평면의 바다를 둥근 원의 바다로 변형시키고, 그것이 연잎처럼 신축 자재한다고 상상한다는 것은 감각을 통해 감각의 배후에 있는 어떤 중심을 찾아나가지 않을 수 없는 정신적 원점에 대한 추구가 이미 시동되고 있음을 뜻하는 것이다. 초기의 감각적 재기 발랄함이 앨쓴 해도에 이르러 하나의 지구적 차원으로 확대된다면 그 원의 상상력에는 그것을 지탱하는 자기의 세계, 아니 그 원의 중심이 되는 정신적 원점이 요구되었을 것이다. 20대 후반에서 30대 초반에 그가 겪어야 했던 여러 가지 세속적 고난들이 그로 하여금 가톨릭에로 침잠하게 하면서 자기 세계의 심화를 추구하도록 만들었음은 그의 여러 시편을 통해 입증된다. 첫 시집 『정지용시집』(1935) 이후 한국 시단의 대표자 가운데 한 사람이 된 그에게 가해오는 내외의 압박은 이제 한 개인으로서가 아니라 문사로서 한 사회의 정신적 지도자로서의 책임까지 요구하게 되는 심박한 것이 되었다고 하지 않을 수 없다. 일제와의 야합과 훼절 앞에서 그가 산수시의 길을 택하고 정신주의적 침잠 속에 30년대 후반을 지내야 했던 것은 30대를 넘어서 불혹의 나이에 들어선 서정시인이었던 그로서는 최선의 선택 중 하나였을지도 모른다.

정신적 가치에 자기의 존재 의의를 걸어야 하는 것이 시인으로서 지용의 선택이었다. 그것은 선비적 교양과 전통을 지닌 인간으로서도 그가 선택할 수 있었던 최선의 방법이었으며, 그것이 바로 은둔적 자기 지킴의 길이었다는 것이다.

그가 식민지 시대의 암흑이 깊어가던 시절 발표한 「시의 옹호」(『문장』 5호, 1939년 6월호)의 마지막 부분에 다음과 같이 쓴 것은 결코 우연한 일이 아니다.

> 시인은 정정한 巨松이어도 좋다.
> 그 위에 한 마리 맹금이어도 좋다.
> 굽어보고 高慢하라.[11]

정신적인 것에 대한 긍지와 자부심이 없다면, 이런 발언을 할 수 없다. 지용의 제2시집 『백록담』(1941. 9)은 이런 정신적 고투와 더불어 씌어진 것이라 해도 과언이 아니다. 후배들에게 자신을 과시하려는 것이 아니라 시인으로서 스스로 자기 자신에게 던지는 다짐과 결의의 표현이었던 것이다.

3. 시 해석의 확대와 심화

지용 시에 대한 많은 논문이 발표되고 있다. 최근 90년대 후반의 논문들은 대체로 지용 시의 가치를 높이 평가하고 긍정적이고 우호적인 시각에서 씌어지는 경향이 있는 것처럼 보인다. 좌파의 독선적 논리가 그 유행을 다한 탓인지도 모른다. 그러나, 새로운 지적 유행을 타고 보다 세련된 논리로 지용 시에 대한 해석이 가해지면서 지용 시가 지나치게 과대 해석되고 있는 것이 아닌가 하는 느낌도 동시에 받는다. 지

---

11) 『정지용전집 2 : 산문』(민음사, 1988), 246쪽.

용 시에서 서구시나 외국시인의 영향이 전무하다거나 지용 시 전체에
처음부터 어떤 일관성이 있다거나 하는 등의 주장이 바로 그것이다.
극단적인 논리는 자신의 논지를 강하게 부각시키는 효과는 있을지 모
르지만 지용 시를 제대로 이해하기 위해서 바람직한 일이 아니다.

  돌이켜보면, 지용 또한 남의 작품을 모방하던 습작 시절이 있었을
것이며, 시적 진로로 인해 그 나름의 번민과 방황이 있었을 것이다. 지
용의 시는 어디까지나 이와 같은 번민과 모색의 과정을 통해 씌어진
것이라는 점을 염두에 두어야 한다는 것이 필자의 생각이다. 지용의
시가 뛰어난 것이라면 그 뛰어난 시를 위해 지용은 그 나름의 모색과
번민의 시간을 더 많이 보내야만 했을 것이라는 전제가 필요하다는 것
이다. 독창성은 언제나 하루아침에 하늘에서 떨어지는 것이 아니다. 지
용 시의 독창성을 높이 평가한 결과 지용이 한국시의 모든 문제를 해
결했다고 보는 것 또한 지나친 평가이다. 자신이 연구하는 텍스트에
신뢰감을 갖는 것은 좋지만 그렇다고 해서 그것을 절대시한다는 것은
연구자로서 객관적인 태도는 아니라고 생각한다.

  지용 시는 6·25한국전쟁 이후 우리에게 멀리 있었다. 그것은 타의에
의한 것이었다. 정치적 억압에 편승하여 일부 과격한 논자들은 지용
시를 부정하고 타매의 대상으로 삼았던 것도 사실이다. 오늘날에도 지
용 시는 우리에게 결코 가까운 것이 아니다. 한두 편의 시가 노래로 불
려진다 해서 지용의 시가 우리에게 가까이 있는 것은 아니다.

  지금도 제대로 밝혀지지 않은 지용의 많은 시편들이 보다 활발한 학
문적 논의의 대상이 되고, 찬찬하게 그 의미가 밝혀질 때 지용의 시는
우리 모두의 것이 될 것이다. 지용 시 자체가 주는 난해함의 난관들을
해결하고, 그 시적 의미가 일반 독자에게 알려질 때 지용은 오늘의 독
자와 호흡을 함께하는 시인이 될 것이다. 이 글에서 필자가 여러 바다
시편들을 참고하면서 특별히 「바다 2」에 주목하는 해석을 제시한 것은
이 작품이 지용의 대표작 중 하나로 평가되고 있기는 하지만 아직 그
전모가 제대로 이해되지 않은 시편이었기 때문이다. 이상의 해석을 통

해 얻어진 「바다 2」가 갖는 시사적 의미는 무엇일까. 그것은 다음 두 가지로 요약된다. 하나는 이 시는 지용의 시적 감각과 시적 용량이 확대 심화된 명편으로서 평면에서 입체로 그리고 다시 신축 자재하는 구체를 형상화한 시적 상상력을 보여준다. 그러므로 정지용의 초기시와 후기시를 잇는 교량적 역할을 한다. 감각적인 것의 추구에서 정신적인 것의 추구로 나아가는 분기점에 이 시가 놓인다는 점에서 중요성이 부여된다.

다른 하나는 속도감을 통해 풍경을 인식함으로써 정지 상태에서 사물을 인식하는 것과는 다른 근대적 인식과 시적 표현 방법이 나타나고 있다는 점이다. 지용이 참다운 의미에서 근대를 인식하고 그것을 시적 개성으로 표현한 첫 시인이었음을 이 작품이 보여준다는 것이다. 육당의 시와 지용의 시는 참으로 다른 것이라 하지 않을 수 없다.

물론 후기의 산수시로 나아가면서 지용은 근대의 전위로 나서는 것이 아니라 오히려 동양과 한국의 고전적 세계에 침잠함으로써 그의 이러한 근대적 인식은 감각적인 것으로 끝난 퇴행적인 것이라 비판받을 수도 있는 여지를 남긴 것도 사실이다. 그러나, 여기에서 우리는 일면 시대적 중압에 의한 비틀림이 개재하고 있었다는 사실을 간과할 수 없으며, 또한 지용 한 사람에게 우리 근대시의 전체를 부담케 하는 무리가 따른다는 것을 고려해야 할 것이다. 우리들은 그 동안 마르크시즘에 의한 진보론자들의 시적 전개가 어떤 결말에 도달했는가를 충분히 보았을 뿐만 아니라, 궁극적으로 우리는 시작품으로 나타난 그리고 문학적으로 성취한 그대로 지용 시를 객관적으로 보아야 할 것이다. 육당이 초두를 장식하고 소월과 만해가 뒤를 잇고 지용이 나타난 것이 우리 근대 시사의 전개이다. 이상을 발견하고 청록파를 등단시킨 것이 지용이며 우리 시가 근대에서 현대로 굽이쳐 나아갈 때 솟아오른 것이 지용의 시라고 할 것이다.

(제13회 지용제 포럼 발표논문, 2000. 5)

임화의 단편서사시와 전선시가의 문학사적 의미
—「우리 오빠와 화로(火爐)」에서 「바람이여 전하라」까지

1. 서론

임화(林和, 1908~1953)의 「우리 오빠와 화로」가 『조선지광(朝鮮之光)』(1929년 2월호)에 발표되자 당시 프로 문단의 대표적 비평가 김기진(金基鎭)은 「단편 서사시의 길로」를 『조선문예』(1929년 5월호) 창간호에 발표했다. 임화의 「우리 오빠와 화로」는 이로 인해 일대 문학사적 사건이 되었다.

1927년 제1차 방향전환 이후 백가쟁명의 이론과 방법론은 있지만, 실제 작품을 통해 프로 시가 무엇인지 보여줄 수 없었던 카프 진영에서는 임화의 작품에 찬사를 보내지 않을 수 없었을 것이며, 이를 통해 새로운 활로를 찾고자 하였던 것이다.

「네거리의 순이」(1929. 1)에 연이어 이 작품을 발표한 임화는 이를 통해 대표적 프로 시인으로서 자리를 확고히 하게 되었다고 할 수 있

을 것이다. 이 작품을 읽고 "감동하여 눈물을 흘리지 않을 수 없다"라는 김기진으로부터 시작하여 많은 논평이 있어왔으며 최근 오세영(吳世榮)에 이르러서는 "단편서사시로서는 문학적으로 실패작"이라는 극단적 평가까지 제기된 바 있다.

과연 이 작품이 문학적 가치가 있는 것인가. 또 그것은 어떤 문학사적 의미를 갖는 것인가 하는 것이 이 논문의 출발점이다. 물론 필자는 이 시가 과연 서사시냐 아니냐에 대해 가부를 판단하고자 하는 것은 아니다. 장르적 논란에 대해서는 이미 오세영, 김재홍 등[1]의 치밀한 분석이 있는 터이므로, 더이상 상론할 필요를 느끼지 않는다. 여기서 우리는 김기진이 명명한 '단편서사시'란 용어는 확정된 장르 명칭으로 쓰여진 것이 아니라는 점을 상기할 필요가 있다. 이 명명은 프로 문학의 모색기에 하나의 시금석으로 던져진 것이며, 이 시가 서사시냐 아니냐의 규명에 국한시키면, 작품으로서의 가치 그리고 그것이 지닌 문학사적 의미를 놓치기 쉽다는 것이 필자의 관점이다.[2]

다른 말로 하자면 「우리 오빠와 화로」가 '서사시'라는 관점에서 장르 미달 현상을 보인다고 하더라도 우리 문학사에서 특히 1920년대를 전후한 우리 문학에서 그리고 그 이후의 문학사에서 어떤 의미를 갖는가는 규명할 필요가 있다는 것이다. 여기서 필자는 이 시의 작품으로

---

1) 김재홍, 『카프 시인 비평』(서울대 출판부, 1990. 4), 137~193쪽 참고. 오세영, 『현대시의 분석적 읽기』(고려대 출판부, 1998. 9), 144~162쪽.

2) 임화에 대한 전반적인 연구로는 다음 논저가 대표적이다 : 김윤식, 『임화연구』(문학사상사, 1989. 12). 김용직, 『임화문학연구』(새미, 1999. 8). 오성호는 「단편서사시」를 '서정시와 서사시 원리의 상호매개적 통합'(『한국근대시문학연구』, 태학사, 1993)으로 보았으며, 최두석은 서사성을 강조하면서도 '이야기시의 이야기에는 시인(화자)의 마음이 스며 있다'(「리얼리즘시재론」, 『실천문학』 1993년 봄호) 등의 이론을 제기하였다. 김기진의 '단편서사시론'이 그 자체의 이율배반적 요소로 인해 장르적 성격을 부여받지 못했다고 보는 것은 문혜원, 「팔봉 김기진의 시론 연구」, 『한국현대시론사연구』(한계전 외, 문학과지성사, 1998), 123~141쪽 참조. 임화의 '단편서사시'가 편지 형식이나 대화적 상황, 역동적 화법의 도입 등으로 높은 시적 수준을 유지한다고 본 것은 정효구, 「임화의 단편서사시에 나타난 방법적 특성」, 『20세기 한국시의 정신과 방법』(시와시학사, 1995), 34~55쪽 참조.

서의 성과는 무엇이고, 임화 나름의 고심이 무엇이었으며, 이를 기반으로 1950년대의 한국전쟁 기간 중에 씌어진 「바람이여 전하라」[3]에 이르기까지 뻗어나간 그 문학사적 의미가 무엇인가를 밝혀보고자 한다. 그러므로, 이 글은 김기진의 시론에 대한 탐색이라기보다는 임화의 시적 전개 과정에서 단편서사시가 전선시가로 나아간 문학사적 의미를 규명해보고자 하는 것이라고 말할 수 있을 것이다.

2. 「우리 오빠와 화로」의 문학사적 전개 과정

한 편의 시로서 「우리 오빠와 화로」가 갖는 특성은 무엇인가. 이 작품의 발표 직후에 씌어진 김기진의 「단편서사시의 길로」는 다음과 같이 시작된다.

오래간만에 책을 들고서 눈물을 흘려보았다. (……) 나를 울린 것은 임화군의 시 「우리 오빠와 화로」라는 것이다. 나는 눈썹 끝에서 맺혀서 떨어지려 하는 눈물을 씻어버리고 이 시는 우리들의 시로서 얼마나 잘 된 것인가 혹은 못 된 것인가, 그리고 이 시의 무엇이 나를 감동하게 하였는가 그것을 분석하기로 하였다.[4]

프로 문학의 대표적 비평가가 시 한 편을 분석하고, 그에 근거하여 프로 시의 나갈 길을 분석하고자 하였다는 것은 당시의 문단 상황에서는 이례적이고 그만큼 이 작품이 폭발력을 가지고 있었음을 뜻하는 것이다.

---

3) 이 시집을 필자가 처음 대한 것은 김용직, 『임화문학연구』 부록을 통해서이며, 이에 대한 전반적인 검토는 이경훈, 「전쟁을 시쓰기」, 『어떤 백년, 즐거운 신생』(하늘연못, 1999) 48~68쪽에서 이루어졌다.
4) 김기진, 「단편서사시의 길로」, 『조선문예』 1929년 5월호, 44쪽.

우리도 또한 그 작품을 구체적으로 인용해보기로 하자.

　사랑하는 우리 옵바 어적게 그만 그럿케 위하시든 옵바의 거북紋이
질火爐가 깨여젓서요
　언제나 옵바가 우리들의 '피오닐' 족으만 旗手라 부르는 永男이가
　地球에 해가 비친 하로의 모—든 時間을 담배의 毒氣 속에다
　어린 몸을 잠그고 사온 그 거북紋이 질火爐가 깨여젓서요

　그리하야 지금은 火적가락만이 불상한 永男이하구 저하구처럼
　똑 우리 사랑하는 옵바를 일흔 男妹와 갓치 외롭게 壁에 가 나란히
걸렷서요

　옵바……
　저는요 저는요 잘 알엇서요
　웨— 그날 옵바가 우리 두 동생을 떠나 그리로 드러가실 그날 밤에
　연겁허 말는 券煙을 세 개식이나 피우시고 게섯는지
　저는요 잘 아럿세요 옵바

　언제나 철없는 제가 옵바가 工場에서 도라와서 고단한 저녁을 잡수실
때 옵바 몸에서 新聞紙 냄새가 난다고 하면
　옵바는 파란 얼골에 피곤한 우슴을 우스시며
　……네 몸에선 누에 똥내가 나지 안니—하시든 世上에 偉大하고 勇
敢한 우리 옵바가 웨 그날만
　말 한마듸 없시 담배煙氣로 房 속을 메워버리시는 우리 우리 勇敢한
옵바의 마음을 저는 잘 알엇세요
　天窄을 向하야 기여올라가든 외줄기 담배연기 속에서—옵바의 鋼鐵
가슴 속에 백힌 偉大한 決定과 聖스러운 覺悟를 저는 分明히 보앗세요
　그리하야 제가 永男이의 버선 한아도 채 못 기엇슬 동안에

門지방을 때리는 쉿소리 바루르 밟는 거치른 구두 소리와 함께—가
버리지 안으섯서요

그러면서도 사랑하는 우리 偉大한 옵바는 불상한 저의 男妹의 근심
을 담배煙氣에 싸두고 가지 안으섯서요
옵바 —그래서 저도 永男이도
옵바와 또 가장 偉大한 勇敢한 옵바 친구들의 이야기가 세상을 뒤줍
을 때
저는 製糸機를 떠나서 百 장의 一錢짜리 封筒에 손톱을 뚜러트리고
永男이도 담배냄새 구렁을 내쫏겨 封筒 꽁문이를 뭄니다
只今 —萬國 地圖 가튼 누덕이 미테서 코를 고을고 잇습니다

옵바—그러나 염려는 마세요
저는 勇敢한 이 나라 靑年인 우리 옵바와 핏줄을 가치한 계집애이고
永男이도 옵바도 늘 칭찬하든 쇠 가튼 거북紋이 火爐를 사온 옵바의
동생이 아니애요
그러고 참 옵바 악가 그 젊은 남어지 옵바의 친구들이 왓다 갓습니다
눈물나는 우리 옵바 동모의 消息을 傳해주고 갓세요
사랑스런 勇敢한 靑年들이엇습니다.
火爐는 깨어저도 火적갈은 旗대처럼 남지 안엇세요.
우리 옵바는 가섯서도 貴여운 '피오닐' 永男이가 잇고
그러고 모—든 어린 '피오닐'의 따뜻한 누이 품 제 가슴이 이즉도 더
웁습니다

그리고 옵바……
저뿐이 사랑하는 옵바를 일코 永男이뿐이 굿세인 뫼님을 보낸 것이겟
습닛가
슬지도 안코 외롭지도 안습니다.

世上에 고마운 靑年 옵바의 無數한 偉大한 친구가 잇고 옵바와 묏님
을 일흔 數없는 계집아히와 동생
　저의들의 貴한 동무가 잇습니다

　그러하야 이 다음일은 只今 섭섭한 慣한 事件을 안꼬 잇는 우리 동무
손에서 싸와질 것입니다

　옵바 오늘 밤을 새어 二萬 장을 부치면 사흘 뒤엔 새 솜옷이 옵바의
떨니는 몸에 입혀질 것입니다

　이러케 世上의 누이동생과 아우는 健康히 오늘 날마다를 싸홈에서 보
냅니다.

　永男이는 엿해 잡니다. 밤이 느젓세요[5]

　모두 42행인 긴 호흡의 이 시에서 우리가 우선 느낄 수 있는 것은
독자의 감정에 호소하는 여러 시적 장치가 비교적 자연스럽게 구사되
고 있으며, 프롤레타리아 이데올로기의 생경으로 인해 시적 진술이 낯
설게 느껴지지 않는다는 점이다. 김기진이 지나치게 고평했다는 혐의가
있다고 하더라도 상황 설정의 적절성은 물론 시적 긴장이 여성 화자의
목소리를 통해 진실성을 전달하고 있다는 사실을 부정할 수는 없다.
　특히 화로가 깨어졌다는 사실을 담담하게 토로하고 있는 서두는 "화
젓가락만 오빠 잃은 남매와 같이 벽가에 나란히 걸렸어요"라고 끝맺음
으로써 시적 효과를 높이고 잇다. 이 화젓가락은 후반부에 "화로는 깨
어졌어도 화젓가락은 깃대처럼 남지 않았어요"와 호응함으로써 화로
는 깨어져도 깃대와 같은 화젓가락이 남아 있으므로 자신들의 투쟁은

---

5) 임화, 「우리 오빠와 화로」, 『조선지광』 1929년 2월호, 82~84쪽.

계속해나간다는 결의를 전해준다는 점에서 상징적이라고 할 수 있다. 중간 부분에서 "만국 지도 같은 누더기 밑에서 코를 골고 있다"는 시행 또한 "만국의 노동자여 단결하라"는 공산당 선언의 한 구절을 교묘히 삽입하고 있다는 사실을 간과해서는 안 될 것이다.

이 작품의 서술 기법이 첫째, 편지체의 독백 형식이며 둘째, 사건의 서술이 과거와 현재를 대비시키며 셋째, 수식어의 반복을 통해 언어를 최면화시키며 넷째, 상황의 과장된 묘사와 사건에 대한 감상적 접근 등을 지적함은 모두 오세영의 적절한 분석이지만, 이 시가 작품으로서 실패함의 근거를 '단편서사시'에서 찾는다면 지나치게 서구적 장르 규정에 속박된 것이라고 하지 않을 수 없다. 필자는 다음과 같은 결론에 동의한다.

「우리 오빠와 화로」는 엄밀히 말해 '단편서사시'라 부르기보다 '단편 담시' 혹은 '단편 서술시'라고 부르는 것이 옳다.[6]

그러나, 이 글에서 필자가 살피고자 하는 것은 장르 개념 규정 그 자체보다는 그 발생과 의미를 우리 문학사 내부에서 찾아야 한다는 점이다. 김기진은 「우리 오빠와 화로」를 나름대로 분석한 다음 프로 시인이 주의해야 할 점을 다음 두 가지로 요약하고 있다. 그 하나는 소재가 사건적 소설적이라는 것이요 다른 하나는 문장을 연마 조각할 필요가 없으며 프롤레타리아의 용어를 구사해야 된다는 것이다. 물론 언뜻 보고 지나가면 별다른 주장이 아닌 것 같기도 하다. 그러나 이와 더불어 그가 다음과 같이 말하고 있음도 주목해야 한다.

노동자들의 낭독에 편하도록 호흡을 조절해야 한다. 프로레타리아 리듬의 창조이어야만 할 것이다.[7]

---

6) 오세영, 앞의 책, 158쪽.

왜 이러한 주장이 제기되었을까. 물론 이는 김기진이 주장하는 대중화론과 관계가 깊은 것이다. 이에 앞서, 윤기정의 다음 주장을 일별할 때 우리는 결코 간단치 않은 문학적 탐색이 잠복되어 있음을 발견하게 된다.

우리는 작품이 없다고 운동 전반을 부정하려는 비난에는 극력 반대하지마는 다만 작품이 희소하다는 비난은 감수하지 않으면 안 된다. 우리로서도 이론 투쟁을 하는 가운데 그다지 많지 못한 작품—원고지로 묵살된 작품도 적지 않지만—이 발표된 것을 예술운동상 큰 손실이라고 인정하는 바이다.

계급예술운동에 있어서 각 부문의 기술자가 필요하고 요구되느니만치 작품이 필요하고 요구되는 것이다. 우리는 작품을 무수히 제작하야 널리 대중에게 읽혀야 하겠다. 일반이 알아보기 쉽고 이해하기 쉬울 만치 소설을 쓰고 시를 짓자. 그중에도 시는 기회 있는 대로 여러 사람 앞에서 낭독하기를 잊지 말자. 여러 사람이 아니고 단 두 사람이나 세 사람 앞에서도 좋다.[8]

윤기정은 1928년 지난 일 년의 활동을 회고하면서 계급예술운동의 문제점을 위와 같이 지적하고 있다. 여기서 1928년이란 연도와 윤기정이라는 인물 둘 다 중요하다. 윤기정은 임화와 보성학교 동창생이며 그의 소개로 박영희를 만나고, 박영희의 비호를 받아 임화는 카프의 중앙위원이 되었으며, 1928년 윤기정과 임화는 카프계 영화 〈유랑〉, 〈혼가〉에 혼신의 힘을 다하지만 결국 참담한 실패를 경험한 해이다. 대중들의 외면은 그들에게는 무엇보다 뼈아픈 경험이었을 것이며, 김기

---

7) 김기진, 「단편서사시의 길로」, 『조선문예』 1929년 5월호.
8) 윤기정, 「문예시평」, 『조선지광』 1928년 12월호, 72~73쪽.

진의 예술대중화론 또한 이러한 상황에서 제안된 것이다.

　1928년 영화판에서 참담한 실패를 경험한 임화는 「네거리의 순이」를 썼을 것이며, 「우리 오빠와 화로」를 썼을 것이다. 우선 우리는 이 두 편의 시가 임화가 바로 1927년에 발표한 「담(曇) : 1927년」에서 투쟁심을 직설적으로 구호화시킨 작품과는 완전히 환골탈태한 것임은 말할 필요가 없다. 특히 여기서 필자가 강조하고자 하는 것은 "여러 사람 앞에서 낭독하기를 잊지 말자"는 윤기정의 언급이다. 낭독을 위한 호흡 조절은 김기진에 의해서도 강조되는데 이는 「우리 오빠와 화로」의 시적 호흡에서 그 예를 찾아볼 수 있다. 그 예를 첫 부분에 적용해보자.

　　사랑하는│우리 옵바│어적게│그만 그럿케│위하시든│옵바의 거북紋이│질火爐가│깨여젓서요
　　언제나│옵바가│우리들의│'피오닐'│족으만│旗手라 부르는│永男이가
　　地球에│해가 비친│하로의│모─든 時間을│담배의│毒氣 속에다
　　어린 몸을│잠그고 사온│그 거북紋이│질火爐가│깨여젓서요[9]

　물론 위의 시를 실제로 어떻게 끊어 읽었는지, 그리고 오늘의 우리에게 끊어읽기가 정형화된 규칙성으로 전해지는 것은 아니다. 그러나 3음절 또는 4음절이 기본인 호흡률은 이 시의 상황에 긴장미를 불어넣고 있다는 사실에 주목할 필요가 있다. 느리지만 또박또박 읽혀야 되는 위의 시행들은 다소 긴축미가 떨어지지만 보다 디테일한 다음 부분의 서술을 위해 필수적인 것이라고 할 수 있다. 독자의 공감 없이 42행이라는 긴 호흡의 시가 읽혀질 수 없다. 김기진이 자세히 분석하지는 않았지만 지적한 바대로 "낭독에 편하도록 호흡을 조절해야 된다"는 그 나름의 시적 효과가 발휘되고 있다고 할 것이다. 물론 임화가 「우리

---

9) 임화는 뛰어난 시낭독가였다고 한다. 임화가 이 시를 1929년 5월 11일 조선프로예맹 수원지부 창립기념 문예강연회에서 낭독했다는 기록이 있다. 권영민, 『한국계급문학운동사』(문예출판사, 1998), 147쪽.

오빠와 화로」를 통해 "푸로레타리아 리듬의 창조"까지 나아가지 못한 것은 사실이다. 분절 단위의 규칙성까지 발견되지는 않는다는 것이다.

그러나, 이 문제는 어느 한 개인이 단번에 모두 성취할 수 있는 것은 아니다. 다만 불과 1년여 사이에 「담 : 1927년」의 관념적 도식성을 깨고 「우리 오빠와 화로」의 단계에 돌입했다는 것이 문학사적 사건이라 할 수 있으며, 임화의 이 시는 그 이후 우리 문학사에 긴 울림을 남긴 다는 사실이다.

「우리 오빠와 화로」가 지닌 문학사적 의미는 무엇일까. 그것은 김기진이 지적한 대로 우리나라의 프로 시가 단편서사시의 길로 나아가지 못했다는 점에서 일차적으로는 부정적 의미를 갖는다. 그것은 우선 임화의 자기 부정에서 비롯된다. 임화는 「네거리의 순이」와 「우리 오빠와 화로」를 쓴 지 불과 일 년 반 만에 통렬한 자기 비판을 감행한다.

다만 흥분된 감정으로 ××을 노래하여 보고 工場이나 신문의 三面記事에다 눈물을 쏟아본 적밖에 없었다. (……) 불행히도 종이 위에서 흥분하였으며 머릿속에서 노동자를 만들고 철필을 쥐고 ××의 심리를 분석하였을 뿐이다. 비가 와도 5월의 태양만 부르고 누이동생과 연인을 까닭없이 ×××를 만들어서 자기 중심의 욕망에 포화되어 나자빠졌다. 네街里의 순이를 부르고 꽃구경 다니며 同志를 생각했다. 이러한 푸로레타리아가 사실로 있을 수 있는가?[10]

이와 같은 주장 속에는 김기진을 부정하고 그리고 나아가 박영희를 부정하면서 행해진 자기 비판에는 카프의 주도권을 장악하기 위한 책략이 은밀히 숨겨져 있는 것이 사실이지만 다른 한편으로는 임화 스스로 자기 한계를 명민하게 깨닫고 있음을 나타내는 것이기도 한다. 1929년 가을 동경으로 건너간 임화가 이북만의 지도하에 무산자계급

---

10) 임화, 「시인이여! 一步前進하자」, 『조선지광』 1930년 6월호, 66쪽.

의 강령과 조직을 훈련받으면서 당시 심각한 경제 위기에서 오는 일본의 노동자 파업을 목격하는 동시에 「우산 받은 요꼬하마의 부두」(1929. 9)나 「양말 속의 편지」(1930. 3) 등을 발표하면서 카프의 실질적인 지도자로 부상한 임화로서는 당연한 자기 비판이라고 하지 않을 수 없다. 이 자기 비판을 통해 임화는 카프의 지도부를 장악하고 보다 과감한 역사적 투쟁의 단계로 나아갈 수 있었던 것이다.

그러나, 우리의 시각을 좀더 넓혀서 더 큰 문학사적 입장에서 바라본다면 다음과 같은 조망이 가능할 것이다.

단편서사시의 형식이 우리 문학사에서 어떤 위치를 갖느냐에 관한 평가가 이 형식이 오늘날 어떻게 이어져오고 있느냐에서 가능할 것임은 새삼 물을 것도 없다. 김동환의 「국경의 밤」 같은 서사시적 형식과 단편서사시의 관련성은 물론, 60년대 신동엽의 「금강」이나 70년대 신경림의 「남한강」과 같은 역사성과 민요적 리듬을 바탕으로 한 서사시적 형식과의 관련성도 검토를 요하는 문제이지만, 무엇보다도, '전체성'을 바탕으로 한 공동체 지향의 소설(장편)과 '개성'을 바탕으로 한 시(서정시)를 연결하는 중간 단계적 장르의 존재를 우리가 문제삼을 만큼 우리의 현실적 성장이 뒤따른다면 단편서사시의 형식은 장차 장르적 성격을 획득할 수도 있게 될지 모른다. 이런 의미에서 1920년대 말기 프로 예술운동의 일각에서 김팔봉에 의해 제기된 대중화론은 한국적 제약성과 함께 아직도 미해결점을 남기고 있는 문학사적 과제 중의 하나인 셈이다.[11]

위의 주장처럼 단편서사시의 형식은 정말 미해결의 문학사적 과제인가. 우리가 여기서 세심히 보아야 할 것은 현대에 이르러 서사시가 멸종된 장르라는 주장이 널리 인정되어오고 있지만 적어도 한국문학사에서는 김동환의 「국경의 밤」(1925) 이후 서사성을 지닌 이야기시가

---

11) 김윤식, 『한국근대문학사상사』(한길사, 1984), 178~179쪽.

북쪽은 물론 남쪽에서 지속적으로 씌어졌다는 엄연한 사실이다. 서사시에 형식 미달 형태라고 할 수 있을지도 모르지만 서사적 장시가 지속적으로 창작되었다는 것은 해방 이후 6·25한국전쟁 그리고 분단시대를 살아야 했던 한국인들의 시적 응전의 방식이 그러한 것이 아니었을까. 부지불식중에 분단기의 한국인들에게 강박적으로 작용한 것은 서사 지향의 시적 장르의 확대에 있었다는 것이 필자의 논점이다. 문학사적으로 보아 임화의 「우리 오빠와 화로」를 비롯한 일련의 서사적 시들은 신경림의 다음 고백에서도 읽을 수 있는 것처럼 꾸준히 모방되고 전파되면서 한국시의 저변 확대에 기여했다는 것이다.

> 그 얼마 뒤에 나는 우연히 옛날 교과서에 임화의 시가 실려 있는 것을 보았다 「우리 오빠와 화로」라는 긴 시였는데, 그 시가 새 교과서에 빠진 것은 오로지 정치적인 이유로 해서라는 것도 알게 되었다. 그러나, 「우리 오빠와 화로」는 나로 하여금 임화의 시에 빠져들게 하기에 충분한 시였다. 거기에는 그 시대의 생각에 걸맞는 분명한 얘기가 있고, 멋진 가락이 있고, 힘찬 말이 있고, 상상력을 자극하기에 알맞은 암시가 있었다. 내가 이 시를 내 가장 좋아하는 시로 정한 것은 당연한 일이었으며, 나는 이를 흉내낸 시를 수없이 쓰기로 했다.[12]

신경림이 강조하고 있는 것은 시대사상을 드러내는 이야기, 멋진 가락, 힘찬 시어, 자극적 암시 등이다. 이런 진술은 어쩌면 이용악(李庸岳), 백석(白石)에게도 적용될 것이다. 임화 이전에 김기진과 박영희가 프로 시를 썼지만 그것은 어설픈 관념적 자기 표백에 불과한 것이었다. 창백한 인텔리겐치아의 시 「백수(白手)의 탄식(歎息)」(1924)을 쓴 김기진이었기 때문에 더욱더 임화의 「우리 오빠와 화로」에 크게 공감할 수 있었을 것이다.

---

12) 신경림, 「서정시인 임화」, 김병걸 옮김, 『북의 시인 임화』(미래사, 1987), 294쪽.

그렇다면 우리는 임화의 「우리 오빠와 화로」와 같은 장형서정시의 범례를 어디서 찾아야 할까. 우선 쉽게 생각하면 그것은 김동환의 「국경의 밤」(1925)[13]이 될 것이다. 그러나 김기진이 구태여 '단편서사시'라고 지칭하고 있다는 점에서 알 수 있는 것처럼 장편의 서사시(또는 이야기시)와는 다른 단편으로서의 특색을 「우리 오빠와 화로」는 갖고 있다.

필자는 그 선례를 이상화(李相和)의 「나의 침실(寢室)로」(1922)와 「빼앗긴 들에도 봄은 오는가」(1926)에서 찾을 수 있다고 본다.

임화에게 한국 시인의 원형은 누구였을까. 임화가 시인의 원형이라고 보았던 사람은 누구였을까. 필자는 임화의 다음 글을 읽으면서 그것이 이상화였다고 판단한다.

그 동안 그는 二三의 新聞에다 詩와 感想文을 投稿를 했습니다. 곧잘 發表되어 勇氣를 얻었읍니다. 어느 해 봄 그는 李相和라는 眉目秀麗한 長髮의 詩人을 만날 機會를 가졌었읍니다. 『白潮』의 났든 「나의 寢室로」란 그의 詩에 못지않게 그 사람은 좋았읍니다. 그는 그에게서 分明히 詩人을 보았읍니다.[14]

시 「나의 침실로」를 읽은 방황기의 문학 청년 임화가 이상화를 실제로 만난 것은 몇 년 후의 일이었을 것이다. 임화가 고백한 독서 편력의 저자로 예거한 사람들은 거의 모두 서양과 일본의 문인이나 평론가들이었음에도 불구하고, 유별나게 위의 인용처럼 이상화에게서 그는 마음에 그리던 시인의 모습을 발견했던 점이 주목된다. 이때가 「빼앗긴 들에도 봄은 오는가」가 발표되기 전후한 시기가 아닐까 추정되는데 이때 임화는 시인으로서 문단에 첫발을 내딛던 때이며 이로부터 2년여

---

13) 「국경의 밤」의 장르적 문제에 대해서는 오세영의 「국경의 밤과 서사시의 문제」, 『한국 근대문학론과 근대시』(민음사, 1996) 참조.

14) 임화, 「어떤 청년의 참회」, 『문장』 1940년 2월호, 22쪽.

를 거치면서 「우리 오빠와 화로」를 썼다는 것 또한 간과할 수 없는 일이라 하겠다.

이미 알려진 바이지만 이상화가 『백조(白潮)』(1922)와 '파스큘라 PASKYULA'(1924)의 동인이었을 뿐만 아니라 '조선 프롤레타리아 예술가 동맹'(1924)의 동인으로서 임화와 이념적으로 접맥되어 있었음을 상기할 필요가 있다. 물론 이상화는 「빼앗긴 들에도 봄은 오는가」 이후 프로 문학적 평론가로 변신했다는 점에서 임화가 보인 자기 변신과 방불한 면을 가졌음을 지적해두지 않을 수 없다. 임화가 프로 시인에서 비평가로 그리고 조직적 프로 운동가에서 다시 시인으로 변신했다는 점에서 그 진폭이 더 크다고 할 수 있고, 바로 그러한 점에서 임화의 유연성과 낭만적 정열이 변별적으로 강조될 필요가 있다.

이러한 지적은 물론 대략적이며 외각적이다. 좀더 고려해야 할 것은 「나의 침실로」가 지닌 독백적 어법과 격렬한 감정을 이끌어나가는 시적 장형화이다. 투쟁의식이 강화된 「빼앗긴 들에도 봄은 오는가」에서도 당시 시단에서는 찾기 힘든 장형의 시가 시도되었다는 점에서 임화에게 괄목할 만한 범례의 대상이 되었을 것이라 판단된다.

유사점은 이런 것만이 아니다. 이상화가 「나의 침실로」에서 죽은 '마돈나'를 부르고 있다는 사실을 상기해보자. 그것은 임화가 「네거리의 순이」를 부르는 것과 동일한 시적 발상이다. 「빼앗긴 들에도 봄은 오는가」에서의 일인칭 독백은 「우리 오빠와 화로」에서 화자가 전개하는 일인칭 독백어법과 유사하다. 이상화의 시들은 김소월이나 한용운과 아주 다른 것이고, 임화의 시들은 김소월이나 한용운과 비교하면 더욱 이질적이다. 요약하여 말하자면 이상화의 시적 특징들이 프로 의식으로 윤색되고 한 단계 넘어선 것이 임화의 프로 시 「네거리의 순이」와 「우리 오빠와 화로」 계열의 시들이며 바로 그런 점에서 일차적으로 임화의 시들은 문학사적 의미를 갖는다.

그러나 아직도 우리는 임화의 시를 외각적으로 파악하고 있다는 혐의를 벗어버리기 어렵다. 임화 자신의 시적 전개에서 보면 어떤 연결의 동선을 찾을 수 있을까 하는 것이 중요한 쟁점으로 부각된다. 흥미로운 것은 임화 자신이 이미 중요한 하나의 단서를 제공하고 있다는 점이다.

「네거리의 순이」(1929) 이후 임화는 「다시 네거리에서」(1935. 7)를 쓰고 해방 후 또다시 「구월 십이일(九月十二日), 1945년 또다시 네거리에서」(1945. 9)를 발표함으로써 거의 10년 단위로 선택의 기로점에 설 때마다 자신의 심정을 고백하는 시를 썼다. 인생의 고비마다 문학적 위기마다 그는 네거리에 서 있는 자신의 운명을 반추했다고 해도 과언이 아니다. 그것은 센티멘털한 감정의 표현일 수도 있고 치기 어린 영웅심의 표현일 수도 있다. 영웅심이란 무엇인가. 그것은 운명과의 조우에서 물러서지 않고 부딪침으로써 자신을 극대화시키려는 방법이다. 영화배우 출신이자 혁명가이자 시인인 그가 이런 심리를 갖고 있었음을 감출 길은 없었을 것이다.

그러나, 문제는 그가 이 모든 것을 지속적으로 그리고 역동적으로 드러내고 있다는 점이다. 그것은 시인으로서 그의 솔직성이라고도 말할 수 있을 것이다. 그럼에도 그것은 낭만적 혁명가로 끝날 수밖에 없었다는 것이 그의 운명이 아니었을까 하는 조망을 던져보지 않을 수 없게 만든다.

1935년 카프 해산계를 제출한 임화는 1938년 첫 시집 『현해탄』을 발간한다. 혁명가가 아니라 시인으로 자기 점검을 하기 위해서였을 것이다. 그리고 1939년에는 「개설신문학사」를 조선일보(1939. 9. 1~10. 31)에 연재하기 시작했으며, 1940년에는 비평집 『문학의 논리』(학예사)를 간행한다. 조선일보의 폐간으로 「신문학사」의 연재는 자리를 옮겨 『인문평론』(1940년 11월호)에 계속된다.

이 침잠의 시기에 문학사를 정리하면서 앞날을 모색하는 것이 그의 주된 과업이었을 것이며, 암암리에 이루어졌던 친일적 행각도 산견된다. 1945년 해방이 되자 임화는 준비라도 하고 있었던 것처럼 누구보다 신속하게 1945년 8월 17일 '문학건설본부'를 발족시키고 동지들을 규합한다. 「또다시 네거리에서」를 쓴 것이 바로 이즈음이다. 1946년에 발표되어 중학생 신경림이 열심히 읽었다고 여겨지는[15] 「삼월 일일(三月一日)이 온다」 「깃발을 내리자」 등은 임화가 새 시대의 문학을 주도한다는 사명감으로 가득 찬 시기의 작품일 것이다. 그러나 1947년 미소공동위원회가 결렬되고 좌익 검거 선풍이 일어나자 1947년 가을 임화는 김남천과 더불어 월북한다.

1950년 6·25한국전쟁과 더불어 서울에 온 임화는 종군작가로 전선에서 활동하다 1950년 9월 인민군의 퇴각과 더불어 다시 북으로 넘어가고, 거기서 남쪽에 두고 온 딸 혜란을 부르며 「너 어느 곳에 있느냐」를 쓴다. 이 모두 「네거리의 순이」 계열의 연장선에 있는 시들이라고 할 수 있다. 1951년 7편의 전선시를 담은 시집 『너 어느 곳에 있느냐』를 간행했는데, 이는 인민군의 사기 앙양을 목적으로 씌어진 시편들이다. 결국 「네거리의 순이」 시편들은 임화가 시인이고자 할 때마다 지속적으로 씌어졌으며 그것들은 「우리 오빠와 화로」와 같은 시편이 그의 생애의 부침과 더불어 전개되어 나아가 완성된 것이 그의 전선시에 집약된다고 해도 과언이 아니다.

전하라 바람이여
물결 소리 들리는 듯
먼 남방 해양을 불어오는
이른봄 바람이여

오늘도
초연 자욱하고 황진 일어
노을 뜰 수 없는
천장 얕은 하늘을 지나

15) 신경림, 앞의 책, 294쪽.

총탄 빗발처럼
씽씽 머리 위를 날으고
포화 함부로 쏟아지는
여러 산맥을 넘어

상기도
얼음 녹지 않아
찬바람 겨울처럼
강 위를 스쳐가는 먼 고향

해 저므는 저녁
달 지는 새벽에
불타 허물어진 폐허 위를
외로이 걸어간

우리 사랑하는
머리 흰 분들에게
그 애처러운 사람들에게
반드시 전하라 우리의 마음을—.
—「바람이여 전하라」 1~6연[16]

1연 4행인 95행의 이 장시에서 우리는 거의 규칙적인 4음보격을 확인할 수 있다. 아마도 노래로 불릴 수 있도록 작시되었을 것이기 때문이다. 결국 「네거리의 순이」나 「우리 오빠와 화로」와 같은 단편서사시의 귀착은 노래시 형태인 전선시로 귀결되었다고 볼 수 있는 것이며, 이것이 바로 단편서사시의 문학사적 의미망의 최종적 결론이라고 할

---

16) 김용직, 『임화문학연구』(새미, 1999. 7), 352~353쪽 부록에서 인용.

수 있을 것이다. 김기진이 말한 프롤레타리아의 리듬을 20여 년이 지난 후 임화가 구체적인 시를 통해 보여준 것이라고도 할 수 있지 않을까.

앞서 인용된 시들과 전선 시편을 비교해본다면 단박에 알아차릴 수 있을 일이지만, 난삽하고 추상적인 관념어들은 모두 제거되고 설익은 감상투도 배제되어 있으며 간결한 긴축미와 서정적 정감을 살리는 묘사들은 전투에 내몰린 젊은 전사들의 심금을 적시기에 적절한 시적 언어들이라고 할 수 있을 것이다.

잡박한 감정의 수사법을 제거하고 순연한 서정을 집약시킬 수 있었다는 것은 임화의 빼어난 시적 자질을 입증하는 것일 수 있다. 그러나, 혁명적 영웅이 되고자 하는 전사들을 충동 고무하는 임화의 시심 속에는 그 또한 영웅이 되고자 하는 심리가 함께 포함된 것이어서, 혁명가이고 시인이고자 했던 그는 민족해방 전쟁이 실패로 돌아갔을 때 그 책임을 피할 수 없는 것이었다.

1953년 8월 6일 미제국주의를 위한 간첩 행위로 임화는 처형되었다. 그가 피하고자 했지만 끝내 피할 수 없는 네거리에서 최후를 맞았다는 것은 민족분단 시대의 한 시인으로서 감당하기에는 가혹한 운명이었다고 할 수 있다.

3. 결론

임화의 처형은 전후 북한의 정신사의 오점이 될 것임에 틀림없다. 그는 시인이었고 문예운동가였지 권력을 장악하려는 정치적 혁명가가 아니었기 때문이다. 그는 정치 권력을 지배하려는 자들의 희생의 제물이었던 것이다.

이 글은 임화의 시로부터 촉발되어 김기진이 제안한 단편서사시가 어떻게 전선시가로 전개되어나갔는가를 우리 문학사의 내부에서 파악하고자 시도한 것이다. 우리는 여기서 김기진 또한 장편서사시가 현대

에 이르러 멸종되었음을 인식하고 있었다는 사실도 되새겨볼 필요가
있다.

앞에서 논의한 바를 요약하면 다음과 같은 연속성이 그려질 것이다.
「국경의 밤」(1925)-「빼앗긴 들에도 봄은 오는가」(1926)-「담 : 1927」
(1927)-「네거리의 순이」「우리 오빠와 화로」(1929)-「다시 네거리에
서」(1933)-「구월 십이일, 1945년 또다시 네거리에서」(1945)-『너 어디
있느냐』(1951)로 전개되어나간 것이 임화가 지향하던 프로 시의 방향
이다.

용어상으로 보자면 다소 무리가 있다 하더라도 '단편서사시'에서
'전선시가'로 나아간 것이 전체적인 흐름이라 집약할 수 있다.

임화가 숙청된 다음 주체사상을 확립해나가던 시기의 북한 문학사
는 임화의 문학적 의미를 다음과 같이 규정하고 있다.

> 임화는 그의 시 「너 어느 곳에 있느냐」「바람이여 전하라」 등에서 '종
> 잇장처럼 얇아진' 가슴을 졸이며 애처러이 전선에 간 자식을 생각하는
> 어머니와 아버지의 형상을 그림으로써 영웅적 투쟁에 궐기한 우리 후방
> 인민들을 모욕하고 그들에게 패배주의적 감정과 투항주의 사상을 설교
> 하였으며 또 「흰눈을 붉게 물드린 나의 피 우에」에서는 우리의 마뜨로
> 쏘브인 한 전투영웅의 애국주의를 파렴치하게 왜곡하면서 영웅의 어머
> 니를 아무도 돌보는 사람이 없는 외로운 존재로서 절망적으로 왜곡하여
> 형상하였다.[17]

임화의 전선시 「너 어느 곳에 있느냐」와 「바람이여 전하라」 그리고
「흰눈을 붉게 물드린 나의 피 우에」 등을 읽어본 사람들은 위의 문학
사 기술이 문학적 판단이 아니라 정치적 재단에 의해 씌어진 것임을
명백히 알 수 있을 것이다.

---

17) 사회과학연구소, 『조선문학통사』(인동, 1959), 248쪽.

어구 표현 하나를 문제삼아 그의 문학 전체를 부정한다는 것은 임화
로서는 물론 그 누구도 감당하기 힘든 문학사적 비극이었을 터이다.
베를린 장벽이 무너지고 소비에트 연방이 해체된 90년대 이후에도 유
일주체사상에 근거한 북의 지배체제는 완강하게 유지되고 있다. 그들
이 맞는 21세기는 어떠한 것일까. 머지않은 장래에 체제 유지의 권력
구조가 개편될 것으로 전망되는 이 시점에서 임화의 비극을 떠올려보
는 것은 이데올로기와 문학 사이의 그리고 사회 혁명과 현실 인간 사
이의 간극이 얼마나 큰 것인가를 되새겨보기 위함이다.

결국 20세기의 온갖 혁명적 실험에도 불구하고 끝내 성취하지 못했
던 전체성과 개성을 조화시켜 참다운 유토피아에의 지향을 갖는 것이
앞으로 우리에게 놓여진 인류사적 과제일 것이다. 계급 혁명의 시대에
서 기술 혁명의 시대로 나아간 인간들이 과연 앞으로 제기되는 문제들
을 어떻게 해결해나갈 것인가 하는 명제 앞에 프로 시인 임화가 내세
웠던 시적 깃발과 이데올로기의 죽음이 놓여져 있다. 동시에 거기에는
언제나 영광과 좌절이 동반했다면, 문학사에서 우리가 얻는 교훈은 어
떤 것일까, 깊은 천착이 요구된다. 임화의 연구는 이제부터 시작이다.
본격적으로 학위 논문들이 씌어진 것은 최근의 일이다.[18]

20세기를 누구보다 열정적으로 살았던 임화가 기록한 문학사적 발
자취는 21세기를 펼쳐가야 하는 우리에게 새로운 문학사적 선택의 네
거리를 상징하는 십자가처럼 운명적 이정표를 제시하고 있다고 우리
가 말한다 하더라도 결코 누구도 잘못이라고 쉽게 말하기 어려울 것이
다.

(『한국문학평론』 2000년 가을호)

---

18) 임화의 시에 대한 주목할 만한 학위 논문은 다음과 같다 : 김진희, 「임화 시 연구 : 단
편서사시를 중심으로」(이화여대 대학원 석사 논문, 1990. 8). 남기혁, 「임화 시의 담론구조
와 장르적 성격 연구」(서울대 대학원 석사 논문, 1992. 2). 이형원, 「임화 문학연구」(충남대
대학원 박사 논문, 1997. 2). 하재연, 「임화 시연구」(고려대 대학원 석사 논문, 2000. 6).

김수영의 문학사적 위치

흙은 모든 나의 마음의 때를 씻겨준다.

흙에 비하면 나의 문학까지도 범죄에 속한다.

—「반시론」에서[*]

1. 전통의 부정과 혁명

조금이라도 시에 관심이 있는 사람들은 누구나 김수영의 시를 읽지 않고 70년대 중반을 보내기 어려웠다. 그가 시인으로서 맹활약을 하던 60년대가 아닌 70년대 중반부터 그의 시가 널리 읽히기 시작했다는 것은 30년이 지난 오늘, 이를 돌이켜보면, 그 자체가 매우 반어적인 것으로 느껴진다. 사후 6년 만에 간행된 시선집 『거대한 뿌리』(1974)가 김현의 해설 「자유와 꿈」과 함께 독자에게 선보였을 때, 그것은 김수영이 문단의 변방이 아닌 중심권으로 돌입함을 예고하는 선언이었으며, 문단의 중심에서 다시 신화적 인물로 부각되기 시작하는 단초를 열었

---

* 이 글에 인용된 김수영의 시와 산문은 『김수영 전집 1—시』(민음사, 1981)와 『김수영 전집 2—산문』(민음사, 1981)에 의거했으며, 다른 글에서도 이와 같다.

던 것이다.

70년대 중반 이후 김수영에 바쳐진 당대 최고 수준의 수많은 평문들은 순수파와 참여파를 막론하고 그 누구도 그의 시적 업적을 전적으로 폄하할 수 없었다. 여기에는 밖으로부터 가해지는 정치적 억압이 작용하여 그를 60년대를 대표하는 시인으로 격상시켰음은 물론이지만, 단순히 여기서 끝나는 것이 아니라 70년대를 넘어서서 그의 시적 영향력을 독재의 그림자가 드리운 80년대 후반까지도 강력하게 파급시키는 비평적 출발점이 되었다.

시각의 편차가 없는 것은 아니지만 그들에게 공통적으로 지적된 것은 우선 혁명가로서 전통의 파괴자로서 그의 부정의 정신이었으며, 모더니즘과 리얼리즘 시의 종합으로서의 시적 성과였다. 김수영이 50년대에 모더니즘을 추구했다면, 60년대는 이를 극복하고 리얼리즘에 근거한 참여시로 나아갔다는 대비적 논법이 김현승의 「김수영의 시사적 위치와 업적」(1968) 이후 어느 정도 통용되고 있었다.

김수영의 시적 주제를 '자유'라고 명명한 김현은 그의 파격성을 논하면서 김기림의 모더니즘에서 한 걸음 나아가 "그는 모더니즘을 하나의 문학적 조류로 이해한 것이 아니라, 세계를 이해하고 관찰하는 한 정신의 태도"로 받아들였음을 지적하고 "그의 반시론은 박용철의 생명시론이 그 현대성을 획득한 것"이라고 하여 그 문학사적 의미를 설정해놓았다.

이에 비해 염무웅은 「김수영론」(『창작과비평』 1976년 봄호)에서 반전통주의 시각에서 김수영의 시를 밀도 있게 논하면서 다음과 같이 비판적 시각을 개진해놓았다.

1950년대에 있어서의 김수영의 문학활동은 문예운동으로서의 모더니즘과는 언제나 일정한 비판적인 거리를 유지하면서도 동시에 언제나 모더니즘의 테두리 안에서 전개되었다. 그는 일생 동안 金素月이나 金永郎 혹은 徐廷柱와 같은 개념에서의 서정시를 단 한 편도 쓰지 않았다.

아마도 그는 자연을 자체로 완상하는 시를 쓰지 않은 드문 시인 중의 하나일 것이다. 이런 뜻에서도 그는 철저한 반전통주의자이다.

이러한 염무웅의 시각은 그 문맥 자체로 볼 때 일견 타당성을 가진 것이 사실이다. 그러나 과연 김수영을 모더니즘의 테두리 안에서의 반전통론자로 규정지을 수 있는가에 대해서는 의문이 남는다. 김수영 스스로 파괴적 과격성을 내세웠고, 전위적 불온성의 정당성을 주장하기도 했던 것이 사실이다. 기성 문단과 기성 시를 매도하고 부정하는 데 누구보다도 거침없었던 것이 그이기도 하다. 그는 "지금 우리나라에는 시인다운 시인이나 문인다운 문인이 없다"고 공개적으로 말할 수 있었던 거의 유일한 시인이었다. 그가,

　　진정한 시인이란 선천적인 혁명가인 것이다.

—「시의 '뉴 프런티어'」

라고 말했을 때, "혁명가"라는 말만 가지고, 그를 불온하게 보거나 전통 부정론자라고 단정할 필요는 없다. "진정한 시인"이란 주어에 더 깊이 관심을 갖고 음미하는 것이 그의 의도를 제대로 파악하는 것이 아닐까. "선천적"이란 수사 또한 "진정한"과 어울릴 때만이 시인이 시인으로 값한다는 뜻일 것이다. 물론 김수영은 염무웅의 지적대로 김소월이나 김영랑 또는 서정주와 같은 개념에서의 서정시를 쓰지 않았다. 그 점에서 그의 시적 혁명성을 높이 평가할 수도 있다.

그러나, 김수영은 반전통론자로서 일관하였다기보다는 전통의 부정을 통해 새로운 전통의 창조자로서 자신의 시적 위치를 확고하게 하였다고 보는 것이 문학사적으로 그를 평가하는 더욱 적절한 시각이 아닐까 한다. 김수영이 표나게 전통을 부정하고자 하였다는 것은 그만큼 강하게 어떤 전통을 의식하고 있었다는 증거이기도 하다는 것이다.

2. 거대한 뿌리와 사랑의 인식

김수영에게 있어서 전통의 부정은 초기에는 희화적으로, 그리고 그의 시가 혼란스러운 현실에 밀착할수록 과격하게 나타난다. 초기의 난해시로 지목되는 「공자(孔子)의 생활난(生活難)」에서 우리는 그의 희극적 태도를 엿볼 수 있다.

> 꽃이 열매의 上部에 피었을 때
> 너는 줄넘기 作亂을 한다
>
> 나는 發散한 形象을 求하였으나
> 그것은 作戰 같은 것이기에 어려웁다
>
> 국수—伊太利語로는 마카로니라고
> 먹기 쉬운 것은 나의 叛亂性일까
>
> 동무여 이제 나는 바로 보마
> 事物과 事物의 生理와
> 事物의 水量과 限度와
> 事物의 愚昧와 事物의 明晳性을
>
> 그리고 나는 죽을 것이다
>
> —「공자의 생활난」 전문

「아메리카 타임 지(誌)」와 함께 사화집 『새로운 도시(都市)와 시민(市民)들의 합창(合唱)』(1949. 4)에 수록된 위의 시는 김수영 자신이 "히야까시 같은 시"라고 말하고 있지만, 그 난삽성으로 인해 독자들 또한 어리둥절하게 만든다. 그럼에도 김수영이 흘낏 넘겨버릴 수 없는 김수영적 자의식의 축도가 담겨 있다. 그 이유는 제4연과 마지막 한 행으로 처리된 제5연 때문이다.

"작란"하듯이 씌어진 제1~3연의 시행들이 더이상 전개할 수 없는 지점에서 심각하게 서술된 것이 제4연이고, 자기도 모르게 의식의 심층부에 깊이 박힌 말을 토로한 것이 제5연이다. 제4연에서 우선 주목되는 것은 "나는 바로 보마"이다. 하나의 약속이자 선언이다. 그 대상이 관념적 어구로 나열되어 있지만 두드러지는 것은 마지막 행의 "明哲性"이다. 어쩌면 이 "명석성"이야말로 김수영이 끝까지 추구한 시적 명제인 동시에 구태의연한 전통과 자신의 시법을 확연하게 구별짓는 단서가 되는 것이기도 하다.

마지막 "그리고 나는 죽을 것이다"는 심상하게 던져진 종결 같지만 결코 그런 것은 아니다. 유종호의 지적처럼 이는 『논어』에 나오는 공자의 말 "아침에 도를 들으면 저녁에 죽어도 좋다(朝聞道 夕死可矣)"를 변형시킨 것임을 떠올리지 않을 수 없다.

제목에서 이미 '공자'를 말하고 있다는 점에서 더욱 그러하다. 공자를 야유, 풍자하면서 희화적으로 쓴 시라고 말할 수도 있다. 그러나, 그 전거가 되는 것이 공자의 말이라는 점에서 김수영이 도처에서 서양의 지식을 과시하고 전통을 타박하고 있다 하더라도 그의 지적 교양의 밑바탕은 『논어』『맹자』를 중심으로 한 한학임에 틀림없다는 단서를 발견할 수 있다. 전기적 사실로 보면, 그가 유년 시절 초등학교를 졸업할 즈음에 질병에 의해 학업을 일시 중단하고 일정 기간 한학을 공부했다는 것은 이와 동떨어진 우연한 일이 아니다.(최하림, 『김수영평전』, 문학세계사, 1981, 참조)

그러나 그가 살았던 시대는 전통 유학의 공부만으로 살아갈 수 없는 일제 말의 격변의 시대였고, 상당한 지주였던 그의 가계 또한 기울기 시작하여 아버지의 강권으로 상업학교로 진학하는 등 날쌔게 새로운 변신을 해야만 하는 상황이었다. 남에게 뒤처질 수 없다는 것과 새로운 것을 추구한다는 것은 그에게 전 존재를 거는 모험과 다름없는 일이었을 터이며, 모더니스트로 그의 시적 행로가 시작되었다는 것은 이 점에서 시사적이다.

과거를 부정하고 새로운 것을 받아들여야 한다는 점에서 해방과 6·25 한국전쟁은 결정적 계기를 마련해주었을 것이며, 그의 뛰어난 영어 실력은 이 혼란의 격동기에 새로운 시대의 선두 주자가 되는 중요한 수단이 되었을 것이다. 그럼에도 그는 몰락한 지주의 후예답게 영어를 출세의 도구나 생활의 방편으로 삼지 않고, 부업처럼 영어 번역을 하면서 새로운 지식을 새로운 세계로 나아가는 지적 원천으로 삼고 있다는 사실을 우리는 눈여겨볼 필요가 있다. 어쩌면 이 점에서 그는 생래적으로 자유인 기질을 가진 것처럼 여겨지기도 한다. 자유인에게는 기존의 관습이나 부당한 권위에 대해 순종하고 복종하는 것이 죄악인지도 모른다. 반항하고 파괴하는 자유인이 그 순수성을 더럽히지 않고 살아나가고자 할 때, 그가 택할 수 있는 것은 시인의 길밖에 없을 것이다. 혼돈의 시대일수록 선택의 폭이 넓을 것 같지만, 실상은 그가 자유인으로서 진실과 양심을 굳게 지키고자 할 때 그가 택할 수 있는 유일한 길은 정직한 시인의 길 이외에 어떤 다른 방법이 있을 수 없었을 것이다.

다만 현실의 정면돌파가 어려운 경우 그가 취할 수 있는 하나의 태도는 「공자의 생활난」에서 볼 수 있는 진실의 희화적 왜곡일 것이다. 반란성의 다른 면이기도 한 이 희화성은 「달나라의 장난」에서도 나타난다.

팽이가 돈다
어린아이이고 어른이고 살아가는 것이 신기로워
물끄러미 보고 있기를 좋아하는 나의 너무 큰 눈 앞에서
아이가 팽이를 돌린다
살림을 사는 아이들도 아름답듯이

　　노는 아이도 아름다워 보인다고 생각하면서
　　손님으로 온 나는 이 집 주인과의 이야기도 잊어버리고
　　또 한번 팽이를 돌려주었으면 하고 원하는 것이다
　　都會 안에서 쫓겨다니는 듯이 사는
　　나의 일이며
　　어느 小說보다도 신기로운 나의 生活이며
—「달나라의 장난」 중에서

　화자는 속임없는 눈으로 팽이가 도는 것을 바라본다. 자신의 처지와 다른 사람들을 비교해본다. 팽이가 도는 것이 달나라의 장난 같다고 생각하고, 소설보다 신기롭게 사는 자신의 삶을 떠올리며 팽이처럼 돌고 있는 자신을 발견한다. 그럼에도 울어서는 안 된다고 다짐하면서 자신의 운명과 사명을 자각한다. 사물을 명석하게 바라보겠다는 이성적 통찰의 눈이 있기 때문이다.
　한 직장에 정착하지 못한 그가 겪어야 했던 고단한 삶의 비애감을 떨쳐버리고, 그는 시인의 길로 나아가 「병풍」(1956)과 「폭포」(1957) 등의 현대적 이성의 시를 쓴다. 「병풍」에서 그는 "무엇보다도 먼저 끊어야 할 것이 설움"이라고 언명하면서 삶과 주검의 경계선을 바라본다. 「폭포」에서 그는 이 경계선을 더 밀고 나아가 두려움을 밀어젖히고 "곧은 소리는 곧은/소리를 부른다"고 공포를 두려워하지 않는 결의를 다진다. 여기서 그의 시적 목표가 또한 곧은 소리를 내는 "고매한 정신'의 인식에 이르고자 하고 있음을 보여준다.
　그러나 「서시(序詩)」(1957)에서 그는 또한 다음과 같이 자기 반성을 하기도 한다.

　　나는 너무나 많은 尖端의 노래만을 불러왔다
　　나는 停止의 美에 너무나 等閑하였다
—「서시」 제1~2행

　　다른 한편으로 시대에 뒤떨어지지 않으려던 그는 다음과 같이 자기를 발견하기도 한다.

　　이제 나는 曠野에 드러누워도
　　時代에 뒤떨어지지 않는 나를 發見하였다
―「광야」 제1~2행

　　대체로 이 시기에 그는 자신을 새롭게 발견하고, 시대를 앞서가려고만 하던 모더니즘 취향에서 어느 정도 벗어나는 자기 조정의 계기를 마련하는 것 같다. 이때가 6·25한국전쟁의 격동이 어느 정도 가라앉기 시작하는 1957년의 일이고, 30대 후반의 가장으로서 짐이 무거워진 시기이기도 하다. 1958년 11월, 38세인 시인으로서 그는 제1회 한국시인협회상을 수상하여, 자신의 입지를 굳힌다. 모더니즘적인 것을 추구하던 그에게 보수적 성향의 시인 단체에서 제1회 문학상을 수여했다는 것은 이채로운 일이기도 할 뿐 아니라, 앞으로 그의 시적 방향성에 깊은 시사를 던지는 일이기도 하다. 이 시기에 그는 "움직이는 悲哀를 알고 있느냐"(「비」, 1958)고 아내에게 반문하기도 하고, "生活은 孤絶이며/悲哀이었다"(「생활」, 1959)고 고백하기도 한다. 또한 그는 "우스워라 나의 靈은 죽어 있는 것이 아니냐"(「사령」, 1959)고 스스로에게 힐난하기도 하면서, 1960년 4·19를 맞이한다. 4·19 직전 그가 "얻는다는 것은 곧 잃는 것이다."(「파밭 가에서」, 1959)와 같은 교훈적 언명을 하고 있다는 것도 흥미로운 일이다. 4·19혁명이라는 광휘의 순간, 실상 그는 혁명시인으로서는 역설적이라고 할 수밖에 없는 격한 외침의 시 이상을 쓸 수 없었다. 역사 현장의 힘이 압도적으로 강력했기 때문이다.
　　"우리는 우리가 찾은 革命을 마지막까지 이룩하자"(「기도」, 1960. 5)던 그가 불과 한 달 후에는 "푸른 하늘을 制壓하는/노고지리가 자유로왔다고/부러워하던/어느 詩人의 말은 修正되어야 한다"(「푸른 하늘을」,

1960. 6)고 토로하게 된다. 혁명의 고독을 알아차리고 자유에서 피의
냄새를 느끼면서 한편으로 그의 시는 강경해지고, 다른 한편으로 깊이
침잠하기도 한다.

> 여기에 있는 것은 中庸이 아니라
> 踏步다 죽은 平和다 懶惰다 無爲다
> (但 '中庸이 아니라'의 다음에 '反動이다'라는
> 말은 지워져 있다
> 끝으로 '모두 適當히 假面을 쓰고 있다'라는
> 한 줄도 빼어놓기로 한다)
>
> 담배를 피워물지 않으면 아니된다고 하였지만
> 나는 사실은 담배를 피울 겨를이 없이
> 여기까지 내리썼고
> 日記의 原文은 日本語로 쓰여져 있다
> 글씨가 가다가다 몹시 떨린 漢字가 있는데
> 그것은 물론 現政府가 그만큼 惡毒하고 反動的이고
> 假面을 쓰고 있기 때문이다
>
> —「중용에 대하여」 제4~5연

　혁명의 신화가 깨지면서 혼란의 와중으로 빠져드는 순간 혁명의 신
성함에 고무되었던 그가 할 수 있는 것은 양계장에서 닭들의 알 겯는
소리를 들으며 자신을 달래는 길 외에는 다른 방법이 없었다. 끝까지
성취할 수 없는 혁명의 변질을 눈앞에 두고 모두가 적당히 가면을 쓰
고 진실을 외면하고 살고 있다는 것이 화자가 그의 일기에나 적어둘
수밖에 없는 진실이다. 그들이 중용을 취한다고 하지만, 모두가 나타나
무위로써 진실을 호도한다. 그가 하고 싶은 말은 "여기에 있는 것은 中
庸이 아니라 反動이다"라는 것이다. 그러나, 그는 '反動'이란 말은 지울

200

수밖에 없었다.

자신의 감정이 격해지는 순간 그는 한글로 쓰지 못하고 일어로 시를 쓴다. 일어란 청소년기 김수영의 감수성의 심층에 자리잡고 있는 언어로서 자기 검열의 보호막을 갖고 있는 언어이다. 거기에 떨리면서 한자로 씌어진 부분이 있는데, 그것이 이 시의 마지막에 나타난 "現政府가 그만큼 惡毒하고 反動的이고 假面을 쓰고 있기 때문이다"는 진술이다.

혼란을 민주주의라는 이름하에 방치한 당시 민주당 정권의 무능과 모순을 질타한 것이 위의 시이다. 특히 소비에트에는 중용이 있지만, 혁명 후의 혼란을 겪고 있는 한국에는 중용이 아니라 가면과 반동이 있다는 진술은 상당히 위험한 발언이다. 그 자신 또한 자기 검열을 가해 이를 지우거나 일어 속에 감추고 진실을 토로할 수밖에 없다.

혼란을 외면하고, 가면을 쓴 중용은 중용이 아니다. 여기서 김수영이 말하고 있는 중용은 사이비 중용이 아니라 공자가 말한 중용이라는 점에서 매우 역설적이다. 공자는 다음과 같이 말했다.

> 천하와 나라와 집안은 잘 다스릴 수 있다. 爵祿은 사퇴할 수 있다. 시퍼런 칼날은 밟을 수 있다. 그러나 중용은 해낼 수 없다.
>
> 天下國家可均也, 爵祿可辭也, 白忍可蹈也, 中庸不可能也.
>
> —『중용』제9장

시퍼런 칼날을 밟을 수 있지만, 중용을 실천하기 어렵다는 것은 적당주의를 내세워 중용이라는 탈을 쓴 것과는 완전히 다른 것이다. 안일과 나태에 빠져 있으면서 중용이라 말하는 것은 김수영의 말대로 가면을 쓴 반동에 지나지 않는다.

중용은 무능한 자의 것이 아니라 용기 있는 자의 것이다. 공자는 '강력한 용기'가 무엇인가를 묻는 자로(子路)에게 다음과 같이 답했다.

참다운 군자는 평화를 주장하면서도 한편으로 치우치지 않고 의(義)를 조절하오. 이것이 바로 강력하고 씩씩한 중용의 용기이지요. 중립(中立)을 주장하면서도 한쪽으로 기울어지지 않는 것이 바로 강력하고 씩씩한 중용의 용기이지요. 나라에 도덕이 있을 때에는 자기 몸에 충만하여 있는 의기(義氣)를 변치 않는 것이 중용의 용기이지요. 나라에 도덕이 없을 때에는 정의(正義)를 위하여 죽는 한이 있더라도 지조를 변치 않는 것이 바로 중용의 용기이지요.

君子和而不流, 强哉矯, 中立不倚, 强哉矯! 國有道, 不變塞焉, 强哉矯! 國無道, 至死不變, 强哉矯!

—『중용』제10장

나라에 도덕이 실행되지 않을 때 지조를 변치 않는 것이 중용의 용기라는 공자의 말은 여러 모로 「중용에 대하여」를 쓰던 당시의 김수영의 심금을 울리는 말이었을 것이다. 가면을 쓴 중용으로는 혼란만이 있을 뿐이다. 따라서 그는 "革命은 안 되고 나는 방만 바꾸어버렸다"(「그 방을 생각하며」, 1960. 10. 30)라고 하거나, "民衆은 영원히 앞서 있소이다/요 詩人/勇敢한 錯誤야/그대의 抵抗은 無用/抵抗詩는 더욱 無用"(「눈」, 1961. 1. 3)이라고 쓴다. 그가 비록 경구처럼

어둠 속에서도 불빛 속에서도 변치 않는
사랑을 배웠다 너로 해서

—「사랑」제1연

라고 어둠에서 불빛으로 넘어가는 그 찰나에 꺼졌다 살아나는 얼굴을 말하지만 이 짧은 통찰은 언제나 번개처럼 금 간 얼굴로 제시되고 있는 것이다. 저항시 무용론에 빠진 그는 「쌀난리」(1961. 1. 28)에서 대구에서 쌀난리가 난 것을 풍자적으로 왜곡시켜 쌀난리가 났으니 "이만하면 아직도/革命은/살아 있는 셈이지"라고 희화화시켜보기도 한다. 이

시기 그는 모든 것을 버리고, 도봉산 양계장으로 가 연작시 「신귀거래
(新歸去來)」를 쓰게 된다. "農夫의 몸차림으로 갈아입고/석경을 보니/
땅이 편편하고/집이 편편하고/하늘이 편편하고"(「신귀거래 2 — 격문
(檄文)」)라고 하거나 야유적인 뜻으로 중용을 "너도나도 취하는/中庸
의 술잔"(「신귀거래 4 — 술과 어린 고양이」)이라고 말하기도 한다. 모두
아홉 편이 계속된 「신귀거래」에서의 압권은 풍자와 해탈을 뒤섞은 7번
째 「누이야 장하고나!」이다.

> 누이야
> 諷刺가 아니면 解脫이다
> 너는 이 말의 뜻을 아느냐
> 너의 방에 걸어놓은 오빠의 寫眞
> 나에게는 '동생의 寫眞'을 보고도
> 나는 몇 번이나 그의 鎭魂歌를 피해왔다
> 그전에 돌아간 아버지의 鎭魂歌가 우스꽝스러웠던 것을 생각하고
> 그래서 가는 그 寫眞을 十년만에 곰곰이 正視하면서
> 이내 거북해서 너의 방을 뛰쳐나오고 말았다
> 十년이란 한 사람이 준 傷處를 다스리기에는 너무나 짧은 歲月이다
> —「누이야 장하고나!」 제1연

우연히 누이동생의 방에 들어간다. 화자는 6·25 한국전쟁 중에 행방
불명이 된 남동생의 사진이 걸려 있는 것을 본다. 여동생에게는 오빠
가 되지만 나에게는 동생이 되는 그의 사진이 걸려 있는 것을 보고,
화자는 그것이 풍자가 아니면 해탈이라고 자조한다.

10년이란 한 사람이 준 상처를 다스리기에는 너무나 짧은 세월이므
로, 그 오빠의 사진을 걸어놓고 있다는 것이 풍자가 아니면 해탈이라
는 것이다. 사진을 바라보지만, 그를 위해 진혼가 하나 제대로 부르지
못한 화자는 그로 인해 거북함을 느끼는 동시에, 이렇게 사진을 걸어

놓고 있는 것이 풍자가 아니면 해탈이라고 말하고 있는 것이다.

　실종된 동생이 가족들에게 준 상처를 잊기에 10년은 너무나 짧은 세월이기도 하지만, 문득 그를 떠올리게 만드는 사진을 보니 그를 잊고 있었던 자신에게 어떤 자책감이 드는 것도 사실이었을 것이다. 여동생만 그를 잊지 않고 사진을 걸어놓고 있다니! 분명 그것은 풍자가 아니면 해탈일 것이다.

> ‘누이야 장하고나!’
> 나는 쾌활한 마음으로 말할 수 있다
> 이 광대한 여름날의 착잡한 숲속에
> 홀로 서서
> 나는 突風처럼 너한테 말할 수 있다
> 모든 산봉우리를 걸쳐온 突風처럼
> 당돌하고 시원하게
> 都會에서 달아나온 나는 말할 수 있다
> ‘누이야 장하고나!’
>
> ―「누이야 장하고나!」 마지막 제4연

　마지막에서 읽을 수 있는 것처럼, 도시에서 도망쳐온 화자가 모든 산봉우리를 걸쳐온 돌풍처럼 "누이야 장하고나!"라고 쾌활하게 말하는 것은 누이의 말없는 행동이 어떤 깨우침을 주었기 때문이다. 물론 이 시의 근간이 되는 것은 제3연에서 보이는바, "모르는 것 앞에는 무조건하고 숭배하는 것이/나의 습관"과 "(네가) 숭배하고 마는 것이/숭배할 줄 아는 것이 나의 인내"이다. 모르는 것을 알려고 하는 것은 그의 지적 탐구욕을 나타내는 것이요, 상처를 잊어버리지 않고 숭배하는 누이까지 숭배하는 것은 견디기 어려운 시절을 감내하는 인고의 정신을 뜻한다. 물론 여기서는 새로운 것에 대한 탐구보다는 실종을 잊지 않은 인고의 정신이 강조된다.

이렇게 본다면 '解脫'을 '自殺'로 오독하고 '諷刺'만을 강조하는 김지하의 「풍자냐 자살이냐」(『시인』 1970년 6·7월호)는 지나치게 자의적인 해석임에 틀림없다. '풍자'만의 강조는 어디까지나 김지하만의 독법일 뿐이다. '解脫'의 의미까지를 여기서 읽어내지 못한다면 김수영의 이 시를 제대로 읽었다고 할 수 없다. 풍자에서 해탈에의 길이, 그것이 비록 진정한 해탈이라고까지 말할 수는 없다고 하더라도, 이후 김수영의 시적 방향성을 나타낸다는 점에서 더욱 그러하다. 이 시기에 김수영은 "아픈 몸이/아프지 않을 때까지 가자/나의 발은 絶望의 소리/저 말(馬)도 絶望의 소리"(「아픈 몸이」)라고 하거나 "더러운 日記는 찢어버려도/짜장 재주를 부릴 줄 아는 나이와 詩/배짱도 생겨가는 나이와 詩/정말 무서운 나이와 詩는/동그랗게 되어가는 나이와 詩"(「시」)라고 쓴다. '무서운 나이'를 공자가 말한 '사십불혹(四十不惑)'으로 해석한다면 지나치게 강박적이라고 말할지도 모르겠다. 나이와 더불어 안이해지지 않으려는 노력, 나이와 더불어 타협하지 않으려는 노력 속에서 그는 이후 중요한 시적 주제가 되는 자신의 적을 발견한다.

더운 날
敵이란 海綿 같다
나의 良心과 毒氣를 빨아먹는
문어발 같다

—「적」 제1연

적은 어디에도 없다. 어제의 적은 없고, 오늘의 적만이 있다. 적은 정체가 없지만 음흉하게 그 자신 속에서 자기를 키운다. 적이 어디에 있느냐. 과거와 미래가 숨바꼭질한다. 바로 그 자신이 적이다. 이 내부의 적을 느끼는 순간 그는 자신에게 절망한다.

나날이 새로워지는 怪奇한 청년

때로는 일본에서
때로는 以北에서
때로는 三浪津에서
말하자면 세계의 도처에서 나타날 수 있는 千手千足獸
美人, 詩人, 事務家, 농사꾼, 商人, 耶蘇이기도 한
나날이 새로워지는 괴기한 인물

—「희망」 제1연

그로테스크한 자기를 본다는 것은 자신에게 절망하고 있다는 뜻이다. 이 시의 마지막에서 그가 "나의 詩는 영원한 未完成"이라고 했을 때 그의 절망은 점점 더 기괴한 것이 된다. 파자마 바람으로 우는 아이를 데리러 나갔다가 동네 지서 순경에게 망신을 당하기도 하고, 18년 전에 만주에서 만났던 여자를 막걸리집에서 다시 만나기도 하면서, 장시를 써보려고 시도하기도 한다. 그러나 언제나 미완성인 시처럼 뜻대로 되는 일은 별로 없다.

"겨자씨같이 조그맣게 살면서/長詩만 長詩만 안 쓰면 돼"(「장시 1」)라고 다짐하거나 "나에게 彷徨할 시간을 다오/不滿足의 物象을 다오"(「장시 2」)라고 호소하기도 한다. 김수영 같은 직정적 시인에게 장시가 쉽게 씌어질 리가 없다. 곧은 소리를 곧은 소리를 부를 뿐이다. 이렇게 생활의 어려움을 호소하고 있지만 1963년경부터, 주로 생활전선에 나선 부인의 덕이라고 생각되지만, 그에게 약간의 경제적 여유가 생기는 것 같다. 스스로 과외공부 선생이 되기도 하고, 여유 돈도 생기고, 집에는 당시로서는 매우 귀한 피아노가 들어오기도 한다. 움직이는 비애를 아느냐고 말하던 그는 이제 아내가 거짓말을 해도 반대하지 않고(「반달」, 1963. 9), 「죄와 벌」(1963. 10)에서처럼 공개적으로 아내를 구타하기도 한다. 아마도 이러한 일련의 행동들은 아내에게서 느끼는 속물근성이 자신에게서도 서서히 자라나고 있음에 대한 타협과 반발이라는 이중적 반응의 표현이었을 것이다. 그러므로 "참음은 어제를 생각

하게 하고/어제의 얼음을 생각하게 하고"(「참음은」, 1963. 12), 여기서
나아가 "죽은 기적을 산 기적으로 울리게 한다"(「참음은」)고 인내의 미
덕을 떠올린다.

이 견인의 과정에서 그가 참으로 깨달은 것은 무엇일까. 아마 반항
적, 파괴적, 혁명적, 시적 경향을 줄기차게 밀고 나온 그에게는 아주 이
색적인 일대 전환이라고 할 만큼 전통을 긍정하는 「거대한 뿌리」가 씌
어진다는 것은 김수영의 가장 김수영적 측면을 드러낸다는 점에서 놀
랍다고 하지 않을 수 없다.

> 傳統은 아무리 더러운 전통이라도 좋다 나는 光化門
> 네거리에서 시구문의 진창을 연상하고 寅煥네
> 처갓집 옆의 지금은 埋立한 개울에서 아낙네들이
> 양잿물 솥에 불을 지피며 빨래하던 시절을 생각하고
> 이 우울한 시대를 패러다이스처럼 생각한다
> 버드 비숍 女史를 안 뒤부터는 썩어빠진 대한민국이
> 괴롭지 않다 오히려 황송하다 歷史는 아무리
> 더러운 歷史라도 좋다
> 진창은 아무리 더러운 진창이라도 좋다
> 나에게 놋주발보다도 더 쨍쨍 울리는 追憶이
> 있는 한 人間은 영원하고 사랑도 그렇다
>
> —「거대한 뿌리」 제3연

영국 왕립지학협회 회원으로 1894년 조선을 처음 방문한 이사벨 버
드 비숍의 방문기 『한국과 그 이웃 나라들 *Korea and Her Neighbours*』
(1898)를 읽고 쓴 것으로 여겨지는 위의 시에서 우리는 김수영의 새로
운 인식 전환에 내재되어 있는 그의 부정과 긍정 그리고 파괴와 생성
의 역동적 상관성을 파악할 수 있다. 자신이 살고 있는 우울한 시대를
패러다이스처럼 생각한다는 것은 "傳統은 아무리 더러운 전통이라도

좋다"는 명제에 대응한다.

　서구 취향의 모더니스트로서 하기 어려운 대담한 발상 전환은, 비록 외국인의 눈을 통한 자기 발견이라 할지라도 인용의 후반에서 보이는 것처럼 "쩽쩽 울리는 追憶"을 통해 인간의 영원성과 사랑의 영원성에 대한 확신을 얻었기 때문에 가능했을 것이다. 물론 이러한 시적 인식이 아직 산만하게 드러나고 있는 것도 사실이다. 뒤이은 제4연의 진술이 시적 긴축이 약화된 한국적 풍물들의 나열이라는 점에서 그렇다. 그럼에도 이 땅에 발붙이기 위해서는 무수한 반동들을 받아들이고, 그들과 함께 깊게 뿌리내릴 때만이 쩽쩽 울리는 추억의 역사를 만들 수 있다는 확신에 이르게 되었다는 것은 김수영의 시적 전개에서 중요한 전환점을 마련해준다.

　제3인도교의 철근 기둥도 "내가 내 땅에 박는/거대한 뿌리에 비하면" 좀벌레의 솜털에 지나지 않는다는 선언은 자신의 시적 동력을 부정과 파괴에서 긍정과 생성의 방향으로 전환시키는 계기를 만든다.

　그러나 이 뿌리내리기란 쉽게 이루어지는 일이 아니다. 자책과 번민과 방황이 따르게 마련이다.

　　　이런 사람을 보면 세상 사람들이 다 그처럼 살고 있는 것 같다
　　　나같이 사는 것은 나밖에 없는 것 같다
　　　나는 이렇게도 가련한 놈 어느 사이에
　　　자꾸자꾸 소심해져만 간다
　　　동요도 없이 반성도 없이
　　　자꾸자꾸 小人이 돼간다
　　　俗돼간다 俗돼간다
　　　끝없이 끝없이 동요도 없이

　　　　　　　　　　　　　　　　　　　　—「강가에서」 마지막 4연

　가난하고 늙어 보이지만, 자기보다 여유가 있고 힘이 있는 사람에

대한 자괴감으로 씌어진 위의 시는 일단 「거대한 뿌리」와 대조적인 것처럼 보인다. 그러나, 이 양극이 김수영의 시적 공간이다. 거대한 뿌리와 소인의 속물의식과의 대비에서 우리는 김수영의 고뇌와 자기 반성의 진폭을 목격한다. 소심하고 속물적이며 무력한 자신에 대한 반성이 그의 시적 원동력이었다면 이러한 인간적 이상은 양심을 지키고 진실을 말하려는 시인적 사명감으로 드러난다는 점에서 그의 시적 지향성의 깊은 충동 속에는 전인성을 추구하는 군자지도(君子之道)가 담겨 있다고 할 것이다.

회고주의자가 된 그는 「현대식 교량」(1964. 11)에서 젊은 사람들의 비판을 받으면서 오히려 그 젊은이들에 대한 사랑을 느끼는 역설을 통해 역사성을 배운다. 제국주의자들이 만든 현대식 교량에서 그 교량의 역사를 모르는 젊은이들과 이야기하던 그는 "젊음과 늙음이 엇갈리는 순간"을 경험하고 새로운 역사가 무엇인가를 생각한다. 적을 형제로 만드는 실증으로서 다리를 본다. 그는 새 역사란 적을 형제로 만들면서 사랑을 배우는 과정이라고 인식한다. "미역국 위에 뜨는 기름이/우리의 歷史를 가르쳐준다"(「미역국」)라고 하기도 하고 시는 "歡樂의 개울 가에 바늘 돋친 숲에/버려진 우산"(「적 2」)이라고도 한다. 때로는 "絶望은 끝까지 그 자신을 반성하지 않는다"(「절망」) 하면서 절망에 빠지기도 하고, "모래야 나는 얼마큼 적으냐"(「어느 날 고궁을 나오면서」)고 자책하기도 한다. 반성에 반성을 거듭하면서, 반성하지 않는 자아를 질타한 그는 이 시기에 다시 시시하지만 새로운 자기 발견의 즐거움을 갖는다. 김수영 특유의 자학과 질책만이 시시하지만 어쩌면 시시하기 때문에 더욱 귀중한 자기 발견에 이르게 만든 것이다.

지극히 시시한 발견이 나를 즐겁게 하는 야밤이 있다
오늘 밤 우리의 現代文學史의 변명을 얻었다
이것은 위대한 힌트가 아니니만큼 좋다
또 내가 '시시한' 발견의 偏執狂이라는 것도 안다

　　중요한 것은 야밤이다

　　우리는 여지껏 희생하지 않는 오늘의 문학자들에 관해서
　　너무나 많이 고민해왔다
　　金東仁, 朴勝喜 같은 이들처럼 私財를 털어놓고
　　文化에 헌신하지 않았다
　　金裕貞처럼 그 밖의 위대한 선배들처럼 거지 짓을 하면서
　　소설에 골몰한 사람도 없다……

—「이 한국문학사」 제1~2연

　한국문학에 대한 자기 긍정의 모습은 비참한 현실에 대한 자기 부정으로부터 도출된다. 자신의 주변에 너무나 많은 순교자들이 살아 있고, 거지 짓을 하면서 문학에 헌신한 선배들을 확인하면서 그는 자기 존재의 정당성을 찾은 것이다. 빈약한 한국문학에 대한 변명의 근거를 찾았다는 것은 「거대한 뿌리」에 대한 인식과 더불어 그의 삶이 그리고 그의 문학이 당시의 현실에 깊게 뿌리내리기 시작했음을 뜻한다. 부정에 부정을 거듭하던 그가 변명의 근거를 찾고 긍정의 실마리를 풀었다는 것은 그의 어법대로 지극히 반어적인 일이다.

　물론 이러한 과정은 일직선으로 뻗어나가지 않는다. 김수영의 괴팍성 그대로 뒤틀리고 엇나가기를 거듭한다. "H는 그전하곤 달라졌어" (「H」)라고 하거나 이혼을 결정했다 취소하면서 "善이 아닌 모든 것은 惡이다 神의 地帶에는/中立이 없다"(「이혼 취소」)고 단언하기도 하는 동시에 "그녀는 盜癖이 발견되었을 때 완성된다"(「식모」)고 선언하기도 한다. 악에서 선을 보고, 도벽에서 인간성을 투시하는 그의 시각이 더 깊고 넓게 퍼져가면서, 힘없고 약한 것들에 대한 인식 또한 다음의 시처럼 그에게 깊이 각인된다.

　봄이 오기 전에 속옷을 벗고 너무 시원해서 설워지듯이

성급한 우리들은 이 발견과 실감 앞에 서럽기까지도 하다
　　전 아시아의 후진국 전 아프리카의 후진국
　　그 섬조각 반도 조각 대륙 조각이
　　이 발견의 봄이 오기 전에 옷을 벗으려고
　　뚜껑이 열렸다 닫히는 소리

라디오의 時鐘을 고하는 소리 대신에 西道歌와
牧使의 열띤 설교 소리와 심포니가 나오지만
　　이 소음들은 나의 푸른 풀의 가냘픈
　　影像을 꺾지 못하고
그 影像의 전후의 苦憫의 歡喜를 지우지 못한다
—「풀의 영상」 제3~4연

봄이 오면, 사람들은 속옷을 벗고, 풀들은 새롭게 푸르러진다. 벗어버림으로 인한 시원함과 서러움의 엇갈림에서 우리는 소멸과 탄생이 교차되는 생명력을 실감한다. 대륙에 붙어 있는 한반도 또한 봄의 생기로 푸르러진다. "뚜껑이 열렸다 닫히는 소리"는 하나의 세상이 뒤바뀌는 소리인 동시에 한 편의 시가 완성되는 소리이며, 그리고 "발견의 봄"이 새 봄으로 이행을 알리는 소리이다. 여기서 화자의 인식에서 지울 수 없는 것은 "푸른 풀의 가냘픈 影像"이다. 약한 것들의 영상이 새롭게 태어난 깃들의 영상이 가냘프게 떠올려지면서 화자에게는 엉클 샘에게 학살당하는 월남인들의 영상이 거기에 겹쳐지는 것이다. 겨울이 가고 새 봄이 올 때 떠올리는 연약한 풀들의 영상은 그의 시적 감수성의 깊은 영역을 가볍게 건드린다. 이것이 1966년 새 봄의 일이다.

이해 그는 사설적인 시들인 「엔카운터 지(誌)」「전화 이야기」「설사의 알리바이」「도적」 등 시시한 변설을 넘어서지 못하는 작품을 썼을 뿐이다. 「풀의 영상」에서 조금 더 나아간 「사랑의 변주곡」(1967. 2)을 쓰기 위해서 그에게는 1년여의 답보가 필요했다. 「사랑의 변주곡」에서

도 그의 사설적 수다는 지워지고 있지 않지만, 그의 시는 이제 한국의
현실에 더 깊게 뿌리내리는 사랑의 고요함에 도달한다.

> 욕망이여 입을 열어라 그 속에서
> 사랑을 발견하겠다 都市의 끝에
> 사그러져가는 라디오의 재갈거리는 소리가
> 사랑처럼 들리고 그 소리가 지워지는
> 강이 흐르고 그 강 건너에 사랑하는
> 암흑이 있고 三월을 바라보는 마른 나무들이
> 사랑의 봉오리를 준비하고 그 봉오리의
> 속삭임이 안개처럼 이는 저쪽에 쪽빛
> 산이
>
> 사랑의 기차가 지나갈 때마다 우리들의
> 슬픔처럼 자라나고 도야지 우리의 밥찌끼
> 같은 서울의 등불을 무시한다
> 이제 가시밭, 덩굴장미의 기나긴 가시가지
> 까지도 사랑이다

—「사랑의 변주곡」제1~2연

  3월을 준비하는 마른 나무들의 푸르러지는 봉오리들에서 감지되는
생명력에서 화자는 사랑을 발견한다. 생명이란 사랑이다. 바꾸어 말해
도 같다. 사랑은 생명이다. 사랑으로 인해 만물이 소생한다. 서울의 등
불이란 "도야지 우리의 밥찌끼"같이 조야한 것이지만 사랑의 속삭임이
안개처럼 일어나는 쪽빛 산이 새봄을 맞이하여 슬픔처럼 자라나고 있
는 것이다. 도시의 삶은 피로하고 조야한 것이지만 이 삶을 가능케 하
는 것은 사랑이고, 그로 인해 사랑을 느끼는 자에게 삶은 슬픔을 통해
성숙하는 것이다.

4·19의 좌절에서 깊은 고뇌를 통해 배운 것처럼 사랑은 소리치는 것이 아니다. 사랑은 단란함이며 고요함이다. 폭풍을 통해 성숙하는 것이다. 복사씨나 살구씨처럼 폭풍을 이겨낸 고요함과 단단함으로 결실된 것이 사랑이다. 3월을 바라보며, 그가 떠올릴 수 있는 것은 지난 여러 해 동안의 4월의 잔인함이 아니었을까. 아니 비애와 고절을 경험케 한 4월들의 잔인함을 통해 소리내어 외치지 않는 씨의 시학을 터득했을 것이며, 그것은 어떤 시련에도 불구하고 사랑으로 생명의 약동을 예감케 하는 봄의 기류들이었을 것이다. 부드러운 봄의 기류들이 폭풍을 견디고 씨앗으로 뭉쳐지는 삶의 과정이야말로 사랑의 변주곡이 아니고 그 무엇이 될 것인가.

아들아 너에게 狂信을 가르치기 위한 것이 아니다
사랑을 알 때까지 자라라
人類의 종언의 날에
너의 술을 다 마시고 난 날에
美大陸에서 石油가 고갈되는 날에
그렇게 먼 날까지 가기 전에 너의 가슴에
새겨둘 말을 너는 都市의 疲勞에서
배울 거다
이 단단한 고요함을 배울 거다
복사씨가 사랑으로 만들어진 것이 아닌가 하고
의심할 거다!
복사씨와 살구씨가
한번은 이렇게
사랑에 미쳐 날뛸 날이 올 거다!
그리고 그것은 아버지 같은 잘못된 시간의
그릇된 冥想이 아닐 거다

—「사랑의 변주곡」 마지막 제7연

복사씨는 폭풍을 다 머금은 단단한 고요함이다. 폭풍을 이기는 힘은 사랑의 역동성에 의해 소리내어 외치는 것을 넘어선다. 이 사랑에는 비애가 담겨 있다. 좌절과 시련이 있기 때문이다. 도시의 등불이 돼지 우리의 밥찌꺼기로 비유될 때 삶의 비애감이 얼마나 구체적으로 인식된 것인가를 우리들은 확인한다. 복사씨와 살구씨는 한방에서 도인(桃仁), 행인(杏仁)이라 부르는 약재로 해소, 치질 등에 효험이 있는 것이다. 김수영 또한 이러한 지병을 가지고 있었으며 복사씨와 살구씨에서 질병을 치료하는 사랑의 씨가 담겨 있음을 체험했을 것이다. 김인환이 여기서 (「한 정직한 인간의 성숙 과정」, 『신동아』, 1981년 11월호) 맹자의 '인자인야(仁者人也)'(『중용』 제20장)를 떠올려보는 것 또한 우연한 일이 아니다. 인(仁)이란 사람다움이고, 사람다움의 참뜻은 복사씨와 살구씨 같은 사랑을 뜻하기 때문이다.

아들아, 너의 가슴에 새겨두라. 복사씨가 사랑으로 만들어진 것이며, 이렇게 사랑에 대한 신념을 가질 때 우리는 사랑에 환희하는 날을 맞이할 것이다. 이 사랑을 알 때까지 성숙하라. 이 사랑은 4·19의 실패를 전환시키는 진정한 혁명이다. 아버지의 그릇된 명상이 아니다. 3월을 맞이하는 나무들과 산봉우리에서 사랑의 속삭임을 배우라. 『맹자』의 '부자유친'을 연상시키는 깊은 사랑을 가지고 아들에게 속삭이고 있는 이 시는 김수영의 인간에 대한 친화력을 대표하는 시로서 기록될 뿐 아니라, 삶의 서러움을 넘어서는 사랑의 혁명이 무엇인가를 깨닫게 해준다는 점에서 또한 한국 현대시사에서 기념비적이다.

이러한 사랑의 발견에도 불구하고, 그는 "사람들은 내 말을 믿지 않는다"(「거짓말의 여운 속에서」)고 정치 의견의 불신을 경험하고, "누구한테 머리를 숙일까"(「꽃잎 1」)나 "꽃을 주세요 우리의 苦惱를 위해서"(「꽃잎 2」)와 같은 반복적인 어구들의 시를 쓰거나 "너무 쉬운 하얀 풀의 아우성"(「꽃잎 3」)을 듣기도 한다. 전진로가 열리지 않을수록 그는 더욱 날카로워지고, 과격해진다. "창문을 부수고 여편네를 때리고/地

獄의 詩까지"(「세계일주」) 쓰거나 "속아서 사는 憐憫의 순간"을 경험하면서 속임의 반어적 변증법을 깨닫는다.

1968년 그는 「반시론」을 쓰고 「시여 침을 뱉어라」를 발표한다. 이 시론들은 그의 시적 전진을 한 단계 드높이는 동시에 타성적인 한국 시단에 경종을 울리는 중요한 돌파구가 된다. 이어령과의 '불온성' 논쟁으로 더욱 적극적인 무게가 실린 이 글들을 통해 우리는 그가 엘리엇이나 하이데거 등의 시론을 숙독하며 혈투하듯 한국시의 새로운 돌파구를 찾고 있었음을 알게 된다.

그러나 논리의 차원에서가 아닌 나름대로 새로운 시적 극복을 입증하는 작품을 통해 그 성취를 보여주는 시가 유고작 「풀」(1968. 5. 29)이다.

풀이 눕는다
비를 몰아오는 동풍에 나부껴
풀은 눕고
드디어 울었다
날이 흐려서 더 울다가
다시 누웠다

풀이 눕는다
바람보다도 더 빨리 눕는다
바람보다도 더 빨리 울고
바람보다 먼저 일어난다

날이 흐리고 풀이 눕는다
발목까지
발밑까지 눕는다
바람보다 늦게 누워도

바람보다 먼저 일어나고
바람보다 늦게 울어도
바람보다 먼저 웃는다
날이 흐리고 풀뿌리가 눕는다

—「풀」 전문

이 작품의 성가는 되풀이 말할 필요가 없을 정도이다. 그러나, 이 작품의 명성이 유고작이기 때문만은 아니다. 비극적 죽음이 시적 울림의 배경음을 만들어주는 것은 틀림없지만, 김수영이 시인으로서 자신을 투척한 이래 방황과 충돌, 그리고 환희와 좌절을 경험하면서도 끝내 쓰러지지 않는 시적 성취를 집약하고 있다는 점에서 이 시의 문학적 가치가 설정된다.

이 시에서 크게 주목되는 것은 다음 세 가지이다. 첫째는 반복의 운동성이 불러일으키는 생명감이다. 그것은 동일한 시어의 반복을 통해 말의 역동성이 살아나고 주술적 마력까지 발휘하여 '눕고/일어서는' 풀에 생명력을 불어넣고 있다는 것을 말한다. 김수영이 「시여 침을 뱉어라」에서 지적한 대로 이것은 시의 "노래의 유보성, 즉 예술성"의 "무의식적이고 隱性的" 측면으로 시적 언어의 "은폐"가 드러난 예이다. 김수영이 하이데거의 「릴케론」에서 배운 것은 무엇일까. 그가 「반시론」에 인용하고 있는 「올페우스에 바치는 송가·제3장」에서 두드러지는 것은 다음 부분이다.

젊은이들이여, 그것은 뜨거운 첫사랑을 하면서 그대의 다문 입에
정열적인 목소리가 복받쳐오를 때가 아니다. 배워라.

그대의 격한 노래를 잊어버리는 법을. 그것은 아무짝에도 소용없는
것이다.

이 구절에서 김수영이 깊이 음미하였을 부분은 시의 예술적 본질이 '노래'라는 것이었으리라. 세계의 '개진'이 아니라 '은폐'란 시의 본질적 속성이라 해도 과언이 아니다. 그러나 현실의 복잡한 얼크러짐으로 인해 김수영에게는 노래를 부를 만한 여유와 시간이 허락되어 있지 않았다. 그가 초기에 추종하던 쉬르나 모더니즘의 기법들 또한 시의 노래적 특성을 강조한 것은 아니었을 뿐더러 그의 기질 또한 직정적이어서 현실에서의 체험을 노래로 여과시킬 수 없었던 것이다. 노래보다는 속도감이 그의 취향에 더 잘 맞았던 것 같고, 이 속도감이야말로 날쌔게 자기 변신을 거듭해야 하는 그가 갖고 있는 현대적 속성에 더 적절한 것이었을 것이다. 그러나 「풀」에 이르러 그는 단순한 반복이나 속도감을 넘어서서 말의 생략과 여운까지 고려한 시적 행간의 배치를 구사한다. 반복을 통해 속도감을 획득하고 거기에서 파생되는 시적 동력이 풀에 생명력을 불어넣는 단계까지 나아갔다고 할 것이다. 연약한 풀에서 굽히지 않는 동적 풀의 시학을 성립케 하는 것이다.

두번째로 「풀」에서 말할 수 있는 것은 '웃음의 미학'이다. 마지막 제3연에서 볼 수 있는 '울어도/웃는다'라는 명제는 '누워도/일어난다'라는 명제에 그대로 대응된다. 이 시의 모든 행간에서 '눕고/울고/일어난다'가 반복되고 있지만, '웃는다'는 마지막 행의 바로 직전에 한 번 등장할 뿐이다. 이 시의 동력학은 실상 "바람보다 먼저 웃는다"에 집약되는 것이라 해도 과언이 아니다. 이 웃음은 패자의 미소이면서 동시에 그 패배를 딛고 일어서는 '비애의 웃음'이다. 서러움은 김수영의 시적 출발부터 줄곧 따라다닌 하나의 강박감이었다. 이 서러움 또는 패배의 고뇌를 웃음으로 승화시키기 위해 온갖 시적·인간적 격투가 필요했던 것이다. 풀이 바람보다 늦게 울어도, 바람보다 먼저 웃을 수 있음으로 인해 마지막 시행 "날이 흐리고 풀뿌리가 눕는다"가 파동을 일으키며 일어나는 풀이 될 수 있는 것이다. 눕고 울기만 하는 풀은 웃을 수 없다. 어쩌면 이것은 '눕고/일어남'을 '울고/웃음'으로 깨달은 자가 터득한 지혜의 웃음이기도 하다. 그 웃음은 피상적 관찰로 얻어진 것이 아니다. 발목까지 발밑까지 눕고/울고/일어났기 때문에 과거는 물론 앞으로 닥친 어떤 시련이나 좌절도 끝내 극복할 수 있는 힘을 얻는다고 할 것이다. ‘빨리’와 ‘먼저’의 되풀이는 끝내 체념으로 자신을 함몰시키는 것이 아니라 운명을 거부하고 웃음을 찾은 자의 것이며, 이 ‘서러움에서 비애의 웃음’에 이르는 과정에 작동하고 있는 것이 바로 김수영의 사랑의 변증법이라는 사실이다.「적」에 대한 증오,「풀의 영상」에서의 연약한 생명의 기류,「사랑의 변주곡」에서의 사랑의 환희는「이 한국문학사」나「거대한 뿌리」에 이어지고 풍자와 해탈을 동시에 껴안은「누이야 장하고나!」의 시련을 거슬러올라가는 것이다.「중용에 대하여」에서 그가 가면 쓴 중용을 ‘반동’이라고 명명할 때 그의 직정성은「폭포」로 이어지고, 그의 풍자성은「병풍」을 매개로 하여「공자의 생활난」으로 회귀한다고 할 수 있다. 그러므로 다시 거슬러내려와「풀」에 이르러 역동성을 얻은 웃음은 초기의 희화적 왜곡을 뛰어넘어 풍자와 해탈을 동시에 포용하는 해탈의 웃음이다.

세번째로「풀」에 대해 말하고 싶은 것은 이 해탈의 웃음의 미학적 근거가 무엇인가 하는 점이다. 지금까지 거의 모든 평자들은 김수영의 혁명성, 전위성, 불온성, 참신성 등으로 그의 시를 모더니즘 시나 참여시의 테두리에서 논해왔다. 그러나 김수영의 시를 유심히 읽어본 사람은 공통적으로 확인할 수 있는 사실이지만, 김수영을 강하게 속박하고 있었던 것은 공자와 맹자로 대변되는 동양적 유가의 논리이자 시학이라는 점이다.

그가「반시론」서두에 “恒産이 恒心”이라고 말하거나,「생활의 극복」에서 “슬퍼하되 상처를 입지 말고, 즐거워하되 음탕에 흐르지 말라(哀而不傷 樂而不淫―『논어』제3장「팔유八佾」)”는 공자의 경구를 떠올리는 것은 단편적이기는 하지만 그냥 지나칠 수 없는 부분이다. 특히「풀」에서 제시된 시적 이미지의 기본적 설정이『논어』와『맹자』에 되풀이 나온다는 것은 결코 심상한 일이 아니다.

도둑에 시달리던 계강자(季康子)가 공자에게 정치에 관해 물었을 때 공자는 다음과 같이 대답했다.

—『논어』 제12장 「안연(顔淵)」

이와 같이 공자가 말한 바람과 풀의 비유는 다시 『맹자』의 제5장
「등문공(滕文公)」에서도 인용된다. 공자는 치자의 덕을 강조하여 바람
과 풀에 비유하여 선정을 베풀라고 권하고 있는데, 김수영의 「풀」에서
는 바람이 아니라 풀에 강조점이 주어지고, 풀의 속성 중에서도 '일어
나는 풀'의 역동성에 초점이 맞추어져 있다.

그러나 이 눕고/일어나는 상관성을 벗어버릴 수 없으므로 울고/웃
음이 연상된다. 바로 이 점에서 전통적인 공맹의 사상과 논리에서 한
걸음 나아간 참여시의 상징으로서 「풀」이 탄생한 것이다. 강자와 치자
가 덕을 베풀지 않음으로 인해 성립된 반전통의 시학인 것이다. 이것
이야말로 전통을 파괴하고 부정한 시인만이 도달할 수 있는 새로운 전
통의 창조라고 할 수 있는 것이다. 전통의 부정이란 깊이 생각해보면,
더 깊은 전통에 자리잡고자 하는 파괴적 생성의 논리라고 할 것이다.

당시로서는 다른 어느 누구보다 김수영이 서구 문학의 세례를 깊이
받았고 본인 자신도 그것을 도처에서 강조하고 있다고 하더라도, 그의
시적 의식의 더 깊은 심층에는 유년 시절부터 그의 삶의 저변을 지배
해온 유가철학이 강력하게 자리잡고 있었다고 여겨지며, 이런 점에서
「풀」을 통해 자신의 시적 역정의 대미를 장식했다는 것은 매우 시사적
이라고 하지 않을 수 없다. 돌이켜보면 그의 시적 창작의 에너지는 거

짓을 부정하는 인간의 진실이었으며, 지식인으로서 인간의 양심이었는
데, 이 모두는 유가철학에서 말하는 인간의 '본연지성(本然之性)'에서
우러나온 것들이다.

나는 미숙한 것을 탓하지 않는다. 또한 환상시도 좋고 抽象詩도 좋고
환상적 시론도 좋고 技術詩論도 좋다. 몇 번이고 말하는 것이지만 기술
의 우열이나 경향 여하가 문제가 아니라 시인의 양심이 문제다. 시의 기
술은 양심을 통한 기술인데 작금의 시나 시론에는 양심은 보이지 않고
기술만이 보인다. 아니 그들은 양심이 없는 기술만을 구사하는 시를 主
知的이고 현대적인 시라고 생각하고 있는 모양이다.
—「'난해'의 장막」

기술이 아니라 양심이 문제라고 했을 때 그는 인간으로서 시인의 진
실을 강조했던 것이다. 김수영의 양심을 서구의 지식인이나 퓨리턴의
전매특허로 이해하는 것은 그가 쏟아내는 서구적 지식의 표층을 말하
는 것일 뿐이다. 그 심층에는 유가철학의 인간적 도덕률이 배어 있다
는 사실을 결코 간과할 수 없다는 것이다. 그의 시적 분노와 질타 속에
는 서구 지식인들의 항의와 비판의 목소리가 담겨 있기도 하지만 어디
까지나 그 기반으로서 유가적 지사의 목소리를 배제시킬 수 없다는 것
이다.
그럼에도 불구하고 고루한 유가의 틀을 부수고 새롭게 자신을 일신
시킨 것은 다음과 같은 혁명적 진취성이 있었기 때문이다.

시를 쓴다는 것이 무엇인지를 알면 다음 시를 못 쓰게 된다. 다음 시
를 쓰기 위해서는 여직까지의 시에 대한 思辨을 모조리 파산을 시켜야
한다. 혹은 파산을 시켰다고 생각해야 한다. 말을 바꾸어 하자면, 詩作은
'머리'로 하는 것이 아니고, '심장'으로 하는 것도 아니고, '몸'으로 하
는 것이다. '온몸'으로 밀고 나가는 것이다. 정확하게 말하자면, 온몸으

220

로 동시에 밀고 나가는 것이다.

—「시여, 침을 뱉어라」

기존의 사변을 모조리 파산시켰을 때 새로운 전통이 탄생된다. 머리도 아니고, 심장도 아니고 온몸으로 시를 쓸 때 관념도 아니고 지배자도 아니고 모든 민중이 하나가 되고, 이때 씌어진 시가「풀」이라는 사실이다. 역설적으로 말하자면 전통에 더 철저히 근거하고자 할 때 우리는 전통을 파괴하고 새로운 전통을 확립할 힘을 얻을 수 있는 것이다. 김수영의 풀의 시학은 반전통의 혁명성을 통해 새로운 전통을 수립한 당대로서는 물론이고 오늘에 이르러서도 쉽게 찾을 수 없는 시적 성취를 기록했다고 주저하지 않고 말할 수 있는 이유가 바로 그것이다.

3. 풀의 생명력과 새로운 시적 전통

4·19혁명의 실패와 좌절을 경험한 1960년대 중반에 가서야 김수영은 거대한 전통의 뿌리를 긍정했다. 그가 "전통은 아무리 더러운 전통이라도 좋다"고 했을 때 이는 거대한 뿌리로서 역사성에 대한 깨달음을 선언적으로 진술한 것이라 여겨진다. 공자의 생활난을 왜곡하고 희화화하던 초기의 시와 다른 시적 전회가 이루어졌던 것이다. 이보다 몇 년 전인 60년대 초 그는 다음과 같은 시작 노트를 남기고 있다.

내가 써온 시어는 지극히 평범한 일상어뿐이다. 혹은 서적어와 속어의 중간쯤 되는 말들이라고 보아도 될 것이다. 古語도 연구해본 일이 없고, 時調에 대한 취미도 없다. 어느 서구 시인이 시어는 15歲까지 배운 말이 시어가 될 것이라 한 말을 기억하고 있는데, 나의 시어는 어머니한테서 배운 말과 신문에서 배운 時事語의 범위 안에 제한되고 있다.

—「시작 노우트 2」

어머니한테서 배운 것이 어찌 말뿐이겠는가. 시상과 감정의 기율까지도 어머니에게 배우지 않을 수 없는 것이다. 그 누구도 어머니의 모성으로부터 자유로울 수 없다. 그것을 표출하는 방식은 달라진다 하더라도 그의 인간적 태도로부터 벗어날 수 없다는 것은 인간의 숙명이라고 하지 않을 수 없다. 김수영의 경우 아마도 과격성은 아닐지 몰라도 결벽증의 어떤 측면은 어머니로부터 우러나온 것인지도 모른다.

김우창이 김수영의 산문을 논하는 자리에서,

그의 산문들은 아마 근대의 산문 가운데서, 하나의 빌려온 이상으로서가 아니라 자신의 삶의 내면의 깊이에서 절실한 요구로서 자유를 이야기한 가장 웅변적 문체가 된다고 할 것이다.

—김우창,「예술가의 양심과 자유」

라고 했을 때 "내면의 깊이"란 단순히 인간적 체험의 진실이라는 뜻을 넘어서서 인간의 양심을 규율하는 전통적 규범에 비추어 정당성을 획득한 진실이란 뜻으로 해석된다. 김수영이 가짜나 거짓을 가장 혐오했다는 것은 그의 개인적 기질이기도 했지만 깊은 의미에서 그가 강조한 양심이라는 것이 전통적 가치 규범에서 확고하게 자리잡고 있었기 때문일 것이며, 그의 시적 추진력 또한 이로부터 동적 에너지를 얻을 수 있었다는 것이다.

그렇다면, 김수영의 시학을 반전통의 혁명성에 의한 새로운 전통의 확립으로만 규정할 것인가 하는 문제가 제기된다. 김수영이 자신의 시어가 어머니한테 배운 말과 신문에서 배운 "시사어"에 한정된다고 했을 때, 신문기사는 그에게 특별한 당대의 현실적 사건들을 제공하였을 것이다. 현실을 통해 진실에 도달한다는 것은 그의 시적 목표였을 것이다. 날로 새로워지려는 그였기 때문에 구라파나 미국이나 일본 등 그가 신문이나 잡지를 통해 보고 들었던 모든 것들을 기준으로 하여 그는 추악하고 왜곡된 당대 한국의 현실에 대한 자신의 전의(戰意)를 가다듬었을 것이다. 비교 대상과의 격차가 클수록 서러움의 감정도 컸을 것이며, 다른 한편으로는 이 단절감으로 지사적 사명감을 불태울 수 있었을 것이다. 과연 한국적 상황의 특수성과 싸우면서 그가 도달하고자 하는 이상이 서구적인 것이었을까. 아니면 그에게 더 넓고 큰 이상이 있었던 것일까.

    시는 온몸으로, 바로 온몸을 밀고 나가는 것이다. 그것은 그림자를 의식하지 않는다. 그림자에조차도 의지하지 않는다. 시의 형식은 내용에 의지하지 않고 그 내용은 형식에 의지하지 않는다. 시는 그림자에조차도 의지하지 않는다. 시는 문화를 염두에 두지 않고, 민족을 염두에 두지 않고, 인류를 염두에 두지 않는다. 그러면서도 그것은 문화와 민족과 인류에 공헌하고 평화에 공헌한다. 바로 그처럼 형식은 내용이 되고, 내용이 형식이 된다. 시는 온몸으로, 바로 온몸을 밀고 나가는 것이다.
—「시여, 침을 뱉어라」

그림자를 의식하지 않는 온몸의 시학은 내용과 형식을 구별하지 않는다. 위와 아래가 없고, 서로 다른 민족과 문화도 없다. 그럼에도 불구하고, 그것은 인류에 공헌하고 평화에 공헌한다. 형식이 내용으로, 내용이 형식으로 순일하게 진화되는 온몸의 시학은 모든 개별적 특수한 체험을 토양으로 하여, 인류가 도달하고자 하는 보편적 이상에로의 도약을 준비한다. 반시론에 대한 반어로서의 시에 도달하려는 그의 시적 이상은 구체에서 추상으로, 개별에서 일반으로, 특수에서 보편으로의 도약이라는 인간적 열망을 담고 있다.

그 변경에 자리잡고 있는 것이 그의 명시 「풀」이다. 풀에는 그림자가 없다. 잡박한 관념의 찌꺼기도, 과다한 수사도 말끔히 절제된다. 그럼에도 그것은 변경에 자리잡고 더이상 나아가지 못한다. 김수영이 체득한 비애의 웃음은 보편적 차원으로 도약하려 하지만, 단숨에 뛰어넘지 못하는 비애감에 감싸여 있기 때문이다. '눕고/울고/일어나는' 풀을 바라보며 비애의 웃음을 인식한 자는 그 나름으로 시적 해탈의 깨달음에 도달한 것이다. 여기서 우리는 김수영이 떨쳐버리지 못한 운명의 속박도 감지한다.

「풀」에 이르러 발밑까지 발목까지 바르게 바라보았다는 것은 「공자의 생활난」에서 "明晳하게 바로 보겠다"는 시적 선언의 종착점이다. 혼란 속에서 그가 명석하게 바로 보려고 하면 할수록 좌절하고 방황했을 터이며, 다른 한편으로는 더러운 전통 속에 깊게 뿌리내렸을 것이다. 분노와 자학이 강화될수록 그의 시들은 지사적 비분강개에 휩싸이기도 했다.

그러나 복받쳐오르는 격한 외침과 신의 입김과 같은 노래 사이에서 절망을 딛고 일어서려는 시적 열망을 비애의 웃음으로 전화시키면서 푸르게 파동치는 김수영의 풀이 생명력을 얻는다. 풀뿌리가 순결한 대지 속에 뿌리박고 있듯이, 김수영의 시적 이상 또한 전통 속에 깊이 뿌리박음으로 인해 우리는 추상적 보편주의에의 유혹을 뿌리치고, 언제나 살아 있는 현실 속에서 누구도 쉽게 깨뜨리지 못하는 하나의 시적 전범으로서 그의 시를 떠올리지 않을 수 없는 것이다. 김수영의 시가 이 변경에 시들지 않는 풀로 뿌리내림으로 인해 그의 시적 파장력은 70년대와 80년대 폭넓게 퍼져나갈 수 있었으며, 또한 90년대 중반인 오늘에도 그의 시는 복잡하게 얼크러진 현실에서 우리가 무엇을 어떻게 배울 것인가를 깨닫게 해주는 살아 있는 정신이 된다.

(『작가연구』 1998년 봄호)

김수영의 시적 변증법과 전통의 뿌리

1. 저 하늘이 열렸을 때

새로운 세기가 눈앞에 다가와 있다. 밀레니엄 버그의 발생으로 서기 2000년에 컴퓨터가 대혼란을 일으킬 것이라고 한다. 컴퓨터의 혼란만이 아니라 새로운 세기의 초입부터 인류사는 유례없는 대격변을 경험하게 될 것이라 예측된다. 과연 지금 우리가 역사 발전의 어느 단계에 있는가라는 문제제기조차 이제는 낡은 질문처럼 느껴진다.

기술 정보의 혁신은 진보나 변화로 설명할 수 없을 만큼 놀랍고 엄청난 사태를 불러오고 있다. 환경 파괴로 인한 자연의 재앙이 세계 도처에서 속출하고 있다. DNA 조작에 의해 생명체를 인공적으로 만들어 낼 수 있는 오늘날 인류가 나아갈 길은 무엇일까.

40여 년 전인 1960년대 초 김수영이 설파하던 자유나 혁명의 개념들을 떠올려보면, 오늘 우리가 살고 있는 세상의 변화는 필설로 형용

키 어렵다. 김수영 자신도 그의 사후 30년 동안의 격변에 놀라지 않을 수 없을 것이다. 그러나 가상 공간이나 가상 현실에 지배당하는 오늘의 문화예술을 깊이 생각해볼 때, 김수영이 자신의 모든 것을 투척하여 획득한 시적 성과와 의의는 결코 퇴색하는 것이 아니다. 오늘의 예술가나 대중들이 인터넷의 그물망을 통해 더 멀리 나아간다고 하더라도 인간적 진실이나 시적 진정성은 결코 부정될 수 없는 것이다. 아니, 오히려 컴퓨터 통신이 유행하고, 가상 현실이 지배적일수록 김수영의 시적 완전성에 대한 탐구는 우리들에게 더욱 중요한 문학적 자산이 된다고 하지 않을 수 없다.

「김수영의 문학사적 위치」(『작가연구』 1998년 봄호)라는 글에서 필자는 김수영의 혁명성은 전통 부정을 통한 새로운 전통의 확립에 있다고 논한 바 있다. 이를 토대로 하여 여기서는 좀더 구체적으로 그의 문학적 변증법의 실상을 밝혀보고자 한다. 특히 「거대한 뿌리」를 중심으로 살피면서, 혁명적 반전통주의를 내세웠던 그가 왜, 어떻게 전통을 인식하며 이 반동적 힘이 어떻게 그의 시에 생명력을 불어넣었는가를 밝히고자 한다.

진정한 시인은 누구나 그렇지만 언제나 부정에서 긍정으로 자신의 시적 인식을 전환시키기 위해서 내외의 필연적 계기가 요구된다. 시에 대해 퓨리턴적 엄격성을 견지하고자 했던 김수영의 경우는 더욱 그 필연성이 요구되었다고 말하지 않을 수 없다. 적당한 타협주의를 배격하고 자신의 시적 추구의 완전성을 끝까지 성취하고자 했다는 점에서 김수영은 그 이후의 시인들에게 좋은 범례가 되었으며, 바로 그러한 이유로 인해 그의 시적 전환은 깊이 음미해볼 필요가 있다. 사후 30년이 지나고, 새로운 세기를 맞이하는 지금에도 그의 문학을 되새겨보게 만드는 명백한 이유가 바로 거기에 있을 것이다.

2. 추억과 역사와 부정의 전통

50년대 후반까지도 모더니즘의 언저리를 크게 벗어나지 못하던 김수영에게 결정적 계기를 마련해준 외적 사건은 4·19이다. 8·15 해방과 6·25 한국전쟁이란 한국사의 소용돌이에서 그가 체험한 것은 식민지 조국의 타의에 의한 해방과 이에 뒤따른 혼란이거나 포로 수용소 생활 등으로 점철된 부정적이고 패배적인 것들이었다. 자신의 꿈과 이상을 실천하기는커녕 생명을 보존하는 것조차 급급한 상황이었다. 그의 자존심은 구겨질 대로 구겨져 있었다. 6·25 한국전쟁의 상처가 어느 정도 진정되던 50년대 후반에도 그는 뚜렷한 직장을 갖지 못하고 헐값의 번역일로 생계를 유지하며 오직 자신의 자존심을 지키는 유일한 방법으로 거짓없는 시를 쓴다는 것에 모든 것을 걸고 있었다고 해도 과언이 아니다.

사회의 불의와 억압에 대해서도 유달리 예민했던 그이지만 시를 쓸 수 있었기 때문에 이를 제어할 수 있었던 것이다. 마음속에 있는 것을 거리낌없이 다 쓸 수는 없었다 해도 시라는 분출구는 그가 삶의 의의를 부여할 수 있는 유일한 통로였을 것이다. 생활이 어려울수록, 사회적 불의가 횡행할수록 그가 시에 부여한 의의는 더욱 무거웠을 것이다. 이렇게 모든 것으로부터 자유롭지 못하던 김수영에게 천지개벽이 일어났다고 할 역사적 사건이 눈앞에서 벌어졌는데 그것이 바로 학생들에 의해 터뜨려진 4·19혁명이다. 자신의 소외나 열등감 그리고 당시 사회적 모든 병폐를 일거에 척결할 것이라 여겨진 역사적 사건이 누구도 예측하지 못한 상황에서 일어났던 것이다. 그의 기대는 여기서 끝나는 것이 아니다. 이승만 독재 정권의 타도만이 아니라 남북통일이 금방 성취될 것으로 믿었으며, 다른 20세기적 쟁점들까지도 한꺼번에 해결될 것으로 기대했던 것 같다.

이처럼 4·19가 엄청난 것이었던 까닭에 그는 정작 이 혁명의 순간에 바치는 뛰어난 시를 제작하지는 못한다. 「우선 그놈의 사진을 떼어서 밑씻개로 하자」는 수준 이상의 시를 쓸 수 없었던 것이다. 역사적 사건에 냉정한 객관성을 확보할 수 없었던 것이다. 아무리 사회 현실에 부정과 비판의 시선을 갖고 있었다 하더라도 내적 응전의 준비가 되어 있지 않았다면 이에 대처하기 위해서는 그 나름의 대응의 시간이 필요한 것이다. 차라리 혁명에서 피의 냄새와 고독을 인식한 「푸른 하늘은」과 같은 시를 통해 4·19혁명의 실패와 좌절을 노래할 때 그의 흥분과 격앙은 어느 정도 진정된다.

그가 「가다오 나가다오」에서 "너희들 美國人과 蘇聯人은 하루바삐 나가다오"라고 강대국들을 비판하거나 「중용에 대하여」에서 "現政府가 그만큼 惡毒하고 反動的이고／假面을 쓰고" 있다고 때묻은 혁명을 질타하는 것들은 모두 현실인식에 대한 비판적 자의식의 성숙을 위해 필요한 시행들이라고 말하지 않을 수 없다. 4·19에서 김수영이 느낀 감격과 흥분이 어떤 것이었는가는 다음 글에 분명하게 나타난다.

형. 나는 형이 지금 얼마큼 변했는지 모르지만 역시 나의 머리 속에 있는 형은 누구보다도 시를 잘 알고 있는 형이오. 나는 아직까지도 '시를 안다는 것' 보다도 더 큰 재산을 모르오. 시를 안다는 것은 전부를 아는 것이기 때문이오. 그렇지 않소? 그러니까 우리들끼리라면 '통일' 같은 것도 아무 문젯거리가 되지 않을 것이오. 사실 4·19때에 나는 하늘과 땅 사이에서 '통일'을 느꼈소. 이 '느꼈다'는 것은 정말 느껴본 일이 없는 사람이면 그 위대성을 모를 것이오. 그때는 정말 '南'도 '北'도 없고 '美國'도 '소련'도 아무 두려울 것이 없습디다. 하늘과 땅 사이가 온통 '자유독립' 그것뿐입디다. 헐벗고 굶주린 사람들이 그처럼 아름다워 보일 수가 있습디까! 나의 온몸에는 티끌만한 허위도 없습디다. 그러니까 나의 몸은 전부가 바로 '주장' 입니다. '자유' 입니다……

—「저 하늘이 열릴 때」에서

4·19 직후 진보계 신문 민족일보에 부분적으로 삭제된 채 게재된

위의 글(후에 『세계의문학』 1993년 여름호에 전문 수록)에서 주목되는 것은 크게 다음 두 가지이다. 첫째, 형으로 지칭되는 김병욱이 누구보다 시를 잘 알고 있으며, 시를 아는 것이 전부를 안다고 할 만큼 큰 재산이라고 김수영이 단언하고 있다는 점이다. 둘째, 그가 4·19때 하늘과 땅 사이의 통일을 느꼈을 뿐만 아니라 나의 몸 전부가 바로 '주장'이라고 약간 흥분된 어투로 말하면서 나의 온몸에는 티끌만한 허위도 없다고 양심선언을 하고 있다는 점이다.

그러니까, 널리 회자되는 김수영의 '온몸'의 시학이 하나의 계시처럼 느껴진 것이 4·19이고, 그의 시적 전환의 단초를 열어준 것이 4·19이며, 김수영에게 50년대와 60년대를 구별하게 만들어준 것이 4·19라고 말할 수 있다. '남'과 '북'도 '미국'과 '소련'도 아무 두려울 것도 없는 온통 '자유독립'뿐인 세상처럼 느껴진 것이 4·19이다. 이 역사적 사건의 광휘로움을 경험하고, 희망에 가득 찬 목소리로 '통일'의 순간까지도 예감하는 목소리로 월북한 시인 김병욱에게 쓴 편지는 지금 돌이켜 읽어보면, 시인다운 순진무구로 가득 차 있다.

그의 말처럼 티끌만한 허위도 없는 눈으로 4·19의 광휘를 보았기 때문에 한편으로 4·19의 실패는 그에게 깊은 좌절과 패배감을 각인시켰을 터이지만, 다른 한편으로는 더 깊게 새로운 시대에의 개막을 예감하도록 만들었다고 볼 수도 있다.

그러나 김수영의 시에서 '희열(4·19)/좌절(4·19의 실패)/희망(새로운 역사의 전망)' 사이의 변증법적 전개는 쉽게 확인되지 않는다. 허튼소리를 지껄이기에도 용기가 필요하다고 말한 자조적인 시에서 그는,

거리에서는 고개
숙이고 걸음 걷고

집에 가면 말도
나즈막한 소리로 걸어

라고 말할 정도이다. 「그 방을 생각하며」(1960. 10. 30)에서는 혁명의
환희가 여진처럼 남아 헛소리처럼 가슴을 울리지만, 혁명의 노래도 그
이전의 노래도 자기는 모두 잊었다고 말한다.

革命은 안 되고 나는 방만 바꾸어버렸다
나는 인제 녹슬은 펜과 뼈와 狂氣 —
失望의 가벼움을 財産으로 삼을 줄 안다
이 가벼움 혹시나 歷史일지도 모르는
이 가벼움을 나는 나의 財産으로 삼았다

혁명은 안 되고 나는 방만 바꾸었지만
나의 입속에는 달콤한 意志의 殘滓 대신에
다시 쓰디쓴 냄새만 되살아났지만

방을 잃고 落書를 잃고 期待를 잃고
노래를 잃고 가벼움마저 잃어도

이제 나는 무엇인지 모르게 기쁘고
나의 가슴은 이유없이 풍성하다
—「그 방을 생각하며」 제3~6연

4·19혁명 후 약 7개월 뒤에 씌어진 위의 시에서 김수영이 어느 정
도 정신적 안정을 되찾고 있음을 우리는 엿볼 수 있다. 실망의 가벼움
을 재산으로 삼을 줄 알 뿐 아니라 그 가벼움마저 잃어도 그의 가슴은
이유없이 풍성하다. 왜 그럴까. 실망의 가벼움이 '역사'일지도 모른다
고 깨달았기 때문이다. 좀더 분명히 말하자면 실망을 가볍게 하는 것

이, 아니 그 가벼움마저 잃는 것이 역사의 위기를 넘어서는 방법이 된다는 역사에 있어서 성공과 실패의 변증법을 인식했기 때문이다. 역사의 전개가 일직선으로 성공을 향해 뻗어나가는 것이 아님을 깨닫는다는 것은 얼마나 큰 소득인가. 이 시에서 중요하게 부각된 '가벼움'이란 좌절을 좌절로서 받아들이지 않으려는 시적 통찰을 머금고 있다. 그것은 비록 4·19가 실패했다 하더라도 화자를 무엇인지 모르게 기쁘게 만들어주는 요인이 된다. 이 '가벼움'의 인식이야말로 온갖 구차한 현실의 속박을 떨쳐버리게 하는 것으로서 그가 자신의 시적 출발에서,

> 동무여 이제 나는 바로 보마
> 事物과 事物의 生理와
> 事物의 數量과 限度와
> 事物의 愚昧와 事物의 明晳性을
>
> 그리고 나는 죽을 것이다
>
> ─「공자의 생활난」 마지막 제4~5연

라고 선언한 대로 역사와 현실을 바로 보는 김수영 특유의 통찰력을 보여주는 것이라고 하지 않을 수 없다. 패배해도 패배를 패배로 만들지 않는 것이 김수영의 냉정한 시적 통찰이다. 4·19혁명의 광휘로움이 김수영으로 하여금 시대의 변두리에서 중심으로 나아감을 인식하게 했다면, 4·19의 실패는 그 중심에서 변두리로 떨어지게 만들었으며 그의 시들은 시대의 중심을 울리기보다는 소소한 일상에서 벗어나지 못하는 변두리적 삶의 편린들을 보여줄 뿐이다. 이 시기 김수영은 서울 생활을 버리고 당시로서는 아주 변두리에 위치한 도봉동 양계장으로 물러나서 연작시 「신귀거래(新歸去來)」를 쓰지만, 그의 시적 활로는 여전히 쉽게 열리지 않을 뿐 아니라 생활의 대책 또한 막연한 까닭에 이중적인 좌절과 견인의 시간을 보내게 된다. 부패하고 무능한 정권에

의해 "미쳐 돌아가는 歷史의 反覆"(「장시 2」, 1962. 10. 3) 속에서 그는 다음과 같이 절규한다.

> 나에게 彷徨할 시간을 다오
> 不滿足의 物象을 다오
> 두부를 엉기게 하는 따뜻한 불도
> 졸고 있는 잡초도
> 이 無感覺의 悲哀가 없이는 죽은 것
>
> —「장시 2」 제3연 중에서

우리는 위의 인용에서 생활의 문제를 제대로 해결하지 못하는 가장의 비애와 정신적 방황으로 인해 자기 중심을 상실한 시인의 비애가 겹쳐져 화자의 인간적 자책은 "무감각의 비애"까지 나아감을 본다. 밖으로는 미쳐 돌아가는 역사의 반복, 안으로는 생활의 중심을 찾으라는 아내를 비롯한 골육들의 성화가 그를 고문한다. 그러나 김수영이 "밤보다도 더 어두운 낮의 마음"임에도 끝내 시적 추구를 포기하지 않은 것은 "時間을 잊은 마음의 勝利"를 갈구했기 때문이며, 이 "마음의 勝利"를 위해 "無感覺의 悲哀" 속에서도 "나에게 彷徨의 시간을 다오"라고 외치는 것이다. "幻想이 幻想을 이기는 時間"을 이에 대비시키는 것은 아마도 "미쳐 돌아가는 歷史의 反覆"을 멈추고 제대로의 역사가 순리에 따라 운행되는 시간을 위해서일 것이다.

이 견인의 시간 동안에도 김수영에게는 변두리적 삶의 비애가 있었지만 그 비애가 구체적인 것은 아니었으며 미쳐 돌아가는 역사의 부당성에 대한 참을 수 없는 분노와 비판은 있었지만, 제대로 된 역사가 어떻게 무엇을 통하여 인식되는가에 대해 어떤 확신이 있었던 것은 아니었다. "실망의 가벼움은 혹시나 歷史일지도 모른다"고 하는 정도의 약간 모호한 눈뜸이 있었을 뿐이다.

생활밖에 모르는 아내를 증오하기도 하고, 아이들의 과외 공부 선생이 되기도 하면서 참음은 "죽은 기적을 산 기적으로 울리게 한다"(「참음은」, 1963. 12. 21)는 견인의 시기를 결정적으로 타개시켜준 시가 「거대한 뿌리」(1964. 2. 3)이다. 물론 이 시가 작품으로서 정제된 것은 아니다. 그러나 김수영의 시적 전환을 이해하기 위해서는 중요한 작품이다.「거대한 뿌리」를 쓰게 된 것은 이사벨 버드 비숍Isabel Bird Bishop의 『한국과 그 이웃 나라들Korea and Her Neighbours』(1898)을 읽은 것이 직접적 계기였다. 김수영은 영문판을 읽었을 것이며, 한글판『한국과 그 이웃 나라들』(살림, 1994)이 이인화 번역으로 출간된 것은 그로부터 약 30년 후이다. 비숍 여사의 1890년대 한국에 대한 사실적이며, 구체적인 묘사들은 김수영이 살았던 시대에 먼 과거 속의 나라를 되살려주었을 것이며 19세기와 20세기의 역사적 단절에 고뇌하던 특히 4·19 이후의 정치사회적 혼란에 처절한 비애감을 느끼던 김수영에게 새로운 빛을 던져주었을 것이다. 훼손되지 않은 조선의 참모습을 그는 이 책에서 처음 보았을 것이다.

나는 아직도 앉는 법을 모른다
어쩌다 셋이서 술을 마신다 둘은 한 발을 무릎 위에 얹고
도사리지 않는다 나는 어느새 南쪽식으로
도사리고 앉았다 그럴 때는 이 둘은 반드시
以北 친구들이기 때문에 나는 나의 앉음새를 고친다
八·一五 후에 김병욱이란 詩人은 두 발을 뒤로 꼬고
언제나 일본 여자처럼 앉아서 변론을 일삼았지만
그는 일본 대학에 다니면서 四 年 동안을 제철회사에서

노동을 한 强者다

나는 이사벨 버드 비숍 女史와 연애하고 있다 그녀는
一八九三년에 조선을 처음 방문한 英國王立地學協會 會員이다

그녀는 인경전의 종소리가 울리면 장안의
남자들이 모조리 사라지고 갑자기 부녀자의 世界로
화하는 劇的인 서울을 보았다 이 아름다운 시간에는
남자로서 거리를 無斷通行할 수 있는 것은 교군꾼,
내시, 外國人의 종놈, 官吏들 뿐이었다 그리고
深夜에는 여자는 사라지고 남자가 다시 오입을 하러
闊步하고 나선다고 이런 奇異한 習俗을 가진 나라를
세계 다른 곳에서는 본 일이 없다고
天下를 호령한 閔妃는 한번도 장안外出을 하지 못했다고……

—「거대한 뿌리」 제1∼3연

셋이서 술을 마신다. 앉는 법이란 살아가는 법이기도 하다. 정치 이야기, 문학 이야기가 오고 간다. 다른 두 사람이 이북에서 내려온 사람이므로 남쪽 식으로 도사리고 앉았던 화자는 앉음새를 고친다. 진실을 말하기 위해서이다. 그들과 이야기할 때 이북으로 간 시인 김병욱에 대한 화제가 은밀하게 떠올랐을 것이다. 김병욱이란 누구인가. 바로 김수영이 4·19 직후 「저 하늘이 열릴 때」란 편지를 썼던 시인이다.

그 편지들 속에 김수영은 '나의 머리 속에 있는 형은 누구보다 시를 잘 알고 있는 형'이라고 지칭한 인물이다. 오늘날 한국문학사에서 김병욱에 대한 기록은 별로 찾을 길이 없다. 김수영은 그를 8·15 직후 박인환이 경영하던 서점 '마리서사'에서 만났고, 무명의 시인 지망생 김수영의 시에 대해 우호적이고 긍정적인 평가를 했던 시인이다. 1946년 거처를 충무로로 옮긴 김수영은 심한 치질을 앓아 바깥 출입을 못하고 칩거 상태에 있었는데, 새로 바른 벽지 위에 일본어로 낙서하듯 시를 썼다.

최하림에 의하면 김병욱은 이 낙서시에 대해 다음과 같이 말했다고 한다.

김병욱이 놀러 왔다가 그 시를 보고는 놀라면서, 무라노 시로오(村野
田郞)에게 보내 그곳 시잡지에 발표하자고 했다. 무라노는 일본 전후 시
단의 주역의 한 사람으로, 『신영토(新領土)』의 동인이었다. 김병욱이 과
찬벽이 있다는 것을 김수영은 잘 알고 있었지만 그러나 그러한 칭찬을
받고 보니 매우 기뻤다. 그는 그 시를 우리말로 다시 쓰려고 오늘 내일
벼르고 있는데, 문득 김병욱이 전에 그의 「거리」를 읽고 칭찬하던 말이
떠올랐다. '야 이런 작품을 열 편만 써라. 그러면 너는 우리나라 부동의
시인이 된다.' 부동의 시인이 된다? 부동의 시인이란 무언가? '부동'을
무너뜨리려고 그는 시를 쓴 사람이 아니었던가. 갑자기 그는 김병욱에
게 히야까시를 당한 기분이 들었다. 그는 일본말로 쓴 「아메리카 타임
誌」를 우리말로 옮길 때는 전자와는 전혀 다른 작품으로 만들어버렸다.
그의 허점을 찌르고 싶었다.
—최하림, 『자유인의 초상』(문학세계사, 1981), 55쪽

게이오 대학 출신 김병욱은 일본의 전위시 동인지 중에서도 성가가
높은 『신영토』『사계』 등의 동인이었으며, 아마 해방 이후 모여든 시인
지망의 젊은이들 중에서 시에 대해 자기 나름의 주견을 가지고 뛰어난
논리를 구사한 사람이었을 것이다. 김병욱의 이 칭찬이 김수영에게 싫
은 것이 아니었음은 물론 김수영 자신은 이런 모두를 뛰어넘고자 했을
것이다. 4·19 직후 북에 있는 그 누구보다도 먼저 김병욱에게 편지를
썼다는 것 또한 예사로운 일이 아니었을 것이며, 비숍 여사의 『한국과
그 이웃 나라들』을 읽고, 월남한 친구들과 술을 마실 때도 김병욱을
떠올리고 있다는 것 또한 우연한 일이 아니었을 것이다. 김수영이 그
의 시에서 김병욱을 "그는 일본 대학에 다니면서 사 년 동안을 제철회
사에서 //노동을 한 强者다"라고 단언했을 때, 김병욱이 매개될 때 비숍
여사의 사실적 기록들이 실감 있게 전면에 부각될 수 있다는 것이다.
　비숍 여사에게 경이적인 눈으로 당시의 서울의 풍속이 비쳐졌다면
그보다 더 경이적으로 김수영에게 당시의 조선의 풍속이 다가왔을 것

이다.

　위의 시 제3연에서 그려지고 있는 대로 처음 서울에 도착한 비숍에게는 모든 것이 낯설고 이상스럽게 느껴졌을 것이 당연하다.

　　바로 이러한 고래(古來)의 상황, 이 말할 수 없는 관습의 세계, 이 치유 불가능하고 개정되지 않은 동양주의의 땅, 중국을 하나로 묶는 데 도움이 되는 인종적 강인함을 지니지도 못한 중국의 패러디인 이곳에 서양 문명의 효모가 발효하기 시작한 것이다. 수세기에 걸친 잠에서 거칠게 뒤흔들려 깨워진 이 미약한 독립 왕국은 지금, 반쯤은 경악하고 전체적으로는 멍한 상태로 세상을 향해 걸어 나오고 있다. 강력하고, 야심에 차 있으며, 공격적인데다 꼼꼼하지도 못한, 서로서로 이 왕국에 대해서는 사정을 두지 않기로 담합한 서구 열강들은 이 왕국의 유서 깊은 전통에 거친 손으로 조종을 울리며, 시끄럽게 특권을 요구하며, 자기 자신도 의미와 필요성을 이해하지 못하는 중구난방의 교정과 충고를 떠벌리고 있다. 하여 이 왕국은 한 손엔 으시시한 칼을, 다른 한 손엔 미심쩍은 만병통치약을 든 낯선 세력에 휘둘리는 자신을 발견하고 있는 것이다.
　　―E. B. 비숍,『한국과 그 이웃 나라들』, 이인화 옮김(살림, 1994),
29~30쪽

　어디까지나 중국의 일부로서 그리고 중국 문화의 패러디로서 비숍 여사가 한국을 바라보고 있는 것은 당시 서구인들이 한국을 바라보는 시각을 그대로 반영한 것이다. 특히 서구 열강들이 자신들의 이권을 선점하기 위해 벌이는 아귀다툼의 와중에서 수세기에 걸친 중세의 잠에서 이제 막 깨어나려는 미약한 치유 불가능의 독립 왕국이 바로 백년 전 우리의 모습이다. 탐욕스러운 서구 열강 앞에 무방비 상태로 던져진 이 동양주의의 땅은 이제 막 기지개를 켜보려고 하지만, 스스로 자기 중심을 바로 세우기도 힘들 뿐만 아니라 더이상 그들의 보호막도 될 수 없는 중국으로부터 떨어져 나와 식민지 정책과 군국주의가 활개

치는 20세기적 초두의 헤게모니 쟁탈전의 도마 위에 멍하게 취한 하나
의 희생물로서 비숍 여사의 눈앞에 비쳐진 것이다.

일본에 의해 짓밟히고, 미국에 의해 왜곡당하기 이전의 훼손 없는
조선의 풍경들은 김수영으로 하여금 역사와 전통이 얼마나 깊고 강력
한 것인가를 생각하게 만들었을 것이다. 더럽고 추하고 버려진 것들을
놀랍도록 새롭게 인식하는 계기가 마련된 것이다. 그러나 이미 김수영
에게는 유사한 역사적 체험의 순간이 있었다. 바로 4·19가 그것이다.
김병욱에게 보낸 편지에서 그가 말한 대로 "사실 4·19때 나는 하늘과
땅 사이에서 '통일'을 느꼈소"와 같은 순간은 "헐벗고 굶주린 사람들
이 그처럼 아름다워 보일 수" 있던 순간으로 통하는 것이라 하지 않을
수 없다.

4·19에서 더 본류로 거슬러올라가 훼손 없는 조선의 풍속과 풍경들
에 대한 사실적 보고들을 읽으면서 김수영이 또 한번의 감격을 느꼈음
은 물론 그는 그 동안 그가 잘 알지 못하고 소홀히 하였던 역사와 전
통에 대한 부정적 시각을 떨쳐버리고 부정의 부정을 통해 자기 긍정에
도달한다.

傳統은 아무리 더러운 傳統이라도 좋다 나는 光化門
네거리에서 시구문의 진창을 연상하고 寅煥네
처갓집 옆의 지금은 埋立한 개울에서 아낙네들이
양잿물 솥에 불을 지피며 빨래하던 시절을 생각하고
이 우울한 시대를 패러다이스처럼 생각한다
버드 비숍 女史를 안 뒤부터는 썩어빠진 대한민국이
괴롭지 않다 오히려 황송하다 歷史는 아무리
더러운 歷史라도 좋다
진창은 아무리 더러운 진창이라도 좋다
나에게 놋주발보다도 더 쨍쨍 울리는 追憶이
있는 한 人間은 영원하고 사랑도 그렇다

다 아는 일이지만 이 시의 문맥을 "더러운 傳統이 좋다"라고 끊어서 읽는다면 커다란 오해가 발생한다. 더러운 전통을 좋아하는 사람은 그 어디에도 없기 때문이다. 양보구절로 "傳統은 아무리 더러운 傳統이라도 좋다"라고 할 때 우리가 놓칠 수 없는 것은 "아무리"의 강조와 "이라도"의 양보적 어절이 결합되어 "더러운 傳統"을 긍정하는 화자의 부정적 강조어법이다.

좀더 눈여겨 살펴보면 이 시의 진행은 다음과 같이 논리적인 과정을 거치고 있다.

(1) 나는 광화문 네거리에서 시구문 진창을 연상한다.
(2) 埋立한 개울에서 양잿물 솥에서 빨래하던 시절을 생각한다.
(3) 이 우울한 시대를 패러다이스처럼 생각한다.

결과적으로 (1)과 (2)의 연상을 통해 (3)의 긍정에 도달했다는 것이다. (3)의 상황은 비숍 여사를 매개로 다시 더 깊게 전개된다. "傳統은 아무리 더러운 傳統이라도 좋다"는 뻗어나가 "歷史는 아무리 더러운 歷史라도 좋다"로 변주된다. 이 과정에서 산문적 논리는 다음과 같은 사항을 매개로 시적 상상력이 확장된다.

(4) 썩어빠진 대한민국이 괴롭지 않고 황송하다.
(5) 역사는 아무리 더러운 歷史라도 좋다.
(6) 진창은 아무리 더러운 진창이라도 좋다.
(7) 쩽쩽 울리는 追憶이 있으므로 人間은 영원하고 사랑도 그렇다.

아마도 화자가 진정으로 말하고 싶은 것은 (7)이었을 것이다. 추억과 인간에 대한 사랑을 통해 역사가 영원하다고 확신하는 긍정적 세계관의 획득은 4·19의 실패 이후 부정적·회의적 세계관에 젖어 있던 그로서는 놀라울 만큼 긍정적·낙관적 세계관으로의 전환이라고 할 수 있을 것이다.

여기서 우리가 간과해서는 안 될 것은 (5)와 (6)에서 '역사/진창'의 변증법이다. 그는 4·19의 정치적 혼란과 관리들의 무능과 부패에서 역사의 진창을 체험했을 것이며, 이에 대해 깊이 절망했을 것이다. 그런 그가 비숍 여사의 『한국과 그 이웃 나라들』을 읽으면서 불과 70여 년 전의 한국의 상황을 리얼하게 목격하였을 것이며, 역사의 진창보다는 그 진창 속에 사는 인간들의 삶과 그들에 대한 사랑을 느꼈을 것이다.

19세기 말의 인간들의 삶이나 20세기 중반의 인간들의 삶에서 어떤 동질성의 발견과 더불어 그들의 삶의 영원성에 대한 인식은 "더러운 傳統" "더러운 歷史" "더러운 진창"이라는 약간 반어적 어법을 통해 참다운 역사 그리고 참다운 사랑에의 눈뜸을 가능케 했다는 것이다.

그리고 여기서 또 간과할 수 없는 것은 역사, 추억, 인간에 대한 사랑이 서로 분리된 것이 아니라는 점이다. 추억과 역사를 분리시키거나 대립시켜버리면 인간의 사랑이 자리잡을 여지가 없어진다. "더러운 歷史"와 "쨍쨍 울리는 追憶"은 동시에 공존하는 것이다. 물론 우리는 다음과 같이 역사와 추억을 대립적으로 이해할 수 있다.

그러면 추억은 무엇이고 역사는 무엇인가. 추억이 약하고 작은 거라면 역사는 강하고 큰 것이다. 역사가 개인들과 그들의 추억의 희생을 요구하는 것이라면 추억은 개인들과 그들의 삶을 영속화시킨다. 역사의 모든 주역들이 그렇듯이 역사가 과거를 거울로 삼지 않는 것이라면 추억은 그것 자체가 과거의 거울이며 거울도 마술의 거울이다. 역사가 현실이라면 추억은 꿈이다. 역사가 더러운 것이라면 추억은 정결한 것이며, 역사가 무거운 것이라면 추억은 가벼운 것이다. 역사는 늙지만 추억은 늙지 않으며 역사가 공동묘지라면 추억은 그 묘지에 피어나는 유장한 꽃이다. 역사가 죽음이라면 추억은 삶이며, 역사가 결핍이라면 추억은 충족이다. 꿈꾸는 추억은 가난한 법이 없기 때문이다.
　　—정현종, 「시와 행동, 추억과 역사」, 『숨과 꿈』, 문학과지성사, 1982,
116쪽

　일반적 논리에서 보자면 위의 진술은 타당하다. '역사가 현실이라면
추억은 꿈이다' 라는 명제 또한 시적 상상이란 측면에서 설득력을 갖는
다. 역사의 더러움과 추억의 정결함을 부인할 의사는 없다. 그럼에도
"쨍쨍 울리는 追憶"의 부식토로서 "더러운 진창"이나 "더러운 歷史"는
추억과 불가분의 관계를 갖는다. 김수영이 "썩어빠진 대한민국이/괴롭
지 않다 오히려 황송하다"고 당당하게 선언한 것은 바로 '더러움' 에
대한 인식이 부정의 부정으로서 긍정으로 전환되었기 때문이다.
　(1)과 (2)를 매개로 하여 (3)이 긍정되고, (3)을 매개로 (4)가 인식
되며 (4)의 부연이라고 할 수 있는 (5)와 (6)이 매개되어 (7)의 추억과
사랑이 발전적으로 긍정되는 것이 전체적인 논리구도인 것이다. (7)의
긍정을 위해서 (5)와 (6)의 부연이 필수적인데, 이는 (4)의 현실 진단
을 자연스럽게 전개시켜 (7)의 마무리를 의식했기 때문이다. 이를 한
문장으로 표현하면 "역사는 더러운 진창이다"라고 요약될 것이다. 그
러나 더럽기만 한 것이 아니라 그 더러움과 더불어 그 더러움을 쨍쨍
울리는 추억이 있으므로, 더러운 역사는 인간의 사랑으로 영원하다는
것이다. 그것은 '더러움' 이 영원하다는 것이 아니라 더러운 역사에서
인간에 대한 '사랑' 이 영원하다는 뜻이다.
　1894년에는 서울에서 한강 상류를 거쳐 금상산, 원산, 봉천 등의 동
북노선을, 1895년에는 다시 서울에서 파주, 개성, 평양 등 서북노선을
여행한 비숍 여사는 아주 세밀하고 정확하게 한국의 지리 역사 풍물을
그려내고 있는데, 처음 한국을 여행할 당시에는 많은 것들이 더럽고
기이하고 혐오감을 불러일으켰으나 두번째 여행부터 이 이상한 나라
의 풍속과 자연과 인간에 대해 깊은 애정을 갖게 되었다는 사실을 우
리는 눈여겨볼 필요가 있다.

　　나는 서울을 밤낮으로 조사하면서 그 왕궁과 빈민가를, 빛바래가는 왕조의 광휘와 필설로 형용할 수 없이 궁핍한 삶을 보았다. 나는 또 목적없이 빈둥거리는 군중들과 그들의 중세적인 행렬을 보았다. 나는 서울의 군중들에서 오랑캐의 문화를 받아들이지 않으려는 완강한 행렬, 이제 막 태동하고 있는 중세를 해체시키려는 세력들의 면전에 좁은 길을 가득 메우고, 그들의 예법과 관습과 중세적인 군주국의 수도로서의 정체성을 지키려는 안타까운 몸부림을 하고 있는 행렬을 본 것이다. 고백하건대 나는 그 행렬의 진가를 깨닫기까지 1년이 걸렸다. 그리고 인구 25만으로 추정되는 이 서울이라는 도시가 세계에서도 가장 규모가 큰 수도들 가운데 하나이며 이만큼 좋은 입지 조건을 가진 수도는 어디에도 없을 것이라는 사실을 알게 되었다.
　　　　　　　　　　　　—E. B. 비숍, 『한국과 그 이웃 나라들』, 49쪽.

　　처음 보았던 빈민가의 더럽고 궁핍한 삶과 믿을 수 없는 한국인들에 대한 그의 부정적 시각은 1년 후 두번째 여행을 통해 더 깊게 사람을 사귀고, 한국을 여행하면서 그들 특유의 독특성과 문화적 전통에 대해 새롭게 인식하게 되었다는 사실을 위의 인용문은 보여주고 있다. 우리가 영국의 풍속이나 문화에 대해 쉽게 이해할 수 없는 것처럼 비숍 여사 또한 한국에 대해 쉽게 접근하기 어려웠을 것이다. 두 번에 걸친 2년여의 답사와 사람들과의 만남은 그로 하여금 문화적 충격과 그 이질감을 극복하는 데 좋은 계기가 되었을 것이다.
　　한국에 대한 비숍 여사의 인식이 부정적인 것에서 긍정적으로 바뀌었듯이 그의 『한국과 그 이웃 나라들』을 읽은 김수영 또한 4·19혁명 후의 혼란에 절망하던 인식을 뒤바꾸어 한국적 현실과 한국인들을 긍정적으로 받아들이는 계기를 갖게 되었던 것이었다.
　　「거대한 뿌리」의 제3연에서 '역사/진창'의 변증법이 '추억/인간/사랑'의 변증법으로 승화된 것이 바로 그 실례이다.

　　물론 이러한 긍정에도 불구하고, 더러운 역사와 부정적 현실에 대한 김수영의 분노는 쉽게 진정되지 않는다. 왜곡된 역사도 쉽게 교정되지 않는다. 바로 다음 연에서 직설적 비속어가 거칠게 토로되는 것은 그와 같은 이유에서이다.

　　　비숍 女史와 연애를 하고 있는 동안에는 進步主義者와
　　　社會主義者는 네에미 씹이다 統一도 中立도 개좆이다
　　　隱密도 深奧도 學究도 體面도 因習도 治安局
　　　으로 가라 東洋拓植會社, 日本領事館, 大韓民國官吏,
　　　아이스크림은 미국놈 좆대강이나 빨아라 그러나
　　　요강, 망건, 장죽, 種苗商, 장전, 구리개 약방, 신전,
　　　피혁점, 곰보, 애꾸, 애 못 낳는 여자, 無識쟁이,
　　　이 모든 無數한 反動이 좋다
　　　이 땅에 발을 붙이기 위해서는
　　　─第三人道橋의 물 속에 박은 鐵筋 기둥도 내가 내 땅에
　　　박는 거대한 뿌리에 비하면 좀벌레의 솜털
　　　내가 내 땅에 박는 거대한 뿌리에 비하면

　　　怪奇映畵의 맘모스를 연상시키는
　　　까치도 까마귀도 응접을 못 하는 시꺼먼 가지를 가진
　　　나도 감히 想像을 못 하는 거대한 거대한 뿌리에 비하면……
　　　　　　　　　　　　　　─「거대한 뿌리」 마지막 제5~6연

　　위의 인용에는 4·19 직후의 좌우익 논쟁과 온갖 통일에 대한 논의가 뒤섞여 있다. 그리고 식민지 시대 이후의 일본의 교활한 술책과 4·19 이후 미국에 대한 실망감도 비속하게 표현되며, 치안국이나 대한민국 관리들에 대한 혐오감도 강하게 드러나 있다.
　　그러나 이 야만적 권력자들과 대비되어 '요강, 망건,…… 곰보, 애꾸,

무식쟁이' 등 역사의 주변에 소외된 존재들에 대해서는 깊은 연민을 느끼며 이로 인한 반동이 힘을 얻어 이 땅에 뿌리박고 산다는 것이 무엇인지를 강력하게 제시하고 있다.

스스로 발딛고 있는 땅에 뿌리내리게 하는 것은 일본이나 미국과 같은 강대국도 아니고 좌우익의 이데올로기도 아니며, 치안국이나 대한민국 관리도 아니고 그들에게는 버려지고 소외되었을지라도 또 그들에게는 반동적일지라도 무수한 민초들의 삶이라는 사실을 힘주어 말하고 있는 것이다. 특히 마지막에 제시된 "나도 감히 想像을 못 하는 거대한 거대한 뿌리"는 바로 그가 민중의 역사 또는 민초들의 삶이 바탕이 되는 거대한 역사의 흐름을 자각했다는 뜻이기도 하다.

우리는 비숍 여사의 『한국과 그 이웃 나라들』에서 한국사에 있어서 19세기와 20세기 사이의 거대한 단절과 소용돌이를 본다. 그러나 더 깊게 보자면 이 단절의 소용돌이 속에서 우리는 이 땅에 발붙이고 살고 있는 모든 민초들의 그리고 이 땅에 뿌리내리고 있는 그들의 삶이 그 누구도 그 무엇으로도 꺾을 수 없을 만큼 거대한 힘을 갖고 있는가를 느낄 수 있을 것이다.

역사란 탐관오리나 일부 지배계층의 농간에 의해 좌지우지되는 것이 아니다. 강대국의 압력이나 억압도 일시적인 것이다. 더 깊게 뿌리내린 민초들의 삶이 역사의 원천이며 바로 그 점에서 그들에 대한 사랑은 영원한 것이다. 「그 방을 생각하며」에서 말한 것처럼 혁명은 실패하고 방만 바꾸어버린 그가 '역사의 가벼움'을 인식한 것이나, 「거대한 뿌리」에서 '더러운 역사'를 인식한 것 등은 관념적으로 역사의 일직선적 전개를 희망하던 그로서는 놀랄 만한 역사 인식의 일대 전진이라고 할 수 있을 것이다.

4·19 직후 김병욱에게 보낸 편지 「저 하늘이 열릴 때」에서 그가 "하늘과 땅 사이가 온통 '자유독립' 그것뿐입디다. 헐벗고 굶주린 사람들이 그처럼 아름다워 보일 수가 있습디까!"라고 순정적으로 고백했다면, 그는 그 이후의 좌절과 비애를 거쳐 「거대한 뿌리」에 이르러 비로

소 '쩡쩡 울리는 추억'을 통해 더러운 역사에 동력을 부여하는 반동의
역사로서의 민초들의 삶의 밑바탕에 도달한 것이다.

반동의 역사가 없다면 역사는 온통 더러움뿐일 것이다. 반동의 역사
는 더러움을 더러움이게 하고, 역사를 역사이게 한다. 역사를 역사이게
함으로써 더러움과 인간에 대한 사랑을 하나로 만든다. 무수한 반동들
의 힘으로 그의 이 땅에 뿌리내리기는 심화되고 철근 기둥도 좀벌레의
솜털에 지나지 않는 것으로 전락한다.

우리는 여기서 김수영이 더러움과 더불어 역사를 역사로서 보았다
는 것은 무엇을 뜻하는 것일까를 음미해볼 필요가 있다.

우리가 어떤 歷史家를 客觀的이라고 할 때에는 여기에는 두 가지의
의미가 있다고 생각됩니다. 우선 그것은 그 歷史家가 자신의 社會的 歷
史的 위치에서 오는 제한된 시야를 넘어설 능력이 있다는 것을 의미합
니다. —이러한 능력은 지난 講演에서도 말씀드린 바와 같이 그 일부는
자기가 어느 정도까지 그러한 위치에 말려들어가 있는가를 인식할 수
있는 능력 즉 말하자면 완전한 客觀性이란 있을 수 없다는 사실을 인식
할 수 있는 능력에서 그 眼目이 전적으로 目前의 자기 위치에만 국한되
어 있는 歷史家들보다는 過去에 대한 더욱 깊고 더욱 永續的인 통찰력
을 가질 수 있다는 것을 의미합니다. 오늘날 '완전한 歷史'가 가능하리
라고 展望한 액튼의 自信에 雷同할 歷史家는 아무도 없을 것입니다. 그
러나 史家들 가운데서도 일부 사람들은 딴사람들보다도 永續性이 있는
그리고 보다 많은 完全性과 客觀性을 지닌 歷史를 쓰고 있는 것입니다.
이런 사람들은 과거와 미래에 대한 長期的 視力이라고나 할 수 있는 것
을 지닌 사람들입니다. 과거를 취급하는 歷史家들도 未來에 대한 이해에
접근해야만 비로소 客觀性에 接近할 수 있는 것입니다.
　　—E. H. 카, 『역사란 무엇인가』, 길현모 옮김, 탐구당, 1964, 162쪽

어떤 역사가를 객관적이라고 하면서, 이 글에서 내세우고 있는 '역

244

사가'를 우리는 '시인'으로 대치시켜도 하등의 무리를 느끼지 않는다. 김수영이 60년대 다른 어느 시인보다도 동시대를 객관적으로 보았다는 점에 대해서는 이미 많은 비평가들이 공감해온 것이기 때문이다.

눈앞의 현실에만 매달리는 것이 아니라 과거에 대해 더 깊고 영속적인 통찰력을 보여준다는 점에서 김수영의 「거대한 뿌리」는 기념비적이다. "과거와 미래에 대한 장기적 시력"을 가지고 "완전성과 객관성을 지닌 歷史"를 투시하는 것이야말로 시인으로서 '거대한 뿌리'를 인식한 김수영의 독자적 객관성인 것이다.

비숍 여사가 『한국과 그 이웃 나라들』에서 적나라하게 그려내고 있는 19세기 말 한국의 현실과 그가 직접 체험한 4·19 직후의 혼란과 무질서와의 대비에서 그는 보다 객관적이며 장기적인 시각으로 인간과 사랑에 의한 역사의 영속성을 확신했던 것이다.

괴기스럽다 할 만큼 거대한 뿌리를 인식했다고 해서 역사가 더럽지 않은 것은 아니다. 그러므로 더러운 역사가 좋다고 말했다고 하더라도 그는 더러운 역사에 절망하고, 그 절망을 통해 최소한의 자기 긍정을 열려는 시적 노력을 계속한다. 거대한 뿌리가 괴기스럽다는 것은 어떤 의미에서 그것이 아직 역사의 전면에 성취되지 않았음을 뜻하는 것이기도 하기 때문이다.

> 風景이 風景을 반성하지 않는 것처럼
> 곰팡이 곰팡을 반성하지 않는 것처럼
> 여름이 여름을 반성하지 않는 것처럼
> 速度가 速度를 반성하지 않는 것처럼
> 拙劣과 수치가 그들 자신을 반성하지 않는 것처럼
> 바람은 딴 데에서 오고
> 救援은 예기치 않은 순간에 오고
> 絶望은 끝까지 그 자신을 반성하지 않는다
>
> ―「절망」 전문

「거대한 뿌리」가 씌어진 후 약 1년 6개월 뒤에도 그는 위의 시 「절망」(1965. 8. 25)에서처럼 절망으로부터 벗어나기 위해 한 오라기 바람과 같은 것에서 구원을 얻고자 한다. 그 구원은 말할 필요도 없이 절망적인 것이다. 절망의 극한에 도달한 것이므로 예기치 않은 순간에 구원이 이루어진다.

절망이 끝까지 자신을 반성하지 않을 때, 자신을 반성해버리면 그것은 절망이 아니므로 그 마지막 순간에 절망은 반전되어 예기치 않은 구원의 순간을 마련한다는 것을 김수영은 위의 시에서 말하고 있다. 뜨거운 여름 한낮의 풍경을 응시하며 씌어졌을 이 시에서 우리는 작열하는 여름 풍경이 가속화될수록 그 자체의 내적 에너지로 인해 구원의 바람이 예기치 않게 밖에서 불어올 것이라는 시적 직감을 느낄 수 있는데, 여기에서 우리는 절망의 마지막 순간까지 나아갈 때만이 그것을 반전시키는 에너지를 얻게 된다는 김수영 특유의 시법을 확인할 수 있다.

적을 적으로 삼고, 적당히 타협하지 않는다는 것은 김수영의 시적 출발점인 동시에 시적 에너지원이며, 시적 목표였다고 할 수 있다.

이렇게 마지막까지 용서하지 않고 자신을 몰아갈 때, 그가 마주치게 되는 것은 적당히 타협하고 물러서고 싶은 나약한 자신에 대한 질책이다.

모래야 나는 얼마큼 적으냐
바람아 먼지야 풀아 나는 얼마큼 적으냐
정말 얼마큼 적으냐……
—「어느 날 고궁을 나오며」 마지막 제7연

작은 것에만 분개하고 왕궁의 음탕이나 월남전 파병을 반대하지 못한 자아는 얼마나 작고 초라한 것인가. 조금쯤 절정에 비켜서 있는 자신에 대해 그리고 조금쯤 옹졸하고 비겁한 자신을 질책하는 위의 시들은 모래나 먼지 하나에까지 투철하려는 김수영적 개성을 드러내는 데 부족함이 없다. 적다고 말하는 것은 그만큼 거대하고 싶지만 그렇지 못한 자신의 비겁함과 옹졸함에 대한 자기 반성의 표현일 것이다.

　이렇게 극소화될 때 그는 다른 한편으로 그가 부정적 시각으로 바라보던 한국문학사에서 선배 문인들의 자기 희생의 헌신에 감격하는 기쁨을 발견하게 된다.

우리는 여지껏 희생하지 않는 오늘의 문학자들에 관해서
너무나 많이 고민해왔다
金東仁, 朴勝喜 같은 이들처럼 私財를 털어놓고
文化에 헌신하지 않았다
金裕貞처럼 그 밖의 위대한 선배들처럼 거지 짓을 하면서
소설에 골몰한 사람도 없다……

그러나 덤삥 出版社의 二十원짜리나 二十원 이하의 고료를 받고 일하는
十四원이나 十三원이나 十二원짜리 번역일을 하는
불쌍한 나나 내 부근의 친구들을 생각할 때
이 죽은 순교자들을 어떻게 생각해야 하나
우리의 주위에 너무나 많은 순교자들의 이 발견을
지금 나는 하고 있다.

나는 광휘에 찬 新現代文學史의 詩를 깨알 같은 글씨로 쓰고 있다
될 수만 있으면 독자들에게 이 깨알만한 글씨보다 더
작게 써야 할 이 고초의 時期의
보다 더 작은 나의 즐거움을 피력하고 싶다

—「이 한국문학사」 제2～4연

야밤에 한국 현대문학사를 읽는다. 자기 희생을 하지 않는 오늘의 문학자들에 대해 고민하던 그는 현대문학사에서 김동인이나 김유정같이 자기를 희생하고 문학에 헌신한 선배 문인들을 확인하고 작은 발견의 기쁨을 갖는다. 지금도 싸구려 번역일을 하는 주변의 사람들이야말로 한국문학을 위해 자기 희생을 아끼지 않는 순교자들이다.

깨알만한 글씨보다 더 작게 써야 할 고초의 시기에 그보다 더 작은 글씨로 화자는 순교적 자기 희생의 문인들을 발견한 즐거움을 피력하면서, 한국문학사에 깨알 같은 글씨로 자기의 시를 적어넣는다.

『아메리카 타임 지(誌)』나 『엔카운터 지(誌)』나 『VOGUE』 등과 같은 미국 잡지에서 얻었던 서구적 지식이 아니다. "新現代文學史"란 무엇인가. 그것은 자기 희생 없는 오늘의 문학자들의 문학사가 아니라 문학에 헌신하고, 문학에 순교한 거지들의 문학사다. 오늘은 문학인들이 자기의 일을 제대로 하지 못하는 고초의 시기이지만, 그래도 이 순교자들로 인해 깨알보다 작지만, 그 발견의 기쁨으로 씌어지는 문학사이다. 깨알보다 작지만 그것은 광휘롭다. 순교자들에 대한 발견의 즐거움으로 그는 미래를 위해 신현대문학사를 쓴다. 그것은 깨알보다 작은 것이기는 하지만 "新現代文學史"는 '요강, 망건, ……곰보, 애꾸' 등과 같이 무수한 반동들의 진정한 뿌리내리기라는 점에서 가볍게 간과할 수 없는 일이다.

「거대한 뿌리」에 이어 「이 한국문학사」로 전개된 김수영의 시적 전진이 「사랑의 변주곡」(1967. 2. 15)으로 나아가고, 여기서 다시 유고시 「풀」(1968. 5. 29)로 대미를 장식했다는 것은 지금까지 우리가 확인한 시적 변증법으로 볼 때 더디고 고통스러운 것이기는 하지만 필연적인 시적 성취의 귀결이라고 하지 않을 수 없다.

거대한 뿌리가 여리고 연약한 풀로서 지칠 줄 모르는 생명력을 획득한다고 하는 것은 괴기스러움이 으깨지고 부스러져 흙으로 순화되었음을 뜻하며 거기에 깨알 같은 풀씨들이 뿌리내림으로써 한국 현대문학사에서 김수영의 시학은 흔들리지 않는 생명력을 갖게 되었다고 할 수 있다.

3. 변화에 대한 감각과 시적 진정성

김수영은 "언어와 나 사이에는 한치의 틈사리도 없"(「시작 노우트 6」)는 것에 환호한 시인이다. "언어와 나" 사이는 물론 "대상과 나" 사이에 한치의 오차도 없기를 시도하는 그의 시적 이상을 표현한 것이기도 하다.

그는 만년필 뚜껑이 닫힐 때 '찰깍' 소리가 나듯 "언어와 나"의 완전한 일치를 염원하기도 했다. 이 시적 완전주의는 서정시의 극한을 추구한다는 뜻이며, 거짓 없는 자아를 시에 투척한다는 뜻이기도 하다. 김수영의 명시 「풀」이 오늘도 살아 있다면 바로 서정적 완전주의의 한 표징으로서 생명력을 갖고 있다는 뜻일 것이다.

김수영 사후 30여 년의 시간이 지나갔다. 아마 다른 시대에 비교하자면 3백 년의 세월이 지난 것 이상의 변화가 있었다고 해도 과언이 아닐 것이다. 70년대에 일어나기 시작한 김수영의 시적 성가는 80년대 중반을 고비로 서서히 약화되고 있는 것처럼 느껴진다. 노동시에서 해체시로 이르는 과정이 80년대 초반에서 90년대 초의 상황이라면 90년대 후반의 시적 쟁점은 그 어느 곳에서도 활기를 찾을 수 없다.

오늘의 현실은 시가 생명처럼 귀중하던 시대에서 시가 무용지물이 된 가상 공간의 시대를 향해 놀라운 속도로 치달리고 있는 것이 아닌가 느껴지기도 한다. 60년대 초 E. H. 카는 『역사란 무엇인가』에서 이성의 신뢰에 대한 상실보다는 변화에 대한 감각의 둔화를 우려한 바 있다. 그러나 오늘의 한국인들은 지나치게 변화에 대한 감각만 예민하게 발달하고 있는 것이 아닌가 하는 우려가 제기될 필요가 있다. 보다 장기적인 안목에서 새로운 세기에 대한 객관적 인식의 지평을 열어야 한다는 것이다. 과거에 대한 집착보다는 미래의 변화에 대한 응전이 필요하다는 것은 누구나 동의하지 않을 수 없는 사항일 것이다. 그러나 과거와 미래가 오늘을 매개로 동시에 조망되지 않는다면 우리 모두는 기술 정보시대에 또하나의 미아가 될 것이다.

김수영이 우리에게 시사하는 것은 다음 세 가지이다. 첫째, 그의 시적 성취는 과거의 부정에 대한 부정을 통해 긍정에 도달하였다는 것이며, 그 과정은 내외의 필연적 계기들에 의해 변증법적 필연을 갖고 있으며 이로 인해 생명력을 얻고 있다는 점이다. 그에게 시는 소모적, 일회적, 찰나적 심심풀이가 아니었다. 시를 아는 것이 전부를 아는 것이라 믿었던 그는 온몸을 투척하여 시의 길을 걸어나갔으며 그의 시가 주는 감동은 거짓 없는 진정성으로부터 온다는 것이다. 이는 가상 공간에서의 시뮬레이션에 빠져 있는 오늘의 시인들과 독자들이 돌이켜 보아야 할 점이다.

둘째, 그의 시들은 인간에 대한 사랑과 신뢰로부터 시작되고 그것에 의해 완성된다는 점이다. 김수영은 산문 「낙타 과음(駱駝過飮)」에서 "사람에게 환멸과 절망을 느낄수록 사람이 더 그리워지고 끊임없는 열렬한 애정이 솟아오르기만 하는 것이 이상하다"고 말한 적이 있다. 「거대한 뿌리」에서 그가 "진창은 아무리 더러운 진창이라도 좋다"라고 말할 수 있었던 것도 결국은 "쩽쩽 울리는 追憶이 / 있는 한 人間은 영원하고 사랑도 그렇다"고 말하기 위함이었다.

인간에 대한 사랑이 없다면, 그의 모든 시쓰기는 불가능하였을 것이고 그의 시들은 도로에 불과한 것이 되었을 것이다. 과학기술 중심의 사회에서 인간의 가치나 존엄성은 폄하된다. 생명체의 기술적 복제가 가능한 오늘날 인간의 존재 가치가 부정된다면, 과연 인간들은 그 무엇을 위해 존재할 것인가. 김수영의 시적 완전주의의 지향은 도덕적 인간주의를 바탕으로 하고 있다. 그에게 있어서 시적 성취는 인간적 성취에 다름아니다. 김수영이 자유에 대해 유달리 집착했던 것은 그 일부가 60년대적 사회 현실의 반영이기도 하지만, 근원적으로는 인간적 자기 완성을 위해 억압과 속박을 떨쳐버리자는 것이었다고 생각된다. 컴퓨터 만능의 시대가 오더라도 그 컴퓨터를 다루는 것은 인간이며, 이 인간의 주체적 자기 정립이라는 점에서 김수영의 시가 보여주는 인간적 자기 완성을 위한 시학은 깊이 음미될 필요가 있다.

셋째, 문학사적으로 보자면, 1930년대 이상(李箱)의 초현실적 불가해한 모더니즘 시가 50년대의 과도기적 단계를 거쳐 60년대 김수영에 이르러서는 명쾌한 논리적 정당성을 민중적 의식 속에 뿌리내린 참여시로 진일보했다고 말할 수 있을 것이다. 김수영의 시는 70~80년대를 거치면서 깊고 멀리 퍼져나갔으며, 참여시에서 민중시로 나아가는 결정적 토대를 마련하였다. 이는 4·19혁명의 사회적 충격에 대한 시적 대응이라는 점에서 문학사적 의의를 갖는다.

오늘날 김수영의 문학적 의의를 부산스럽게 과장할 필요는 없다. 그러나 사심없는 눈으로 세상을 바라보고, 불의에 분노하고 이를 바로잡으려 했던 그의 모든 시적 노력은 우리 문학의 풍요로움을 위한 귀중한 자산이라고 하지 않을 수 없다. 과거가 없는 민족에게는 미래가 없다. 과거의 부정적 악습을 비판하고 저항하면서 무수한 반동들을 통해 획득된 거대한 전통에의 뿌리내리기는 누구도 쉽게 성취할 수 없는 새로운 전통의 창조라는 점에서 그의 문학적 의의는 쉽게 간과될 수 없을 것이다.

변화에 대한 감각이 빠르고 예민해질수록 말초적 신경에 자극받을 것이 아니라 거대한 뿌리에의 자각을 심화시킬 때 참다운 의미에서 변화를 주도하는 능동적 주체자가 될 수 있다는 사실을 김수영이 일깨워 준다는 점을 우리는 결코 망각해서는 안 될 것이다.

(『문학과의식』 1998년 여름호)

김수영의 「풀」과 서러움의 변증법

1. 서론

시가 씌어지는 것은 시인 자신의 내적 동기와 이를 촉발시키는 외적 계기에 의해 이루어진다. 내적 동기와 외적 계기가 접촉하는 순간 시인의 영감은 하나의 작품으로 결정되는 것이다.

물론 독자가 접하는 것은 언제나 발화의 순간이 남기고 간 하나의 언어의 흔적일 뿐이다. 이 흔적을 통해서만 우리는 그 작품을 촉발시켰던 영감의 순간을, 아니 시인이 경험하고 표현하려고 했던 삶의 고뇌와 그 깊이를 파악할 수 있는 것이다. 작품을 해석한다는 것은 한 인간을 이해한다는 것이요 삶의 환희와 좌절을 경험한다는 것이며, 시인의 모국어 체험에 용해되어 있는 그 민족의 역사와 문화를 이해한다는 것이다.

한두 편의 시 그 자체를 이해하기 어려울 경우에도 한 시인의 전 작품을 통해서, 그리고 동시대 다른 시인들과의 대비를 거쳐서 그 전모를 파악할 수 있을 것이다.

우리 현대시사에서 김수영만큼 자주 언급된 시인은 많지 않다. 또 그의 많은 작품 중에서도 특히 대표작으로 거론되는 「풀」에 대해서만큼 여러 사람들에게 관심의 표적이 된 예는 아주 드물다고 하지 않을 수 없다.

이 글에서는 기존의 수많은 해석이 가해졌음에도 불구하고, 「풀」에는 아직도 좀더 깊이 해석해야 할 쟁점이 있다고 생각하여, 다음 몇 가지 시각을 제시해보고자 한다.

2. 「풀」을 해석하는 세 가지 시각

1968년 김수영은 「반시론」을 쓰고 「시여, 침을 뱉어라」를 발표한다. 이 시론들은 그의 시적 전진을 한 단계 드높이는 동시에 타성적인 한국 시단에 경종을 울리는 중요한 돌파구가 된다. 이어령과의 '불온성 논쟁'으로 더욱 적극적인 무게가 실린 이 글들을 통해 우리는 그가 엘리엇이나 하이데거 등의 시론을 숙독하며 혈투하듯 한국시의 새로운 돌파구를 찾고 있었음을 알게 된다.

그러나 논리의 차원에서가 아닌, 나름대로 새로운 시적 극복을 입증하는 작품을 통해 그 성취를 보여주는 시가 유고작 「풀」(1968. 5. 29)이다.

풀이 눕는다
비를 몰아오는 동풍에 나부껴
풀은 눕고
드디어 울었다
날이 흐려서 더 울다가

　　　다시 누웠다

　　　풀이 눕는다
　　　바람보다도 더 빨리 눕는다
　　　바람보다도 더 빨리 울고
　　　바람보다 먼저 일어난다

　　　날이 흐리고 풀이 눕는다
　　　발목까지
　　　발밑까지 눕는다
　　　바람보다 늦게 누워도
　　　바람보다 먼저 일어나고
　　　바람보다 늦게 울어도
　　　바람보다 먼저 웃는다
　　　날이 흐리고 풀뿌리가 눕는다

—「풀」 전문

　이 작품의 성가는 되풀이 말할 필요가 없을 정도이다. 그러나 이 작품의 명성이 유고작이기 때문에 얻어진 것은 아니다. 비극적 죽음이 시적 울림의 배경음을 만들어주는 것은 틀림없지만, 김수영이 시인으로서 자신을 투척한 이래 방황과 충돌, 그리고 환희와 좌절을 경험하면서도 끝내 굴하지 않는 시적 성취를 집약하고 있다는 점에서 이 시의 문학적 가치가 설정된다.

　이 시에서 크게 주목되는 것은 다음 세 가지이다.

　첫째는 반복의 운동성이 불러일으키는 생명감이다. 그것은 동일한 시어의 반복을 통해 말의 역동성이 살아나고 주술적 마력까지 발휘하여 '눕고/일어서는' 풀에 생명력을 불어넣고 있다는 것을 말한다. 김수영이 「시여, 침을 뱉어라」에서 지적한 대로 이것은 시의 "노래의 유

254

보성, 즉 예술성"의 "무의식적이고 隱性的" 측면으로 시적 언어의 "은폐"가 드러난 예이다. 김수영이 하이데거의 「릴케론」에서 배운 것은 무엇일까. 그가 「반시론」에 인용하고 있는 「올페우스에게 바치는 송가·제3장」에서 두드러지는 것은 다음 부분이다.

> 젊은이들이여, 그것은 뜨거운 첫사랑을 하면서 그대의 다문 입에
> 정열적인 목소리가 복받쳐오를 때가 아니다. 배워라.
>
> 그대의 격한 노래를 잊어버리는 법을. 그것은 아무짝에도 소용없는
> 것이다.

이 구절에서 김수영이 깊이 음미하였을 부분은 시의 예술적 본질이 '노래' 라는 것이었으리라. 세계의 '개진' 이 아니라 '은폐' 란, 시의 본질적 속성이라 해도 과언이 아니다. 그러나 현실의 복잡한 얼크러짐으로 인해 김수영에게는 노래를 부를 만한 여유와 시간이 허락되어 있지 않았다. 그가 초기에 추종하던 초현실주의나 모더니즘의 기법들 또한 시의 노래적 특성을 강조한 것은 아니었을 뿐더러 그의 기질 또한 직정적이어서 현실에서의 체험을 노래로 여과시킬 수 없었던 것이다. 노래보다는 속도감이 그의 취향에 더 잘 맞았던 것 같고, 이 속도감이야말로 날쌔게 자기 변신을 거듭해야 하는 그가 갖고 있는 현대적 속성에 더 적절한 것이었을 것이다. 그러나 「풀」에 이르러 그는 단순한 반복이나 속도감을 넘어서서 말의 생략과 여운까지 고려한 시적 행간의 배치를 구사한다. 반복을 통해 속도감을 획득하고 거기에서 파생되는 시적 동력이 풀에 생명력을 불어넣는 단계까지 나아갔다고 할 것이다. 연약하게 나부끼는 풀에서 굽히지 않는 풀의 동적 시학이 성립된다는 것이다.

두번째로 「풀」에 나타나는 독특한 '웃음의 미학' 이다. 마지막 제3연에서 볼 수 있는 '울어도/웃는다' 라는 명제는 '누워도/일어난다' 라는

명제에 그대로 대응된다. 이 시의 모든 행간에서 '눕고/울고/일어난 다'가 반복되고 있지만, '웃는다'는 마지막 행의 바로 직전에 한 번 등 장할 뿐이다. 이 시의 동력학은 실상 "바람보다 먼저 웃는다"에 집약되 는 것이라 해도 과언이 아니다. 이 웃음은 패자의 미소이면서 동시에 그 패배를 딛고 일어서는 '비애의 웃음'이다. 서러움은 김수영의 시적 출발부터 줄곧 따라다닌 하나의 강박감이었다. 이 서러움 또는 패배의 고뇌를 웃음으로 승화시키기 위해 온갖 시적·인간적 격투가 필요했 던 것이다. 풀이 바람보다 늦게 울어도, 바람보다 먼저 웃을 수 있음으 로 인해 마지막 시행 "날이 흐리고 풀뿌리가 눕는다"가 파동을 일으키 며 일어나는 풀이 될 수 있는 것이다. 눕고 울기만 하는 풀은 웃을 수 없다. 어쩌면 이것은 '눕고/일어남'을 '울고/웃음'으로 깨달은 자가 터득한 지혜의 웃음이기도 하다. 그 웃음은 피상적 관찰로 얻어진 것 이 아니다. 발목까지 발밑까지 '눕고/울고/일어났기' 때문에 과거는 물론 앞으로 닥칠 어떤 시련이나 좌절도 끝내 극복할 수 있는 힘을 얻 는다고 할 것이다. '빨리'와 '먼저'의 되풀이는 끝내 체념으로 자신을 함몰시키는 것이 아니라 운명을 거부하고 웃음을 찾은 자의 것이며, 이 '서러움에서 비애의 웃음'에 이르는 과정에 작동하고 있는 것이 바 로 김수영의 사랑의 변증법이라는 사실이다. 「적」에 대한 증오, 「풀의 영상」에서의 연약한 생명의 기류, 「사랑의 변주곡」에서의 사랑의 환희 는 「이 한국문학사」나 「거대한 뿌리」에 이어지고 풍자와 해탈을 동시 에 껴안은 「누이야 장하고나!」의 시편을 거슬러올라가는 것이다. 「중용 에 대하여」에서 그가 가면 쓴 중용을 '反動'이라고 명명할 때 그의 직 정성은 「폭포」로 이어지고, 그의 풍자성은 「병풍」을 매개로 하여 「공자 의 생활난」으로 회귀한다고 할 수 있다. 그러므로 다시 거슬러내려와 「풀」에 이르러 역동성을 얻은 웃음은 초기의 회화적 왜곡을 뛰어넘어 풍자와 해탈을 동시에 포용하는 해탈의 웃음이다.

누군가가 지금 풀밭 속에 서 있는 것이다. 그런데 그 시에서 가장 중요한 것은, 그 숨어 있는 누구이다. 서 있는 그는, 마찬가지로 서 있는 풀이 바람에 나부껴 눕고, 뿌리뽑히지 않으려고 우는 것을 본다(과거). 그때의 울음은 바람 소리와 풀의 마찰음이리라. 그 울음을 그는 그러나 웃음으로 파악한다(현재). 뿌리가 뽑히지 않기 위해서 우는 풀은, 사실은, 뿌리가 뽑히지 않았음을 즐거워하며 웃는 풀이다. 그는 이제 날이 흐리고 풀이 누워도, 웃을 수 있다. 「풀」의 비밀은 바로 이곳에 있다. 그 시의 핵심은, 바람/풀의 명사적 대립이나, 눕는다/일어선다, 운다/웃는 다의 동사적 대립에 있는 것이 아니라, 풀의 눕고 울음을 풀의 일어남과 웃음으로 인식하고, 날이 흐리고 풀이 누워도 울지 않을 수 있게 된, 풀밭에 서 있는 사람의 체험이다.

—김현, 「웃음의 체험」

「풀」에 나타난 웃음의 미학에 대한 위와 같은 해석은 재고의 여지가 많다. 특히 '뿌리가 뽑히지 않았음을 즐거워하며 웃는 풀이다' 라는 해석은 '풀의 울음'을 깊게 고려하지 않는 경쾌한 해석의 결과이다.

세번째로 「풀」에 대해 말하고 싶은 것은 이 해탈의 웃음의 미학적 근거가 무엇인가 하는 점이다. 지금까지 거의 모든 평자들은 김수영의 혁명성, 전위성, 불온성, 참신성 등으로 그의 시를 모더니즘 시나 참여시의 테두리에서 논해왔다. 그러나 김수영의 시를 유심히 읽어본 사람은 공통적으로 확인할 수 있는 사실이지만, 김수영을 강하게 속박하고 있었던 것은 공자와 맹자로 대변되는 동양적 유가의 논리이자 시학이라는 점이다.

그가 「반시론」 서두에 "恒産이 恒心"이라고 말하거나, 「생활의 극복」에서 "슬퍼하되 상처를 입지 말고, 즐거워하되 음탕에 흐르지 말라(哀而不傷 樂而不淫―『논어』 제3장 「팔유(八佾)」)"는 공자의 경구를 떠올리는 것은 단편적이기는 하지만 그냥 지나칠 수 없는 부분이다. 특히 「풀」에서 제시된 시적 이미지의 기본적 설정이 『논어』와 『맹자』에 되풀이 나온다는 것은 결코 심상한 일이 아니다.

도둑에 시달리던 계강자(季康子)가 공자에게 정치에 관해 물었을 때 공자는 다음과 같이 대답했다.

선생께서 정치를 하실 것이지 죽이는 일을 해서 무엇하시렵니까? 선생께서 善한 일을 원하신다면 백성들은 善해집니다. 君子의 德은 바람이라 하겠고, 小人의 덕은 풀이라 하겠습니다. 풀은 위로 바람이 지나가면 반드시 눕습니다.

子爲政, 焉用殺. 子慾善, 而民善矣. 君子之德風, 小人之德草, 草上之風必偃.

—『논어』 제12장 「안연(顔淵)」

이와 같이 공자가 말한 바람과 풀의 비유는 다시 『맹자』의 제5장 「등문공(滕文公)」에서도 인용된다. 공자는 치자의 덕을 강조하여 바람과 풀에 비유하여 선정을 베풀라고 권하고 있는데, 김수영의 「풀」에서는 바람이 아니라 풀에 강조점이 주어지고, 풀의 속성 중에서도 '일어나는 풀'의 역동성에 초점이 맞추어져 있다.

그러나 이 '눕고/일어나는' 상관성을 벗어버릴 수 없으므로 '울고/웃음'이 연상된다. 바로 이 점에서 전통적인 공맹의 사상과 논리에서 한 걸음 나아간 참여시의 상징으로서 「풀」이 탄생한 것이다. 강자와 치자가 덕을 베풀지 않음으로 인해 성립된 반전통의 시학인 것이다. 이것이 전통을 파괴하고 부정한 시인만이 도달할 수 있는 새로운 전통의 창조이다. 전통의 부정이란 깊이 생각해보면, 더 깊은 전통에 자리잡고자 하는 파괴적 생성의 논리라고 할 것이다.

당시로서는 다른 어느 누구보다 김수영이 서구 문학의 세례를 깊이 받았고 본인 자신도 그것을 도처에서 강조하고 있다고 하더라도, 그의 시적 의식의 더 깊은 심층에는 유년 시절부터 그의 삶의 저변을 지배해온 유가적 생활철학이 강력하게 자리잡고 있었다고 여겨지며, 이런 점에서 「풀」을 통해 자신의 시적 역정의 대미를 장식했다는 것은 매우 시사적이라고 하지 않을 수 없다. 돌이켜보면 그의 시적 창작의 에너지는 거짓을 부정하는 인간의 진실이었으며, 지식인으로서 인간의 양심이었는데, 이 모두는 유가철학에서 말하는 인간의 '본연지성(本然之性)'에서 우러나온 것들이다.

> 나는 미숙한 것을 탓하지 않는다. 또한 환상시도 좋고 抽象詩도 좋고 환상적 시론도 좋고 技術詩論도 좋다. 몇 번이고 말하는 것이지만 기술의 우열이나 경향 여하가 문제가 아니라 시인의 양심이 문제다. 시의 기술은 양심을 통한 기술인데 작금의 시나 시론에는 양심은 보이지 않고 기술만이 보인다. 아니 그들은 양심이 없는 기술만을 구사하는 시를 主知的이고 현대적인 시라고 생각하고 있는 모양이다.
>
> —「'난해'의 장막」

기술이 아니라 양심이 문제라고 했을 때 그는 인간으로서 시인의 진실을 강조했던 것이다. 김수영의 양심을 서구의 지식인이나 퓨리턴의 전매특허로 이해하는 것은 첨단으로 나아가려던 그가 쏟아내는 서구적 지식의 표층을 말하는 것일 뿐이다. 그 심층에는 유가의 인간적 도덕률이 생활철학으로 깊이 배어 있다는 사실을 결코 간과할 수 없다는 것이다. 그의 시적 분노와 질타 속에는 서구 지식인들의 항의와 비판의 목소리가 담겨 있기도 하지만 어디까지나 그 기반으로서 유가적 지사의 목소리를 배제시킬 수 없다는 것이다.

3. 새로운 전통과 '온몸'의 시학

김수영이 시종일관 지속적으로 추구한 것은 '새로움'의 시학이었다. 현실의 부정과 부패와 타협할 수 없다는 강직성은 그 자신이 유가적 전통 속에 있다고 하더라도 그로 하여금 서구적 지식의 첨단에 나서게 하였으며, 이것이 오히려 그로 하여금 새로운 전통을 수립하게 만드는 원동력이 되었다는 것이다. 무엇보다 그가 고루한 유가의 틀을 부수고 새롭게 자신을 일신시킨 것은 다음과 같은 혁명적 진취성이 있었기 때문이다.

시를 쓴다는 것이 무엇인지를 알면 다음 시를 못 쓰게 된다. 다음 시를 쓰기 위해서는 여직까지의 시에 대한 思辨을 모조리 파산을 시켜야 한다. 혹은 파산을 시켰다고 생각해야 한다. 말을 바꾸어 하자면, 詩作은 '머리'로 하는 것이 아니고, '심장'으로 하는 것도 아니고, '몸'으로 하는 것이다. '온몸'으로 밀고 나가는 것이다. 정확하게 말하자면, 온몸으로 동시에 밀고 나가는 것이다.

—「시여, 침을 뱉어라」

기존의 사변을 모조리 파산시켰을 때 새로운 전통이 탄생된다. 머리도 아니고, 심장도 아니고 온몸으로 시를 쓸 때 모든 것은 민중과 하나가 된다. 이때 씌어진 시가 「풀」이다. 역설적으로 말하자면 전통에 더 철저히 근거할 때 우리는 전통을 파괴하고 새로운 전통을 확립하는 '온고이지신(溫故而知新)'의 동적 힘을 얻을 수 있는 것이다. 풀뿌리까지 흔들리는 울음이 '온몸의 시학'으로 정립되는 것은 울음을 통해 웃음을 획득하는 서러움의 미학이 동력으로 작용하기 때문이다. 눕고 쓰러진다는 풀의 운명적 자각이 끝내 웃고 일어서는 풀의 생명력으로 되살아나는 것은 그의 시가 구차한 삶의 속박들을 다 떨쳐버렸음을 입증한 것이다. 김수영의 풀의 시학이 반전통의 혁명성을 통해 새로운 전통을 수립한 당대는 물론이고 30년이 지난 오늘날까지도 쉽게 찾을 수 없는 시적 성취를 이룩했다고 말할 수 있는 이유가 바로 그것이다.

(제12차 한국시학회 발표논문, 1998. 6)

동양의 시학과 현대시
—유가철학과 김수영의 「풀」

1. 혼돈과 단절의 시대

우리들 스스로에게 간단한 질문을 던져보자.

동양의 시학은 정립되어 있는가. 아니다. 그렇지 않다. 동양의 시학이란 명제를 떠올릴 때 많은 사람들에게 상기되는 것은 서양에 의한 동양의 침략과 지배이며, 이에 대한 헤겔적 명제의 광범위한 변주에 의한 이데올로기적 지식 권력의 종속이라고 해도 과언이 아니다. '동양'이란 어휘 자체가 동양인들의 자각적 인식에 의해 촉발된 것이라기보다는 서양인들의 대타적 인식으로서의 동양이며, 그것은 지배와 침략을 위한 목표물이거나 이로 인한 피해의식을 감추기 위한 방어 기제가 작동되는 느낌을 불러일으킨다. 물론 중국은 중화주의라는 독자적 자기 인식을 통해 수천 년 동안 역사적 전통성을 지녀왔지만, 20세기에는 그 자존심의 근거가 서구 열강에 의해 와해되었을 뿐 아니라 일본에 의해 침략당하는 역사적 악몽을 경험하기도 했던 것이다.

이 글에서 말하는 동양은 한자문화권으로 포괄되는 중국, 일본, 한국 등의 동아시아를 뜻한다. 인도를 포함한 서아시아를 제외하고 볼 때도 그 문화적, 민족적, 언어적 차이를 쉽게 가늠할 수 없는 바이지만 한자와 유학으로 대변되는, 그리고 불교와 도교로 대변되는 사상적, 종교적 특색을 각 나라마다 각각의 시기에 따라 다종다기한 차별상을 드러내고 있다. 그러므로 여기서는 우리의 논의를 동양의 시학이란 거대한 명제에 막바로 돌진할 것이 아니라 그 동안 필자가 모색하고 추구해온 과정을 통해 동양의 시학에 이르는 길을 찾아보도록 하겠다.

대한민국 국민 모두가 가난하고 궁핍하던 1960년대 중반 필자가 국문학을 하겠다고 대학에 들어왔을 때, 국문학은 이제 겨우 자료 발굴과 주석 작업을 서두르는 한편, 서구 비평론을 도입하여 문학작품을 품평하기 시작한 단계였다. 전통 단절이 논의되고, 황무지에 불을 지르는 화전민적 의식이 팽배하던 시기에 주체적 독자적 문학론을 찾는다는 것은 거의 불가능한 것처럼 보였다. 조지훈의 『시의 원리』(1959)나 송욱의 『시학평전』(1963)을 읽을 수 있었던 것은 그나마 다행이었다고 해야 할 것이다.

2. 동양의 시학을 찾아서

1980년대 중반 필자는 『현대시의 정신사』(1985)라는 시론집을 발간했다. "시는 정신의 표현이며, 시의 역사는 정신의 역사이다"라는 명제를 내세운 것이다. 그것은 현대시사의 방향성을 가늠하기 위해 설정된 것이지만, "객관적 정신 속에 표현되는 민족정신"이라는 것을 강조하기 위한 것이었다. 이에 조금 앞선 1984년부터 필자는 경희대 대학원에서 신덕용, 김종회, 박덕규, 이경식 등과 함께 『헤겔 미학』 중에서 시에 대한 부분을 함께 숙독하고 있었으며, 과연 헤겔적 명제가 어떻게 시의 시학으로 정립되는가에 깊은 관심을 갖고 있었다. 3년 동안 계속된 강독 뒤에 『헤겔 시학』(1987)이 발간되었을 때 필자의 문제의식은 다음과 같은 것이었다.

　　우리들 인간의 생이 통일의 힘을 상실해버렸을 때, 그리고 대립이 생의 역동적인 상호관계와 상호교체운동을 상실해버렸을 때…… 그때에 철학이 필요한 것이다.

청년시대의 헤겔의 저작 『피히테와 셸링의 철학체계의 차이』(1801)에 씌어진 이러한 문구는 정치적 폭력이 사회의 모든 분야를 짓누르던 시기에 필자가 가지고 있던 지향점과 일치하는 바가 있었던 것이다.

그럼에도 동양의 시학이란 무엇인가. 좀처럼 실마리가 풀리지 않았다. 서구의 이론에 침잠해 들어갈수록 우리 자신의 깊은 내성에서 울려나오는 목소리를 찾을 수 없었다. 암담한 방황은 계속되었다. 작품 자체를 제대로 보자는 의식도 조금씩 진전되기는 했지만, 전체적으로 모호하고 불확실한 상황 속에서 탐색은 계속되었다.

『불확정시대의 문학』(1987)이 간행된 것은 80년대 후반이었다. 정치적 쟁점들은 뜨겁게 달아올랐지만 오히려 필자는 정지용 시를 천착한 「산수시(山水詩)와 은일(隱逸)의 정신」이란 글을 통해 겨우 동양정신의 한 맥을 잡을 수 있었다. 「정현종시와 노장적·불교적 사상」(1990)이나 「김달진과 무위자연의 시학」(1991) 등을 쓰면서 동양의 시학에 대한 관심은 불교나 도교 등으로 확대되었고, 이러한 지적 확대와 더불어 80년대 말과 90년대 초의 과도기적 격변을 함께 넘어설 수 있었다. 물론 현대시에서 동양의 사상적 종교적 특징을 논리적으로 규명한다는 것은 결코 용이한 일이 아니었다.

최루탄이 난무하는 교정을 바라보며, 거리로 뛰쳐나갈 것이 아니라 보다 심도 있는 동양학의 세계로, 특별히 동양의 시학을 집대성한 『문심조룡』의 세계로 들어가보고자 결심하지 않을 수 없었다. 중구난방의

북 장단과 꽹과리 소리에 휩쓸리지 않고 어떤 시대사의 흐름을 파악해야 한다는 사명감이 일부 작용한 것도 사실이다.

1988년 5월 어느 날 고려대학교 대학원에 재학중이던 신재기, 강응식, 정은주, 조해옥, 유지현 등과 『문심조룡』의 강독이 시작되었다. 영역본, 백화본, 일역본 등을 참고하여 난해한 본문의 문장들을 읽어가면서 몇 해의 봄과 가을이 연구실 창 밖으로 지나갔고, 다시 윤문과 교정을 거쳐 한 권의 책으로 『문심조룡』(1994)이 간행된 것은 6년 후의 일이었다. 전공자에 의한 전문 번역이 아니라 누구나 알 수 있는 현대어로 『문심조룡』을 번역하여 동양의 시학을 공부하는 이들에게 조금이라도 도움이 되게 하자는 것이 우리들의 의도였다. 물론 무엇보다 우리들 자신이 서구 비평론의 제국주의적 속박으로부터 벗어나고자 하는 것이 일차적 목적이었음은 물론이다.

남북조시대 6세기 초의 저자 유협에 의해 씌어진 글을 몇 년에 걸쳐 읽는다는 것은 어떻게 보면 시대착오적인 것으로 비쳐질 수도 있을 것이다. 그러나 아리스토텔레스의 『시학』이나 웰렉의 『문학의 이론』에 깊이 침윤된 문학도라면 당연히 이를 떨치고 새로운 길을 모색하고자 하리라 믿는다. 공자를 이상적 인물로 숭상하고 『주역』을 원용하면서 유, 불, 도를 꿰뚫어 당대까지 거의 모든 '문(文)'을 계통적으로 집대성하여 서술한 이 책에서 우리는 극작술이나 비극 일반론에 머무르고 있는 아리스토텔레스의 『시학』과 비교할 수 없는 또하나의 세계를 확인하게 된다.

『문심조룡』의 강독이 진행되는 한편에서 필자는 「서정시와 정신주의적 극복」(1990. 3), 「1990년대 시에 대한 몇 가지 단상」(1992. 9), 「정신주의와 우리 시의 창조적 지평」(1993) 등을 발표하고, 이를 『삶의 깊이와 시적 상상』(1995)으로 묶어 우리 시의 지향점이 포스트모더니즘적 해체적 허무주의에 있는 것이 아니라 생명적 정신주의적 창조적 지평이 새로운 시의 나아갈 길임을 강조했다. 그렇다고 하더라도 필자의 학문적 시적 방향성이 제대로 체계화된 것은 아니었다. 방황과 모색

그리고 침체와 회의에 자주 머무르지 않을 수 없었다.

1995년 가을 필자는 다시 와세다 대학에 가서 일본의 대시인 바쇼(芭蕉)의 세계를 탐구하면서 중국과 일본과 한국을 잇는 시학이 있다면 그것이 무엇일까에 대한 의문을 풀어보고자 노력했다. 바쇼를 통해 중국의 철학과 이백과 두보를 비롯한 당시(唐詩)에 대한 깊은 천착과 독자적인 자기 육화의 과정을 배운 것은 커다란 수확이었다. 필자는 이를 다시 한용운과 정지용에 적용하면서 궁극적으로 시의 길과 삶의 길이 하나로 통하는 것임을 깨달았다. 이들의 시에 대해 독자적인 해석과 논리를 적용한 것이 「하나의 도에 이르는 시학」(1996)이다. 짧은 기간이지만 다다미방에서 살을 파고드는 동경의 추위를 실감하며 불가의 선서(禪書)들을 읽었다. "옛 연못이여/개구리 뛰어드는/물소리"에 천지만물의 생동하는 기운을 포착한 것이 바쇼였다는 화두가 늘 떠나지 않고 살아 있는 명제가 되었던 것이 이 시기의 필자의 탐색이었다.

왜 이처럼 길다란 우회로가 필요한 것일까. 동양의 시학이란 대체 어디에 있으며, 그것이 도대체 한국 현대시와 무슨 관계가 있다는 말인가. 누구도 쉽게 답이 떠오르지 않을 것이다. 한문의 대해에 빠져보라. 동양의 경전과 태산 같은 주석서를 돌이켜보라. 동양의 시학은 누구도 단번에 답파할 수 없을 만큼 깊고 넓다. 그리고 한국 현대시에 관한 한 아직 그 어느 것도 제대로 체계화되지 않았다. 제각각 그 한 부분을 말할 수 있을 뿐이다. 모두 다 맞고 모두 다 틀리다. 필자가 그 탐색의 과정을 길게 말할 수밖에 없는 것도 그러한 비유이다. 그럼에도 여기서 끝낼 수 없다. 동양의 시학이 적용될 수 있는 그 구체적 실례를 현대시에서 찾아 우리의 성급한 갈증을 조금이라도 식혀보자. 이때 하나의 예증이 될 수 있는 것이 수많은 논쟁거리를 제공하는 김수영의 「풀」이다.

3. 「풀」과 유가의 시학

김수영의 「풀」은 죽음 이후의 김수영을 지속적으로 되살리고 있는
원동력이 되고 있는 명시이다. 김수영이 김수영일 수 있는 것은 그의
유고작 「풀」 때문이라고 해도 과언이 아니다. 모든 시인은 절정의 작품
한 편으로 살고 죽는다고 할 때 김수영의 경우, 그것이 「풀」이다. 뿐만
아니라 김수영의 「풀」을 통해서 한국의 전통 사상에 깊이 뿌리내린 유
가의 철학이 새롭게 일신된다. 현대시와 동양의 시학이 접맥되는 하나
의 단서를 여기서 찾을 수 있다.

풀이 눕는다
비를 몰아오는 동풍에 나부껴
풀은 눕고
드디어 울었다
날이 흐려서 더 울다가
다시 누웠다

풀이 눕는다
바람보다도 더 빨리 눕는다
바람보다도 더 빨리 울고
바람보다 먼저 일어난다

날이 흐리고 풀이 눕는다
발목까지
발밑까지 눕는다
바람보다 늦게 누워도
바람보다 먼저 일어나고
바람보다 늦게 울어도

바람보다 먼저 웃는다
날이 흐리고 풀뿌리가 눕는다

—「풀」 전문

이 한 편의 시에 대해서 유례가 없을 만큼 많은 평문이 씌어졌다. 필자 또한 「김수영의 문학사적 위치」(『작가연구』 1998년 5월호)에서 다음 세 가지 점에서 이 시에 대해 논했다. 첫째 반복의 운동성이 불러일으키는 생명감, 둘째 "바람보다 먼저 웃는다"에서 볼 수 있는 웃음의 미학, 셋째 해탈의 웃음의 미학의 근거로서 공맹의 유가의 시학 등이 그것이다.

필자의 논지 중에서 세번째가 주목되는 것은 그 동안 김수영의 시를 모더니즘이나 참여시의 테두리에서 혁명성, 불온성, 전위성, 참신성 등의 시각에서 거론해왔는데, 이를 정반대의 시각에서 보았다는 점이다. 물론 정재서의 『동양적인 것의 슬픔』(1996)에서 김수영의 「풀」과 『논어』의 상호 텍스트성에 대한 언급이 있었고, 이를 이어 성민엽의 「김수영의 ‘풀’과 공자의 『논어』」(1999. 5)가 있었지만, 정재서의 경우에는 시사적 암시로, 성민엽의 경우에는 직접적 상관성을 부정하는 입장에서 논지를 전개한 바 있다.

문제가 되는 부분은 『논어』에 다음과 같이 제시되어 있다.

선생께서 정치를 하실 것이지 죽이는 일을 해서 무엇하시렵니까? 선생께서 善한 일을 원하신다면 백성들은 善해집니다. 君子의 德을 바람이라 하겠고, 小人의 덕은 풀이라 하겠습니다. 풀은 위로 바람이 지나가면 반드시 눕습니다.

子爲政, 焉用殺. 子慾善, 而民善矣. 君子之德風, 小人之德草, 草上之風必偃.

—『논어』 제12장 「안연」

　도둑에 시달리던 계강자(季康子)가 공자에게 정치에 관해 물었을 때 공자는 위와 같이 답했다. 공자의 이와 같은 답은 『맹자』의 제5장 「등문공(滕文公)」편에서도 인용되는데, 이는 모두 치자의 덕을 강조하는 알레고리로 읽힌다는 점에서 동일하다.

　그러나 김수영의 풀과 공자의 풀은 서로 다르다. 공자의 풀이 바람에 눕는 풀이라면, 김수영의 풀은 눕지만 일어나는 풀이다. 왜 그러할까. 정치가 제대로 이루어지지 않기 때문이다. 군자가 덕을 제대로 베풀지 않기 때문이다. 이에 대해 필자는 다음과 같은 논지를 전개했다.

　이 눕고/일어나는 상관성을 벗어버릴 수 없으므로 울고/울음이 연상된다. 바로 이 점에서 전통적인 공맹의 사상과 논리에서 한 걸음 나아간 참여시의 상징으로서 「풀」이 탄생한 것이다. 강자와 치자가 덕을 베풀지 않음으로 인해 성립된 반전통의 시학인 것이다. 이것이야말로 전통을 파괴하고 부정한 시인만이 도달할 수 있는 새로운 전통의 창조라고 할 수 있는 것이다. 전통의 부정이란 깊이 생각해보면, 더 깊은 전통에 자리잡고자 하는 파괴적 생성의 논리라고 할 것이다.
　—「김수영의 문학사적 위치」, 『작가연구』 1998년 5월호, 37~38쪽.

　김수영이 50년대 모더니스트에서 60년대의 대표적인 참여시인으로 전향했다면, 그것은 바로 부당한 바람에 휩쓸리는 민중들의 삶에 공감했기 때문일 것이다.

　물론 여기에도 몇 가지 유보 사항이 전제된다. 우선 그 하나는 김수영이 과연 얼마나 유가의 경전들을 읽었을 것인가 하는 것이다. 김수영의 시와 산문의 도처에 출몰하는 서구적 지식의 편린으로 보거나 그가 영문학을 전공하고 영어에 능통했다는 사실 등은 우리의 시야를 가리는 차장막들이다. 이 차장막들을 제거할 때 우리는 김수영의 내면에 깊게 자리잡고 있는 의식을 제대로 볼 수 있다.

　김수영이 가장 부정하고 싶은 것은 고식화된 유가의 덕목들이며, 가장 깊이 감추고 있었던 것 또한 유가의 교육적 가르침들이었을 것이다. 많은 사람들이 그의 과격한 자기 부정으로 인해 지나쳐가고 있지만, 그가 오백 석 추수를 하는 지주 집안 출신이며 6세를 전후(1926년경)하여 서당 공부를 했다는 사실을 간과해서는 안 된다는 것이다. 명확하게 서당을 다닌 기간을 확정할 수는 없겠지만, 대략 1926년경부터 10여 년 가량 건강상의 이유 등으로 제대로 학교교육을 받지 못한 유년의 그에게 서당교육은 지대한 영향을 미쳤을 것이다. 뿐만 아니다. 1935년 선린상업학교에 들어간 것 또한 아버지의 일방적인 부권 행사에 의한 것이라고 할 때 부모에 대한 그의 부정은 폭발적인 것을 머금고 있었다고 해야 할 것이다.

　상업학교를 졸업하고 일본에 유학하지만 고정된 직업을 갖지 않고, 연극을 한다는 등 전위적 예술가로 자처하는 아들과 기울어가는 가세를 걱정하는 아버지는 서로 상대방에 대해 심한 거부감을 가지고 있었을 것이다.

　　나는 한번도 아버지의
　　수염을 바로는 보지
　　못하였다

—「이(虱)」 제4연

　1947년에 씌어진 위와 같은 시를 읽을 때 우리는 김수영과 아버지의 불화를 대번에 파악할 수 있는데, 이 부자간의 갈등이야말로 과거와 현재의 불화이며, 이상과 현실의 괴리에서 비롯된 것임을 알 수 있다. 가부장적 권위에 대한 김수영의 반발은 「이」에 2년 앞서 씌어진 「공자의 생활난」으로 나타나는데, 이는 공자에 대한 야유이자 아버지에 대한 부정이며 동시에 그 자신의 현실의 무능에 대한 반어이다.

　더욱 주목해야 할 것은 그의 초기작 「공자의 생활난」이라는 점이다. 그는 이 작품을 "사화집에 수록하기 위해서 급작스럽게 粗製濫造한 히

야까시 같은 작품"이었다고 야유적으로 거론하면서 작품 목록에서 지워버렸다고 말한 바 있지만, 이처럼 '갑작스럽게' 작품을 쓸 때 오히려 그의 본심이 그대로 노출되는 법이다.

「공자의 생활난」에는 『논어』「성인(星仁)」편에 "아침에 도를 들으면 저녁에 죽어도 좋다(朝聞道 夕死可矣)"라는 구절의 흔적이 드러나 있는데 이를 최초로 분명하게 지적한 사람은 유종호이다. 물론 유종호는 더이상 김수영과 공자와의 관계를 지적하지는 않았지만, 우리는 「공자의 생활난」에서 「풀」에 이르는 과정이 김수영의 시적 역정이라고, 거칠게 요약할 수도 있다. 성민엽 또한 위의 글에서 이러한 가정을 충분히 검토하고 있으나 역시 직접적 상관성을 논하지는 않고 있다.

현실생활을 방관하고 김수영을 마땅치 않아하던 아버지는 해방이 되던 1945년 병세가 악화되고 이때부터 어머니에 의해 생계가 유지되었으며 아버지는 1949년에 작고했다. 이때 김수영의 반응은 「아버지의 사진」(1949)에 다음과 같이 요약되어 나타난다.

> 나는 모든 사람을 避하여
> 그의 얼굴을 숨어 보는 버릇이 있소
>
> —「아버지의 사진」 마지막 제7연

사람들의 눈은 물론 처의 눈마저 피하여 아버지의 사진을 숨어서 보는 것이 김수영과 아버지의 관계이다. 아버지가 그에게 요구하였을 많은 가부장적 가르침들이 떠오르고, 또 부정되었을 것이다. 그것은 '悲慘'이란 말로 이 시에 요약되어 있는데, 과거와 현재의 갈등과 부정이 그에게 비참함을 느끼게 하였을 것이다. 이때 그는 「공자의 생활난」에서 "동무여 이제 나는 바로 보마"라고 한 약속이 얼마나 지키기 어려운 것인가를 실감했을 것으로 이해된다.

그러나 필자가 강조하고자 하는 것은 김수영에게 본능적인 거부감으로 자리잡고 있던, 공자의 덕목들이 다른 곳에서도 숨어서 보는 아

270

버지의 사진처럼 나타나고 있다는 점이다. 그의 유명한 시론인 「반시론」(1968)의 서두에서 "恒産이 恒心"이라고 하거나 「생활의 극복」이란 산문에서 "슬퍼하되 상처를 입지 말고, 즐거워하되 음탕에 흐르지 말라(哀而不傷 樂而不淫)" 등의 공자의 경구들을 떠올리고 있는 것은 물론 시 「중용에 대하여」(1960. 9)에서 김수영이 가면을 쓴 중용을 '반동'이라고 잘라 말할 때 우리는 김수영의 체취 속에 녹아 있는 유가철학의 흔적들을 확인할 수 있을 것이다.

물론 김수영이 「풀」을 쓸 때, 『논어』를 펼쳐놓고 그 구절을 되새기면서 썼다고 볼 수는 없다. 어느 시인이 책을 펼쳐놓고 시를 쓰겠는가. 생의 길은 내면을 통찰하는 시적 계기가 번득인 순간 자기도 모르게 무의식적으로 떠오르는 순간적인 감각으로 써내려간 것이 「풀」이다.

이 순간적 감각이 떠오르기까지 부정에 부정을 거듭하여 새로운 전통의 창조 단계까지 나아가 그가 펼쳐야 했던 60년대 참여시의 온갖 논란들을 한 편의 작품에 용해시켰다는 것이 필자의 생각이다. 그렇다면 김수영의 반전통적 유가의 시학은 어떻게 보아야 할 것인가.

우리는 18세기 말과 19세기 초 사이의 사회사상가이자 경학자인 다산 정약용(1762~1836)에서 그 단초를 찾아볼 수 있다. 그는 동양의 대표적 고전 『시경』을 논하는 데 있어서 주자의 『시집전(詩集傳)』이 주장하는 '상이풍화하(上而風化下)'라는 교화론적 입장에 대해 '하이풍자상(下而風刺上)'의 비판적 간서론(諫書論)의 입장에서 자신의 논지를 체계화한 바 있다.

'時政의 得失을' 풍유하는 것을 風이라 하고 곧바로 말한 것을 雅라고 한다. 列國의 시에 이르러는 王人이 이를 채집하여 樂府에 배열함으로써 위로는 천자를 풍간하고 아래로는 제후를 상벌할 수 있게 한 것이니, '西周 시대에는' 시의 쓰임이 이와 같았다. 그리하여 무릇 弑逆함, 음란함, 賢人을 죽임, 백성을 해침 등의 일과 세상의 바른 질서를 어기며 인륜을 무너뜨리는 커다란 죄악을 한결같이 시로 드러내었고, 이를 管

絃에 실어 읊조림으로써 온 세상에 퍼뜨리고 만세에 전하였다. 백성의
위에 있는 자로서 죄악이 한번 詩譜에 오르면 효성스런 자손도 이를 씻
어버릴 수 없었으니, 그 준엄하고도 두려움이 시보다 더한 것이 없었다.
　　　　　　—김흥규, 『조선후기의 시경론과 시의식』, 196쪽에서 재인용

　정약용이 『맹자요의』에서 주장한 "시로써 정치의 잘잘못을 징벌하고
찬미하는 법(諷誦誅褒之法)"은 '下以風刺上'의 논법을 새롭게 적용한
것일 뿐 아니라 이를 1960년대의 김수영에 적용하자면 바로 참여시론
의 근거가 되는 것이라고 할 수 있다. 정치 현실의 부정이나 부조리를
보면 참지 못하고, 이를 비판 고발 시정하려는 시적 자세는 "시경의
작품들이 이른바 變詩이건 正詩이건, 風이건 雅頌이건 모두 도덕적 정
치적 當爲의 실현을 향한 능동적 의식의 소산"(김흥규, 같은 책, 194쪽)
이라고 본 정다산의 비판적 시각은 김수영과 서로 상통하는 것이라 하
지 않을 수 없다.

4. 멀리 있는 책과 가까이 있는 길

　1950년대는 물론이고 1960년대에도 김수영은 첨단적이며 전위적이
고자 했다.
　김수영의 시와 산문 도처에서 우리는 서구적 지식의 편린들을 만날
수 있다. 오늘의 시각에서 본다면 그의 서구 지식편력은 심오한 것이
라 여겨지지 않는다. 상당 부분이 시사주간지 수준을 크게 넘지 않는
다. 왜 그러했을까. 「공자의 생활난」과 거의 같은 시기에 씌어진 「가까
이할 수 없는 서적」에서 그는 다음과 같이 쓰고 있다.

　　오늘도 어제와 같이 괴로운 잠을
　　이루울 準備를 해야 할 이 時間에

괴로움도 모르고
나는 이 책을 멀리 보고 있다
그저 멀리 보고 있는 듯한 것이 妥當한 것이므로
나는 괴롭다.
—「가까이할 수 없는 서적」 중간 부분 13~18행

　가까이하려야 가까이할 수 없는 캘리포니아에서 온 책을 읽는 화자
의 솔직한 고백이 담긴 이 시에서 가까이 있지만 멀리 있는 역사적·
문화적 거리를 우리는 느끼지 않을 수 없다. 가까이할 수 없지만, 가까
이해야 되는 외래 문화 속으로 나아가야 하는 50년대 한국의 지식인의
참담함이 토로되어 있는 것이 위의 시이다. 그는 왜 이러한 책들을 읽
어야 했는가. 부조리한 당대의 현실 때문이었다면 지나치게 즉각적인
응답이 될 것이다. 그러나 위의 시와 거의 동시에 씌어진 「아메리카 타
임 지」라는 시의 마지막은 더욱 심장하다.

오늘 또 活字를 본다
限없이 긴 활자의 연속을 보고
瓦斯의 政治家들을 凝視한다
—「아메리카 타임 지」 끝 부분 제3연

　화자는 올바른 정신을 가다듬으며 길을 걸어오고, 그로 인해 응결된
물이 떨어져 바윗덩이를 문다. 심상한 표현이 아니다. 그는 왜 활자의
긴 연속을 보고 "瓦斯의 政治家들을 凝視"하는 것일까. 그것은 아마도
그가 현실의 혼란 속에서도 능란한 술수로 백성을 기만하는 정치가들
의 변신술을 응시한다는 뜻일 것이다. 올바른 정신을 가다듬으며, 와사
의 정치가들을 바라보는 그의 시각은 「공자의 생활난」에서 "동무여 이
제 나는 바로 보마"와 상관된 것임에 틀림없다. 공자를 야유하고 가까
이할 수 없는 『아메리카 타임』 지를 읽고 있는 그의 괴로움 속에는 현

실의 부정과 불의를 바로잡겠다는 본연지성(本然之性)에 근거한 '정직한 공간'(황동규, 1976), '예술가의 양심'(김우창, 1979), '정직한 인간'(김인환, 1981), '도덕적 완전주의'(구모룡, 1982) 등등의 유교적 덕목들이 완강하게 자리잡고 있었던 것이다.

해방 직후의 김수영이 오로지 의지할 수 있었던 것은 서구적 지성이었지만, 그의 내심에는 『시경』으로부터 흘러내려오고 있는, 그리고 다산에 의해 구체화된 '諷誦誅褒之法'의 '下以風刺上'의 시학이 잠복되어 있었다는 것이다.

그렇다면, 왜 김수영은 서구적 지성으로 자신을 분장했던 것일까. 그것은 그가 살았던 시대가 바로 전통 부정과 전통 단절의 시대였기 때문이었을 것이다.

새로운 것은 다 좋다는 새것 콤플렉스의 시대에 현실을 부정하고 앞으로 나아가고자 한다면, 모더니즘적 포즈와 언사를 빌려 가까이할 수 없지만 가까이해야 되는 서적의 비판 논리가 필요했던 것은 아니었을까. 만약 김수영이 정약용의 글을 읽었다면 크게 공감하지 않았을까. 당시로서는 가까이할 수 없는 서적은 『아메리카 타임』지가 아니라 정약용의 『여유당전서』와 같은 한국적 시학을 담은 한적들이었을 것이다.

동양의 시학은 가까이 있었지만 가까이할 수 없었고, 서양의 시사주간지들은 멀리 있지만 가까이할 수밖에 없었던 것이 김수영을 포함한 당대 지식인들의 자기 한계였을 것이다. 김수영이 전통에 대해 각성하기 시작한 것은 4·19를 겪고 난 「거대한 뿌리」(1964) 이후부터인 듯하며 전통을 새롭게 인식하면서 불과 몇 년 후에 「풀」(1968)이 씌어졌다는 것은 우연이면서 우연이 아닐 것이다.

유가적 입장에서 동양의 시학은 『시경』으로부터 발원하여 『문심조룡』, 그리고 주자의 『시집전』을 포함하여 수많은 주석가들에 이어 정다산의 『시경강의』에 이르고, 다시 김수영에 의해 상징적으로 집약되는 하나의 범례를 찾는다면 지나치게 과장된 것인지 모르겠다.

　그러나 호머 이래 그리스 로마 문학 전체를 유럽 문학의 전통에 포괄하는 엘리엇 식의 논법을 전제할 때, 『시경』으로부터 발원하는 동양의 시학을 논하는 것 또한 무리가 아닐 것이다. 그렇다면 동양의 시학은 정립되어 있는가. 아니다. 그렇지 아니하다. 필자가 이만큼이라도 논지를 전개할 수 있는 것은 김수영의 시대로부터 30여 년의 학문적 축적이 있었기 때문에 가능한 것이다. 작금에도 서구 지성의 주변을 맴돌면서 야유적 비판의 논변을 펼치는 글을 대할 때마다 가까이할 수 없는 서적과 가까이할 수 없는 논리를 접하는 경우가 많다. 최소한도 김수영이 느꼈던 지적 고뇌의 진정성이라도 있어야 하지 않겠는가.

　한 세기가 저물고 있다. 동양의 시학을 정립하고, 이를 통해 새로운 세기의 시적 난제를 풀어나갈 수 있다면 얼마나 바람직한 것인가 하는 것은 한국인으로서 시를 공부하는 사람 모두의 희망일 것이다. 동양의 시학이 만병통치약은 아니다. 그러나 세기말적 혼란이 격해질수록 우왕좌왕의 논변들이 횡행할 것이며, 이에 현혹당하는 무리들이 많아질 것임은 자명한 일이다. 『문심조룡』의 저자는 하늘과 땅에 어울릴 수 있는 존재는 오로지 영혼을 가진 인간 존재라 하면서 '인간은 오행의 정화요, 천지의 마음'이라고 갈파한 바 있다. 본연지성(本然之性)에 근거한 동양 시학의 출발점이 바로 갈등하고 고뇌하는 인간의 마음에 있을 것이며, 새롭게 펼쳐질 세기의 시들 또한 인간의 마음에 근거할 것이다. 동양의 시학은 이제 가까이 있지만 가까이할 수 없었던 이성의 20세기적 자기 부정을 넘어서야 할 분야이다. 동시에 아직까지 누구도 제대로 확립하지 못했다고 판단되는 동양의 시학처럼 21세기를 향해 누구에게나 열려 있는 학문적 대상의 분야는 없을 것이라 단언해두지 않을 수 없다. 자기의 것을 별것 아니라고 비하하거나 무시하는 자는 언제나 제대로 볼 수 없고, 제대로 설 수 없다. 풀이 웃고, 풀이 일어난다.

(『현대시』 1999년 9월호)

제3부

일상시와 자연시

1970~80년대 시의 주류적 움직임이 서정에서 현실로의 방향성을 가졌다면, 90년대 시의 흐름은 현실에서 서정으로의 방향성을 띠는 것이 아닌가 생각된다. 70~80년대의 현실이란 말 속에는 다분히 사회·정치적 개혁이 담겨 있으며 90년대의 현실은 해체적, 주변적, 파괴적, 일상적 삶이 지배적이다.

근대에서 탈근대로의 전환이 산업사회로의 성숙을 표징하는 것이라면, 탈근대에서 고도 정보화 시대로의 진입은 컴퓨터와 인터넷이 지배적인 표징인 것 같다. 변화의 속도는 점점 가속화되어 이제는 눈에 보이는 변화가 아니라 눈에 보이지 않는 컴퓨터와 인터넷을 통해 기술문명의 변혁은 동시다발적으로 전국적으로 확산되고 있다. 가시적으로 드러나는 것은 부분적이고 파편적인 것들뿐이다.

산업시대의 삶의 패턴은 물론 농경시대의 사고를 벗어던지지 못한 세대들에게 오늘날의 신세대는 낯선 이방인으로 비칠지도 모른다. 신세대들은 이제 기성세대들에게 부분적으로 저항하고 비판하는 정도의 세대적 격차가 아니라 전혀 이해할 수 없는 구세대 집단의 부당한 억압에 자신들이 희생당하고 있다고 느끼는 것이다. 서로가 느끼는 이질감의 심화가 한 특징이다.

이와 같은 신세대들에게 시라는 것은 어쩌면 별 필요가 없는 것이거나, 시시한 하소연을 늘어놓은 귀찮은 존재일지도 모르겠다. 대중 음악에 심취하고, 비디오 영상에 익숙한 그들이 컴퓨터를 띄우면서 느끼는 것은 감동 없는 시대의 무덤덤함에의 자기 탐닉이기도 할 것이다. 숨가쁜 속도전을 치르면서 살아야 하는 그들에게 시란 한낱 사치스러운 말장난으로 받아들여질 수도 있을 것이다.

찬사와 비판을 한 몸에 받으며 화려한 무대의 중심에 자리잡고 있던 시는 이제 변방으로 밀려나 취미 그룹의 소일거리가 되고 만 것일까. 독자들에게 시읽기를 강요할 것이 아니라 우선 시인들 자신의 사고 전환과 새로운 방향감각이 절실히 요구된다.

1. 정희성의 생명시로의 전환과 조태일의 시적 솔직성

시에 지나친 무게중심이 없어져 있다고 하더라도 70~80년대는 어떻든 시의 시대였다. 사회 변화의 첨단에 서서 시대를 선도하는 기능이 시에 부과되어 있었기 때문이다. 그러나 돌이켜보면 여기에는 거대 이데올로기의 중압이 굳게 자리잡고 있었던 것도 사실이다. 관념의 눈을 통해 현실을 본다는 것은 진실하게 현실을 보는 것이 아니다. 관념에 의해 왜곡된 현실일 뿐이다.

이제 내 시에 쓰인
봄이니 겨울이니 하는 말로
시대 상황을 연상치 마라

내 이미 세월을 잊은 지 오래
세상은 망해가는데
나는 사랑을 시작했네
저 산에도 봄이 오려는지
아아, 수런대는 소리

—「봄소리」 전문

정희성이 「봄소식」(『창작과비평』 1996년 여름호)에서 말하고자 한 것은 민중시에서 생명시로의 전환을 뜻한다.

시대와 역사를 우선 과제로 내세우던 그가 "나는 말하는 법을 새로 배워야겠다"(「말」)라고 말하는 것 또한 이와 같은 문맥에서 읽힌다. 증오가 아니라 사랑을 배우겠다는 그의 선언은 사람들의 삶에서 시의 진실한 길을 찾겠다는 뜻일 것이다. 같은 문맥에서 조태일 또한 봄을 새롭게 맞이하고 있음을 전해주고 있다.

봄이라는 계절은 하늘과
땅 사이에서 가장 진한
향기가 나는 방대한
한 권의 책

—「봄」 제1연

봄의 향기에서 삶의 진실을 배우겠다고 「봄」(『동서문학』 1996년 여름호)에서 조태일이 말한 것은 종전의 민중시가 지닌 이데올로기적 경직성에서 벗어나겠다는 것으로 읽힌다. 물고기들이 물과 함께 놀고, 들풀들이 바람과 함께 노는 것처럼 조태일은 온갖 허물을 벗고 진실한 마음을 노래하겠다고 한다. 그가 떨쳐버리고자 하는 것은 허위의식이다.

옷을 벗는다

누더기인 마음까지도 벗는다.

— 「벌거숭이」 마지막 제3연

목욕탕에서 옷을 벗고, 끌려가 고문당할 때만 옷을 벗는 것이 아니라 산새들의 원없는 노랫소리를 들으면서도 누더기 마음까지 벗는다는 위의 시 「벌거숭이」(『동서문학』 1996년 여름호)는 조태일의 시적 솔직성을 적절히 나타내준다. 이 솔직성이 그로 하여금 억압의 시대에 「국토」를 쓸 수 있게 만든 원동력이기도 하다.

2. 시적 변용의 어려움 : 일상시의 타성들

민중시가 생명시로 전환을 드러내 보일 때 우리 시단에 광범위하게 확산된 것은 일상시와 자연시이다. 일상시란 우리들 삶의 주변을 다룬 일상을 다룬 시이며, 자연시란 자연을 소재로 한 시들이다. 이런 현상은 80년대 말에서 90년대 초에 널리 확산되었던 해체시나 도시시 그리고 패러디 시에 대한 일종의 반동으로 여겨진다.

6월호 『문학사상』에 수록된 시들은 거의 일상시에 해당된다. 일상시는 소재나 기법에 있어서 자극적이거나 충격적인 시가 아니다. 나날의 삶 속에 어떤 충격적 새로움이 발견되지 않기 때문이다. 따라서 시적 긴장과 완성도가 문제될 터인데, 특별히 부각되는 시를 쓴다는 것은 쉬운 일이 아니다.

삐뚤빼뚤 줄을 긋고
엉망으로 크레파스를 문질러
미술 시간에 야단맞던 일수는
국제 비엔날레 우수상을 받았고
산뜻한 색감으로

인물과 풍경을 잘 그려서
미술 시간에 칭찬받던 한수는
국제극장의 영화 간판을 제작한다
환쟁이가 되면 살기가 힘들다 걱정했지만
지금은 둘 다 잘살고 있는 듯

—「일수와 한수」 전문

    초등학교 시절의 두 친구에 대한 회고담 형식으로 씌어진 김광규의 「일수와 한수」(『문학사상』 1996년 6월호)에서 우리는 특별한 새로움을 느끼지 못한다. 후일담을 말하는 화자의 담담함이 간결하게 서술되어 있을 뿐이다. 일상시의 참뜻은 일상적 삶에 어떤 긴장을 불어넣는 일일 것이다. 위의 시에 서술된 상반된 두 사람의 길에 대해 화자는 어떤 극적 전환을 시도하지 않는다. 끝까지 담담함을 유지할 뿐이다. 어쩌면 인생이 다 그렇다는 식의 일상시는 독자들에게 별다른 인상을 남기지 않는다는 점을 생각할 필요가 있다. 신달자의 「고속도로」, 고형렬의 「시인은 지구가 도는 것을 지상에서 느낀다」(이상 『문학사상』 1996년 6월호) 또한 일상에 침몰되어 있다는 느낌을 지우기 어렵다. 신달자의 경우 "150킬로의 위급한 의문부호"가 별로 위급하게 느껴지지 않는다는 것이고, 고형렬의 경우 제목의 거창함을 시가 감당하지 못하고 있다는 것이다.

    일상시의 어려움은 그것의 친숙성 때문에 독자는 물론 시인들 자신까지도 객관적 거리를 상실하기 쉽다. 누구나 다 알고, 누구나 쓸 수 있을 것 같은 삶의 체험을 시적으로 변용시킨다는 것은 결코 쉬운 일이라 할 수 없다.

3. 채호기의 시적 포착력과 마종하가 보여주는 일상시의 참뜻

채호기의 「너의 입술」(『문학과사회』 1996년 여름호)은 젊은 세대의
시적 감수성의 한 측면을 집약해준다는 점에서 음미해볼 만한 일상시
다. 그의 시는 열 개의 조각으로 구성되어 있는데, 엽편소설이 시도되
는 이즈음 엽편시라고 부를 수도 있을 것이다.

고요하고 뜨거운 여름 바다 위에 떠 있는 부드러운 구름은 너의 입술
이다. 해안선을 따라 수많은 파도에 방금 씻긴 젖은 조약돌은, 바람에
맞서 일어나는 물결은, 바다와 하늘이 경계 없이 새파란 공간에 아련히
한 점 떠 있는 먼 섬은 너의 입술이다. 서쪽 하늘에 붉은 입술 시울로
나타난 저녁의 공간을 따뜻하게 뎁히면서 모든 심장에 펌프질을 해대는
노을은 너의 입술이다. 세상에 향기 있는 모든 꽃들은, 꽃들을 찾아 돛
을 펴고 항해하는 모든 나비들은 너의 입술이다. 음식을 만드는 불, 쇠
를 녹이는 불, 집과 산과 바다와 하늘을 태우는, 세상의 모든 것들을 변
화시키고 소멸시키는 불은, 너의 입술이다.
—「너의 입술 9」

「너의 입술」의 아홉번째인 위 단락에서 볼 수 있는 것처럼 화자는
해체와 전복과 집약이라는 시적 전략을 유효하게 구사한다. 암시적으
로 성적 연상을 떠올리며 시적 긴장을 이끌어나가 생성과 소멸의 한
극점으로서 '입술'을 제시한다는 점을 간과할 수 없다. 요컨대 채호기
의 입술의 시학에는 오늘의 젊은 세대 시인들이 느끼고 표현하고 싶어
하는 일상의 한 단면이 집약되어 있다. 이 시에 등장하는 많은 경구적
이미지들은 시적 연상을 활성화시키는 데 효과적으로 기여한다. 물론
그의 시적 전략이 성적 연상에 지나치게 집착하는 것이 아닌가 하는
우려가 있기는 하지만, 어떻든 그의 시적 포착은 섬세하게 음미해보아
야 할 가치가 있다.

마종하의 「소금밭 근처에서」(『시와시학』 1996년 여름호)는 압축된 완
결성에서, 이 글에서 거론하는 일상시의 대표적인 성공작이라고 할 만
하다.

> 하얗게 밀리는 바다.
> 가장 외로운 이는, 소금밭처럼
> 속을 하얗게 떨어내 보인다.
> 홀며느리를 염전에 보내놓고
> 할머니께선, 떠도는 나와 함께
> 푸시시하게 '솔'이나 피우신다.
> 어떻게 사시느냐고 여쭈었더니
> 바다처럼, 그냥 산다고 웃으신다.
>
> 하얗게 마르는 바다.
> 바다가 떨어내는 눈물빛 사리들,
> 소금처럼 사시는군요.
> 내가 연기를 내뱉으며 웃으니까,
> 며느리 재혼만 걱정하신다.
> 배꼽이 더 큰 소금밭 며느리가
> 바다와 뜨겁게 만나는 날
> 할머니의 머리가 소금보다 희다
>
> —「소금밭 근처에서」 전문

별달리 설명할 필요 없이 누구나 다 아는 이야기를 평이하게 서술한
시이다. 그러나 이 평이성은 삶에 대한 깊은 통찰을 머금고 있는 까닭
에 오히려 시적 이완이 소금밭처럼 높은 순도를 획득하게 만든다.

달리 살펴보면 알게 되는 바이지만, 이 시에는 허투루게 쓴 말이 보
이지 않는다. 긴장을 다 풀어내 오히려 인생의 외로움이 가져다 주는

깊숙한 맛은 "눈물빛 사리들"만큼이나 높은 순도를 갖는다. 할머니와 떠도는 화자와의 대화는 염전에 일 나간 홀며느리로 인해 뜨겁게 달구어지면서 하얀 소금을 만들어낸다. "푸시시하게"와 "그냥 산다고" 등등의 이완된 표현들은 오히려 할머니와 홀며느리의 외로운 삶을 집약시켜주는 역설적 언어들이다. 평범 속에 비범이란 바로 이런 예가 아닐까. 일상시의 참뜻도 여기서 찾아야 한다.

4. 현실도피주의를 극복해야 할 90년대의 자연시 : 박찬, 박태일

자연시의 대두는 오늘날 크게 부각되고 있는 환경운동과 맞물려 있다는 점에서 주목해보아야 할 일이다. 자연시가 무조건 좋다는 것은 아니다. 자연의 중요성을 새롭게 깨닫고, 지구라는 녹색 별을 공생의 터전으로 만든다는 점에서 생태학적 사고로의 전환이 절실히 요구된다는 것이다. 자연시는 1930년대의 지용이나 1940년대 청록파의 시와 다른 차원에서 가장 강력하고 새로운 정점이 될 것이다.

민중시의 시대에 자연시는 현실 도피로 인식되었으며, 도시시의 시대에 자연시는 촌스러운 복고주의로 폄하되기도 하였다. 그러나 90년대 후반에 들어선 지금 자연시는 우리 시에 새로운 활력을 불어넣을 수 있는 야성적 생명력의 원천이 되어야 할 것이다.

산이 그리워 산으로 가고 싶다, 하면,
사람들은 그를 현실 도피라 한다. 그러나 어쩌랴, 그리움은 나의 현실!

　　　　　　　　　　　　　　—「그리움은 나의 현실」 마지막 2연

박찬의 「그리움은 나의 현실」(『동서문학』 1996년 여름호)에서 우리는 자연시／현실 도피라는 도식에 대한 솔직한 비판을 느낄 수 있다. 이 뒤바꿈에 90년대 후반 한국의 자연시가 나아갈 출발점이 있는 것이다. 자연의 탐구와 시적 사고의 인식 전환이 90년대 후반 우리 시의 최대 광맥 중 하나가 될 것이라는 점은 이제 누구도 쉽게 부인하기 어려운 일이다. 그러나 아직도 많은 시인들의 자연 탐구는 종전 시의 되풀이나 고고학적 탐사에서 벗어난 것은 아니다.

박태일의 「불영사 가는 길」 외 8편(『현대시』 1996년 6월호)은 자연에 대한 집중적 관심의 표현이라는 점에서 주목된다.

구름 보내고 돌아선 골짝
둘러가는 길 쉬어가는 길
밤자갈 하나에도 걸음이 처져
넘어진 등걸에 마음 자주 주었다
세상살이 사납다 불영 골짝 기어들어
산다화 속속닢 힐금거리며
바람 잔걸음 물낯을 건너는 소리

—「불영사 가는 길」 제1~7행

박태일은 이 시에서 만만치 않은 눈길과 깔끔한 언어 구사를 보여주고 있다. 그러나 이 시에 대한 비판적 시각이 가능하다는 것도 귀기울여야 한다. 정지용 시의 되풀이나 현실도피주의라는 부정적 시각을 극복할 때 박태일은 그의 뛰어난 시집 『가을 악견산』(1989)을 넘어서는 시적 성취를 이룰 수 있을 것이다.

5. 깨달음의 길을 찾는 자연시의 오랜 전통, 최하림과 이성선

자연시에서 깨달음의 길을 찾는 것은 우리 시의 오랜 전통이다. 이 시적 전통을 무리없이 전개시켜 하나의 온전함을 만들어내는 시인은

최하림과 이성선이다.

> 언덕 너머 골짝으로 내를 건너
> 숲으로 바람이 흐르는 것이 보인다
> 언제나 바람은 다른 곳으로 이동하며
> 사물을 흔들고 사물을 산란하게 한다
> 그런 날이면 창 밖에는 버드나무들이 느리게
> 흔들리고 화분 속에 난잎들 벽에 걸린
> 그림들 벽시계 소리들 똑딱똑딱
> 적막하게 울리고 한길에서는 아직도
> 흐르는 것들의 소리가 계속 일어난다
> 나는 심호흡을 하고 다시 의자에 앉는다
> 나는 마음을 진정하고 소리들이 골짝 너머
> 여울목으로 사라지고 어느 곳에선가는
> 일어서면서 먼 산을 흔드는 소리를 고요히 듣는다
>
> ―「언덕 너머 골짝으로」 전문

이 시에서 화자는 바람을 보고, 그리고 여울목으로 소리가 사라진 다음 산을 흔드는 소리를 듣는다. 마음을 진정시키는 고요한 명상이 소리듣기를 가능케 한다. 급박함도 기발함도 없는 고요의 시이다. 독자들은 이 고요가 무엇인지 알 수는 있지만, 이 고요 속의 소리를 느끼기는 어렵다. 깨달음의 시들에 대해 필자가 갖는 아쉬움은 언제나 여기에 있다. 이성선의 「백담사」(『문예중앙』 1996년 여름호)에서도 아쉬움은 마지막 결구 처리에서 나타난다.

> 풀잎이 그의 암자이다.
> 하늘에 매달린 솔방울이 그의 거소다.
> 해진 뒤 산 노을이 그의 방이다.

―「백담사」 마지막 제19~21행

백담사로 들어간 한 스님이 자연과 동화된 것을 단적으로 말하고 있는 위의 마지막 부분에서 우리는 어쩐지 깨달음이라는 관념의 덩어리가 적절히 용해되지 않았음을 느낀다. 이 관념적 상투성을 타파하는 것이 깨달음 시의 과제일 것이다.

6. 90년대적 자연시의 가능성, 「몽유별빛」의 박남준

박남준, 유승도, 정해종 등의 시에서 90년대적 가능성을 엿볼 수 있다. 그러나 유승도의 「내 몸에 눈송이들이 내려앉을 때」 외 4편(『문예중앙』 1996년 여름호), 정해종의 「정선 일박」(『창작과비평』 1996년 여름호) 등에서는 아직 자연시의 독자성이 획득되었다고 말하기는 어렵다. 자연시의 한 별빛이 박남준의 「몽유별빛」으로 빛나고 있음은 기억할 만한 일이다.

무지개를 좇아 얼마나 숨차게 안타까웠던가 살아 있다는 일이 다가가면 갈수록 그만큼의 거리로 아른거리며 달아난다는 신기루 같다 툇마루에 나앉은 햇살이 어느새 마당에 내려선다 제 속에 수분을 남김없이 토해내기까지 형벌처럼 매달린 빨래들이 좀처럼 평행이 되지 않은 외줄을 타며 가는 햇살에 몸을 뒤척인다

이룰 수 없는 것이 있다는 듯 삶의 구비구비에 이미 묻어두었으나 아련한 것들이 몽유로 서성인다 그때마다 침엽의 숲속이 바람에 젖어 잠겨간다 문득 풍경 소리 마당을 가르는 개울물 소리

―「몽유별빛」 제2~3연

위의 시에서 "가는 햇살에 몸을 뒤척이는 빨래"와 "마당을 가르는 개울물 소리"는 화자의 상상을 몽유별빛으로 살아나게 만드는 매개체이다. 자연 풍경에 대한 관찰이 사실적 구체성으로 변용되어 부서지고 깨진 것을 별처럼 빛나게 하는 시적 상상을 가능케 한다.

물론 그의 시적 상상이 몽유별빛으로 아련하게 '길을 가던 옛날'로 되돌아가고 만다면 전진적 추진력을 획득하기는 힘들 것이다. 그러나 혼돈의 와중에 있는 오늘의 시단 상황에서 그의 시는 별을 보고 새로운 길을 찾아갈 수 있는 가능성이 잠재된 것이다.

설령 그렇지 못한다 할지라도, 우리에게 새로운 모색의 출발점으로서 반성적 시각을 열어줄 것이다. 감동이 사라진 시대에 젊은 시인들이 찾아갈 수 있는 길은 무엇일까. 필자는 그것이 채호기와 박남준의 시들이 서로 다른 꼭지점을 형성할 수 있을 것이라고 생각한다.

일상시가 다수를 점하게 된다 하더라도 일상시는 그 자신의 일상으로부터 깨어날 때 독자들의 공감을 얻게 될 것이라는 사실은 분명하다.

자연시가 주류가 된다 하더라도 현실 도피나 안이한 달관을 타파하는 길만이 자연시가 새롭게 갱신되는 길을 개척할 수 있을 것이다.

90년대 중반 도시 탈출이 유행처럼 번지고 있지만, 우리는 70년대 농촌 탈출을 연상해보아야 한다. 도시로 모여든 수많은 사람들이 다시 도시로부터 떠나가고, 또 어느 정도 시간이 지나면 도시로 되돌아 올 수밖에 없을지도 모른다.

대중문화시대에 문학의 위기가 강조되고, 시의 활로 또한 봉쇄당한 것처럼 느껴지기도 한다. 상당수 젊은 시인들의 시들은 신경질적인 자기 호소인 것처럼 느껴지는 경우가 많다. 문학과 포르노 사이, 시와 대중문화 사이의 간극을 뚫고 나아가 시적 지평을 열어나가는 것이 오늘날 젊은 시인들에게 부과된 임무일 것이다.

그것은 민중시대에 부과된 투사적 임무보다 더 힘겨운 일이 될지도 모른다. 시대 상황 때문이 전부는 아니다. 문학인 스스로가 스스로를 자해하는 듯한 자기 부정을 극복하는 것이 중요하다. 누구에게 책임을 미룰 것이 아니라 스스로가 스스로에게 책임을 느껴야 할 것이다.

　시가 감동을 느끼게 하고, 문학이 나름의 존엄한 가치를 보유하는 것은 문인들에게 부과된 일일 것이다. 일상시의 타성을 비판하고, 자연시의 어설픈 유행을 부정해야 하는 것은 월평자의 일은 아닐 것이다.

(『문학사상』 1996년 7월호)

속도의 시와 졸음의 시 그리고 얼음시

1

고속도로를 질주하는 차량은 TV 화면에 자주 등장하지 않는다. 주말이면 길게 늘어선 차량들이 화면에 비칠 때, 그 대열에 끼여 있었던 경험을 가진 사람들은 스스로 겪었던 짜증스러웠던 기억을 되살리며, TV 화면을 바라보는 한가로움을 조금은 즐겁게 떠올릴 것이다.

우리가 살고 있는 시대는 고속도로를 질주하는 속도를 훨씬 넘어선 정보고속도로의 시대이다. 처음 고속도로가 건설되었을 때, 고속도로를 달리는 것이 얼마나 놀라운 일인가를 자주 이야기했던 것이 새삼스러울 정도이다. 꼬불꼬불한 산길에 대한 아련한 추억이 엊그제 같은 일이지만, 이제는 정보고속도로에서 끝도 한도 없는 속도를 경쟁하면서 살아야 하는 것이 오늘날 우리들의 삶이다.

이태백이 놀던 달을 노래하던 시절이 오히려 인간적 낭만성을 머금고 있었던 것이 아닐까 돌이켜보고 싶을 지경이다. 그러나 누구도 이 속도의 시대를 벗어나 살 수 없다. 속도를 개발하고 속도를 추구하면서 속도로부터 자유로울 수 없는 어떤 구속이 우리들의 삶을 지배하고 있다.

이태백의 시대에도 그러했지만, 시인들은 언제나 이러한 삶의 구속으로부터 벗어나고자 하는 자들이다. 현실의 구속을 던져버림으로써 어떤 해방감을 불러일으키는 이단자들이 시인이다. 체념하고 포기하며 현실의 구속에 순응하는 자들은 시인이 아니다. 물론 그들의 힘은 미약하다. 그러나 속도의 시대에 그들의 일탈과 결여에 대한 탐구가 없다면, 우리들의 삶은 더욱 숨막히는 것이 되고 말 것이다. 아마도 그들은 속도에 한 걸음 더 나아가거나 그로부터 일탈함으로써 우리들의 막힌 상상력의 탈출구를 열어줄 것이다.

2

1960년에 발표되어 우리 문학사의 기념비적인 작품으로 평가된 최인훈의 『광장』을 읽어보면, 그것은 광장의 소설이라기보다는 밀실의 소설이었다는 생각이 든다. 아마도 최인훈은 광장을 찾고자 했을지 모르지만, 오늘날의 시각에서 보자면, 그것은 분명히 밀실의 상상력에 지배되고 있다는 것이다.

왜냐하면 오늘날 우리들은 거의 모든 것을 드러내놓고 살고 있다고 생각되기 때문이다. 각자의 밀실로 숨고자 하지만 그 밀실 속에서 할 수 있는 일이란 거의 없다. 컴퓨터 정보망을 통해 전 세계가 모든 것을 터놓고 있는 시대가 아닌가. 우물가에서 귓속말을 주고받거나 TV를 보러 모인 동네 아줌마들이 쑥덕공론을 할 수 있는 공간이 없어져버렸기 때문이다.

알몸으로 스스로를 드러내놓고 살아야 할 때 우리는 투명한 것에 대한 자기 노출의 충동을 억제하기 힘들다.

    수억 광년 먼지의 길을 뚫고 와도
    햇빛은 때묻지 않는다
    수억 광년 염열(炎熱)의 사막을 불어와도
    바람은 녹슬지 않는다

    열사(熱射)의 한낮에는 때묻은 몸을 씻고
    칠흑의 밤에는 남루가 된 마음 세수시킬 수 있다면
    나는 어느 날, 스스로는 아무것도 지닌 것 없는
    저 명징의 유리알에 닿을 수 있으리
                        ―「유리(琉璃)의 나날」 제1~2연

  햇빛과 바람의 변증법은 먼지의 현실에서 때묻고 상처받은 시인의
자기 정화를 위한 소망을 머금고 있다. 이기철의 「유리의 나날」(『문학
사상』 1996년 7월호)에서 말하고 있는 것처럼 인간의 삶은 먼지의 길
에서 때묻고 남루해지고 마는 것이지만, 빛은 수억 광년 먼지의 길을
뚫고 와도 때묻지 않는다.
  때묻지 않는 햇빛의 속성을 증거하는 것은 명징의 유리이다. 햇빛은
유리의 투명한 두께를 통해 자기 존재를 드러낸다. 이 명징성에의 탐
구는 때묻은 자기 고백의 매개체로서 의의를 갖는다.
  그의 고백은 산과 강으로 표명되기도 하고, 외롭게 흔들리는 나무로
표상되기도 한다. 투명한 세계는 더러움으로 인한 외로움의 고백이며,
자기 정화의 한 수단을 표징한다.

    유리는 제 속의 물도 불도 제 속의 살과 뼈도
    감추지 않는다
    저렇게 투명한 세계 앞에 나는 두려워

마주서지 못한다.

―「투명의 유리(琉璃)」 제2연

밀실이 없는 세상에서 감추어야 할 것이 많은 사람에게 투명한 세계는 공포의 대상이다. 이러한 두려움은 특별히 이기철 개인만의 것이라고 하기는 어렵다. 속도의 시대에 마음의 밀실을 가질 수 없는 모든 현대인에게 이 두려움이 적용된다.

고속도로에 줄지어 서 있어야 하고, 유행을 뒤쫓아 가야 하고, 혹시나 자신의 비밀이 폭로되지 않나, 혹시나 대오에서 이탈되지 않나 불안해 해야 하는 사람들 모두가 공동운명체인 것이다. 사회 변화가 증폭되어 이제는 눈에 보이는 속도가 아니라 눈에 보이지 않는 속도에 지배당하는 사람들이 어떻게 투명한 유리 앞에 두려움을 느끼지 않을 수 있을 것인가.

최정례는 「저 햇빛 삼천갑자를 흘러」(『문학사상』 1996년 7월호)에서 좀더 설화적 어법으로 햇빛과 초시간의 세계를 말하고 있다.

봄날 햇빛 따라갔어 나무 그림자 따라갔어 멀리서 달려온 것 아득하게 지나가는 것에게 백천만 번 절했어 꽃을 바치며 절했어

삼천갑자 동방삭이 살았어 짐승가죽을 걸치고 숲속을 헤매다닌 훨씬 전에 살았어 염라대왕 동방삭을 잡으려고 삼천갑자를 헤매

모래처럼 잠들었어 모래처럼 깨어났어 울었어 웃었어 천 가지 구름꽃 만다라꽃만수사꽃 흘러온 곳 언제인지 어디서부터인지 물었어

―「저 햇빛 삼천갑자를 흘러」 제1~3연

최정례는 위의 시에서 햇빛의 초시간성을 통해 존재의 근원으로 거슬러올라간다. 그가 말하는 초시간의 햇빛을 쫓아가보면, 우리는 삼천

년 전의 그리고 더 나아가 염라대왕이 놀고 있는 상상의 원초적 세계
에 도달한다.

그의 자유자재한 변환의 상상력은 모래／만수사꽃／저녁 연기／새／
돌／죽은 나뭇가지／폭우／거품／나무／구름 등의 이미지들을 중첩시키
면서 몇 겹의 시간을 넘나드는 빠른 속도감으로 흘러넘치고 있다. 그
의 시적 변환의 장치들은 우리가 서정주 시에서 읽을 수 있던 인연설
화조의 초시간성을 이어받아 더 빠르게 더 다채롭게 전개시킨다는 점
을 상기할 필요가 있다.

몇 겹의 윤회가 그의 시적 구도 속에서 밀도 있게 펼쳐지고 있다는
것은 속도의 시대를 대변하는 빛의 시학이라고 부를 수 있는 것이다.
물론 그의 시가 아직은 감동의 부피가 얇고 관념에 더 많이 지배되고
있다고 말할 수는 있지만, 최정례가 보여주는 빛의 시학이 예사로운
것이 아님은 분명하다.

심철호의 「속도는 나를 잠들게 하네」(『문학사상』 1996년 7월호)는 속
도감각을 표나게 전면에 내세우고 있다.

> 달렸다 속도는 나를 잠들게 한다
> 내 얼굴은 풍경 속으로 가 박히고
> 가까운 것들은 형체도 없이 부서진다
> 최근의 일들이 기억나지 않는다 창 밖엔
> 몹시도 바람이 불고
> 나는 몹시도 빠른 열차 안에 있다
> 속도가 속도를 낳는다
> 거짓말이 거짓말을 부르고 술이 술을 먹는다
> 뉴 프론티어 시대의 사랑은 속도다
> 속도의 아들은 속도의 아버지를 가볍게 따돌린다
> 시중엔 486이 단종됐다
> 터널은 모든 관습을 망가뜨린다

　심철호는 사실적 표현과 반복적 어법을 통해 속도에 낯선 사람들에게 속도를 익숙한 것으로 만들어준다. 그의 시적 진술은 속도에 대한 몇 가지 명제로 요약된다. 그중의 하나가 "뉴 프론티어 시대의 사랑은 속도다"라는 요약이다. 컴퓨터 성능 경쟁은 486의 단종으로 시사된다. 이 속도감은 속도 경쟁의 메커니즘에 의해 모든 관습을 부정하고 가까운 것들을 파괴시켜 어떤 것도 익숙한 것은 남겨두지 않는다는 역설적인 것이다.

　속도 경쟁 속에서 화자가 손으로 턱을 만지면 금방 흰 수염이 돋아난다. 마취된 것처럼 혼몽한 속도 속에 실체 없는 자의식이 존재한다.

> 유리에 내 모습이 없다 도무지 이 속도에서
> 온전할 수 없다
> 그래 저 별이 북극성이랬어
> 저건 카시오페아 우라질
> 잠이나 더 자자

　속도가 속도를 낳는 시대, 나는 어디에도 없다. 꿈 없는 세대나 약속 없는 세대와 달리 속도의 시대에 나는 천지간을 구분할 수 없고, 죽은 것인지 깨어난 것인지 알 수 없다. 그러므로 나는 다시 속도에 길들여져 잠 속으로 되돌아간다.

　물론 우리는 마지막 행 "잠이나 더 자자"와 같은 표현이 안이한 것이라고 지적할 수 있다. 속도가 불러일으키는 메커니즘이 강화되면 누구도 쉽게 이 강력한 힘을 뿌리치기 어려운 것이다. 그러나 그의 이 잠이 온전함을 실현하기 위한 것이라기보다는 속도의 타성 속으로 휘감겨 들어가고 마는 약점을 갖는다는 것을 부인하기는 어려울 것이다.

　　속도로부터 벗어나는 길은 추억이나 회상에 잠기거나, 잠에 빠져들지 않고 끝내 속도와 대결하는 두 가지 방법이 있을 것이라 생각된다.
　　신인들인 정채원의 「바다빛 추억상자」나 강신애의 「오래된 서랍」 등은 회상이나 추억을 통해 과거로 되돌아가 생을 반추하는 모범답안 같은 시들이다. 이와 같은 시들이 갖는 잔잔한 아름다움이나 심정적 위안을 우리는 결코 도외시할 수 없을 것이다. 그리고 시의 정도가 바로 이러한 것이라고 생각해온 것 또한 사실이다. 그럼에도 이러한 자족적 자기 위안의 시들이 우리가 살고 있는 시대를 위한 최선의 방안은 아니다. 우리 시의 고민이 여기에 있다. 물론 이들이 결코 오늘의 시대 상황에 무감각한 것은 아니다. 정채원은 「데드 포인트」에서 속도의 한계를 다음과 같이 표현하고 있다.

　　　안데스를 일주하는 사이클 경기
　　　콜롬비아의 산길을 오르는 선수들
　　　산기슭의 아열대를 지나면 저만치
　　　산꼭대기 만년설이 보인다
　　　해발 사천오백 미터 산간고원을 달린다
　　　산소가 희박한 공기 속
　　　가쁜 숨을 몰아쉬며 자전거 페달을 밟는다
　　　가슴은 터질 듯 헐떡인다
　　　자욱한 안개는 귀를 핥으며
　　　자꾸만 속삭인다
　　　포기하라!
　　　이제 그만 포기하라!
　　　나는 핏발 선 눈으로
　　　핸들을 잡은 손에 힘을 준다
　　　머리 위에서 부서지는
　　　잉카의 태양

　　　　　　　　　　　　　　　　　　　　—「데드 포인트」 전문

　빼어난 솜씨라고 할 수 없지만, 크게 무리가 없다. 이 시의 묘미는
12행에서 보여주는 화자의 시점 전환에 있다. 관찰자와 화자가 하나로
일치되면서 데드 포인트를 향한 질주가 떠오른다. 속도의 메커니즘에
빠져들기보다는 속도를 극복하려는 마지막 질주가 주목된다. 그러나
현장감이 생생하게 돌출되지는 않는다.
　속도로부터 벗어나는 길은 앞에서 말한 대로 과거로 돌아가는 것도
한 가지 방법이다. 속도와의 대결만이 최선의 결과를 얻는 것은 아니
다.

> 내가 이 염소를 본 건 30년 전 가을 한낮 서울 관철동
> 골목에서였다. 그때 나는 대학생이었다. 턱에 수염이 난
> 중년 남자는 낡은 모자를 쓰고 턱에 수염이 난 염소를
> 끌고 지나가고 있었다. 최근에 아내는 그때 그 남자
> 그러니까 염소를 끌고 가던 중년 남자가 바로 나였다고
> 말한다(나는 하도 기가 막혀 담배를 피운다 나도
> 종이를 먹는구나 과연 그 남자가 나였단 말인가?
> 이 문제는 다시 생각하기로 한다)

　　　　　　　　　　　　　　　　　　　　—「염소에 대하여」 제2연

　이승훈의 「염소에 대하여」(『현대문학』 1996년 7월호)에서 읽을 수 있
는 것은 환각과 현실의 엇갈림이다. 나는 염소가 아니다. 그러나 턱수
염이 난 오늘 생각해보니 나는 염소다. 담배를 피우며 깨닫는다. 아내
의 지적을 통해 이미 30년 전에 내가 염소였음을 확인한다. 그러나 나
는 염소가 아니다. 염소가 종이를 먹는다고 쓴 것은 시일 뿐이다. 30년
전과 오늘 시 쓰는 순간 사이에 환각과 현실이 교차된다.
　나는 염소이기도 하고, 나는 염소가 아니기도 하다. 그러므로 다시

생각하지 않을 수 없다. 어쩌면 이는 쉽게 풀리지 않는 질문일 것이다. 과거로 돌아가 오늘을 비춰보고, 오늘을 통해 과거를 비춰보는 자의식의 되새김은 어느 하나로 결론을 쉽게 내리지 않을 것이다.

추억이나 회상의 시편들의 대표적인 예는 역사로 되돌아가거나 어머니를 되살려 떠올려보기일 것이다. 역사는 속도에 의한 과거의 허물어짐을 막아주는 방벽이 된다. 어머니는 신산한 삶으로부터 자신을 지켜주는 최상의 안식처일 것이다. 박희진의 「경주의 신라고분군(新羅古墳群)을 기린다」나 이영춘의 「보편성」, 반칠환의 「어머니」(이상 『현대문학』 1996년 7월호) 등이 이러한 세계를 각각의 시범으로 그리고 있다. 그러나 이러한 시편들은 반복적인 되풀이 이상의 의미를 갖기는 힘들다. 시의 되풀이를 어떻게 넘어설 것인가는 그들만이 아니라 우리 모두의 과제일 것이다.

속도의 시대에 속도에서 한 걸음 물러난 것이 졸음의 시다. 남진우의 「잠자리를 꿈꾸다」(『현대문학』 1996년 7월호)에서 필자는 속도를 일탈한 뛰어난 시의 한 예를 발견한다.

점심을 먹고
낡은 의자에 몸 길게 늘어뜨리고 눈을 감으면
눈꺼풀 밑에 소금처럼 쌓이는 햇살을 뚫고
잠자리 무수한 잠자리들이 날아오른다.

푸르스름한 날개에 내 가벼운 졸음을 싣고
잠자리들이 내 엷은 꿈속을 떠다닌다
잠자리들이 한가롭게 가로지르는 하오의 사무실

성곽처럼 나를 둘러싼
책들 서류들 모두 조금씩 떠오르기 시작한다
내 몸을 실은 의자도 서서히 떠오르기 시작한다

허공에 뜬 꽃병도 꽃병 속의 물도
금방 쏟아져내릴 듯한 표정으로 기우뚱거린다.

손을 내저어도 잡을 수 없는 잠자리들
내 뺨에 입술에 옷깃에 내려앉아 높이 더 높이
나를 데리고 올라간다

창 밖으로 성냥갑만한 집들이 내려다보이고
가로수 밑을 지나는 사람들도 보인다
구름만큼 오르다 보면 저 위에서 무얼 보게 될까

열린 유리창으로 바람이 몰려온다 몰려와 잠자리
잠자리 푸르스름한 날개를 으스러뜨린다
투명한 가루가 되어 흩날리는 잠자리들에 싸여
나는 깨어난다

아, 달아나는 잠자리의 꽁무니에 달려
일제히 사라지는 잠자리들

—「잠자리를 꿈꾸다」 전문

　하오의 한때 얇게 스쳐가는 졸음의 한순간을 잠자리를 빌려 섬세하게 포착한 이 시는 근래에 드물게 읽는 가작이다. "눈꺼풀 밑에 소금처럼 쌓이는 햇살"이란 절묘한 표현은 물론이고 허공에 뜬 꽃병 속의 물이 기우뚱거림을 포착하는 깊은 시선은 상상의 부력(浮力)을 증폭시켜 화자를 하늘 높이 떠오르게 만든다. 잠자리들이 "내 뺨에 입술에 옷깃에 내려앉아" 그를 상승시킴으로 인해 시를 읽는 독자들은 그와 함께 더 높이 올라감을 느낀다. 그리고 문득 화자처럼 "구름만큼 오르다 보면 저 위에서 무얼 보게 될까" 하고 반문하게 되고 그 순간 우리는 그와 함께 졸음에서 깨어난다.

마지막 연의 처리 또한 적절하게 매끄럽다. 이 졸음에서 깨어난 것이 한편으로 아쉽기도 한 것이지만, 다른 한편으로는 그것은 즐거운 상상으로서 짧은 망각의 순간이기도 하다.

속도의 시대라고 해서 모두가 속도의 시를 쓸 필요는 없다. 오히려 시는 일탈과 해방을 위한 길트기로서 씌어진다. 남진우의 졸음의 시는 이를 반성하기 위한 좋은 본보기이다.

3

폭양과 속도의 계절, 우리에게 필요한 것은 무엇일까. 속도의 시는 우리를 숨가쁘게 하고, 졸음의 시는 우리를 나른하게 만든다. 속도의 시대일수록 우리가 돌이켜보아야 할 것은 더 깊은 자기 성찰일 것이다. 환각과 현실 사이, 공포와 섹스 사이, 속도와 졸음 사이에서 우리가 우리를 일깨울 수 있는 자기 반성의 숙연함이 여름의 폭양을 이기게 해줄 것이다.

최승호의 시집 『눈사람』을 읽고 싶어지는 것은 그러한 까닭이다.

저자 이름은 있어도 저자의 육체 없는 시집을 읽는다. 거기서가 아니라 어느 날 저자는 시간의 구멍에 흡수되듯 사라진다. 그리고는 다시 나타나지 않는다.

지상에는 여전히 그의 이름 붙은 책이 펄럭이고, 누군가 얼음의 책을 읽으며 그의 눈매 그의 미소 그의 길고 가느다란 손가락들을 기억한다.

사라짐.

302

사라짐으로 저자는 영원히 글 쓰는 자가 된다. 사라지지 않는 문자에
육체를 절여넣고, 그는 낡은 외투처럼 사라지는 것이다.

—「얼음의 책」 제1~4연

시간의 구멍 속에 흡수되듯 육체가 사라진 저자는 다시 나타나지 않
는다. 육체를 절여넣은 문자를 남기고 그는 낡은 외투처럼 사라진다.
여름날의 긴 그림자도 그러할 것이다.

얼음의 책은 환락과 도취에 사로잡히기 쉬운 우리에게 서늘한 한기
를 느끼게 한다.

부글거리는 욕망의 세계로부터 모든 것을 무(無)로 전화시킨 회저의
잿더미에서 눈사람의 녹아 흐르는 이미지로 나아간 최승호의 시적 고
투를 우리는 가볍게 넘길 수 없다. 많은 시인들이 말하고 있는 환각과
현실의 교차에서 그는 '사라짐'이라는 화두를 남다르게 붙잡고 있다.

종이로 만든 책에
눈을 담는다
누가 눈송이뿐인 책을 볼까
마음의 눈보라 그 먼길 헤아릴까

달구어진 모래밭에서, 또는 무성한 나무 그늘에서 『눈사람』을 읽는
즐거움이 이 여름 우리들의 시심을 차갑고 푸르게 일깨워줄 것이다.

(『문학사상』 1996년 8월호)

여류시와 페미니즘 그리고 기담시(奇談詩)

1

여류시라는 말 속에는 보수적이며, 남성 중심적인 체취가 담겨 있다. '여류'라는 말이 무색해진 오늘날 구태여 여류시라고 할 필요가 있겠는가. 시에서 무슨 성차별을 논하려는 것은 아니다.

여류시나 페미니즘이라는 말에서 느껴지는 서로 다른 질감을 어떤 형태로든 확인해보고 싶은 것이다.

페미니즘 하면 무엇보다 먼저 여성해방운동을 떠올리게 되고 여성 중심주의적 사고의 유행을 생각하게 된다. 남녀동등의 양성주의는 문화가 발달할수록 강화된다. 인류문화의 패턴이 오히려 부계 중심에서 모계 중심으로의 새로운 대전환이 이루어지는 것이 아닐까 느껴지기도 한다.

사회 도처에서 기존의 관습은 무너지고 종래 불가능한 부문으로 여겨지던 여러 영역에서 여성들의 진출은 비약적으로 이루어지고 있다. 그럼에도 여성들의 입장에서 말하라고 한다면 아직도 사회적 구속과 제약은 유형무형으로 그들을 구속하고 있다고 말할 것이다.

어떻든 여성들의 시쓰기는 이제 여류라고 불리는 몇몇 사람들에 의해 행해지는 것이 아니라 시단의 상당 부분을 그들이 점유하게 되었다고 해도 과언이 아닐 정도로 활발하다.

우리 시사에서 노천명, 모윤숙에서 시작된 여류시는 김남조, 홍윤숙 등을 거쳐 김초혜, 유안진, 신달자는 물론 천양희, 문정희, 노향림, 김승희, 최승자 등에 이어지고 다시 페미니즘적 성향을 다분히 풍기고 있는 김정란, 조윤희, 노혜경, 정은숙, 강문숙 등에 이르고 있다. 최근 들어 이들의 활동은 더욱 가속화되고 있으며, 이들을 중심으로 더 많은 여류들이 시단의 저변을 형성하고 있다고 할 것이다.

2

여류시라고 해서 특별 대접을 받아야 할 필요가 없는 것처럼 페미니즘이 유행했다고 해서 여기에 과중한 관심을 표명해야 될 이유는 없다. 그러나 이들의 최근 활동은 작품의 질과 양에서 오히려 시단의 탄력적 부분을 형성하고 있는 것이 아닌가 판단된다. 그들의 시가 결코 호사취미가 아니라는 점에서 눈여겨보지 않을 수 없다.

시시한 일상사에 매달리거나 무기력한 되풀이나 위축된 자의식을 징징거림처럼 하소연하는 시들이 시단의 일부를 점하고 있는 오늘날 여성들의 시쓰기는 아려한 자기 도취에서 벗어나 시단의 중심부를 강하게 추동하는 활력이 되고 있다고 하겠다.

"영혼의 밑바닥에 있는 희망을 쓰고 싶다"는 천양희는 「나는 가끔 날개를 꿈꾼다」(『문학사상』 1996년 8월호)에서 다음과 같이 말한다.

절망 희망 절망 희망의 날들. 새들은 벌써 하늘에 있다. 물새들이 날 때마다 나는 상처받았다. 하늘 높은 줄 모르는 것들. (……) 새들은 날개가 있고 나에게는 시가 있다. 정말 시가 뭐냐? 사는 게 뭐냐? 뭔가 고픈 것이냐? 축여풀꽃 몇, 잡풀 속에 끼여 있다. 축여풀 먹으면 허기가 없어진대, 저 환하게 푸른 꽃 축여(祝餘)! 저것이 혹 생시(生時) 같은 건 아닐까. 오늘 따라 아득해지는 정신. 정신없이 강줄기 따라간다.

—「나는 가끔 날개를 꿈꾼다」 후반부

잘 다듬어진 시라고 할 수 없지만, 화자의 내적 독백을 진솔하게 드러내고 있다. 특히 시란 무엇인가라는 의문에 대한 천착을 보여주고, 잡풀 속에 있는 축여풀꽃을 통해 시인이 도달하고자 하는 생시(生時)를 발견한다는 점에서 시인으로서 천양희의 고뇌를 읽을 수 있다. 날아오르는 물새를 볼 때마다 상처를 받는다는 그의 시심은 어떤 점에서 이상의 「날개」를 연상시킨다.

아마도 그것은 저주받은 영혼의 표상일 것이다. 그러나 "새들은 날개가 있고 나에게는 시가 있다"는 진술이 극히 시적인 것은 아니지만, 가망 없는 희망에 자신의 시를 걸고 있다는 점에서 쉽게 던져지는 명제는 아니다.

이런 천착을 바탕으로 천양희는 「풀 베는 날」(『현대문학』 1996년 8월호)과 같은 가작을 얻는다.

마음이 풀포기 몇, 말아올린다. 날 살게 하는 건 썩어
거름 된 풀잎들, 싹 내민 무명초들. 풀도 잘못 잡으면
손을 벤다고? 세상에는 베이는 일들이 너무 많다
멍멍해진 눈에 논물이 차오른다. 들판 한쪽을 오래
당겨본다. 실개천 하나 달려나오고 물떼새 와자지껄
날아오른다. 오르고 또 올라도 하늘 밑이다.

우두커니 나는 풀밭에 서 있어 그때마다 발끝이 들려

풀 베다 본다
한 뿌리 모두 여러 갈래다
같은 땅인데 길조차 여러 갈래
풀섶이 내 속에 들어앉는다
풀씨만한 한 생(生)이 꿈틀거린다
풀아 날 잡아라
내가 널 당겨 일어서겠다.

　　　　　　　　　　　　—「풀 베는 날」 마지막 제3~5연

　상처받기 쉬운 영혼이 풀베기를 통해 강하게 일어서는 역동성을 담고 있는 이 시는 무리없이 잘 다듬어진 작품이다. 썩어 거름이 되는 풀잎들을 통해 삶의 힘을 얻는다는 화자의 시적 관찰은 일시적으로 얻어진 것은 아니다. 삶의 아픔을 순화시켜 새롭게 꿈틀거리는 생을 획득하는 과정은 "풀섶이 내 속에 들어앉는다"라는 표현 속에 압축되어 있다.

　한 뿌리 한 뿌리가 여러 갈래인데, 그 풀숲이 내 속에 들어앉음으로 인하여 여러 갈래 갈기갈기 상처받은 화자의 마음 또한 풀과 하나가 된다. 잡아당겨 베어낸 풀은 거름이 되고, 그 거름이 상처 많은 나를 치유하는 것이다.

　언뜻 지나치기 쉽지만 천양희의 시적 특색은 "날아오른다. 오르고 또 올라도 하늘 밑이다"에서 감지된다. 아무리 날아오르려 해도 날아오를 수 없음을 깨닫고, 풀베기를 통해 삶의 역동성을 얻고 있는 천양희의 시는 영혼의 밑바닥에 있는 희망을 포기하지 않는 고통의 시이다.

　그의 「풀 베는 날」에는 베인 풀로 가득한 풀밭처럼 고통의 체취가 진동하고 있다. 고통의 강렬함이야말로 그를 날아오르게 하는 힘의 원천이다. 그가 지닌 고통의 진정성은 우리 모두에게 "사는 게 뭐냐"라는 그의 화두를 새삼 음미하게 만든다.

천양희의 시와 더불어 최문자의 「두 번 꽃필 것도 같은 내일」(『현대문학』 1996년 8월호)은 여류시의 정상을 읽는 기쁨을 느끼게 한다. 최문자의 시가 지금까지 비평의 대상이 된 예는 드물지만, 최근 그의 작품들은 괄목할 만한 시적 성과물로 여겨진다.

산에 다녀온 날은
머리를 감아도 감아도 풀냄새가 난다.
실핏줄까지 새파란 풀의 정신이
내 몸 온 데를 건드렸나 보다.
소래포구로 생선 사러 갔다 온 날은
두 손을 비누로 닦아도 닦아도 비린내가 났다
어쩌지 못하는 것들은 냄새의 혼이 있다
냄새 속에서 지난날의 피가 흐른다.
기억을 잠글수록 비린내는 더 진동한다.
새벽 2시
타인들은 푸르게 잠들고
나는 쓰리고 아픈 냄새들이 요 밑에서 으깨어질 때마다,
아픈 잔등을 뒤척였다.
더운 어느 날처럼
쓴 커피 한 잔 타 마시고 찬물로 세수하고 나니,
창살 너머로 뿌옇게 내일이 보였다.
내일.
오늘의 비린내에 푹 젖어 아무것도 못 잊을 내일.
불발의 그리움이 오늘을 채우고도 남아
두 번 꽃필 것도 같은 내일
모든 희망이 거품을 일으키며 문을 여는 미명에

밤새 낫질해도 안 쓰러지던 냄새를 헤치고
나는 꼭두새벽부터
말라붙은 땅에 끼익 시동 걸고
앞서가고 있는 노동의 뒤를 따라나서야 한다.
—「두 번 꽃필 것도 같은 내일」 전반부

이 시를 지배하고 있는 것은 후각적 이미지이다. '풀냄새/비린내/그리움의 냄새'로 시적 이미지가 전개된다. 그러나 이 후각적 이미지들은 "냄새의 혼"으로부터 힘을 얻는다. 이 시의 화자가 표현하고 있는 후각적 이미지들은 냄새의 혼을 통해 피가 통하는 살아 있는 이미지가 되어 강한 정서적 환기력을 유발한다.

"새벽 2시"는 냄새의 혼이 발동하는 정점이다. 잠글수록 진동하는 냄새들로 인하여 그는 잠들지 못하고 뒤척인다. "쓰리고 아픈 냄새들이 요 밑에서 으깨어질 때"이기 때문이다.

살아서 움직이는 고통의 냄새들로 인해 그는 부옇게 밝아오는 새벽을 보기도 한다. 이 시에서 제17행 "내일"을 돌출시킨 것은 적절한 시적 장치이다. 과거를 현재로 끌어오고 다시 현재를 미래로 끌어나가기 위한 매개체로서 내일은 시간의 연속성을 머금은 등뼈와 같다.

그렇다면 그의 이 냄새들은 어디에서 연유된 것일까. 단순히 풀냄새나 생선 비린내라면 크게 문제될 것이 없다. 시 전체를 진동시키는 후각적 이미지들의 근원은 "불발의 그리움"으로부터 온다. 화자는 오늘이 고통스럽고 힘들더라도 내일에 희망을 걸고 있다. 그 희망은 불발의 그리움의 성취이다. 그리움은 과거로부터 오고 다시 내일로 이어진다. 오늘과 내일로 이어지게 하는 하나의 도취작용으로서의 냄새가 이 시에 살아 움직이고 있는 것이다.

최문자는 물론 직설어법을 피하고 있지만, 냄새의 혼을 되살아나게 하는 시적 힘은 지난날의 피가 흐르는 "불발의 그리움"이 있기 때문이고, 생에 대한 열망이 있기 때문일 것이다. 끝내 사라지지 않는 냄새를

헤치고 꼭두새벽 차를 굴리는 그의 노동에는 삶의 아픔을 헤치고 나아
가려는 인간적 의지가 담겨 있다. 누구에게나 어쩌지 못하는 것들이
있고, 피하지 못하는 것들이 있다. 이 지점에서 우리는 어떤 운명론적
명제와 부딪칠 것이다.

그러나 최문자의 시심에는 "새파란 풀의 정신"이 "푸른 신경으로 온
몸에 불 켜고" 있음으로 인해 "두 번 꽃필 것도 같은 내일"을 향해 달
려갈 에너지가 축적된다. 불발의 그리움이 오늘을 가득 채우고도 남아
두 번 꽃필 것 같은 내일을 기대하며 산다는 얼마나 잔인하고도 강력
한 후각적 이미지들의 충만인가.

김정란, 조윤희, 정은숙, 노혜경, 신현림 등은 직간접으로 페미니즘의
세례를 받은 시인들이다. 그들은 포스트모더니즘을 경험하였을 뿐 아
니라 종전의 여성주의를 해체시키면서 그들이 하고자 하는 시적 감정
의 토로에 거리낌이 없는 어법을 획득한 것처럼 느껴진다. 할말은 하
면서 살아야겠다는 페미니즘적 사고는 그들의 시적 감정을 강경한 어
조로 만들고, 그들의 시적 수사를 과다한 자신감으로 충만시킨다.

물론 그 이면에 자리잡고 있는 것은 일종의 세기말적 허무의 감정이
지만, 그들의 시의 전면에 나타나는 것은 자기 탐닉으로 돌출된다.

> 나는 이제 망설이지 않는다
> 때가 되었다는 것을 알아차렸으므로
> 나는 내면의 신전에 내려갔었다
> 신탁은 분명했다 그것은 쓰여진 글자였다, 이번엔
>
> 당당하라, 너를 죽여라, 그리고 너 자신이 되라
>   —「침묵, 바닷가에서 주운 칼날」 제1~2연

망설임을 갖지 않는 당당한 선언에 대해서는 좀더 심층적인 탐구가

필요한 바이지만, 이 시에서 우선 읽혀지는 것은 스스로 당당하게 자기 자신이 된다는 것이다. 인습이나 기존의 틀에 얽매인 외적 틀을 깨기 위해 스스로에게 죽으라고 명령할 수 있다는 것이다. 또하나의 여성해방선언이라고도 볼 수 있다. 몽상을 현실로, 현실을 몽상으로 뒤바꿔놓는다는 점에 김정란의 시 「침묵, 바닷가에서 주운 칼날」(『현대시』 1996년 8월호)의 섬뜩한 묘미가 있다. 물론 그는 이런 선언을 하기 위해 이미 「잔혹한 외출」(『현대시』 1996년 8월호)을 감행한 바 있다.

> 희디흰 뼈 눈부시게 드러나고
> 바람과 바람의 결 사이에 촘촘히 박혀 있던
> 잊혀진, 강렬한 말들이
> 핏줄 위에서 널을 뛰기 시작한다
>
> 잔혹한 외출
>
> 최소한의 삶으로 버티던 여자 하나, 모랫벌을 달려가
> 시퍼런 바닷물 속으로 걸어들어간다
>
> ─「잔혹한 외출」 제5∼7연

죽음을 통해 잊혀진 말들의 강렬함을 되살리겠다는 시적 의지는 "너 자신이 되라"는 명제를 실천하는 동인이 된다. 자기 희생을 전제하므로 이 강경한 선언이 가능하다는 것이다.

그러나 그의 이 모든 시적 사고는 자기 탐닉적이라는 점에서 시대적 방향성을 드러내 보이지 않는다. 순간순간 부스러져버리는 삶의 황홀에 도취하자는 과감한 자기 선언 이상의 것이 되지 못한다. 그의 시가 현란한 이미지들을 구사하지만 때로 백일몽의 세계에 빠져드는 것은 그러한 이유에서다.

이따금 몸 속에서 반딧불들이 날아다닌다. 몸이 깜빡깜빡 꺼진다. 요
샌 낮잠을 많이 잔다. 몸 한구석이 텅 빈다. 몸이 물러난 빈자리에서 눈
길들이 느껴진다. 생의 울타리를 나지막하게 흔드는 멀리서 온 사람들.
라일락 향기가 난다. 그들이 고개를 기울이고 정성스럽게 묻는다. 아파?
아니, 안 아파. 하지만 마저 여의었으면 좋겠어. 뭘? 그리움. 그리움이 날
아프게 해. 곧 그렇게 돼. 걱정하지 마.

—「낮꿈」 제1연

꿈속에서 화자가 느끼는 죽음의 충동은 향기롭다. 그리움은 라일락
향기를 퍼뜨리며 생의 울타리가 흔들리는 변경에서 화자를 죽음의 나
락으로 이끌어들인다.

최문자의 그리움이 고통을 삶으로 전화시키는 역동성을 가진다면,
김정란의 그리움은 삶을 추억 속의 죽음으로 이끌어들이는 악마적 메
커니즘을 갖는다.

많은 페미니즘적 시인들이 젊음의 덧없음을 죽음의 충동으로 파괴
적으로 이끌어나가는 듯한 느낌을 받는 것은 우연한 일치일까. 극단적
심미주의는 그 극단성으로 인해 강렬한 메시지를 발산한다. 그러나 그
것이 일회적 단속적으로 명멸하는 시적 감정이라는 점에서 그 치열성
의 배면에는 극단적 불안감이 함께 공존하고 있다는 점을 반성할 필요
가 있지 않을까.

비교적 신인으로 생각되는 강문숙의 「자루 속에서」(『문학사상』 1996
년 8월호)는 관찰자적 시선과 안정된 어법이 주목된다.

수많은 낮밤을 완두콩과, 완두콩을 갉아먹는
벌레들로, 자루의 속은 얼마나 들썩거렸을까.
푸른 떡잎과 싱싱한 넝쿨손을 갉아먹히면서
완두콩은 또 얼마나 아팠을까.
벌레를 껴안고 사방으로 굴러가는 완두콩

자루가 해탈한 표정으로 보고 있다.

무한천공을 떠다니는 지구 덩어리
거대한 자루 속, 함께 들썩거리며
나도 쉬지 않고 세상을 갉아먹고 있는 중이다.
완두콩과 벌레와 자루가 서로 껴안고 구를 때
삶은 굴렁쇠처럼 반짝이고 있다.
—「자루 속에서」 마지막 제2~3연

전체 구상과 시적 마무리에 큰 무리가 없는 시이다. 말의 쓰임 또한 신중하다. 그러나 관념적이다. 삶의 실감이 시에 배어 있지 않다. 천양희의 시와 비교하면 단박에 드러난다.

"완두콩은 또 얼마나 아팠을까"나 "해탈한 표정으로 보고 있다", 그리고 "삶은 굴렁쇠처럼 반짝이고 있다" 등의 표현에 감정의 실감이 얹히지 않는다. 이런 점에 유의한다면 그의 잠재적 가능성은 크게 빛나게 될 것이라 기대한다.

3

여성들의 향기로움이 성세를 이루고 있을 때 또다른 시인들은 무엇을 하고 있을까. 그들은 위축되고 일그러진 자신들의 이미지를 다음과 같이 희화적으로 그려낸다.

우리들의 구 선생은 공처가
학교에선 99.9
인기 많은 호랑이 선생
잘 가르치고 학생들과 잘 통하는

우리들의 우상이지만
왜 그런지 집에선 0.34
비실비실 겉도는 공처가
싸모님의 잔소리에 마음 크게 다치고
자식들은 하나같이 엄마 편만 들어
말 안 듣고 대들기 일쑤

—「구 선생은 0.34」 제1연

시종 쓴웃음을 지으며 읽지 않을 수 없는 풍자시이다. 호랑이 선생/
공처가, 이 양면이 일그러진 오늘의 남성상일 것이다. 여성들의 위세
앞에 주눅든 남성을 떠올릴 때 우리는 자기도 모르게 또다른 남녀분리
주의에 빠지게 된다. 어떤 것이 우월하냐를 따지는 것은 어리석은 일
이다. 시를 논하는 데 남녀를 구분할 필요가 있겠는가. 오직 중요한 기
준은 시일 뿐이다.

무더운 여름, 필자에게 시읽기의 즐거움을 만끽하게 해준 것은 상희
구의 시집 『요하의 달』이다. 나로서는 낯선 시인이다. 시집을 다 읽고
호기심이 발동하여, 그전에 간행된 『발해기행』(1989)을 찾아 다시 읽어
보았다. 일종의 기담집(奇談集)이 갖는 흥미가 일차적이기는 하지만,
고금의 시공을 넘나드는 그의 시적 상상력과 재치는 뛰어난 것이라고
말하지 않을 수 없다. 발해의 옛이야기를 더듬어가는 시법은 사료적
흥미를 넘어서는 절묘한 언어의 배치에 의해 현대성을 획득한다. 그의
오랜 시적 천착, 학적 탐구, 선별된 언어들은 우리 시의 새로운 영역의
개척이 분명하다. 중남미의 네루다나 보르헤스의 한 특징들이 언뜻언
뜻 보이기는 하지만, 결코 일차적 모방이 아니라는 점에서 주목할 필
요가 있다. 특히 「발해기행 41-시전(詩殿)에」라는 시가 웅장하다.

식초, 性病, 사기꾼

말(馬), 임기응변의 시전에 아뢴다.

불도마뱀인 시전에 아뢴다
숯검댕이인 시전에 아뢴다
紙類와 난장이인 시전에 아뢴다

꿈인 시전에 아뢴다

다시 몸을 깨끗이 하고

偈頌(게송)과 찬송으로
가장 좋은 악기로
바라와 小鼓
箜篌(공후)의 줄을 퉁기면서
靈妙(영묘)한 詩의 神殿(신전)인
시전에!
백번 더 부복하고 시전에 아뢴다
그냥 시전에 아뢴다
시전에 아뢴다

―「발해기행 41」 끝부분

그의 박식은 산만한 지식의 나열이 아니다. 우리가 상상할 수 있는 거의 모든 것들을 등장시켜 이질적인 것들을 하나로 종합하여 구축된 상희구의 '시전'은 현란하고 웅장하다. 그의 시들은 초보적이고 회고 취미나 현학주의와 맥을 달리한다. 난삽함은 다채롭게 전개되는 사물들과 중첩되면서 오히려 고전적 격조로서 현대적 부박함을 감싸안는다.

되풀이해서 시의 참다움을 음미하게 하는 시집을 갖는다는 것은 비

평가에게는 기쁨이요 독자들에게는 행복이다. 시인의 몫은 남겨둘 필
요가 없다. 그 자신의 '시전'에 이미 너무나 많은 보물을 숨겨놓았기
때문이다.

(『문학사상』 1996년 9월호)

시의 부정, 해체 그리고 시적 생성

1

시가 부정되고 있다. 시를 부정하는 것이 마치 가장 첨단적인 것처럼, 또는 어쩔 수 없는 필연적 사실인 것처럼 논의되고 있다. 80년대 초반을 '시의 시대'라고 한다면, 90년대 중반은 '시의 소멸'이 암묵적으로 선언된 시대라고 할 수 있을 것 같다.

80년대의 시가 정치적 질곡에 대한 응전의 표현이었다면, 90년대의 시는 문화적 개방화에 대한 압박에 위축된 자기 소멸의 방식으로 나타나는 것 같다. 그러나 이러한 현상을 야기시키는 이유를 천착해볼 필요가 있다. 오히려 이번 가을에 쏟아진 문예지의 지면들을 조감해볼 때, 80년대 초반보다 더 많은 시들이 공개적인 자리를 차지하고 있다는 사실을 발견하게 된다. 그럼에도 그들 스스로 문화적 역동성에 자기 소외를 느낀 결과가 시의 자기 부정으로 나타난 것이 아닌가 생각된다.

시는 이제 한 시대를 선도해나가는 주종 장르가 아니다. 오늘의 시들 상당수는 시대의 그늘진 곳에서 병적인 자기 부정을 난삽한 언어로 읊조리거나 흘러간 시대를 회고하는 퇴영적 목소리를 들려주고 있다. 신세대 체험에 근접한 젊은 시인들 또한 아직 생경한 목소리로 자신을 표현하고 있을 뿐이다. 그 누구도 오늘의 우리가 체험하고 있는 삶의 실상을 시적 언어로 날카롭게 포착해내지 못하고 있는 것처럼 보인다.

아우슈비츠의 대학살 이후에도 시가 씌어질 수 있겠는가라는 명제는 광주민주화운동 이후에도 시가 어떻게 씌어질 수 있었는가로 바뀌어야 한다. 더구나 혁명적 격변의 미디어 시대로 대변되는 오늘, 과연 앞으로도 시가 씌어질 수 있는가 하는 명제 또한 깊게 천착해보아야 하리라.

90년대 후반의 시인들은 1930년대 모더니스트들처럼 새로운 문명을 경이의 눈으로 찬미하거나 1970년대 민중시인들처럼 현실 비판 그 자체만으로 시의 사회적 비중을 획득할 수 없다. 따지고 보면 시를 부정하고 있는 것은 무엇보다 시인들 그 자신이 아닐까. 독자들이 시를 읽지 않는다고 볼멘 목소리로 호소하거나 현학적 논변으로 시의 부정을 획책하는 시각 모두 바람직한 것은 아니다.

독자들을 충동하고 고무하고 이끌어나가는 자기 향상의 노력이야말로 시인들 모두의 의무이고, 비평가들이 해야 할 당연한 직무일 것이다.

2

최근 우리 시단에서 가장 활발하게 시와 비평에 걸쳐 활동하는 시인 중의 한 사람이 이승훈일 것이다. 그러나 그가 시를 부정하는 선봉장이 된 것 또한 아이러니가 아닐 수 없다. 「시」「노예」 등(『문예중앙』

1996년 가을호)과 「모든 끝이 시작이다」(『문학사상』 1996년 9월호), 그리고 「문학의 역사는 폐허의 역사다」(『소설과사상』 1996년 가을호) 등등 발표된 시와 산문들을 눈여겨보면, 그 이유가 자명해진다. 「모든 끝이 시작이다」라는 글에서 시단의 앞자리를 차지하고 있는 그가 설정한 몇 개의 명제는 다음과 같다.

(1) 내가 최근에 쓰는 글(시라고 할까?)은 시쓰기의 가능성과 불가능성을 문제로 삼는다.
(2) 이 '나'는 시를 생산하는 게 아니라, 그러니까 시를 쓰는 게 아니라 시에 의해 구성된다.
(3) 시쓰기의 불가능성은 시쓰기의 가능성이다.
(4) 문학 속에선 무슨 말을 해도 된다.
(5) 시를 쓰려면 시를 못 쓴다. 시를 쓰지 않으려고 시를 쓴다.

이 알쏭달쏭한 명제들은 물론 불가능성을 가능성으로 바꾸어 시를 쓰겠다는 언명으로 해석되기는 하지만, 정말 시를 쓰겠다는 것인지 아닌지 잘 알 수 없도록 만들어 일반 독자들에게는 폭력적 표현이 된다.

그러잖아도 시 앞에 주눅들기 쉬운 독자나 시인 지망생들에게 문단의 중진이라 할 수 있는 저명한 시인이 이렇게 시쓰기의 혼란을 야기시킨다면, 그야말로 시를 부정하게 만드는 결과를 초래하고 말 것이다. 물론 그가 발표한 글들은 그 나름의 체계 속에서 일관성을 갖고 있다. "나는 지금 무얼 쓰는가? 계속되는 '아니다' 속에 새로운 글쓰기, 장르라는 문학적 제도를 부정하는, 긍정하면서 부정하는 그런 글쓰기가 가능하다"고 그는 말한다. 이 말을 달리 표현하면 '새로운 글쓰기는 긍정하면서 부정하는 글쓰기'이다.

그리고 인용된 문장을 다시 읽어보면, '부정/긍정/부정'의 글쓰기가 그가 말한 논리의 도식이다. 결국 그가 말하는 것은 글쓰기는 가능하지만, 그의 글쓰기는 시를 포기한 자의 글쓰기를 뜻한다. 긍정과 부

정을 교묘하게 접합시켜 그의 논리를 부정하기 어렵게 만들지만 그의
논리에서 추출할 수 있는 것은 시쓰기의 부정이다.

　어떻게 보면, 새로운 시쓰기는 그와 같은 부정을 통해 그 가능성이
열릴 수도 있을 것이다. 그러나 기본적 가정을 부정하고 있다면, 그 뒤
에 따라붙은 여러 가지 번다한 수사들은 끝내 시쓰기를 긍정하는 것이
될 수 없다. "아무 말도 못 할 때 나는 무슨 말이나 한다"라든가 이 글
의 마지막 "아내와는 싸우지 말아야 하리라"와 같은 문장들은 독자들
을 어리둥절하게 만드는 그의 분방한 상상력의 극단을 보여주지만, 과
연 1930년대의 이상(李箱)이 시도했던 자기 부정에서 얼마나 더 나아
갔는지 돌이켜보아야 할 것이다.

험담은 병이 아니라 이 시대의 상식이다 험담을
하고 모함을 하고 인간들은 우울증을 극복한다
나도 극복한다 우울증 환자 가운덴 알콜 중독자도
있고 투전꾼도 있고 약물 중독자도 있고 요컨대
이승훈 씨가 쓰는 시는 우울증의 산물이다 오오
우울증이 무슨 죄란 말입니까? 그는 불안이라고
하지만 아마 우울증일 것이다 그건 누구보다 내가
잘 안다 우울증은 자랑할 일이 아니다 불안하면
도둑질도 한다 무슨 짓을 못 하랴? 그는 오늘도
그가 읽는 책에서 언어를 훔치고 창문도 훔치고
종이도 줍고 물론 불을 지를 순 없으리라 언어
속에서 언어를 훔치는 이승훈 씨여 언어라는
아파트에서 그는 가구나 물건들(예컨대 재떨이,
신발, 양말, 의자, 낡은 셔츠 등)을 훔친다
도둑질을 한다 그는 염치도 없이 염치도 없이
　　　　　　　　　—「이 시대의 시쓰기」 제19~33행

이 시를 문맥 그대로 해석하면, '이승훈 씨의 시는 염치도 없이 언어를 도둑질한 것이다'가 된다. "염치도 없이"라는 말을 반복하는 시의 화자는 이렇게 순진한 해석을 거부할지 모르지만, 그의 시는 우울증의 산물이며, 그 우울증은 언어를 훔침으로써(실제는 아니지만) 시쓰기로 극복된다는 것이다.

물론 이 시에서 그가 모든 가면을 다 벗어버린 것은 아니다. 솔직한 고백처럼 토로하는 것이 그 나름의 시쓰기 전략일 수도 있다. 그러나, 우울증 환자는 이 시대에만 있는 것은 아니다. 더욱 분명한 것은 우울증만이 시를 쓰게 하는 것도 아니다. 앞의 산문과 시에서 보여주는 그의 과감성은 다음 「문학의 역사는 폐허의 역사다」에서 더욱 왜곡된다.

> 나만 그런지 모르겠지만 사는 게 재미없고 사회적으로 무능하고(난 능력 있는 교수도 못 되고 능력 있는 가장도 못 된다) 언제나 소외감에 시달리기 때문에 시작한 글쓰기가 아니던가? 사회적으로 능력 있는 사람들은 시를 쓰지 않는다. 아프지 않는 사람들, 병들지 않는 사람들, 상처를 모르는 사람들은 그림을 그리고 시를 쓰지 않는다.
>
> ─『소설과사상』1996년 가을호, 392쪽

위의 글에서 필자가 강조하고 있는 것은, 그림을 그리고 시를 쓰는 사람들은 모두가 병자들이거나 무능한 사람들이라는 점이다. 필자 개인의 소외감을 지나치게 확대시켜 보편적으로 적용한 것은 아닐까. 그가 무능을 과장함으로써 오히려 그의 능력을 과시하고 있는 것은 아닌가 반문할 필요가 있다.

그가 말하고자 하는 바대로 우리 모두가 그와 같이 '과연 문학적 글쓰기가 무엇인가?'라는 의문을 함께 공유하고 있다. 그러나 그가 과장하여 말하고 쓰는 것처럼 그러한 의문이 우울증 환자의 글쓰기로 전개되어야 하는 것이라면, 앞으로 모든 시인들의 시쓰기는 우울증의 표현으로 읽히고 말 것이다.

우울증 환자가 시를 쓸 수는 있겠지만, 그것이 새로운 시대의 글쓰기 방법도 아닐 뿐만 아니라 시를 쓰는 모든 사람이 우울증에 걸려야 하는 것도 아니다.

이와 같은 비판적 고언을 가하게 된 것은 최근 우리 시단에 확산되는 우울증적 경향에 대한 자기 반성적 경각심을 불러일으키고자 하는 것일 뿐이다. 우리가 더 깊이 생각해야 될 것은 '시란 정말 무엇인가'라는 명제이다. 삶의 체험이 더욱 첨예해진 결과 시적 언어가 그것을 감당할 수 없는 것인가, 아니면 문화의 격동으로부터 소외된 시인들이 미리 자포자기하고 만 것일까.

80년대의 시인들에게는, 사실은 매우 관념적이었지만, 그들의 목표가 분명한 것처럼 느껴졌던 것이 사실이었다. 그러나 90년대 중반, 어떤 시적 목표도 설정할 수 없거나 스스로 어떤 목표도 설정하지 못하고 있는 것이 아닐까.

시적인 것의 응축점에 「까치집」(『문학사상』 1996년 9월호)은 새롭게 읽힌다.

여름 나무 푸른 가지에 까치가 살지 않는 까치집이 있다
마치
나무가 죽음에 대한 생각을 하고 있는 것처럼 맺혀 있다

—「까치집」 전문

누구나 볼 수 있는 심상한 풍경이다. 그러나 함민복의 이 시가 살아나는 것은 제2행으로 독립시킨 "마치"라는 시어와 제3행 마지막의 "맺혀"에 있다.

그의 시에서 여름의 푸른 나무에서 독특하게 죽음을 일반화시킬 수 있는 시적 발상이 촉발된 것은 빈 까치집 때문이다. 그 까치집을 "맺혀 있다"로 인식함으로 인해 그의 시적 상상은 힘을 발휘한다. 외적 표현의 배면에 깔려 있는 '충만／비움' '삶／죽음' 등에 대한 성찰을 바탕

으로 이 시는 까치집과 나무를 바라보면서 삶과 죽음을 떠올리게 만든
다. 가을 나무나 겨울 나무가 아니라 여름 나무이므로 그의 시적 상상
은 더욱 싱싱해진다.

　그러나 그의 이런 시적 상상은 그 나름으로 전통적 시법에 의한 것
이지만, 오늘의 우리가 경험하고 있는 삶의 현장과는 거리를 갖고 있
다. 흔히 말하는 현실감이 적다. 곰삭은 젓갈 냄새를 풍기는 시가 김명
인의 「줄포 여자」(『문예중앙』 1996년 가을호)이다.

낡은 유행가 좇아가느라 나 거기 주저앉았다
희망이 숨차느냐고 놀고 먹는 지 벌써 이태째,
포장 친 간이주점에서 보낸 바다는
넘을 고개도 없는데 보리 고랑 가득 펴고 있다
남녘엔 봄 지나가고, 몇 년 만에 외출이냐고
한 가족이 아직은 시릴 모래톱에 맨발을 적신다
짧은 봄날에는 채 못 피우는 꽃봉오리도 많다
시절이 저 여자에게는 유독 혹독했을 것이다
접시에 담겨서도 꼼지락거리는
잘린 낙지발 중년이 입 안에서 쩝쩝거릴 때
목포에서는 한창 잘 나갔지요, 거름을 파고들었던
홍어찜이 이제서야 콧속을 탁 쏜다
여기도 예전의 줄포 아니라요, 어느새 경계 넘어버린
세월에도 변하지 않는 것 입맛이라고
저 여자, 버릇처럼 손장단으로 이길 수 없을 붉은
봄꽃을 피워 문다

—「줄포 여자」 전문

　멀리서 몇 년 만에 봄나들이한 가족들이 모래톱을 거닌다. 화자는
우연히 포장 친 간이주점의 주모인 중년의 여자와 흘러간 세월을 이야

기한다. 이 여인이 잘 나가던 시절의 목포 이야기를 들으며 화자는 홍
어찜을 먹는다. 세월이 변하고, 세상이 변했지만 입맛은 변하지 않았다
고 여인을 통해 구사되는 간접화법은 시적 효과를 높인다. 화자의 입
맛은 물론이고 여인네의 입맛 또한 변치 않아 붉은 봄꽃으로 치환된
담배 맛은 사실적 감흥을 불러일으킨다.

쩍쩍거리는 산낙지 맛은 물론이고 홍어찜 맛이 그러하듯이 혹독한
세월을 보낸 여인의 입맛 또한 흘러간 유행가보다 더 강하게 독자를
사로잡는다. 능청스러운 말의 구사나 시적 구성에서 삶의 맛이 적적히
배어 있다. "넘을 고개도 없는데 보리 고랑 가득 펴고 있다"고 바다를
묘사하고 있는 김명인의 시적 시각은 경계를 넘어버린 여인네의 살아
있는 입맛을 생생하게 전달해준다.

홍어 맛은 특히 술꾼들에게 강렬한 것인지 강윤후의 「홍어찜을 먹으
며」(『현대문학』 1996년 9월호)에서도 다시 음미된다.

틀림없다, 이놈은
주저하는 젓가락질에도 순순히
제 살점을 헐어내고 연하게 씹히면서도
나를 진저리치게 만드는 이 독(毒)한 놈은
살았을 때도 캄캄한 바다 밑바닥에 배를 깐 채
푹푹 속을 썩히고 있었을 거다
한 장 납작한 몸으로
무쇠 속 같은 수압을 미련하게 견디며
두 눈알만 꿈벅거렸을 거다
눌리며 사는 것도 섭리라 믿던 어리석음이
죽어서 이룬 한 접시 안주
물러진 수압이 마구 뜯겨나가고
마침내 드러난 가시가 나를 겨눈다

　　　　　　　　　　—「홍어찜을 먹으며」 제1~13행

  강윤후에게 홍어찜은 물러진 살점들로 구체적으로 느껴지고, 드러난 가시는 그를 겨누는 칼날 같은 아픔으로 전이된다. 살점을 드러내면서도 끝내 거부하는 그 무엇을 홍어찜이 감추고 있다는 것이다. 왜? 수압을 견디며 납작한 몸으로 캄캄한 바다 밑에서 속을 푹푹 썩히며 살았기 때문이다. 아마도 그는 자신이 홍어보다 삶의 신산함을 견디지 못한다고 자각하고 있는지도 모른다. 상한 살점이나 씹고 있는 자신을 겨누는 홍어의 가시를 보며 자신의 나약함을 질책하고 있는 것이다.

  김명인이 농숙한 삶을 유창하게 엮어내고 있다면, 강윤후는 상한 홍어의 살점을 씹으며 자신의 삶을 자각할 줄 아는 젊음을 가지고 있다. 두 사람의 시가 무리 없이 잘 씌어진 시임에도 불구하고 우리는 그들의 시는 삶 그 자체일 뿐 어떤 새로운 방향성을 보여주지 않는다고 비판할 수 있다. 이들의 시는 이승훈이 충격적 선언을 통해 비판하고자 하는 전래의 시적 문법을 그대로 사용하고 있는 것이다.

  그러나 오히려 이들의 시가 우리에게 주는 시적 공감은 아직도 시적인 것을 표현하고자 한다는 점에 있을 것이다. 우리 시대의 과제는 우리가 공유하고 있는 이 시적인 것을 어떻게 현재화시키느냐는 것이다. 가상 현실에 의해 지배되고, 온갖 시각 매체들이 우리들의 시선을 어지럽히고 있는 오늘날 우울증이거나 알코올에 의해 환기되는 시적인 감흥은 독자들에게 크게 호소력을 확장해나가기 어렵다.

  그럼에도 앞으로 시적 활성화의 가능성을 개진하기 위해서는 시적인 것을 추구해야 하며 그것은 진정성을 바탕으로 이루어져야 한다는 것이다. 이는 엄숙주의나 도덕주의를 강요하는 것이 아니다. 오늘의 예술에는 상업주의와 대중추수주의가 만연하고 있는데, 시적 진정성이야말로 이와 같은 혼돈 속에서 시의 방향성을 확립시키는 중대한 힘이 될 것이다. 시적인 것 자체를 부정하면 시적 진정성도 부정될 것이며, 시가 아닌 시 비슷한 글쓰기가 범람하게 될 것이다. 그와 같은 범람이 필연적인 것처럼 말하는 논리가 설정된다 하더라도 그것은 시를 부정하는 현학적 궤변에 도달하고 말 것임에 틀림없다.

시의 진정성과 더불어 또하나 강조하고 싶은 것은 시의 건강성이다. 오늘날의 독자들은 환자들의 시를 읽으려는 것이 아니다. 삶의 깊이를 천착하고 음미한다는 것과 우울증적 자기 호소를 독자들에게 강요하는 것은 서로 다른 문제이다. 자본주의 사회가 병적 측면을 어둡게 드리우고 있었던 것이 사실이고, 그 그늘진 부분을 남다르게 공감할 수 있는 언어로 표현해주었던 시들이 있었던 것도 사실이다. 그러나 새로운 시쓰기가 모두 병적 증상의 탐닉이라면 독자들은 정말 모두가 시를 외면해버릴 것이다.

시 그 자체로부터의 자기 소외, 삶으로부터의 시의 소외를 극복하는 것은 시적 건강성의 강화이다. 1930년대 새로운 문명에 근거한 현대시의 특성 중 하나를 김기림이 '명랑성'이라고 약간 성급하게 말한 바 있지만, 시적 건강성이 결여된다면 오늘의 시는 더욱 스스로 위축되고 독자로부터 소외당하고 말 것이다. 크게 새로울 것이 없지만, 정동주의 「시베리아의 시 3」(『세계의문학』 1996년 가을호)이 다시 읽히는 것은 그의 건강성이 가져다 주는 시적 공감의 힘 때문이다.

저것은 시베리아의 미학
눈 내리는 겨울
바람 소리로 그려낸 사랑의 얼굴이다
추울수록 살을 벗고 알몸으로 희어지는 시다
저것은 시베리아의 수도사
열정이 죄가 되어 유배당한 넋들이
돌아갈 수 없는 고향 하늘 향하여
절규하는 울음들과
거친 땅에서 돌멩이로 뒹굴며
겨울을 저항하는 처절한 넋들을 위해
잠들지 않는 수도사의 이름이다.

저것은 시베리아의 정령

불길을 고뇌하다

차갑고 희디희게 깨달은 바람의

사리 빛깔로 짠 그리움의 문신이다.

저것은 시베리아에서 보낸 편지

낙엽 밟는 사슴의 눈에 어리는 젖은 달밤

회한으로 무늬진 언어로 적어

춥고 먼 유배지에서 보낸.

―「시베리아의 시 3」 전문

자작나무들을 다각적으로 노래한 이 시가 우리의 가슴을 시원하게 열어주는 것은 무엇 때문일까. 그것은 밀실에 자폐되어 컴퓨터를 두드리며 쓴 시가 아닌 까닭이다.

가닥이 꼬인 복잡한 논변으로 독자를 위협하지도 않는다. 단순하고 솔직한 시이다. 물론 후반부에 이르면 약간의 머뭇거림이 시의 결을 약화시키기는 하지만, 음울한 서울의 하늘 아래 자폐된 밀실에서 씌어진 시가 아닌 까닭에 건강한 힘을 느끼게 한다. 반복되는 지시대명사는 자작나무 숲의 나무들을 연상케 하면서 시적 에너지를 더욱 강화시킨다.

진정성과 건강성이야말로 정체성을 상실하고 우울증적 흉내내기나 베껴쓰기가 번져가는 90년대 시단에 가장 절박하게 요구되는 시적 덕목이 아닐까.

3

혹자는 사회문화적 상황이 그렇지 않다고 말할 것이고, 혹자는 진정성과 건강성이 거저 주어지는 것이 아니라고 말할 것이다. 또 그 어디에도 시적인 것이 존재하지 않는다고 말할 것이다.

포스트모더니즘 이후 우리의 문화적 상황은 어떤 의미에서 카오스적 상태를 경험하고 있다. 목표를 향해 질주하던 우리들에게 갑자기 목표가 사라진 것이다. 백주대낮에.

이 빈 공간을 메우고 있는 혼돈에서 벗어나는 길이 무엇일까. 일단 호흡을 조정하고, 삶의 현장에 대한 거리갖기가 필요하다는 것이 필자의 생각이다. 너도나도 모든 것을 다 말할 수 있는 시기일수록 각자의 목소리를 아껴야 한다는 것이다.

이하석의 시집 『금요일엔 먼 데를 본다』는 속도로부터 벗어난 자기 천착의 산물이라는 점에서 주목된다.

마음이 탄 걸 비벼 모래에 꽂으니
누가 섣불리 그걸 쓸어가선 버린다.
담배 연기와 성에로 뿌연 빌딩의 창 너머
눈 덮인 팔공산 동봉 위 하늘 고랑에
구름이 눈부신 아침.
빌딩 안에서 모래와 내가 함께 서걱일 때
저기, 저 동봉에 걸린 바람이
내가 흩트리고 쌓는 재떨이 속의 모래에서도 일어난다

대도시 빌딩에서 내 의식(儀式)은
창을 열고 빌딩 밖으로 얼굴을 한껏 내민 채
구름을 불러 마음이 그 위에 타는 것.
갇힌 모래에 이는 바람을 깊이 삼키며
나는 모래에, 상한 구름 기둥을 꽂아둔다.
그런 다음 사무실로 돌아와 주말 등산을 신청한다.

—「금요일엔 먼 데를 본다」 전문

　　자연과 문명의 경계선에 화자가 있다. 빌딩의 한 모퉁이에서 담배를 피우면서 그가 떠올리는 상상들은 많은 도시의 직장인들이 느끼는 삶의 감정들이다. 금요일에 그는 일요일 등산을 신청하며 한 주일의 일과로부터 일탈을 꿈꾼다. 이 시의 묘미는 "나는 모래에, 상한 구름 기둥을 꽂아둔다"고 한 표현에 있다. 담배꽁초를 이렇게 처리하는 마음의 여유가 그의 시를 다시 읽게 되는 이유이다. 토요일이 아니라 금요일이기에 한 걸음 더 여유가 생긴다.

　　시의 부정과 해체에서 시적 생성을 위한 진정성과 건강성의 획득은 이와 같은 유예와 여유에서 일단 그 실마리를 찾아야 된다는 것이다. 숨막히게 앞으로 달리기만 계속한다면 끝내 중도에서 쓰러지고 말 것이다. 진정성이 없는 시는 감동을 주지 않는다. 어느 하나의 시적 경향이 존재해야만 하는 것도 아니다. 그러나 최근 우리 시단에서 무엇보다 감동이 없는 우울증적 경향이 확산되는 것이야말로 시를 부정과 자멸의 길로 나아가게 할 위험성을 내포하고 있다는 비판적 각성을 일깨우는 것이 어느 때보다 절실하다고 하겠다.

(『문학사상』 1996년 10월호)

시간의 톱니와 비디오 그리고 자연의 나무

1

14세기에 와서야 서양인들은 시간을 재는 기계적 장치를 고안하게 되었다고 한다. 모든 기계들의 어머니라고 할 수 있는 시계는 인간을 태양의 노예 상태로부터 벗어나게 했다. 물시계, 해시계 등의 시계들이 있었지만, 하루를 더 잘게 균등한 시간으로 나누고 측정할 수 있는 시계의 발명은 근대에 들어와서였다고 할 수 있다.

동양의 경우 중국 진시황의 시대부터 천문 현상의 기록을 갖고 있으며, 농경생활을 위한 역학(曆學)이 발달해 있었다. 중국 왕조는 각기 독자적인 새 역법에 의해 상징되고 봉사를 받았으며 보호되었다.

그러나 동양에서 시계는 세속화되지 않았고 선전이나 광고는 방해되었다.

시인 존 던 J. Donne 이 1623년에 지적했듯이, 시간을 알리는 종소리는 모든 사람에게 그리고 그 하나하나에게 소리를 전했고, 그 사회의 종이 울린다 함은 "나는 인류의 일원"이라고 깨우쳐주는 구실을 했다고 부어스틴은 그의 『발견자들』에서 말하고 있다. 프란시스 베이컨은 그의 『개혁론』에서 "인류 최초의 대발견은 시간, 곧 경험의 풍경이었다. 달, 주일과 해, 날과 시간, 분과 초로 나눔으로써 비로소 인류는 자연의 단조로운 주기에서 해방되기에 이른다"고 말한 바 있다.

근대적인 인간이 주체적으로 시간을 활용하고, 자연의 속박으로부터 벗어나 주체적 사고를 통해 도구적 기계를 활용하기 시작한 것은 인류사 전체를 보자면 그렇게 긴 시간은 아니지만, 시간의 발견과 측정은 문명의 발전을 놀랍도록 추진하는 원동력이 되고 있다.

뉴턴이나 아인슈타인의 물리적 법칙 또한 시간의 개념 없이 상상할 수 없다. 시간은 균일하지만 그것을 체험하고 활용하는 속도는 더욱 빨라져 소리나 빛의 속도를 능가하는 시간의 단위들이 자연과학에서 필수적으로 응용되고 있다.

컴퓨터는 이 시간의 흐름을 더욱 가속화시켜 종전의 사고로는 이해할 수 없는 광대무변의 시간을 우리 앞에 펼쳐놓고 있다. 균일한 시간을 측정하는 시계를 소유하였던 인간들은 이제 컴퓨터를 소유하면서 새로운 혁명을 맞이하고 있는 것이 새로운 세기를 맞이하는 우리들의 현실이다.

컴퓨터와 시간, 그것은 오늘을 살고 있는 시인들에게 던져진 최대의 화두일 것이다. 초기에는 성직자들이 신에 대한 의무를 다하기 위해 그 발전이 촉진되었다는 시계가 오늘날은 컴퓨터와 결합하면서 인간을 신과 결합시키기보다는 가상 현실 속으로 빠져들게 하면서 다른 한 편으로는 인간과 자연의 단절을 심화시키고 있는 것이 아닐까 생각해 볼 필요가 있다.

2

　자원의 고갈과 환경의 파괴로 인해 지구가 인류에게 삶을 허락할 수 있는 시간이 얼마 남지 않았다고 한다. 그것은 단순히 생태학자들만의 주장은 아니다. 과학적 객관적 기준을 내세우는 기계적 이성주의가 개발, 진보의 논리를 더욱 일방적으로 밀고 나갈 때 지구의 파멸은 누구도 막을 수 없는 것이 아닐까.

　필자는 여기서 성급하게 생태학적 자연 보존을 논하려는 것은 아니다. 오히려 균일한 시간을 측정하는 속성이 무엇인가를 정확하게 인식할 필요가 있음을 강조해두고 싶다.

　나는 정밀한 숲을 노래한다. 그것은 죽음의 집, 째깍거리는 시계. 집적된 시간의 톱니바퀴들이 모여 숲이라는 거대한 기계를 돌린다. 어린 나이에 세상의 모든 것을 알았지만, 어리석게도 나는, 아, 정말 어리석게도 나는, 숲이 만들어내는 시간의 입자들이 무엇을 의미하는지 몰랐었다. 얼음보다 차가운 이성으로 말미암아 천박한 자신을 한없이 경멸하고, 껍데기뿐인 육체를 세상에 내보내 즐겁게 학대하였다. 그러나 지금은 아니다. 고백건대, 빛나는 정신만이 세상을 구원하리라는 나의 신념은 그릇된 것이었다. 보라. 빛의 입자이며, 물의 노래이며, 주인 없는 공기의 주인인 시간의 톱니바퀴들을. 그들이 돌리는 정밀한 숲을. 그 속에 집적된 모든 과거와 현재와 미래의 은밀한 내부를.

—「정밀한 숲」 전문

　논리적 중첩이 있기는 하지만, 원구식은 「정밀한 숲」(『현대문학』 1996년 10월호)에서 "시간의 톱니바퀴들이 돌리는 정밀한 숲에 과거와 현재와 미래가 있다"고 말하고 있다.

　시간의 톱니바퀴들이야말로 시간을 쪼개고 정밀하게 만들어준 대표적인 기계적 도구 중의 하나이다. 시간의 입자들을 쪼개내는 톱니바퀴들이야말로 나사와 더불어 거대한 기계의 정밀한 숲을 만들어내는 첨단의 도구들이다.

자연의 숲이 아니라 기계의 숲이 인류의 미래를 지배할 것이라는 화자의 시적 상상은 기계론적 사고의 한 극단을 보여준다. 자연을 습관적으로 노래하는 낭만적 시인들에게는 더욱 이러한 기계론적 사고가 무엇을 뜻하는지 음미해볼 필요가 있을 것이다. 그러나 이 시의 흔들림은 다음 두 행에서 온다.

(1) 얼음보다 차가운 이성으로 말미암아 천박한 자신을 한없이 경멸하고, 껍데기뿐인 육체를 세상에 내보내 즐겁게 학대하였다.
(2) 고백건대, 빛나는 정신만이 세상을 구원하리라는 나의 신념은 그릇된 것이었다.

(1)에서 "천박한 자신"이란, 집적된 시간의 톱니바퀴들이 모여 숲이라는 거대한 기계를 돌린다고 인식한 어린 나이의 자아이다. 그는 자기가 인식한 엄청난 진실을 확신할 수 없었으므로, 자신의 인식이 잘못되었다고 경멸하고 육체적 탐닉에 빠졌다는 것이다. 이는 치기 어린 젊은 날에 대한 반성이기도 하다.

(2)에서는 빛나는 정신이 세상을 구원하리라는 신념이 잘못된 것임을 깨달았다는 것이다. (1)은 어린 나이에 깨달았지만 확신할 수 없었던 진실에 대한 회고이고, (2)는 세상을 더 많이 경험하고 보니 육신은 껍데기이고 자신의 신념이 잘못되었음을 깨달았다는 것이다.

(1)의 얼음보다 차가운 이성과 (2)의 빛나는 정신만이 세상을 구원하리라는 신념은 서로 상통하는 것이다. 이성과 신념이 부정된 자리에 정밀한 숲이 있다는 것이 화자의 논리라고 종합할 수 있다. 그렇다면 지금 화자가 노래하는 것은 무엇에 의한 것일까. 신념이 무너진 자리에 "차가운 이성"이 있는 것이 아닐까. 이성마저 없다면, 정밀한 숲은 인식의 대상이 될 수 없다. 또 '정말 차가운 이성'이었다면 세상의 쾌

락에 탐닉하지도 않았을 것이다. 화자가 "정밀한 숲"을 노래할 수 있는 힘 또한 "차가운 이성"으로부터 온다는 사실이다.

어쩌면 그는 정밀한 숲의 내부보다는 정밀한 숲의 외부에 머물면서 이성의 존재를 부정하는 것이 아닐까. 이 시가 남다르게 눈에 띈 것은 그 첨단적인 사고 때문이다. 빛나는 정신이 세상을 구원하지 못하고, 기계에 의해 지배되는 세상을 간파하고 있다는 점에서 마땅히 우리는 이 시에 주목해야 된다. 그리고 인간과 기계의 접점에 시가 존재할 영역이 어디에 있는지 살펴보아야 할 것이다. 물론 이에 대해 원구식은 나름대로 다음과 같이 말하고 있다.

시여,
내가 안타까운 시간을
책을 읽지 않고 권태로 일관한 건
오로지
지나칠 정도로 섬세한 자존심과 오기 때문이었다
나는 낮은 목소리로
껍질뿐인 노래를 부른다, 권태여 나의 무기여
생각없는 몸뚱이들이여

—「변명」 전문

권태가 무기가 되는 것은 그 또한 인간이기 때문이다. 껍질뿐인 노래를 부르는 것 또한 그러하다. 그러나 시간에 대한 탐구가 권태에 이르고 만다면 1930년대 이상의 「권태」에서 얼마나 더 나아간 것일까. 이 점이 시간의 톱니바퀴들이 집적한 거대한 기계들의 정밀한 숲을 내밀하게 파헤쳐야 하는 그의 시적 과제이다.

시의 힘은 권태에서 오는 것이 아니라 생각하고 느끼고 판단하는 힘에서 우러난다. 시계를 통해 주체적 인간이 된 현대인들이 그 자신이 만들어낸 기계에 속박당하고 문명의 이기에 왜곡당할 때 시의 미래는 물론이고 인류의 미래 또한 긍정적인 것이 되지 못할 것이다. 기계적 메커니즘에 의해 지배당하는 현실의 한 단면을 이사라는 「가슴에서 꺼낸다」(『문학사상』 1996년 10월호)에서 다음과 같이 쓰고 있다.

> 뒷골목도 한참 달리다 보면 큰길처럼 넓어져서
> 나뭇잎들 햇빛 밑으로 무성히 흔들리는 시간에
> 깊이가 흔들리지 않는 비디오처럼 산다.
> —「가슴에서 꺼낸다」 제1연

　3행으로 표현된 이 시의 서두는 가상과 현실, 비디오와 삶 사이가 깊게 단절되어 있음을 나타낸다. 가상 속으로, 비디오 속으로 들어가는 도입부로서 이 시의 서두는 여러 시적 의미를 함축하고 있다. 그는 비디오 속에서 움직이는 사람들을 보고 눈부신 액션을 본다. 그리고 과연 생의 발원지는 무엇일까 생각해본다.

> 휙휙 휘파람 소리로 사라지는 날들
> 목이 마르는데
> 너희들은 저곳에 있다. 저곳에서 활약하는 남녀 틈에
> 정면 투시는 너무 눈부셔
> 목숨 속에 목이 길게 늘어나고
> 종이벽에 달라붙어 욕망의 버짐, 사방무늬로 번져나가
> 나는 던져진다 허공으로 내세로 까마득한 어둠이
> 내게서 떨어지지 않고 매달려 있어
> 뒷걸음치는 거미가 틀어박혀 목숨의 색을 발송하는
> 생의 발원지
> 누군가의 무심한 언 어프 전원 따라 움직인다
> 공포에 공포를 더하면
> 사색이 이미 아니다. 비디오다.

한때 미쳐버려 늙어가지도 않는 사람처럼
생을 뚝뚝 부러뜨리며 조립품으로 늘어놓고
다시 꿰매는데
너, 읽을 줄 아니? 쓸 줄 아니?
소리 하나로 허공을 날아다니는 날벌레
가슴에서 꺼낸다.

—「가슴에서 꺼낸다」 마지막 제2연

비디오 속에서 벌어지는 삶과 죽음 그리고 공포와 괴기를 우회적으로 말하면서 화자는 전원에 따라 움직이는 생의 발원지를 떠올린다. 그는 극도의 공포에서도 비디오는 비디오라고 말한다.

그러나 이 시의 묘미는 가슴에서 날벌레를 꺼내는 데 있다. 날벌레가 비디오를 보는 사람에게 질문을 던진다. 조립품처럼 생을 부러뜨리고 꿰매는 비디오를 보는, 화자에게 던져지는 질문은 "읽을 줄 아니? 쓸 줄 아니?"라는 질문으로 요약된다. 날벌레가 말한다는 점에서 풍자적이다. 볼 줄만 아는 사람은 쓸 줄 모른다. 읽을 줄도 모른다. 비디오 중독이다.

이 시의 서두를 돌이켜보면, 시적 화자의 의도는 더욱 심층적이다. 밖은 대낮인데 깊은 어둠 속에서 화자는 비디오를 보고 있다. "나뭇잎들 햇빛 밑으로 무성히 흔들리는"에서 '대낮'을 "깊이가 흔들리지 않는"에서 방 안의 '어둠'을 짐작해볼 수 있다. 비디오를 보는 어둠 속의 시간은 흔들리지 않는다. 생은 마음대로 조립된다.

비디오를 애청하는 현대인들일수록 읽고 쓸 줄 아는 기능은 퇴화된다. 날벌레의 출현이 적절한 것은 바로 그러한 이유에서이다.

자본주의 사회가 문명의 한 극단에 정지해 있는 것처럼, 사회주의 사회의 한 극단에서 우리는 또한 정지된 역사의 한 단면을 본다.

연길공항, 대련 가는 비행기의 앞 트랩으로 오르려니까 단정한 스튜

어디스가 무표정하게 오른팔을 들어 뒷 트랩을 가리켰다 그 팔은 전혀
사용하지 않았던 생짜처럼, 최소한의 의미 외에 모두 억제하면서, 한번
어깨 높이만큼 서서히 올라가서 다시 제자리에 돌아간 애박스런 동작을
5초 동안 매오로시 보여주었다 여우비 같다 아우성이 없다 그녀의 것이
아니라 누군가 어깨에 덧붙여준 상심 없는 편육……의 슬로우 모션에
서 나는 잘 열리지 않는 병뚜껑을 비틀어본다 격정과 눈물이 가신 사회
주의자, 그 굴절 없는 움직임은 호지(胡地)의 산도 아니고 들도 아닌 구
릉과 이음새 없이 이어진다 아, 그 팔이 수평일 때 외등(外燈)이 켜진
것도 보았다

—「팔」 전문

송재학은 「팔」(『문학사상』 1996년 10월호)에서 자동인형 같은 스튜어
디스의 방향 안내를 통해 몰락해가는 사회주의 국가의 경직된 한 단면
을 스케치하고 있다.

격정과 눈물이 가신 스튜어디스의 무표정한 동작에서 우리는 사회
주의 이데올로기의 붕괴를 직감하지만, 다른 한편으로는 기계 앞에 선
인간의 운명 또한 이와 같은 것이 아닐까 생각해볼 필요가 있다. 물질
적 빈부가 가치판단의 전부는 아니다.

「정밀한 숲」을 지배하는 톱니바퀴의 세계, 「가슴에서 꺼낸다」에서 보
여주는 비디오의 세계는 반어적 의미에서 기계문명의 혁명적 격변 앞
에서 위기에 처한 인간의 운명을 상징해준다. 기계와 인간과 자연은
서로를 구속하면서 하나의 범주에 묶여 공존하는 것은 아닐까. 그 어
떤 것 하나만으로 인간은 지구상에 존재할 수 없다.

오규원은 「나무」(『현대문학』 1996년 10월호)에서 무표정한 자연을 다
음과 같이 그리고 있다.

우뚝 나무 한 그루 서 있다
언덕 위에 서 있다

허공을 파고 있는
그 나무 꼭대기에는 새가 한 마리
가끔 몸을 기우뚱하며
붉은 해를 보고 있다
가장 높은 곳에서
날개가 달린 그 나무의 가지

—「나무」 전문

일련 평범한 풍경 묘사이다. 그러나 시적 호소력은 나무 꼭대기의 새와 나뭇가지가 날개를 달고 있다는 사실과 상상의 결합에서 비롯된다. 나무와 새는 하나이다. 그리고 그 결합에는 나무와 새를 하나로 보는 화자의 시적 상상이 개재된다. 사물과 인간이 하나로 연결된다는 사고는 오랫동안 동양사상을 지배해왔으며, 자연과 인간은 하나라는 시적 상상과 접맥된다.

자연의 숲에서는 새와 인간과 나무가 하나이다. 그러나 기계들의 거대한 집적인 '정밀한 숲'에서 그것들은 하나가 아니다. 비디오의 세계에서도 조립품처럼 생은 조각나고 다시 조립된다.

감격과 눈물이 사라졌다는 점에서 사회주의 국가나 자본주의 국가에서의 인간 상실의 위기는 어떤 공통점을 갖는다.

기계들만의 숲에서 인간은 생존할 수 없다. 기계를 만들고, 기계를 가동하는 인간이 존재하지 않는다면 기계들의 작동이 대체 무슨 의미가 있을 것인가.

모든 기계들의 어머니라고 할 수 있는 시계는 17세기까지는 물리적 우주를 정복하려는 인간의 노력과 창조자에 대한 그의 경외감을 이어주는 하나의 고리였다. 뉴턴의 우주관은 하나님을 시계의 제조자에서 위대한 기사(技士)와 수학자로서 그 지위를 높였다.

그러나 자연과학이 발전시켜온 기계론적 사고는 이제 더이상 신을 상정하지 않을 뿐만 아니라 인간 그 자체를 부정하는 단계로 나아가고 있다.

거대한 기계가 움직이는 정밀한 숲에서 인간의 부정은 문명의 절멸을 의미하는 것은 아닐까. 시의 위기란 문명 전체의 위기를 상징하는 붉은 신호등인지도 모른다. 창조주에 대한 영감을 상실함은 물론 기계에 대한 예찬도 불가능하다면 시인은 더이상 존재 가치가 없을 것이다.

정밀한 숲에서는 기계는 기계일 뿐이다. 거기에는 인간의 숨소리가 없다.

3

기계 시대에 인간적인 삶에 대한 전망이 부정적인 요소가 많다고 하더라도, 인간적 삶의 생동성이 없다면 기계 시대 자체가 성립되지 않을 것이다. 생명적 욕구에 대한 갈망이 없다면 인류의 역사가 오늘날까지 전개되지 못했을 것이다. 시계의 톱니바퀴들이 삭막한 기계음을 들려주는 다른 한편에서 다음과 같은 생명의 소리를 듣는다는 것은 다행한 일이 아닐 수 없다.

아―, 아―, 아―,
풀이 잎을 벌리고
빗방울보다 작은 입을 벌리고
빗물을 마시고 있다.
아―, 아―, 아―,
(죽은 풀들도 입을 벌리고)

(……)

밀짚모자가 입을 벌리고
하이힐이 입을 벌리고
돗자리가 입을 벌리고
「미디어 오늘」이 입을 벌리고
아―, 아―, 아―,
아―, 아―, 아―,
(죽은 이들도 입을 벌리고)
　　　　　―「죽은 풀들도 입을 벌리고」 제1연과 마지막 4연

　빗방울이 떨어지고 있다. 하나하나가 생명의 물방울이며, 그것들이
풀과 나무와 땅과 죽은 이들까지도 되살려낸다. 생명력의 원천이 물이
라면 창조적 상상력의 원천은 시적 영감이다.
　생명에 대한 간절한 목마름이 황인숙으로 하여금 「죽은 풀들도 입을
벌리고」(『현대문학』 1996년 10월호)를 쓰게 만들었을 터이지만, 생명의
빗방울처럼 살아 있는 시적 상상이 오늘의 시인들에게 절실한 것이 아
닐까. 그런 의미에서 서림의 다음과 같은 세속주의는 심각한 반성이
요구된다.

　　　이 시대 더이상
　　　병들지 않으려면 죽지 않으려면
　　　늦으나마 당구를 배워야 하네,
　　　고스톱을 배워야 하네,
　　　바람을 피워야 하네,
　　　매달려야 하네,
　　　무엇보다 정신이 먼저
　　　죽어야 하네,
　　　　　　　―「내아적(內科的) 행복만으로도」 제3연

물론 이러한 시적 진술은 유토피아 없이 사는 자의 반어적 표현이다. 그러나 그가 시집 『이서국(伊西國)으로 들어가다』(1995)에서 보여주던 삶의 진실에 대한 열망이 이처럼 빨리 왜곡된다는 것은 안타까운 일이 아닐 수 없다. 지난해의 주목할 만한 성과로 기억되어야 할 그의 시집에는 거칠지만 절박한 진실이 간절하게 담겨 있었지만, 최근 그의 시에서 볼 수 있는 방만한 요설은 오히려 그 자신을 혼돈에 빠뜨리는 것이 아닐까. 설화적인 고대국가 이서국에서 도회지의 한복판으로 걸어나온 그에게 세속 도시의 온갖 유혹들은 너무나 전염성이 강한 것이라는 생각이 든다.

설화적 상상의 세계에서는 느리게 진행되는 시간에 반하여 오히려 외적 압박에 대한 그의 저항력이 완강한 것이었다면, 온갖 세균들이 왕성하게 번식하는 세속 도시에서는 빠른 시간의 흐름만큼이나 그의 저항력이 쉽게 약화되었다고 말할 수 있을 것이다.

시간의 톱니바퀴들이 정밀해질수록 삶의 시간은 잘게 쪼개져나가고, 삶이 자잘해질수록 일관성을 갖기 어렵다는 것은 누구에게나 통용되는 사실일 것이다. 그러나 시의 힘이란 이를 극복하는 인간적 노력에 의해 획득되는 것이며, 시적 공감이란 이런 노력을 위한 공동의 연대의식에서 우러나오는 것이라는 점을 새삼 강조하고 싶다.

(『문학사상』 1996년 11월호)

세기말의 우울과 시적 경계선

1

사회문화적 기류가 점점 세기말의 어두운 그늘 속으로 끌려들어가고 있다. 세기말의 대전환을 앞두고 세상의 종말을 알리는 서적들이 유행처럼 퍼져나가고 있다. 그들이 알리는 목소리는 희망적 낙관적이라기보다는 부정적 비관적 전망을 나타내준다.

세기말이 다가올 때마다 이러한 종말론이 기승을 부려왔던 것은 역사적 사실이지만, 우리가 머지않아 맞이하게 될 20세기의 끝은 그 어느 때보다 혁명적 전환이 요구되는 시기이므로 더욱더 종말론적인 우려의 목소리가 확대되고 있는 것 같다. 세기말에 제기되는 다양한 문제를 취급한 책들 중에서 리프킨의 『노동의 종말』은 필자에게 강한 인상을 남겼다.

산업혁명 시대를 지나 정보화 시대에 진입한 인류가 최첨단의 과학기술로 인해 인간의 노동력이 필요 없는 세기를 맞이하게 될 것이라고 리프킨은 주장하면서 이미 농업과 산업 현장에서 일어나고 있는 노동 자들의 노동에서의 소외 현상의 심각성을 지적하고 있다. 컴퓨터의 소프트웨어가 인간의 노동을 대신하는 시대가 되면 수억 명의 노동자들이 일자리를 잃고 실업자로 전락하게 된다는 것이다.

80년대 노동문학의 전성시대를 살아온 우리들에게 노동의 종말이 다가오고 있다는 전언은 심각하게 되새겨볼 필요가 있다. 어찌 노동의 종말뿐이겠는가. 미디어의 발달로 인해 문학의 종말 또한 절박한 문제 중의 하나일 것이다. 컴퓨터 화면에 매달린 사람들이 문학적 감정이나 시적인 감성으로부터 멀어지는 것은 당연한 일이 아닐까. 호롱불을 밝히고, 밤새 소설을 읽거나 두근거리는 마음으로 시를 쓰던 시대는 이제 까마득하게 사라져가고 있다. 차라리 오늘밤은, 밤을 새워 PC 통신을 주고받는 신세대들에 의해 삶의 감성이 지배당하고 있다고 해야 할 것이다.

세기말의 대전환의 경계선에서 과연 시적인 것은 사라져버렸는가. 정말로 그렇다면 시읽기나 시쓰기는 과거를 떠올려보는 회고 취미에 불과한 것인가. 아니라면 세기말적 부정적 기류에 편승하여 자기 부정의 허무적 시쓰기에 동참할 것인가. 물론 시적 감정이란 고정된 불변의 것이 아니다. 감수성의 분열이나 단절면만을 확대해볼 때 시쓰기의 토대가 되는 시적 감정은 심한 자기 부정으로 인해 더욱 고갈되고 말 것이다. 우리는 창조적 에너지의 원천이라는 점에서 시적 감정이 격변하는 현실에 뿌리박도록 확대하고 심화시킬 필요가 있다.

이를 위해 누구나 공감할 수 있을 만큼 성공적인 대안이 마련되어 있는 것은 아니다. 그러나 성급하게 종말론의 나팔수가 되는 것보다는 시적 생성의 혼돈을 천착하여 새로운 가능성을 모색하는 탐구자가 되는 것이 정당한 방법일 것이다.

2

　대중문화의 번성을 TV나 컴퓨터 화면을 통해 보고 있노라면, 활자 매체에 의지하던 시인이나 소설가들은 자기들 스스로가 점차 문화의 중심권에서 소외되어가고 있음을 느끼지 않을 수 없을 것이다. 항일운동의 시대나 민중운동의 시대에 있어서 시적 감정은 그들을 결집시키는 중요한 덕목이었으며, 시의 가치는 매우 높게 평가되었다.

　그러나 인간이 아니라 컴퓨터가 지배하는 시대로 나아갈수록 시적 감정이나 문학의 가치는 왜곡, 축소되는 것이 일반적 경향이다. 이 지점에서 우리는 저자의 죽음이나 시의 종말을 떠올릴 수도 있다. 집중되어야 할 초점의 상실이 바로 그것이다.

> 먼 곳의 어떤 소리에
> 길게 귀를 뽑는 나의 모습이
>
> 어둠 속에서 저쪽 인기척에
> 숨을 죽이고 떨리는 내 안의 모습이
>
> 썰물처럼 빠져나가는
> 내 시간을 찾아 허둥대는
> 이 순간 나의 집중은
> 허망한 메아리의 사라짐인가
>
> —「집중」 전문

　박이도의 「집중」(『문학사상』 1996년 11월호)에서 볼 수 있는 "사라짐"은 오늘날 많은 시인들이 경험하고 있는 상실감으로 해석될 수 있다. 어떤 소리에 집중하여 숨죽이고 듣고 있지만 시간만 빠져나가고, 허망한 메아리의 사라짐과 같은 자기 상실을 경험한다는 것이 이 시의 요지다.

어떻게 보면 시적인 것을 찾으려 하면 할수록 이와 같은 상실감을 경험하게 되는 것이 오늘의 현실이다. 이 사라짐만을 의식한다면 시적인 것은 어디에도 없다고 말할 수 있을 것이다. 그러나 여기에서 포기하고 만다면 우리는 그를 진정한 시인이라고 할 수 없다.

성찬경은 확대와 축소를 통해 시적인 것을 모색한다.

> 확대를 하면
> 무궁화 한 송이가 엄청나게 커져
> 온 지구를 폭 싸안고도 남는다.
> 맑은 이슬방울
> 안은 태평양
> 온갖 물고기떼가 헤엄을 친다.
> 나는 이 현실을
> 감개무량하게 응시한다.
>
> ―「확대를 하면」 제1~8행

> 축소를 하면
> 담력 좋게 확 축소를 하면
> 천억 개의 별이 들어 있는 성운이 천억 개쯤 된다는
> 이 우주가 우선 말랑말랑한
> 비타민 알약만한 크기로 작아질 수밖에 없다.
> 그러면 나는
> 알약만한 그것이 먹고 싶어질는지도 모른다.
>
> ―「축소를 하면」 제1~7행

응축과 확장을 자유롭게 할 수 있다는 점에서 시인의 상상은 언제나 탄력적이다. 극대와 극소를 넘나드는 것이 시적 상상의 힘이다. 시적

발상이란 점에서 성찬경의 시들은 눈여겨볼 필요가 있다. 상상력의 전환을 시도하지 못하는 많은 시인들에게 그의 시는 새로운 자극제가 될 것이다.

그러나 성찬경 또한 시적 발상을 관념적으로 처리하여 생동하는 신선감을 얻지는 못한다. 예를 들어 "확대를 하면／문자 그대로／티끌이 우주／순간이 영원이다"(「확대를 하면」,『현대시』 1996년 11월호)라고 하거나 "아무리 축소해도／크기 없이 박혀 있는 點 하나보다／더 작아질 수는 없다.／永遠이 순간.／窮極의 存在.／點이 眞理다"(「축소를 하면」,『현대시』 1996년 11월호)라고 끝맺고 마는 것은 그의 시적 발상이 구체적 리얼리티로 부각되지 못하는 요인이 된다.

상희구는 「시가 되지 않는 것들」(『현대시』 1996년 11월호)에서 시와 비시의 경계선을 흥미롭게 드러내준다.

꽃은(이것만 가지고는) 시가 되지 않는다
바람은 시가 되지 않는다
안개와 바닥, 철책,
벼락이나 물고기가 시가 되지 않는
것은 당연하다
멍청한 구름, 초록의 나이테 같은
아가씨의 귓바퀴가 또한 시가 되지 않기는
마찬가지다

아 그러나 놀라웁게도!
이런 모든 것들을 꿰어
한 편의 영롱한 시로 엮어내게 한 것은
허망하기 짝이 없는
한줌 재 부스럭지 같은
가을 햇빛 한 자락이었다.

　시가 무엇인가를 알려주는 모범작문과 같은 위의 시에서 상희구가 말하고자 한 것은 "사물들은 그 자체로 시가 되는 것이 아니라 이를 종합하는 것이 시"라는 명제이다. 개별적 사물들 그 자체는 시가 아니다. 사물들은 그 자체로서 존재할 뿐이다. "가을 햇빛 한 자락"이 꽃과 바람과 구름과 아가씨의 귓바퀴 등 존재하는 모든 것들을 꿰어 하나의 시로 만들어낸다는 것이다.

　상희구의 시각에서 보자면 고립된 개체들은 시가 되지 않는다. 개체들을 하나로 엮어내는 상상의 힘이 개체들에게 시적인 힘을 불어넣는다는 것이다. 여기서 시와 비시의 경계가 명백해진다. 분열이나 해체보다 종합이나 생성에 의해 시의 힘이 발휘되는 것이다. 그러므로 시가 없다라고 말하는 것은 시적 생성의 에너지가 없다는 뜻이 되기도 할 것이다. 상희구의 시각에서 한 걸음 더 구체적으로 나아갈 때 시는 새로운 생명으로 탄생된다.

　　윙윙거리는 소리가 좀 이상해
　　보일러통이 있는 뒤꼍으로 돌아가다
　　보일러통 옆, 진뜩한 거미줄에 걸려 있는
　　흰줄표범나비 한 마리를 보았다.

　　좀더 가까이 다가가보니
　　더듬이와 몸통은 거미에게 파먹혔는지 보이지 않고
　　찢긴 날개 끝 희고 붉은 표범가죽무늬가 선명한
　　두 날개만 흔들흔들.
　　가여운 생각에
　　손끝으로 사뿐히 두 날개를 집어올렸더니
　　거미줄 쳐진 나무 기둥에는

깨알같이 잔뜩 쓸어놓은 노란 알들.
갑자기 난 숙연해진다.

죽음을 받아들이는 힘으로
푸른 햇살 아래 밀어내놓은 신생(新生)의 꿈들!
—「흰줄표범나비, 죽음을 받아들이는 힘으로」전문

고진하의 「흰줄표범나비, 죽음을 받아들이는 힘으로」(『현대문학』 1996년 11월호)는 군더더기가 많은 시이지만, 마지막 두 행에서 면목을 일신한다.

죽음을 받아들이는 힘으로
푸른 햇살 아래 밀어내놓은 신생(新生)의 꿈들!

그가 흰줄표범나비의 노란 알들을 보면서 느낀 신생의 꿈이란 죽음을 받아들이는 힘을 전제한 까닭에 강력해진다. 푸른 햇살이 그 꿈을 더욱 다채롭게 할 뿐 아니라 거미줄에서 흔들거리는 표범가죽무늬 날개 또한 시적 의미를 강화하는 데 기여한다. 대체로 산문적 진술의 시이기는 하지만, 단순한 종합이 아니라 새로운 생명에의 꿈을 사실적으로 드러내는 시인의 시각이 살아 있다는 점에서 시적 공감을 획득한다.

채호기는 보다 감각적 시각에서 시적인 것을 추구한다.

오후였지. 강철처럼 조용하고 단단한 네 몸 위로 흰 갈매기 한 마리 솟았던가? 출렁출렁 네 몸은 숨쉬고 있었지. 그토록 발가벗고도 그보다 더한 깊이를 네 몸은 보여주었지. 그리고 더이상의 깊이는 무거운 초록의 어둠이었어. 그런데 너는 떠나고 있었지. 네 속 정체를 알 수 없는 그 깊이로? 네가 늘 가고 있는 시늉만 하고 있는 연안으로? 아냐, 아니야!

너는 하늘로 갔어. 떠나는 모습은 생략한 채 저렇게 하늘에 있지, 구름
처럼, 푸른 바다에 제 피부를 적시면서.

―「너의 바다」 전문

채호기의 「너의 바다」(『문학사상』 1996년 11월호)에서 강하게 느껴지
는 것은 에로티시즘의 체취이다. 이 시에서 말하고 있는 바다는 싱싱
한 육체의 바다이다. 그러므로 그의 시는 매우 젊게 느껴진다. 아마도
그의 시학은 "에로티시즘이야말로 가장 시적인 주제이다"라는 명제에
서 출발하고 있는 것 같다.

그의 이와 같은 명제는 「밤의 주유소」(『문학사상』 1996년 11월호)와
같은 도시적 소재에서 시적인 것을 찾으려는 노력에서 획득된 것으로
판단되지만, 시적인 것과 육체의 탐닉 경계선에 그의 시가 설정되어
있다고 파악된다. 시적인 것을 상실한 시대에 그의 이러한 탐구 또한
간과할 수 없는 중요한 영역을 차지할 것이다.

그러나 고진하와의 대비에서 볼 수 있듯이 채호기의 시적 세계는 어
떤 점에서 작위성이 깃들여 있다. 혹자는 이 작위성이야말로 현대적인
것이라고 주장할 수 있을 것이다. 물론 그렇다. 그러나 그러한 작위성
이 현대성이라고 주장하던 시대는 이미 지나간 것이 아닐까. 가상 현
실이 현실을 지배하는 시대에 작위성이란 매우 초보적인 자기 방어의
논리에 불과하다. 격렬한 정사 장면을 그린 비디오나 가상 현실의 체
험보다 더 강하게 독자를 사로잡을 힘이 이 작위성에는 결여되어 있다
는 것이다.

그럼에도 채호기가 추구하는 육체적 탐닉에는 시적인 것을 농축시
키려는 강한 충동이 담겨 있다. 그의 시가 고진하의 시와 더불어 두드
러지게 눈에 띄는 것도 그러한 이유이다.

고전적 독법을 빌려 시적인 것을 찾는다면 과연 그것은 어디에 있을
까. 그 예를 우리는 이시영의 시편들에서 발견한다. 말의 잔가지들을
다 쳐낸 간결한 시행들이 그의 시적 격조를 한층 높이고 있는 이즈음

그의 시들은 남다르게 우뚝해 보인다.

아침 일찍부터 플라타너스 그늘에 모여 참새처럼 지저귀던 아이들은
노란 버스를 타고 계성유치원으로 가고
나는 고개를 팍 꺾은 채 후진하여 회사로 간다

가을이다

—「그늘」 전문

이시영의 「그늘」(『현대시』 1996년 11월호)을 읽으면 물든 나뭇잎이 가려주는 가을의 그늘이 스쳐가는 서늘함이 느껴진다. 전반부의 서술이라면, 별다른 느낌을 주지 않을지도 모른다. 이 시의 묘미는 군더더기를 다 제거하고 마지막 행을,

가을이다

라고 처리한 데서 비롯된다. 가을을 배경으로 플라타너스 그늘이 만들어지고, 거기서 재잘거리는 아이들의 말소리가 들려온다. 유치원 아이들의 재잘거림을 보던 나는 그들과 달리 회사로 간다. 고개를 꺾고 차를 후진하여 내가 가는 곳은 아이들이 가는 유치원과 다른 세계이다. 나는 아이들이 플라타너스 그늘에 서 있음이 무엇을 뜻하는지 알지만, 이제 그들의 세계로부터 떨어져나와 그들의 순진무구한 말소리들을 되새길 뿐이다.
여름날 짙푸른 플라타너스 그늘이 아니라 가을이다. 이 점이 중요하다. 플라타너스 잎들은 붉게 물들었을 터이고, 원색의 유치원복을 입은 아이들이 타고 가는 노란 버스는 동심의 세계를 시사하는 것일 터인데, 그 모두를 바라볼 수 있는 나는 그러한 세계에 귀속될 수 없음을 깨달으면서 가을을 감지한다. 어린아이들은 가을을 느낄 필요도, 그리

고 생각할 필요도 없을 것이다. 물론 이 시에는 그 아이들 또한 플라타너스 그늘에 모여 있다. 유치원으로 가듯이 각각 성인의 세계로 들어가게 될 것이라는 화자의 인식이 깃들여 있다.

그러므로 「그늘」이 시가 되는 것은 단순히 동심의 세계를 그리고 있기 때문은 아니다. 동심의 세계와 현실세계의 경계선을 이어주는 것이 가을이라는 계절감의 인식이다. 아이들을 실어나르는 노란 버스는 동심을 표시하는 징표가 되면서 플라타너스와 같이 물든 색깔이다. 중층적 의미를 지닌 이 버스는 그 아이들을 성인의 세계로 실어나를 시간의 중개자이다.

이 시를 관통하고 있는 화자의 성숙한 시각은 설명적인 메시지를 전하지 않고 축약된 시의 정체된 모형을 보여준다. 아마도 이것은 시적 긴장을 유지하려는 그 나름의 전략일 것이다.

오늘날 우리는 시에서 말의 과소비를 지나치게 많이 경험하고 있다. 말의 절제가 시인들의 첫번째 덕목이라는 점에서 최근에 시도되고 있는 이시영의 단시들은 하나의 모범이 된다.

특히 그의 시집 『무늬』는 그가 시적인 긴장을 늦추지 않으려고 얼마나 고투하고 있는가를 보여주는 성공적 실례들을 확인할 수 있다는 점에서 크게 주목할 필요가 있다.

3

시류에 따라서 세기말적 불안감을 자극하고 조장하는 시편들이 확산되고 있다. 그러한 시들에 의하여 세상이 당장 달라지는 것은 아니지만 그러한 시편들이 진지한 독자들을 실망시키고 그로 인해 시의 고립화를 초래한다는 것은 분명 바람직한 일은 아닐 것이다.

1930년대 이상의 「오감도」에서 막다른 길을 질주하던 아해들이 2차세계대전으로 치달리는 강박감을 반영한 것이라면, 1990년대를 질주하는 아이들에겐 20세기에서 21세기로의 전환이라는 문명사적 대전환의 강박감이 표출되는 것이라고도 볼 수 있다.

이런 측면에서 보자면 부정적, 허무적, 해체적 경향이 확산되는 것 또한 그 나름의 이유가 있을 것이다. 그러나 신현림의 『세기말 블루스』가 보여주는 세계에서 우리는 시류적 불안에 편승한 상업주의적 요소를 배제할 수 없다. 신현림의 시적 역량은 피상적이라고만 할 수 없는 부피와 질감을 가지고 있는 것이기는 하지만 그가 그리고 있는 안락한 자기 만족이란 일시적인 도취감 그 이상의 것이 아니다. 그가 기발하게 하려면 할수록 그의 시들은 내면적 깊이를 획득하기보다는 현란한 말놀이를 떨쳐버리지 못한다고 하겠다.

오히려 함민복의 『모든 경계에는 꽃이 핀다』가 우리의 가을을 더 깊게 만들고 있다. 그가 『우울 씨의 일일』이나 『자본주의의 약속』 등을 통해 문명의 주변을 배회하는 삶을 실험적으로 그리고 있었다면, 이번 시집에 이르러 그는 자신의 마음을 중심으로 회귀하여 서정시의 본령을 드러내고 있다고 하겠다.

모든 경계에는 꽃이 핀다

달빛과 그림자의 경계로 서서
담장을 보았다
집 안과 밖의 경계인 담장에
화분이 있고
꽃의 전생과 내생 사이에 국화가 피었다

저 꽃은 왜 흙의 공중섬에 피어 있을까

　　　　　　　　　　　　　　　　　　　　　　　　　　　　—「꽃」제1~3연

안과 밖, 전생과 내생, 그리고 달빛과 그림자의 경계선에 꽃이 핀다.

그 꽃은 그리움이, 그리고 그의 슬픔이 피워낸 것이다. 경계에서 중심을 발견한 것이 그의 오랜 고뇌에 대한 시적 보답이다. 문명의 주변을 떠돌면서 그가 시도한 실험시들은 상당 부분 억지스러운 요소가 많다. 그가 한숨처럼 토해낸 그리움의 시들이 이승과 저승의 경계에서 꽃을 피워낸다. 전농동 시장, 양주군 산골, 금호동 한강변, 신림동 하숙촌 등을 떠돌면서 그가 경험한 삶의 체험들은 구르는 돌처럼 늘 새로운 경계를 찾아나서게 만들었을 것이다.

현실의 막다른 경계에서 그가 보았던 꽃은 현실의 경계를 끝까지 밀고 나아간 시를 쓰게 만들었다는 것이다. 시적인 것이 없다고 책상 위에서 말하는 사람들에게 함민복의 체험은 여러모로 천착해볼 필요가 있다. 삶의 현장이 모든 시의 원천이다.

공중섬에 피어 있는 꽃이란 가상과 현실, 전생과 내생을 이어주는 시적 통찰을 가능케 하는 매개체이다. 종말이란 자기 부정을 통한 새로운 시작을 뜻한다. 부정과 생성을 배제한 직선적 역사관은 우리들에게 파멸을 향해 달리는 우울한 강박감을 강요한다. 부정의 논리가 상생상극(相生相剋)의 논리로 전환되어야 할 깊은 혼돈을 바라본다.

연말이다. 빠른 발걸음으로 깊어가는 한 해를 마무리하자.

(『문학사상』 1996년 12월호)

신춘문예와 시적 활력

—1997년 신춘문예 당선시를 중심으로

1

시의 위기가 근년에 자주 거론되고 있다. 소설보다 시의 위기가 더 많이 논의되는 것을 80년대 초반 '시의 시대'라고 불리던 시대에 비교하여 말한다면 그야말로 격세지감을 느끼지 않을 수 없는 일이다. 사회 변화에 민첩하게 대응하여 앞으로 나아갈 지평을 밝혀주는 영광을 누리던 시적 호소력의 쇠퇴는 주로 영상 매체와 관련을 갖는 것으로 이해된다. 활자의 시대에서 영상의 시대로 사회문화적 상황이 바뀐 것은 정적인 것에서 동적인 것으로의 전환을 뜻하는 것이라고도 할 수 있을 것이다. 그러나 이보다 더 근본적인 것은 컴퓨터에 의한 대량 정보의 홍수 속에서 누구나 이 엄청난 격변을 감당하기 어려운 상황으로 인해 겪어야 하는 문화적 혼란에 기인한 것이 아닐까. 그렇다고 오늘날의 시대는 식민지 시대나 권위주의 시대처럼 시인들에게 지사적 결단을 강요하는 것도 아니다.

고정된 것은 하나도 없으며, 모든 것이 그때그때 변하는 상황 속에서만 언뜻언뜻 나타났다 사라지는 포말적 운명을 벗어나기 어렵다. 생각하고 판단하기보다는 보고 느끼는 것으로 결정하기도 바쁜 시대이다. 가중되는 변화의 속도감에 얹혀 있다 보면, 그 어느 누구도 한가롭게 시를 읊조릴 마음의 여유를 갖지 못하게 될 것은 뻔한 일이 아닐 수 없다.

그러므로 역설적으로 과학기술문명이 진보하면 할수록 시적 여유와 상상이 더 절실하게 요구되는 것이라고 말하는 것은 다만 시를 아끼고 사랑하는 사람들의 자기 주장일 뿐일까. 우리가 살고 있는 시대의 속도감을 극복하는 방법은 크게 두 가지일 것이다. 하나는 속도를 통해 속도를 극복하는 길이고, 다른 하나는 속도를 일탈하여 속도를 극복하는 길이다. 시의 길은 아마도 이 후자에서 더 많이 찾아지는 것이리라.

1997년도 신춘문예 당선시들을 일별해보면 80년대를 짓누르던 리얼리즘 시에 대한 강박감이 퇴색하고 있으며, 90년대 초반 유행하던 아류적 포스트모더니즘 시 또한 찾기 힘들다. 이런 결과가 도출된 것은 심사위원과 응모자의 상호작용에 의한 것이라 짐작된다. 양자 모두의 취향이나 관심이 어떤 면에서 시의 정도를 찾는 쪽으로 모아진 것이라고 생각하지 않을 수 없다. 과장되거나 경직된 목소리를 낮추는 한편, 거품처럼 부글거리던 헛된 자기 과시 또한 어느 정도 자제되는 단계가 아닌가 판단된다.

뚜렷한 수작을 단적으로 내세울 수는 없지만, 응모작품의 양이 크게 증가하고 그 수준 또한 평균적으로 높아졌다는 점에서 우리의 문화적 역량 또한 그 기초가 폭넓게 다져지고 있음을 확인할 수 있다.

2

금년도 신춘문예 당선시의 주도적 경향은 시의 정도를 다시금 되새겨보는 계기를 마련해주었다는 점이다. '시의 정도'라고 할 때 그것은 오늘의 우리에게는 서정시의 본령을 추구하는 것인데, 금년도 당선시들의 주된 흐름이 주로 서정의 확고한 자리매김에 중점이 주어졌으며, 또다른 한편으로는 그 서정의 와해라는 현실 상황의 변화도 드러내주고 있다.

문화적 열기가 영상과 컴퓨터로 향하면서, 오히려 시가 그 자신을 돌이켜보게 되었다는 것은 매우 역설적이지만 바람직한 일면을 가지고 있는 것이라고도 하겠다. 사회적 열기가 시에 전이되어 지나치게 과중한 부담을 시가 떠맡아야 했던 시대에 비교하자면, 비교적 자유로운 입장에 놓인 것이 오늘의 시가 아닐까. 그리고 바로 그러한 자리에서 시의 위기나 시의 죽음이 논의되는 것이라고 여겨진다는 점에서 이는 매우 흥미로운 쟁점을 도출시켜준다고 하겠다.

당선작 가운데서 모범답안과 같은 작품을 예로 든다면 그것은 이대의의 「야경(夜警)」(한국일보)이다. 이 작품에서 우리는 우선 신경림과 박용래의 시적 특성을 복합시켜놓은 것 같은 간결하고 집약적인 시의 맛을 느낀다.

자정이 넘은 밤길.
눈발은 그치고
마실꾼들 이야기를 밝히는 불빛은
차가운 바람을 달랜다.
불 꺼진 창에, 사람은 잠들었을까 조용하다.
개 짖는 소리도 잠 못 드는 이 밤
우리들은, 마실방에
세상 돌아가는 이야기를 남겨두고

야경을 돈다.

북을 두드리며 마을을 돈다.

—「야경」 전문

　이 시를 읽으면서, 우리는 먼 고향 마을의 눈 내린 밤을 떠올리지 않을 수 없다. 야경꾼들의 북소리가 오히려 고향의 정적을 깊게 만든다. 마실꾼들의 세상 돌아가는 이야기가 밤늦도록 이어지고 있다고 해도 그것은 오늘의 이야기가 아니라 오래 전의 이야기인 것처럼 느껴진다.

　이 시의 장점은 거의 군더더기가 없다는 점이다. 소품이지만 그 나름의 고전적 격조를 적절히 유지하면서 서정적 세계를 완결시키고 있다. 20년대나 또는 30년대에 있을 법한 그리고 지금도 그 어느 산간 마을에서 있을 수 있는 서정적 세계를 온전하게 그리고 있다는 점에서 이 시는 우리의 공감을 얻는다. 그러나 이러한 세계가 오늘날 우리들의 삶의 현실과 얼마나 밀착된 것인가 하는 점에서는 어떤 아쉬움이 남는다.

　「야경」과 대척적인 지점에 배용제의 「나는 날마다 전송된다」(동아일보)가 자리잡고 있다. 배용제의 시는 비디오 세대나 PC 통신 세대들이 겪는 가상 체험을 다루고 있다.

나는 자주 꿈을 꾼다

의식의 미세한 입자들이 신비로운 곳을 향해 날아간다

환상 속 연인과 동침을 하며 춤을 춘다

때때로 예언자처럼 먼 미래에 미리 가보곤 고개를 끄덕인다

내 꿈의 성능은 엉망이어서

변질된 모습을 드러낼 때가 더 많다

(……)

검은 석실에 갇혀 바둥거린다. 나는 겁에 질린

영혼을 꺼내 짓이기면서 사나운 울음소리를 낸다

출구 없는 꿈을 벗어나려고
의식의 뿌리를 송두리째 흔들어댄다
오, 꿈은 이토록 견고한 공포를 향해 나를 보냈던가
어쩌려고 내 생은 한동안 꿈의 의식을 건설했던가
잠자리에 누워 채 걷히지 않은 비명의 메아리를 토한다
나는 절망의 입자로 재결합된다
몸 밖으로 증발되는 무수한 물의, 꿈의 증거를 말리고 있다
—「나는 날마다 전송된다」 중에서

　TV나 영화를 매개체로 한다는 점에서 색다르기는 하지만, 이와 같은 시적 상상이 전혀 이색적인 것은 아니다. 그러나 주목할 것은 시적 자아의 해체와 재결합이라는 점에서 이 시의 화자에게 현실과 가상은 서로 이질적인 것이 아니라는 점이다. 특이한 것은 「야경」이 오히려 가상적인 것처럼 느껴지고, 「나는 날마다 전송된다」가 오늘의 독자들에게 현실적으로 받아들여진다는 점이다.

　시인의 입장에서 보자면, 「야경」은 분명히 현실이고, 「나는 날마다 전송된다」는 가상이다. 그럼에도 불구하고 이 가상과 현실의 전도 또는 대치가 오늘의 서정시가 처한 시대적 상황의 한 단면일 것이다. 가상을 현실로 전하기 위해 배용제는 오히려 구체적 묘사를 도입하고 있음에 비하여 이대의는 말을 줄이고 묘사나 설명보다는 함축적 장면 제시를 시작법으로 구사한다는 차이점이 흥미롭게 느껴지기도 한다.

　다만 배용제에게 전하고 싶은 것은, 그가 말하고 있는 '공포'가 얼마나 절대적인가 하는 점이다. 공포영화 수준을 넘어서 참으로 자기 해체의 공로를 시적으로 표현할 수 있다면, 그의 시는 더 큰 공감을 얻게 될 것이라는 사실이다. 그럼에도 우리는 「야경」과 「나는 날마다 전송된다」에서 오늘의 우리 시를 조망하는 하나의 원근법을 얻을 수 있다. 그런 점에서 이 두 작품이 동시에 신춘문예에 당선되었다는 것은 우리 시단의 진폭을 반영한다는 점에서 눈여겨보아야 할 것이다. 이 두 작

품이 수평적 축에서 하나의 대척점을 마련해준다면, 우리는 박균수의
「220번지 첫번째 길가 7호」(조선일보)와 박남희의 「폐차장 근처」(서울
신문)에서 서정과 현실의 수직적 축을 발견할 수 있다.

> 문을 두드렸다 살충제라고 흰 마스크가
> 말했다 분무기를 짊어진 사내는 구둣발로 걸어들어와 후미진 곳곳에
> 살색의 약을 뿌렸다 생각날 때마다
> 벤자민 화분에 반 컵의 수돗물을 주었다 그것은 천천히
> 어린 잎들은 말라죽어가고 있었고, 물을 그대로 흘려보냈다
> 화분이 놓인 창들은 내내 축축했고 그곳으로 잠깐 늦은 오후의 햇빛
> 이
> 예리한 각도로 쓰러졌다 멀리 갔다 온 날이면
> 썩은 냄새에 빨리 잠들었다 인기척에 깨어 나가보면
> 낯익은 벌레의 알들이 문가에 버려져 있었다
>
> ―「220번지 첫번째 길가 7호」 중에서

이 시를 읽는 독자들은 화자가 어떤 주관적 감정을 내비치지 않으면
서 시종 묘사적 시행으로 이끌어나가고 있음을 느낄 것이다. 그만큼
이 시는 객관적이고 사실적이다. 때로 화자의 관찰이 재치를 번뜩이지
만, 그는 더욱 객관적 거리를 갖고 사실적 묘사로 일관하고 있다. 우리
는 위의 시에서 80년대 초의 '시운동' 동인들과 유사한 시적 문맥과
황동규적 어떤 감각을 포착할 수 있지만, 그런 사실적 묘사에 담겨 있
는 특성으로서 서정적 감정의 개입을 거부하는 시적 자기 절제력 또한
간과할 수 없다.

시적 인식보다는 시적 묘사가 두드러진 위의 시에서 우리는 감정의
과잉을 부정하는 모더니스트적 일면을 읽을 수 있는 동시에 서정이 와
해된 현실의 단면을 읽을 수 있다. 서정의 증발은 이미 「나는 날마다
전송된다」에서 확인한 바이지만, 「220번지 첫번째 길가 7호」에서 우리

는 서정의 부정과 메마른 현실의 발견이라는 명제를 떠올릴 수 있을 것이다.

그러나 우리는 다음과 같이 반문할 수 있다. 현실이란 또는 시적 현실이란 묘사만으로 가능한가 하는 의문이 바로 그것이다. 때로는 사실 그 자체가 어떤 서정적 호소보다 강력한 공감을 획득할 수 있다. 그럼에도, 부분적으로 나열된 사실의 묘사는 강력한 감동을 촉발하기는 어렵다. 서정이 메마른 시대일수록 더욱 그러하다. 때로는 객관적 자세 그 자체가 우리를 감동시킬 수 있다. 그러나 위의 「220번지 첫번째 길가 7호」에서 우리는 사적 생활의 사실적 진술을 읽을 수 있을 뿐이다.

그의 시가 우리 시단의 한 측면을 날카롭게 드러내준 것은 사실이지만, 그 또한 하나의 한계선이 아닐 수 없다. 특히 위의 인용에서는 "늦은 오후의 햇빛이/예리한 각도로 쓰러졌다"와 같은 시행을 다시 음미해본다면, 별달리 예리함을 가진 표현이라 말하기 어렵다.

그럼에도, 위의 「220번지 첫번째 길가 7호」가 서정에서 현실로 기운 우리 시의 한 각도를 드러낸 것이라면, 박남희의 「폐차장 근처」는 현실에서 서정으로의 또다른 기울어짐을 보이고 있다는 점에서 양자는 비교의 대상이 된다.

이곳에 있는 바퀴들은 이미 속도를 잃었다
나는 이곳에서 비로소 자유롭다
나를 속박하던 이름도 광택도
이곳에는 없다
졸리워도 눈감을 수 없었던 내 눈꺼풀
지금 내 눈꺼풀은 꿈꾸기 위해서 있다
(……)
이내 내 속의 공기는 자유롭다
그 공기 속의 내 꿈도 자유롭다
아무것도 가지고 있지 않은 저 흙들처럼

죽음은 결국 또다른 삶을 기약하는 것인지도 모른다
나는 이곳에서 모처럼 맑은 햇살에게 인사한다
햇살은 나에게
세상의 어떤 무게도 짐지우지 않고
바람은 내 속에
절망하지 않은 새로운 씨앗을 묻는다

—「폐차장 근처」 중에서

폐기처분된 자동차는 무용지물이다. 그러나 그 현장에서 화자는 속도로부터의 일탈을 통해 생명의 생성으로 나아간다. 그가 마지막에 도달한 결론이 상식적인 것이라고 해도 무작정의 질주를 벗어난 생명의 성찰을 접하면서 우리는 심적 여유를 되찾는다.

문명의 속도감에 절망하지 않는 생명의 씨앗이 뿌리내림을 상상하는 그의 시적 시각에는 메마르고 건조한 현실로부터 꿈의 세계로의 탈출이, 그리고 그 꿈의 자유로움이 머금고 있는 풍요로움에 대한 동경이 담겨 있다. 「220번지 첫번째 길가 7호」가 절제된 묘사를 통해 현실의 단면을 드러내었다면, 「폐차장 근처」는 문명으로부터의 일탈을 통해 자유로운 꿈꾸기를 일깨우고 있다. 「폐차장 근처」에는 문명 이후의 세계에 대한 나름대로의 전망이 담겨 있으며, 여기에는 무작정 질주하는 듯한 문명의 속도감에 대한 부정과 거부가 전제되어 있다고 하겠다.

「나는 날마다 전송된다」가 현실과 환상 사이의 분해와 결합이며 그러한 환상적 재구성에 대한 탐닉이라면, 「폐차장 근처」는 현실과 꿈꾸기 사이에서 문명의 속박으로부터의 일탈을 통해 생명 그 자체의 자유로움의 추구라고 볼 수 있다. 「폐차장 근처」에서 우리는 '소모/일탈'의 대립항이 '소멸/탄생'의 상관 속으로 나아가는 부정과 생성의 변증법을 엿볼 수 있다. 물론 그의 이러한 패러다임은 이미 우리에게 익숙한 서정 주제이고, 결론에 도달하는 시적 전개 또한 상식적인 것을 크게 벗어나지 못하고 있는 것은 사실이다.

그러나 해체와 퇴폐에 탐닉하는 말초적 말놀이에 근거한 시들의 시류성을 넘어서서 문명에 대한 전망에 근거하여 서정의 세계를 구축하고 있다는 것은 「폐차장 근처」가 갖는 확고한 강점이다. 이런 점에서 이 작품은 앞에서 거론한 「야경」과 겹쳐지는 부분이 있다. 「야경」이 한적한 고향 마을에 잠들지 않는 사람들의 시심을 그리고 있다면, 「폐차장 근처」는 도시의 변두리인 폐차장에서 문명의 속박으로부터의 일탈을 다루고 있다는 점에서 서로 다른 위치에 있다. 그럼에도 이 양자의 공통점은 현대문명에 대한 '비판/부정/생성' 등의 서정시 본연의 기능에 의거하고 있다는 것이다.

과학기술문명이 첨단으로 나아갈수록 서정시가 갖는 '일탈/반성/꿈꾸기' 등의 기능 또한 강화되어야 한다는 점에서 「야경」이나 「폐차장 근처」가 갖는 시적 의의는 강조되어야 한다. 그렇다고 하더라도 우리 시대의 삶을 그대로 반영하고 있는 「나는 날마다 전송된다」나 「220번지 첫번째 길가 7호」가 갖는 의의도 부정할 수는 없다. 그러므로 위에서 거론한 시편들은 각각의 중요성을 가지고 우리 시단의 분포도를 보여주고 있다는 사실을 되새겨볼 필요가 있는 것이다.

이러한 구도에서 보자면, 여타의 시들은 개략적으로 다음과 같이 파악된다. 김영남의 「정동진역」(세계일보)은 직설적 어법으로 정감의 세계를 깔끔하게 그리고 있으며, 김현옥의 「의자·계단·창문」(매일신문)은 사랑과 기다림을, 이기와의 「지하역」(문화일보)은 되풀이되는 도시적 삶과 지상의 꿈을, 손순미의 「먼 집」(부산일보)은 산동네 사람들의 고단한 삶과 소박한 꿈을 그리고 있다. 「먼 집」이 1980년대 리얼리즘 시의 한끝을 잇고 있다면, 「지하역」은 도시적 삶의 감각을, 「정동진역」과 「의자·계단·창문」은 외로움과 사랑이라는 서정시의 전통적 주제를 담아내고 있다.

산문적 서술의 어설픔이 섞여 있지만 신인의 풋풋함을 보여준 김창진의 「외출」(경향신문)에도 눈길을 보낼 필요가 있다.

이른봄, 나는 외출을 하였다
겨울에 익숙한 외투로
아직 한쪽은 겨울로 남은 몸을 감추고
봄길로 나서면 봄햇살에
콘크리트 벽들도 금세 싹을 틔울 것만 같다
내 몸의 어디에서도 살갗을 뚫고 무엇인가 돋는 듯하다
길가엔 동시상영 포스터와 선거 벽보들이
나란히 봄볕을 피해 긴 담을 따라
월장을 한참 준비중이다
신축성 없는 마분지 같은 얼굴들이
고민 끝에 모조하는 근엄한 미소들은
깨알 같은 자신의 약력 밑에 한 줄의 그것을 더하기 위해
이 낯선 곳으로 애마부인 7과 외유를 나왔다
난 그 밭에서 문맹이 되고픈 충동을 느낀다.
귀중하다는 나의 한 표 행사를 고민해야 할 걱정에 싸였다가
딴전 피듯 파란 하늘을 본다

—「외출」 중에서

　두 단락으로 이루어진 이 시에서 위에 인용한 전반부만이었다면 하나의 작품으로 성립되기 어렵다. 그러나, 화자가 지닌 시적 착상과 제기는 위에서도 어느 정도 파악된다. 선거용 벽보와 〈애마부인〉 동시상영 포스터가 나란히 대비를 이루면서, 봄날 생명의 움틈을 느끼는 화자의 고민이 바로 그것이다. 정치인들의 공천과 봄볕의 공천이란 현실의 속악함과 생명의 움틈을 대비하는 것으로서 오늘의 정치 현실에 대한 재치 있는 풍자이다. "고민 끝에 모조하는 근엄한 미소들"이나 "귀중하다는 나의 한 표 행사를 고민해야 할 걱정" 등은 모호하고 설익은 표현이지만, "콘크리트 벽들도 금세 싹을 틔울 것만 같다"나 "딴전 피

듯 파란 하늘을 본다" 등은 정서적 환기력을 높이는 생동감을 지닌 시행들이다.

일상의 산문적 체험을 시적으로 변용시킬 줄 아는 장점을 가지고 있기는 하지만, 「외출」의 시인은 좀더 절제와 함축의 방법을 심화시켜야 할 것이다.

이성일의 「안개바다」(중앙일보)는 시어를 선택하고 배치하는 데 있어 나름대로의 방법을 터득하여 시적 형상화에 성공하고 있지만, 종래 신춘시에서 한 걸음 더 나아가지 못했다는 아쉬움을 갖게 한다. 특히 마지막 두 행,

　　안개 경보 울린다. 안개 속에서
　　안개로 풀어진 者들의 신음

이 강한 시적 호소력을 이끌어내지 못하고 있다는 것이 그의 약점이다. 이용규의 「가족일기」(중앙일보)의 경우, 거칠다는 것이 약점인 반면, 신인으로서 패기가 돋보였다. 특히 "밥그릇 속에 들어가 있는/쉰 밥풀 같은 하루"나 "밑으로 가볍게 뿌리를 내리고/여기저기 유채꽃같이 찾아오는 봄" 등의 비유적 표현들은 일단 아주 구체적인 것같이 느껴지기는 하지만 그 알맹이가 무엇인가에 대해 다시 생각해보면, 그 실체가 잘 잡히지 않는다. 또한 "기도의 형식으로 버려진 수난들" 등의 표현 또한 좀더 섬세하게 다듬어져야 될 것이다.

이경임의 「부드러운 감옥」(동아일보)의 경우 지나치게 많은 시어들이 시적 문맥을 혼란시키고 있다는 점을 상기할 필요가 있다. 시적 분위기를 그물처럼 짜나가는 역량을 보여주기는 하지만, 경제적이지 못할뿐더러 입체적이라기보다는 평면적이라는 것이 그의 취약점이다. 의도적으로 구사된 짧은 문장들 또한 겹쳐지는 이미지들을 심화시키는 데 크게 기여하는 것 같지 않다. "용수철처럼 튀어올라 걸어나가고 싶다"나 "곤두박질친 다음에야 희망이란 활자를 읽어낸다"와 같은 시행

들이 그 자체의 의미만으로 읽혀진다는 점을 돌이켜보아야 할 것이다.

3

　신춘문예 부정론이 종종 거론되어온 바 있다. 그 극단에서는 폐지론까지 나왔었다. 그러나 오늘날 영상 매체 시대의 도래와 더불어 활자에 의거한 문학의 위기 상황은 더욱 심각한 것이 아닐 수 없다. 이제 신춘문예가 갖는 의의는 단순히 연례행사 수준을 넘어서 문학 그 자체에 대한 국민적 호응과 관심을 불러일으키는 중요한 문화적 행사로 받아들여져야 하는 것이 아닌가 판단된다.

　입자파들의 명멸에 따라 찰나적으로 출몰하는 문화적 현상이란 앞으로 전개되어나갈 인류 문명 전체를 포괄할 수도 없을뿐더러 모든 영상 매체들을 창출하는 원천으로서 문학적 상상력과 그 표현은 더욱 중요시 여겨져야 될 것이다. 과학기술문명이 첨단으로 나아갈수록 이를 보완하는 다양한 문화적 완충작용이 필수적으로 요구될 것이며, 고양된 감수성과 창의적 발상이라는 점에서 시쓰기와 그 향유는 오늘의 현대인들에게 필요불가결의 요소라고 하지 않을 수 없다.

　금년도 신춘문예 당선시에 나타난 경향을 조감하면, 크게 서정과 그와해라는 명제로 집약된다. 전통적인 서정시가 주류를 이루면서도 한편으로는 서정이 배제된 현실을 묘사하는 시들 또한 선보이고 있다. 지난 시대까지 '현실/꿈'이 서로 대립항을 보였다면, 이제는 '꿈/가상/현실'이라는 상관속이 설정된다는 것이다. 아마도 '가상'의 세계가 점점 더 크게 자리잡으면서 종전의 서정시가 그려내던 '꿈'의 영역이 좁혀질 것이라는 전망을 던질 수도 있다.

　이는 다른 말로 한다면, 이제 새로운 서정시의 도래가 가까이 다가와 있다는 뜻이며, 이에 대처하는 어떤 모색이 필요하다는 뜻이기도 하다. 서정시의 모범답안의 중요성을 제대로 되새겨보아야 하는 것은 물론이겠지만, 종전의 되풀이에서 맴돌고 있기만 하다면, 새로운 문화적 환경 변화에 대응 능력을 상실하기 쉽다는 것이다. 항상 모든 것이 새롭다는 사고도 문제이겠지만, 항상 모든 것을 고정적으로 바라보는 시각 또한 문제가 아닐 수 없다.

정치적 압박이나 말초적 감각의 탐닉에서 벗어나고 있는 우리 시단이 과연 독자들에게 무엇을 어떻게 제공할 수 있을 것인가 하는 것이 앞으로의 과제이다. 단연 빼어나다고 생각되지는 않지만, 이기와의 「지하역」은 이에 대한 어떤 시사점을 다음과 같이 묘파하고 있다.

> 깜깜한 터널 속을 유심히 살피고 있는 저 눈동자들
> 어둠의 틈새로 열차의 헤드라이트가 번쩍이는 순간
> 닫혀 있던 마음의 瞳孔이 환히 열린다
> 언젠가는 출구 없는 지하역에서 영원히 맴돌지라도
> 아직은 살아 지상을 꿈꾸고 있는 것이다.
>
> —「지하역」 중에서

출구 없는 지하역의 출구를 찾는 것이 앞으로의 시인들에게 부과된 사명이 아닐까. 가상 현실에서의 환상적 꿈꾸기가 아니라 "마음의 동공(瞳孔)이 환히 열"리는 시의 지평이 새롭게 전개되기를 바라는 마음 간절하다. 밀실에서 명멸하는 입자파에 깜박이는 눈동자가 아니라 대지에 새로운 생명을 움트게 하는 봄햇볕 같은 시가 풍성해질 때 과학기술문명 또한 삶의 풍요로움을 제대로 피어나게 할 수 있을 것이다.

(『한국문학』 1997년 봄호)

시의 나비 또는 극채색의 볏

1

시의 상실과 부재가 강조되는 시대에 과연 시는 어디에 있을까. 그리고 시인이란 대체 어떤 존재일까. 시도 없고 시인도 없다고 판단했다면, 결론은 간단해진다.

그러나 최근 필자가 우연히 심사하게 된 한 시인 지망 대학생의 다음과 같은 열망은 이러한 단순 논리를 부정하게 만든다.

시인이 되고 싶었다.
시다운 시를 쓰는 시인이.
아직 시인이 되지 못했다.
글 한 줄 제대로 쓰지 못하는 아직은 시인 지망생.
마음 넓은 하늘도 혀를 낼름거린다.

속 깊은 바다까지 비실거린다.
언젠가 꼭 시인이 될 수 있겠지.
눈물겨운 자위나
절망의 끝에서 새로운 전환점을 찾아 헤매이고 있을 때
아직은 포기하지 말라는 하늘의 음성
아니 땅의 부름을 받고 이 글을 적는다.
— 김미영, 서울산업대신문, 제289호

위의 당선소감을 읽으면서, 필자는 이 학생에게 시인이란 정말 대단한 존재로구나 하는 생각을 떨쳐버릴 수 없었다. 물론 그의 고백에서 놓칠 수 없는 어구는 "시다운 시를 쓰는 시인"이란 말일 것이다.

실제로 시인이 된 많은 사람들이 심각한 자기 부정을 겪고 있는 이 시대에 시인이 되고 싶다는 김미영의 선언은 충격적인 느낌을 불러일으킨다. 그래도 아직 시인이 되고 싶어하는 젊은 시인 지망생이 있고, 그리고 "시다운 시를 쓰"고 싶어하는 열망이 존재한다는 점에서 그러하다. 이렇게 본다면 시의 사망 선고나 시인의 죽음을 선언하는 것은 발빠른 저널리즘에의 편승이라는 혐의를 부인하기 어렵다.

그러나, 우리가 언제나 새롭게 반문해야 하는 것은 '시다운 시'는 어디에 있으며, '제대로 된 시인'은 어디에서 무엇을 말하고 있는가 하는 의문이다. 사망 선고를 박차고 나올 시인은 진정 누구일까.

2

부정적 관점이 아니라고 하더라도 보다 근본적으로 고찰해보자면, 진정한 시인은 지금 어디에도 없는 것이다. 아마 과거에도 그랬을 것이다. 모든 시인은 스스로의 시를 부정하기 위해서 시를 쓸 것이고, 그렇게 할 때만이 참다운 시를 쓸 수 있을 것이다. 새로운 시가 기존의 시를 부정하면서 자신의 위치를 찾는 것이 문학사의 자리매김이 아닐까.

특히 가치관의 붕괴와 새로운 패러다임이 속출하는 오늘, 진정한 시를 찾는 길은 더욱 험난한 과정을 치르지 않을 수 없을 것이다. 진정한 시는 어디에 있을까.

> 말이 곧 절이라는 뜻일까
>
> 말씀으로 절을 짓는다는 뜻일까
>
> 지금까지 시를 써오면서
>
> 시가 무엇인지
>
> 시로써 무엇을 이룰지
>
> 깊이 생각해볼 틈도 가지지 못한 채
>
> 헤매어 여기까지 왔다
>
> 경기도 양주군 회암사엔
>
> 절없이 절터만 남아 있고
>
> 강원도 어성전 명주사에는
>
> 절은 있어도 시는 보이지 않았다
>
> 한여름 뜨락에 발돋움한 상사화
>
> 꽃대궁만 있고 잎은 보이지 않았다
>
> 한 줄기에 나서도
>
> 잎이 꽃을 만나지 못하고
>
> 꽃이 잎을 만나지 못한다는 상사화
>
> 아마도 시는 닿을 수 없는 그리움인 게라고
>
> 보고 싶어도 볼 수 없는 마음인 게라고
>
> 끝없이 저자 거리 걷고 있을 우바이
>
> 그 고운 사람을 생각했다

—「시를 찾아서」 전문

절없이 절터만 남아 있는 회암사와 잎과 꽃이 서로 만나지 못하는 상사화는 진정한 시를 찾으려는 시인의 이상을 전달하는 절묘한 비유들이다. 시란 무엇인가. 닿을 수 없는 그리움이다. 보고 싶어도 볼 수 없는 마음이다. 말로서의 시가 아니라 시 그 자체가 무엇인가를 정희성은 「시를 찾아서」(『문학동네』 1997년 봄호)에서 우회적으로 보여준다. 절터만 남아 있고 절이 없거나, 절이 있으면 시가 없는 동근이종(同根異種)의 상대성을 지닌 것이 시이다. 그러므로, 시인은 그리운 마음으로 시를 찾아나설 수밖에 없다. 어쩌면 진정으로 시를 쓰고자 하는 시인은 정희성의 고백처럼 '발표 안 된 시'를 가슴에 품고 사는 운명을 지닌 자이다. 절만 남기거나 절터만 남기고 싶지 않기 때문이다. 시를 다 발표해버리고 거지가 되지 않기 위해서다. 분명히 시는 있지만, 언제나 그 존재 방식은 다양하다.

> 얼음이 꽝꽝 얼어서
> 나룻배도 일없고, 사공도 일없어
> 걸어서 건넜네.
> 새벽같이라서 입장료도 안 내고
> 휘적휘적 걸어서 갔네.
> 봉두난발, 입궐.
> 전하 전하 소리쳐 불렀네만
> 까마귀만 두엇 깍깍깍.
> 얼음이 꽝꽝 얼어서
> 걸어서 나갔다네 새벽같이 나갔다네.
> 관리인이 봤다네.
> 봉두난발, 노산군.

—「겨울 아침, 청령포」 전문

겨울 아침 청령포에서 유배된 노산군을 전하라고 부르는 소리는 화자인 시인 자신을 부르는 소리인 동시에 마음속의 시를 부르는 목소리이기도 하다.

어디에도 그가 없으므로 정말로 그를 보았다는 것은 허구적 환청이다. 그러나, 이 시(윤제림, 『문예중앙』 1997년 봄호)에서 절묘한 것은 강물이 얼어붙어 봉두난발의 노산군이 걸어서 건널 수 있다는 상황 설정이다. 인적이 끊긴 청령포에는 까마귀의 응답만 있을 뿐이다. 노산군은 있으면서도 없고, 없으면서도 있다. 과거의 사실로 존재하는 노산군이 있고, 그처럼 봉두난발한 화자가 있다. 나는 내가 아니라 유배된 노산군이 된다. 지금 내 목소리는 과거의 노산군을 부르지만, 그것은 노산군이 된 나를 부르는 소리로 반향된다.

절은 없고 절터만 있거나, 절은 있지만 시가 없는 형국과 같다. 누가 마음속의 노산군을 보았을까. 박세현은 '정동진 시편' 중 「낙가사 절마당에서」(『문예중앙』 1997년 봄호)에서 이를 꽃으로 비유한다.

백여 평 남짓한
바다를 보면 바다는 바다가 아니다
먼 소식에 눈감은 듯
허연 속을 토해놓고 그 몸짓도 모자라
뱉어놓은 속을 다시 삼키며
모로 돌아눕는 자리
꽃! 한 송이 터져나오는
그 자리 본 사람
누구 없소?

꽃은 피어났지만, 그 꽃이 피어나는 순간을 포착한 사람은 없다. 절터는 있지만 절은 없다. 절은 있지만 시가 없다. 봉두난발한 노산군을 보았다지만 나는 그를 보지 못했다.

바다가 피워내는 한 송이 꽃이 바로 시가 아닐까. 누구도 보지 못했지만, 바다가 돌아누운 낙가사 절마당이 바로 시가 꽃피우는 자리이다. 이 자리에 빛이 모이고, 나비가 날아온다.

> 빛이라는 빛 무덤 가에
> 둥글게 다 모인다
> 구렁이 한 마리 풀어놓은 꼬리가
> 그 빛 빳빳이 튕겨올린다
> 구불구불 길 만든다
> (……)
> 팔랑팔랑 노랑 날갯짓 치는
> 나비의 영혼, 아직 피지 않은 꽃 향내가
> 무덤 여기저기에서 차올라오고
> 기이하게 따스한 네 인기척을
> 누가 고요히 감싸안는다.

—「나비」 중에서

생명의 빛으로 충만된 세계가 봄이다. 꽃이 피어나고 나비가 날아온다. 그 인기척을 고요히 감싸안는 세계를 삶과 죽음이 화해롭게 공존한다. 죽음이 삶으로 생성되는 것이 봄이다.

백미혜가 「나비」(『세계의문학』 1997년 봄호)에서 말하고 있는 것처럼 무덤 가에 둥글게 모인 빛들이 뱀을 일깨우고, 나비를 불러온다. 봄노래는 생명의 노래이며, 그것이 시이다. 죽음으로부터 부활하는 것이 빛의 노래이며, 나비의 춤이다. 무덤 가에 둥글게 모인 빛들이 머금고 있는 생명의 빛이 시의 원천이다. 이 빛이 없다면, 생명도 없고 노래도 없고 시도 없다. 아무도 막을 수 없는 생의 노래가 나비의 영혼이자 시의 영혼인 것이다.

나도 믿기지 않지만 한두 편의 시를 적으며 배고픔을 잊은 적이 있었다. 그때는 그랬다. 나보다 계급이 높은 여자를 훔치듯 시는 부서져 반짝였고, 무슨 넥타이 부대나 도둑들보다는 처지가 낫다고 믿었다. 그래서 나는 외로웠다.

푸른색. 때로는 슬프게 때로는 더럽게 나를 치장하던 색, 소년이게 했고 시인이게 했고, 뒷골목 불량배이게 했던 그 색은 이젠 내게 없다. 섭섭하게도

나는 나를 만들었다. 나를 만드는 건 사과를 베어무는 것보다 쉬웠다. 그러나 나는 푸른색 기억으로 살 것이다. 늙어서도 젊을 수 있는 것. 푸른 유리 조각으로 사는 것.

—「푸른 유리 조각」 중에서

세월의 흐름을 잊는다. 무가치한 삶은 부서져 파편이 된다. 그의 겉늙음은 신산한 삶에 대한 동경으로부터 온다. 그러나, 한두 편의 시로 배고픔을 잊은 체험이 있다. 푸른색의 희망이 그를 충만시켜주었던 것이다. 배고픔을 채우기 위해 그는 그 푸른 꿈을 잃는다.

상처받은 자아는 세월을 잊는다. 삶이 유리 조각으로 부서지는 것처럼 그도 부서져나간다. 그때 그가 정신적 자기 구현을 위해 할 수 있는 유일한 방법은 푸른색의 기억을 되살려내고, 그 기억으로 사는 것이다. 그것이 세월에 마모되어 흘러가는 그의 삶을 푸르게 만드는 방법이다. 그 푸른색이 때로는 슬프고 때로는 더럽게 그를 치장했다 하더라도 그에게 젊음을 살게 하는 유일한 방법은 그 이외에 달리 찾을 길이 없을 것이다.

우리는 허연의 「푸른 유리 조각」(『문학동네』 1997년 봄호)에서 겉늙은 젊은 시인의 하소연을 듣는다는 느낌을 떨쳐버릴 수 없지만, 그의 시적 광학(光學)이 드러내는 세계는 박세현의 「낙가사 절마당에서」나 백미혜의 「나비」에 두루 통용되는 시적 프리즘으로 받아들여진다. 푸른색은 배고픔이며 외로움이었고, 부서지며 반짝이는 젊음이었다고 여

겨지기 때문이다.

　　하늘에 반짝이는 별들은
　　하나님이 지으신 시입니다

　　하나님은 모두 몇 편의 시를 쓰셨는지
　　몇 권의 시집을 내셨는지 잘 모르지만
　　내가 밤하늘을 쳐다볼 때
　　어린아이처럼 감동을 받는 것은
　　모든 별에는 각기 다른 모습의 현실이
　　있다는 것을 알기 때문입니다

　　펄펄 끓어올라 폭발하는 현실
　　차갑게 식어 굳어지는 현실
　　무중력, 무산소, 무생명의 삭막한 현실
　　하늘과 땅.
　　빛과 어둠의 구분도 없이
　　모든 것이 함께 소용돌이치는 혼돈스러운 현실
　　전쟁과 이념과 폭력과 질병과 기아와 오염으로
　　얼룩진 참담한 현실

—「별」 전반부

　　직설적 표현으로 후반부가 시적 긴장을 상실하고 있기는 하지만 조
윤호가 「별」(『문예중앙』 1997년 봄호)에서 말하는 바는 분명하다. 하나
님의 시는 하늘의 별들이다. 별들에는 그 나름의 현실이 있는 것처럼
지상의 현실도 그 나름의 고뇌가 있다. 화자는 이러한 현실의 고통을
하늘의 별처럼 시로 승화시키고자 한다.
　　그러나 여기서 떠오르는 의문은 우리가 살고 있는 시대가 하늘의 별

을 바라보고 감동을 받을 수 있는 시대인가 하는 것이다. 물론 그의 대답은 간결하다.

우리는 평생에 몇 개의 별이나
하늘에 띄워볼 수 있을까요
아무리 암담한 현실이 들어 있어도
하나같이 아름답게 반짝이는 별

하나님은 지금도 저 하늘 어디쯤에
새로운 시 한 편을 만들기 위해
골몰하고 계시겠지요?

—「별」 후반부

아름다움이 부정되고, 신이 부정된 시대에 이러한 시적 추구는 하나의 환상일 수도 있다. 그러나, 그의 시심에는 암담한 현실을 암담하다고 포기하지 않는 강한 의지가 깃들여 있다. 너무 쉽게 사회문화적 소용돌이에 휩쓸려들어 자기 정체성을 상실해버리는 다른 젊은 시인들과의 변별점이 여기에 있다.

오늘날 우리가 더 크게 걱정해야 되는 것은 요란한 구호에 쉽게 편승하여 스스로가 스스로를 부정하는 시적 발상에의 유혹이 아닐까 한다.

강윤후가 「첼로 5」(『시와시학』 1997년 봄호)에서,

하루하루는 숨가쁘게 지탱되지만
어떤 운명도 스스로
선택할 수 없다

고 말한 것처럼 그들은 삶의 벼랑 끝에 몰려 있거나, 권현형이 「봄날은

간다」(『시와시학』 1997년 봄호)에서,

> 누구지? 봄날 저녁에 풍경처럼 나타났다가 가뭇없이 사라져가는 우
> 리, 우리는 누구지?

라고 스스로 내가 누구인지 확신할 수 없는 질문의 방식으로 존재한
다. 그러므로, 젊은 세대들에게 시는 빛이 아니라 어둠으로, 확신이 아
니라 불안의 형태로 인식되는 것이 더 일반적인 것 같다.

> 소리내지 않아도 나의 詩엔 늘 어둠의 때가 묻어 있다. 그렇다
> 어둠이다. 어둠은 내 갈비뼈가 뽑혀나간 자리마다
> 刻印처럼 스며 있다. 詩는 그런 어둠을 벗겨내는
> 칼날 같은, 절망의 힘. 그러므로
> 그대 와 핥으라
> 벗겨도 벗겨도 씻어지지 않는
> 나의 詩,
> 저 빛나는 어둠을!
>
> —「죄」 전문

시는 죄이다. 시는 어둠이고 절망이다. 그러나, 절망의 힘으로 시는
칼날 같은 긴장을 갖는다. 그의 어둠에는 칼날의 쇠맛이 있다. 어둠이
빛으로 생성되는 시적 변증법이 담겨 있다. 박완호의 「죄」(『시와시학』
1997년 봄호)에는 자기 부정을 시적 긍정으로 뒤바꾸는 시적 에너지가
담겨 있다. 그의 이 어둠을 통해서 우리는 부분적으로나마 조윤호의
「별」의 광학이 지니는 아름다움을 깨닫게 된다. 이때 시는 안이한 타협
을 거부하고, 어둠을 벗겨내는 칼날과 같은 절망의 힘을 갖는다.
  그러나, 아직 젊은 세대의 시인들 중 그 누구도 어떤 확신에 도달하
지는 못하고 있다.

오늘은 다시 내 목소리를 시험해본다
저 슬픈 시간의 맥박 소린 듣지 않으련다
시간의 비밀을 풀지 못한 내 노래로
같이 가야 할, 같이 울어야 하는
광장의 시계탑은 저기 높이 외로운데,
허겁지겁 걸어가는 당신 앞에
잘못을 모르며 가고 있는 시간의 수갑

―「대전역」 마지막 부분

푸념과 하소연이 짙게 담긴 강희안의 「대전역」(『시와시학』 1997년 봄호)에서 우리는 소외와 방황의 편린을 읽을 수 있다. 길이 끝나자 시작된 여행처럼 그의 방황에서 우리는 스스로의 목소리에 대한 어떤 확신의 실마리를 찾기 힘들다. 시간의 빠른 흐름을 표징하는 "시간의 맥박" "시간의 비밀" "시간의 수갑" 등에 대한 시적 인식 또한 구체적인 것이라기보다는 허겁지겁 바쁘게 드러나고 있을 뿐이다.

실제 결론을 도출하는 것처럼 위험한 일은 없다. 그러나, 최근 젊은 세대의 시인들에게서 공통적으로 느껴지는 것은 자기 정체성의 상실과 시적인 것의 부정으로 인해 심각한 혼돈에 빠져 있는 것이 아닌가 하는 것이 솔직한 판단이다. 도시의 아이들이 된 젊은 세대의 감각은 다음과 같이 그려질 수도 있을 것이다.

우산을 버리고
택시 안으로 뛰어들었을 때가
자정 십 분 전이었다
윈도우 브러시가 쉴새없이
차창 빗물을 털어내고 있었다
이 도시 신호체계는 엉터리야

택시 기사는 신호등을 무시하고 내달렸다
그때 뒤에서 폭주족들이 나타났다
그들이 탄 오토바이는 바퀴가 세 개씩이었다
어찌나 속력이 빠른지
바퀴 속에서 돌덩어리들이 튀어나왔다
—롤링 스톤즈.
나는 그 전설적인 록 밴드에 대해 들은 적 있다
그들 중 하나가 택시에 바짝 붙은 채 주먹을 휘둘러 보였다
내 이름은 해머야,
이 도시의 파괴자야
그 자식은 검은 부츠, 검은 가죽옷을 입고 있었다
—「이지 라이더」 전반부

송찬호가 「이지 라이더」(『창작과비평』 1997년 봄호)에서 사실적으로 묘사하고 있는 것처럼 폭주족은 젊은 세대의 광적 폭발력을 대변한다. 스피드와 결혼하고 싶고, 달리면서 애를 낳고, 길에서 죽고 싶은 여자가 달라붙은 그들에게 젊음의 발산은 도시의 파괴로 상징화된다. 혁명의 구호가 넘치던 거리에 새로운 총아로 등장한 폭주족들은 록 밴드에 감성을 의탁하고 파괴적 폭력으로 도시를 질주한다.

폭주족들이 질주하는 거리는 도시문명의 암울한 종말을 드러내준다. 도시의 사생아들인 그들에게는 순간의 쾌락과 파괴적 열정만이 삶의 동력이 된다. 심장이 멈출 때까지 드럼을 치겠다는 그들에게서 읽을 수 있는 불안한 강박감은 목표를 상실한 젊은 세대의 자기 탐닉의 근거가 무엇인지를 알려준다. 불안/파괴/해체의 상관속들은 이제 많은 젊은 세대들에게 익숙한 심적 징후들이며, 그들이 또한 시의 파괴자들임을 자각할 필요가 있다.

물론 여기서 필자가 성급한 긍정론이나 안이한 낙관론을 강요하는 것은 아니다. 그럼에도 밤거리를 질주하는 폭주족들에게는 어떤 구원

의 소식도 전해지지 않는다는 사실을 지적해두고자 한다. 위의 시에서 송찬호는 이런 현상에 대해 그 나름의 객관성을 유지하며, 풍자적 효과를 높이고 있다. 폭주족들의 자기 탐닉을 묘사하면서도 그가 결코 거기에 빠지지 않은 것은 시적 거리를 적절히 통어하는 객관적 시각 때문일 것이다.

혁명의 시대가 지난 다음 목표를 상실한 젊은 세대들이 갖는 공허감의 한 단면을 이렇게 표현할 수도 있을 것이다. 그러나, 여기서 우리는 한 걸음 더 나아가야 하지 않을까. 부정과 파괴는 일단 신바람나는 일인지 모른다. 그럼에도 이 순간 우리는 한번쯤 신경림의 「별」(『창작과비평』1997년 봄호)에 주목할 필요가 있다.

> 죽산이 목매달리던 날
> 나는 울면서 한 편의 시를 썼다
> 남산의 이승만 동상이
> 밧줄에 묶여 거꾸러지던 날
> 나는 환호작약하며 대취했다
> 박정희가 총 맞아 죽던 날도 무던히 좋아했다
> 루마니아의 태양 차우세스쿠의 동체가
> 사회주의 혁명의 아버지 레닌의 모가지가
> 땅에 떨어져 민중의 발에 짓밟히던 날
> 나는 무엇을 했던가
> 무슨 생각을 했던가
>
> ―「별」 전반부

혁명의 시대에 민중시를 선도하고 이끌어온 대표적 시인의 솔직한 고백 앞에서 우리는 역사가 무엇이고 시가 무엇인가를 다시 생각해볼 필요가 있다.

사회주의 혁명의 성공과 실패를 돌이켜보면서, 기억을 더듬어 명동

성당의 농성장도 가보고 인사동과 종로도 더듬고 종묘공원의 집회에
도 참석해보지만 그 어느 곳에도 내 삶의 흔적은 없다고 화자는 말한
다.

　혁명의 와중에 과연 나는 무엇을 생각하고 무엇을 하며 살아왔는가
라는 반성적 질문은 사실 과거를 향해 던져지는 것이 아니라 현재를
향해 그리고 미래를 향해 던져지는 것이라고 하지 않을 수 없다. 그 자
신에게 던져지는 것이 아니라 이 시대를 사는 사람들에게 그리고 더욱
더 젊은 세대들에게 던져져야 할 것이다.

　젊은 세대들 또한 세월이 지난 다음 이와 같은 질문을 스스로에게
던져야 할 것이기 때문이다. "탐욕과 위선과 궤변으로／썩어 시커먼 서
울 하늘"의 저 길은 뒤켠에 반짝이는 별이 있다는 시적 사고와 폭주와
파괴만이 젊음의 발산이라는 시적 사고는 똑같은 삶의 토양에서 배태
되었다 하더라도 그 지향하는 바는 전혀 다른 것이다. 위의 시에 토로
된 고백이 시적 울림을 갖는 것은 그만큼 역사의 방향을 바로잡기 위
해 그의 모든 것을 투척한 시인으로서 자기 질책의 무게가 실려 있기
때문일 것이다. 역사 앞에 솔직해진다는 것은 언제나 두려움을 동반한
다. 그리고 심각한 자기 반성을 요구한다.

　이 혼돈의 시대에 과연 우리의 갈 길이 무엇일까. 모두가 앞으로만
치달으려고 할 때 좀더 신중해질 필요가 있는 것은 아닐까. 뿌리 없는
문화는 공허한 것이다. 일회성의 유행을 성급하게 뒤쫓기보다는 견인
과 절제가 지금으로서는 유효하다.

　　보고 싶어도
　　꾹 참기로 한다

　　저 얼음장 위에 던져놓은 돌이
　　강 밑바닥에 닿을 때까지는

—「봄이 올 때까지는」 전문

안도현이 「봄이 올 때까지는」(『문학동네』 1997년 봄호)에서 말하고자 하는 것은 간명하다. 얼음이 다 녹아 봄이 올 때까지는 보고 싶어도 참고, 말하고 싶어도 참는다는 것이다. 그 동안 우리는 말의 홍수 속에 살아왔다. 이 시대의 혼돈은 절제 없는 거짓말들의 범람 때문이 아닐까 한다.

가장 말을 아껴야 하는 시인들도 여기에 누구보다 앞장서서 가세했다. 쓰레기 같은 말들이 제대로 읽혀지지도 않고 버려지는 시들을 양산해왔다. 거품 경제처럼 포말 같은 시들이 횡행하고 있다. 거창한 것은 아니라도 안도현의 시에서 우리는 절제를 배울 수 있다. 아니, 단순하고 평범한 것에서 우리는 참을 깨닫는다. 봄이 오기 전에 떠들어대는 중구난방의 소리들 속에 파묻혀 제대로 터져나오는 꽃 한 송이를 기대하기 어렵고, 그 꽃을 찾아 날아가는 나비를 만나기도 힘들다. 이런 상황이라면, 별을 보고 억지로 눈물을 떠올리는 것은 잘못하면 시적 허세가 되기 쉽다.

3

제대로 된 시란 무엇일까. 이 글의 서두에서부터 지속된 의문이다. 제대로 된 시가 아니 라도 세대로 된 시적 인식의 방향은 무엇일까. 시는 진정한 의미에서 쓰레기처럼 양산되지 않는다. 수없이 파지를 내야겠지만 최종적 완성은 더이상 나아갈 수 없는 높은 자리를, 아니 더 정확하게 말하자면 시적 감정에 알맞은 제대로 된 자리를 찾아야 할 것이다. 사회문화적 기류의 외중에 흔들리고 또 여기에 편승하거나 이로부터 소외되어 변명적 자기 하소연을 늘어놓는 것이 시가 아니다.

가장 뛰어난 범례라고 하기는 어렵지만 이런 정신의 영역을 엿보는 시적 통찰을 알려주는 것이 송재학의 「닭, 극채색 볏」(『문학과사회』

1997년 봄호)이다.

　　볏을 육체로 보지 마라
　　좁아터진 뇌수에 담지 못할 정신이 극채색과 맞물려
　　톱니바퀴 모양으로 바깥에 맺힌 건
　　계관이란 떨림에 매달은 錘이다
　　빠져나가고 싶지 않은 감옥이다
　　극지에서 억지로 끄집어내는 낙타의 혹처럼, 숨표처럼
　　볏이 더욱 붉어지면 이윽고 가뭄이다

　　　　　　　　　　　　　　　　　　　　　―「닭, 극채색 볏」 전문

　산문적 서술이지만, 의식의 집중점으로 인해 시적 긴장을 갖는다. 극채색의 볏은 육체가 아니고 정신이다. 계관은 뇌수에 담지 못할 정신이 터져나와 떨림에 매단 추이다. 이 간명한 명제들이 응축될 때 우리는 정신의 극점을 보게 된다. 그것은 떨림으로 인식된다.

　흔들거리는 닭의 볏에서 폭발하는 정신을 보고 있음으로써, 그는 거기서 극채색을 인식한다. 극채색이 빛날수록 그 또한 정신의 극점에서 야기되는 떨림을 인식하고, 그 한 극지에서 타오르는 가뭄을 인식한다.

　아마도 여기에는 약간의 환각이 작용하고 있는지도 모른다. 화자는 반쯤 눈을 감고, 환한 마당을 걷고 있는 닭을 본다. 그리고, 추하게 느껴질 수도 있는 붉은 볏에서 극채색의 정신을 인식하는 것이다. 이 추가 터져나가면 죽음이 아닐까. 그 일보 직전의 숨통까지 나아간 것이 이 시의 떨림이다. 이 부분에서 아름답고 찬란한 극채색의 빛이 터져나간다. 환각일지도 모를 이 시 속에서 시의 위치는 확고하고 당당하다.

　서두에서 인용한 대로 제대로 된 시인이 되고 싶다는 젊은 시인 지망생의 소망은 어쩌면 이러한 빛과 잇닿아 있는 것이 아닐까. 시대의 조류에 이리저리 휩쓸리는 시인들은 언제나 표류할 뿐이다. 시인이 방황하고 있는 바에야 독자들은 더 말할 나위가 없다. 문화적 혼돈의 진폭이 커질수록 시인의 갈 길은 이 극채색의 빛을 찾아나가야 하는 것이리라. 이러한 시정신에 대한 자존과 확신이 없다면, 헐값에 방매되는 싸구려 감상을 탐닉하라.

폭주족들이 난무하는 밤거리에 시인의 정신은 꺼질 줄 모르는 등불이 되어야 할 것이다. 록 밴드가 젊은 세대의 가슴을 뒤흔드는 세상을 살고 있다 하더라도 언젠가는 그때 우리는 무엇을 생각하고 무엇을 했는가라고 스스로 반문하는 날이 있을 것이다.

(『한국문학』 1997년 여름호)

해체와 명상의 시학

1

지난 5월 24일 오전 열한시 삼십분. 필자는 멕시코의 유명한 마야 유적지 중의 하나인 '태양의 신전' 정상에 있었다. 사방을 조망하기에 더 좋은 적당히 흐린 날이었다. 거대한 돌무더기에 불과한 이 신전에 과연 마야인들이 부여했던 신성성은 무엇이었을까.

시선의 저 끝에 필자로서는 알 수 없는 신화의 세계가 몽매함을 조롱하듯 가물거렸다. 오늘의 우리에게 알 수 없는 수수께끼 같은 이 거대한 유적이 당대의 마야인들에게는 불가결한 삶의 장소였을 것이다. 살아 있는 자의 심장을 도려내서 신에게 바쳤다는 그들의 제의는 그들의 삶을 지배하는 절대적 원리가 아니었을까.

오늘의 우리가 그들에게 의문을 가지듯 이 마야인들은 오늘의 우리에게 의문을 가질 것이 아닌가. 해발 이천 미터 이상 높이의 광활한 평지에 세워진 거대한 피라미드형 신전들을 바라보면서 필자에게 떠오른 또하나의 생각은 옥타비오 파스가 쓴 장시 「태양의 돌」(1958)이 과연 어떤 배경에서 씌어졌는지 조금은 알 수 있을 것 같다는 느낌이었다. 마야의 전설과 현대의 신화를 재구성한 이 장시에서 파스가 추구한 새로운 우주관은 역사의 주기성, 순환성, 영원성에 기대고 있는 것이 아닌가.

'태양의 신전' 위에서 유한한 삶의 한계를 절감하며 영원하고 절대적인 삶이 무엇인가를 조망해보는 것은 아주 자연스러운 일이라 하지 않을 수 없다. 그러나, 내가 실감나게 떠올려본 것은 다음과 같은 파스의 견해이다.

> 산문은 뒤늦게 나온 장르이며 언어에 대한 자연 경향 앞에서의 사고를 불신하는 데서 비롯된 산물이다. 시는 모든 시대에 속하는, 인간의 선천적인 표현 형태이다. 시 장르를 갖지 않은 민족은 없지만 산문 없는 민족은 존재한다. 그러므로, 산문은 사회의 고유한 표현 방식이 아니지만 시가, 신화 또는 여타의 시적 표현들이 없이는 하나의 사회가 존재할 수 없다고 말할 수 있다.
>
> —『옥타비오 파스』, 김현창 옮김, 186쪽

마야인들이 가지고 있었던 것은 분명 시가와 신화였을 것이다. 특히 그들만의 고유한 표현 형식으로서 그것들이 존재했을 것이다. 보다 직접적으로 말하자면 마야의 유적 앞에 필자가 느끼는 거대한 단절감이란 실상 20세기와 21세기 사이에서 우리가 부딪치고 있는 깊은 단절감과 동궤의 것이라고 할 수 있으리라.

시쓰기에 골몰하는 사람들은 자기 앞의 영상만을 생각하게 된다. 뚜렷한 주도적 흐름을 상실하고 넓게 멀리 확산된 오늘날 우리 시단의 시쓰기 또한 그러한 것이 아닐까. 모두가 자신만의 시쓰기를 고집한다. 분명한 확신도 상실한 채 아량도 이해도 없이, 세대간의 단절이 이처럼 심각한 적은 없었다 해도 과언이 아니다.

  누가 자기 존재를 부정할까 봐 쉴새없이 양산된 시가 범람하는 것이
오늘 한국 시단의 현실이 아닐까. 점점 변두리로 밀려나다가 어느 순
간에 존재의 근거마저 박탈당하지나 않을까 하는 불안한 기류가 점차
짙게 퍼져나갈 때 과연 우리 시의 지향점을 어떻게 설정해야 하는가
하는 것이 오늘 우리 시단의 쟁점이 될 것이다.

2

  1980년대 해체론자들과는 다른 낯섦이 우리 시단에 컴퓨터 화면에
점멸하는 입자파처럼 나타나고 있다. 김정란을 그 대표자라고 하는 데
조금 무리가 따를지 모르지만 김정란이 일으키고 있는 시적 파장은 그
낯섦이 주는 괴기성으로 인해 충격이 적지 않다. 그의 시적 열정은 파
괴적 충동으로 인해 언뜻언뜻 광기를 엿보이는데, 그가 숨가쁘게 내뱉
는 말들은 그 진정성에도 불구하고 창조의 씨앗을 움트게 하기에는 너
무 분주하다. 돌아볼 여유 없이 자판에 튀는 낱말들처럼 해체되는 순
간순간들을 그의 시적 화자는 두서없이 뒤쫓고 있다.

  여자가 많이많이 울부짖었다
  하늘 귀퉁이에서 시커먼 먹구름이 사납게 움직였다
  여자의 살이 죽죽 찢어지는 게 보였다
  피가 튀고 벌어진 상처 속으로 시뻘건 내장이 모두 들여다보였다
  그리고 벌레들이 우글우글 기어나왔다

  핏물이 끓어올랐다. 밤새 벌레들이
  여자의 살점을 한입씩 물고 핏물 바다를 떠다녔다
  바다 한가운데서 여자의 혀 특히 고통스러워 밤새 뒤챘다

—「세계를 거쳐오는 여자」 제2~3연

우리가 이 「세계를 거쳐오는 여자」(『문학과사회』 1997년 여름호)에서 우선 볼 수 있는 것은 파멸의 아수라장이다. 살점이 찢긴 여자들을 새로운 생명의 수태자로 그리고 싶었던 것이 시인의 의도였을지 모르지만, 그 피 흘림의 격정은 아수라장의 난동을 창조적 순간으로 뒤바꾸기에는 미약하다. 그가 최근 간행한 시집 『그 여자, 입구에서 가만히 뒤돌아보네』(세계사)가 주목할 만한 시집임에 틀림없지만, 세기말적 아비규환의 목소리가 더 크게 들린다고 해석한다면, 이런 오해의 실마리를 어떻게 풀어야 할지 모르겠다.

오히려 남진우의 「앵무새에 관한 명상」(『창작과비평』 1997년 여름호)에서 우리는 젊은 세대의 자기 정체성 부정에 대한 좀더 솔직한 고백을 듣는다.

> 말을 잃은
> 앵무새 한 마리
> 횃대 위에 앉아 나를 내려다본다
> 푸른 눈을 뜬 채 내 속을 깊숙이 들여다본다
> 박제된 몸 안에 가득 차 있을 솜과 지푸라기
> 앵무새가 부리를 벌려 주절댈 때마다
> 내 입에선 낯선 말들이 소리없이 흘러나온다
>
> 넌 이미 끝났어…… 넌 끝이야…… 끝이라니까

—「앵무새에 관한 명상」 서두 부분

박제된 앵무새는 말을 할 수 없다. 화자는 이 앵무새를 매개체로 삼아 자신의 시적 사고를 전개한다. 박제가 된 앵무새에 대한 사실적 묘사들을 바탕으로 이 앵무새가 즐겁게 떠들던 시절을 떠올리면서 '너는 모든 것이 끝났다' 는 시적 문맥을 구성한다. 종말론적 사고가 박제된 앵무새의 입을 통해 자연스럽게 발현된다. 화자는 이를 빌미로 환각의 세계를 배회한다. 그가 환각에서 깨어나는 것은 다음과 같은 그 나름의 시적 자의식의 각성을 통해서이다.

그는 이 시를 예사롭지 않은 솜씨로 마무리한다.

    누군가 녹슨 열쇠로
    내 입을 비틀어 연다
    목구멍을 열고 그을음 가득한 폐를 열고
    내 심장을 연다
    내 몸 한가운데
    조그만 새장 속에 갇힌 새를
    조용히 어루만지는
    누군가의 손

—「앵무새에 관한 명상」 마지막 부분

화자는 앵무새를 응시한다. 앵무새는 내가 되고, 나는 앵무새가 된다. 나는 앵무새의 깃털을 입에 물고 잠에서 깨어난다. 나는 박제된 앵무새가 아니다. 누군가 내 몸 가운데 갇힌 앵무새를 어루만진다. 입을 열고 폐를 열고 심장을 연다. 앵무새는 살아난다. 그리고 삶의 진실을 말할 것이다. 종말론에 대한 집착보다는 진실에 대한 열망이 이 시에 생명력을 불어넣는다. 그 또한,

    깊은 밤 잠자리에 누우면
    차갑게 식은 몸에서 비명이 스며나온다
    스며나와 방바닥을 가로지른다
    내 몸을 떠나가는 저 하루치의 쓰라림

—「깊은 밤 깊은 곳에」 제1연

에서 말하고 있는 것처럼 자신의 몸에서 스며나오는 비명 소리를 듣는
다. "비명으로 뒤덮인 세상은 참으로 고요하다"고 말하는 그이지만, 앵
무새에 관한 명상을 통해 그는 부드러운 생명감으로 자신을 일깨운다.
아마도 그 힘은 사랑으로부터 온 것이라 짐작되지만, 아직 어떤 확신
이 있는 것은 아니다.
　종말론적 강박감이 젊은 시인들의 공통된 자의식이라면 함성호에게
있어서 그것은 자살 충동으로 드러난다.

　　낙타가 눈을 감았다
　　한 시크의 예언자가 오랫동안
　　우물을 들여다보고는 울고 갔지만
　　그때, 달빛 흰 꽃들이 빛을 대신할 때
　　너는 죽었고 나 또한 죽음에 가까웠다
　　내 몸은 이미 사막인가?
　　달밤, 자이살메르 두 남녀가 황혼에 엉켜 있다
　　자세히 보니 끝내 흩어질 수 없는 모래이다
　　　　　　　　　　　　　　　　　　　　　—「나의 죽음」 제1연

　청춘은 끝났고 죽음은 다가왔다 죽음을 기다리는 지리한 시간이 있
을 뿐이다. 그는 선언한다.

　　아무 눈물 없이 우리는
　　사막을 걷고 있었다
　　이 지리한 인간을 보라!

　'사막/물소리'는 '젊음/죽음'의 이미지로 대비된다. 함성호가 「나
의 죽음」(『세계의문학』 1997년 여름호)에서 썩지 않는 풍경을 가혹하다

고 말할 때 우리는 그것을 죽지 않는 젊음은 가혹하다고 바꾸어볼 수 있다. "내 사랑 때문에 나는 시든다"고 그가 말할 때 우리는, 그 사랑이 자신에 대한 가혹한 사랑이며, 이 사랑의 충동이 가속화될 때 그것이 자살의 충동으로 나타난다고 할 수 있다. 이 자기 파괴적 열정이 세기 말적인 것인가 하는 것에 의문이 제기될 수 있을 것이다. 그러나, 그가 「죽임」(『세계의문학』 1997년 여름호)에서,

불멸의 정신들이 상한 음식처럼 끓고 있다
나보다 더 빨리 썩고 있는 것들이
나를 상하게 한다
어차피 나는 부패한 채로 태어났다
벌써 이렇게 컸구나, 돌아보자
그치 부모는 염낭거미처럼 서늘하게 웃고 있다

—「죽임」 중간 부분

라고 말할 때 화자에게는 자각적이든 무의식적이든 어떤 세기말적 종 말론이 잠복해 있다고 말하지 않을 수 없다.

젊은 세대 시인들이 세기말적 강박감에 지배되고 있는 반면에 원로, 중진 시인들은 나름대로의 시법으로 자신들의 독자적 세계를 지키고 있다는 점에서 서로 극명하게 대비된다. 그만큼 숨가쁜 세상에서 물러 나 있다는 뜻일까. 아니면 방황과 혼돈과 파괴를 넘어서서 생의 깊이 를 통찰하고 있다는 뜻일까. 우선 가쁜 숨을 고르기 위해 박성룡의 「쉼 표(,)를 찍으며」(『문학사상』 1997년 7월호)를 읽어볼 필요가 있다.

난 요즘 즐겨 쉼표(,)를 찍는다. 서두르지 않고 잠시 쉬어가기 위함이 다. 지루했던 길 고단했던 발걸음에 쉼표를 찍고, 잠시 쉬었다 걷기로 한다.

헐떡이던 숨소리에 쉼표를 찍고, 부질없는 생각에 쉼표를 찍고, 쉬어
가기로 한다.

하늘을 우러러 쉼표를 찍고, 땅을 굽어 쉼표를 찍고, 산과 들 바다를
마주하며 쉼표를 찍는다.

언젠가는 다가올 마침표(.)—그 작은 동그라미 속에 아주 들어가 갇
히기 전에 느긋한 마음으로 쉼표를 찍는다.

—「쉼표(,)를 찍으며」 전문

부담없이 읽히는 시이다. 심오한 철학도 현학적 억지도 없다. 숨가쁘
게 돌아가는 세상을 살며, 그렇게 살아온 자신을 돌이켜보며 다가올
마감날을 생각한다. 잠시의 유예를 갖고자 하는 것이다.

중대한 결단도, 거창한 약속도 없다. 담담하고 느긋하다. 무슨 안이
한 자기 타협이냐고 질책할 수도 있다. 그러나 최근의 엄청난 사회적
격변에 비추어보면, 그만한 마음의 여유를 가져야 할 필요를 느낀다.
안절부절못하고 동분서주하게 되는 불안한 강박감에 시달리는 젊은
세대들에게는 더욱 그러하다. 잠시 여유를 갖고, 현재의 분주함에 쉼표
를 찍고 세상을 바라보자. 시란 본질적으로 불안한 마음을 더욱 조급
하게 만드는 것이 아니라 마음의 여유와 즐거움을 증진시키는 데 더
많이 기여하는 것이 아닌가.

잠시 추억과 설렘의 황홀경에 빠져보는 일도 좋다.

추억은 인간을 사람으로 만든다
큰 바위가 나타나고
길이 가팔라지며 숨이 가쁠 때
문득 발 앞에 진초록빛 끈 하나가 움직일 때
마음속에 켜 있던 저 불씨를

초록뱀에 놀라고 놀람이 곧 초록빛 호기심이 되는
질겁하는 손과 만져보고 싶은 손이
한 손에서 일순 만나 손을 완성하는
손이 점차 투명해지는

―「산당화의 추억」 중간 부분

반계 유형원이 숨어서 글 쓰던 옛집을 찾아갔던 일을 사실적으로 그
리고 시적으로 재구성한 위의 시는 '인간/사람'의 존재 전환을 '놀람
/호기심/설렘'의 상관성을 통해 보여준다.

초록뱀에 놀라고 그 놀람을 완성하고 싶은 호기심이 발동하고 추억
을 통해 손이 투명하게 완성되는, 그리하여 '인간/사람'의 변신이 이
루어지는 과정을 통해 우리는 서두에 등장하는 "추억은 인간을 사람으
로 만든다"는 명제가 고도의 시적 전략에 의해 던져진 것임을 알게 된
다.

추억의 저편에 숨어서 글 쓰던 노년의 반계 유형원이 있고, 그를 찾
아가는 길에 산당화 붉게 피어 있으며, 초록뱀이 지나간다. 놀람과 설
렘은 고통과 환희의 순간을 통해 각자의 생이 각자의 존재가 완성된
다. 황동규의 「산당화의 추억」(『현대문학』 1997년 7월호) 마지막은 다음
과 같이 씌어진다.

두 손을 차례로 들여다본다
손이 점차 투명해지고
불씨들이 여기저기 살아 숨쉬고
저 환한 시간의 멈춤!

추억을 통해 미지의 저편에 있었던 것들까지 살아난다. 반계 유형원
이 보았던 환희와 고통의 순간들이 산당화를 매개로 환하게 살아 숨쉰
다. 설렘은 언제나 놀람과 호기심을 촉발한다. 산당화를 발견하는 놀람

의 추억은 인간이 아니라 사람의 고통과 환희를 되새기게 만든다.

추억을 통해 자기를 완성하는 것이 아니라 꽃의 심연 속에 손가락을 집어넣고, 해마다 계속 늘어가는 시적 자기 증식을 거듭하는 예를 보여준 시가 정현종의 「꽃 심연(深淵)」(『현대문학』 1997년 7월호)이다.

꽃 속에 넣은 손가락이 어떻게 되었느냐구요?
그야 물론 아직 꺼내지 못하였지요.
그건 지금도 계속 들어가고 있으니깐요.
내년에도 내후년에도 그건 들어가고 있으니깐요
꽃 심연(深淵)에 가보신 분은 다 아시겠지만……
—「꽃 심연」 후반부

이 시에서 성적 이미지의 구사, 그리고 대화체의 간접화법을 통해 심연에 접근해 들어간 시법은 예사롭지 않다. 반쯤 벙근 목련 속으로 가운뎃손가락을 집어넣고 꺼내지 못하고 아직도 계속 들어가고 있다는 진행형의 시적 자기 증식은 꽃의 심연이 얼마나 깊은 것인가를 간접적으로 드러내준다. 지난봄, 그리고 지지난 봄 언제부터인가 시작된 이 생명의 심연은 꽃과 인간의 우주적 결합에까지 나아가는 것이라 여겨진다. 물론 여기에 독자를 꼬드기는 시적 수사가 없는 것은 아니다. 그러나, 함께 발표된 「자연에 대하여」에서,

자연은 왜 위대한가
왜냐하면
그건 우리를 죽여주니까
마음을 일으키고
몸을 되살리며
하여간 우리를
죽여주니까

와 같이 비시적으로 말하고 있음에도 불구하고, 꽃의 심연이란 다름
아닌 자연의 위대함으로 통하는 것임을 알게 된다. 그의 시적 상상력
이 일회적, 소모적인 것이 아니라 끝없이 재생산되면서 확장되고 있다
는 점에서 그 심연은 남다르다는 사실을 지적해두고자 한다.

　황동규가 추억을, 정현종이 심연을 시화하고 있다면, 오세영은 적막
을 화두로 삼고 있다.

　　　'아' 하고 외치면 '아' 하고 돌아온다.
　　　'아' 다르고 '어' 다른데
　　　'아' 와 '어', 틀림없이 다르게 돌아오는 그
　　　산울림.
　　　누가 불렀을까.
　　　산벚나무엔 다시 산벚꽃 피고
　　　산딸나무엔 다시 산딸꽃 핀다
　　　미움과 사랑도 이와 같아라.
　　　눈물 부르면 눈물이,
　　　웃음 부르면 웃음 오느니
　　　저무는 봄 강가에 홀로 서서
　　　어제는 너를 실어보내고 오늘은 또
　　　나를 실어보낸다.
　　　흐르는 물에 텅 빈 얼굴을 들여다보는
　　　눈이 부시게 푸르른 봄날 오후의
　　　그 적막.

　오세영의 「적막」(『창작과비평』 1997년 여름호)은 사랑과 미움이란 보

다 전통적 서정시의 소재를 바탕으로 씌어졌다. 낯익은 연가풍이 느껴지는 것은 그러한 이유 때문이다. 그러나, 이 시에서 적막은 사랑을 떠나보내고 미움도 흘려보낸 봄날 오후 솟아오르는 인생의 외로움을 느끼게 한다. 그의 사랑은 단순히 사춘기적 감상이 아니다. 적막이란 화두를 인간의 삶의 근원적 주제로 심화시키고 있다는 점에서 봄날 오후의 적막은 누구에게나 운명적으로 통용된다. 사랑과 미움을 그리고 눈물과 웃음을 다 지운 자리에 푸르른 봄날 오후의 적막이 있다.

오세영의 화두 '적막'을 보다 세속적 인간의 체취로 그려낸 것이 나태주의 「두부」(『문학과사회』 1997년 여름호)이다.

> 지도 뉘기신가 해꾸먼유 모처럼 만난
>
> 반가움에 함박꽃 웃음을 무는 중늙은이 아낙네
>
> 두어 개 보스라진 앞니빨
>
> 추위에 벌겋게 부어오른 두 볼따구가
>
> 아무래도 두부를 닮았다
>
> 큼직큼직 가로 세로 칼질만 되었을 뿐
>
> 아직은 뜨끈뜨끈 온기도 남아 있는
>
> 두부를 바라보며 나도 아주머니에게
>
> 먹음직한 두부쯤으로 보여졌으면 좋겠구나 생각해본다.
>
> ―「두부」 후반부

눈 내리는 겨울 아침 김이 무럭무럭 나는 두부 함지를 본다. 먹음직스러워 뒤돌아보았더니 두부 장수 아주머니가 그를 알아본다. 두 사람은 반갑게 웃음을 주고받는다. 그리고 화자는 스스로 추운 겨울 아침 먹음직한 두부가 되었으면 생각한다.

기발한 감각도 특별한 수사도 없다. 일상에서 느끼는 감정을 스스럼없이 서술하고 있다. 그러면서도 소박하고 푸근한 인정미가 넘친다. "지도 뉘기신가 해꾸먼유"에서 사투리의 진솔한 맛이 우러난다. 중늙은이 아낙네의 함박꽃 웃음의 반가움은 추억이나 심연이나 적막을 다 머금고 있다. 무기교의 기교가 나태주 시의 특색이라면 지나친 폄하일까. 아름답고 섬세한 것은 아니지만 나태주의 「두부」는 솔직하고 푸근하다.

숨가쁜 삶에서 쉼표란 이런 것이 아닐까 생각해본다. 잠시 숨돌릴 여유와 아량이 있어야 한다는 말이다. 모든 시가 아름다움에 집중되어야 하는 것은 아니지만, 시를 읽다 보면, 자연스레 아름다움 쪽에 눈길이 가게 마련이다. 전혀 미지의 신인이지만 장대송의 「빛의 묘지」(『한국문학』 1997년 여름호)에서 근래에 읽기 힘든 한 편의 아름다운 시를 만나게 된 것은 큰 기쁨이다.

> 봄날 저녁 햇살을 등지고
> 해 지난 억새들을 보면 그 싹이 된다
> 혼령처럼 쳇머리 흔드는 검은 잎새
> 그 아래 밑동 잘려 퉁명스런
> 그루억새를 비집고 나오니 살갗 낯설다
> 겨울 설잠 속살 깊숙이 숨은 사충(蛇蟲).
> 꿈틀꿈틀 냄새를 풍기며 일어서는 것들, 억새를 밟고 가는 눈 걸음
> 빛이다!
> 봄빛과 느릿이 합궁하는 내 몸빛은? 검다
> 모든 꽃 속에 숨겨진 검은빛.
> 왔다 사라짐이 보이지 않아 유독 아름답다
> 봄날 저녁 햇살에 등 기대면
> 빛의 묘지 속.
>
> —「빛의 묘지 1」 전문

아직 시적 표현이 능숙한 것은 아니다. 봄날 억새를 비집고 나온 어린 잎새처럼 낯설다. 그러나, "모든 꽃 속에 숨겨진 검은빛"을 인식한

그의 시적 통찰은 필자에게는 낯선 것이라고 하지 않을 수 없다. 황동규처럼 산당화의 바알간 불씨들을 포착하거나 정현종처럼 벙그는 목련에 손가락을 집어넣지 않는다는 점에서 그는 풋풋하다.

그가 말한 "검은빛"은 그의 시적 출발의 원점이다. 어느 길로 걸어나갈 것인가 하는 것은 오직 그의 선택일 따름이다. 개인의 재능이란 시적 감수성만이 아니라 그 스스로 나갈 길을 찾는다는 자기 탐구에서 비로소 발휘된다. 이는 그만이 아니라 모든 신인들에게 두루 적용되는 말일 것이며, 중진에서 대가에 이르는 시인들에게도 적용될 수 있을 것이다.

3

시인으로서의 선택이란 말을 떠올릴 때 최근 가장 크게 부각되는 원로 시인은 김춘수이다. 1922년 출생의 그는 첫 시집 『구름과 장미』(1948)를 간행한 후 50여 년 가까이 시와 산문을 동세대의 어느 누구보다 왕성하게 발표해왔다. 그는 최근 시집 『들림, 도스토예프스키』(1997)와 산문집 『꽃과 여우』(1997)를 간행했고 10여 편이 넘는 신작 시들을 『작가세계』 『세계의문학』 등의 지면에 선보이고 있다. 이처럼 왕성한 창작열을 불태우는 원로 시인은 쉽게 그 예를 찾기 힘들다.

김춘수는 무의미의 시인으로 자신의 길을 선택했을 뿐만 아니라 남다르게 인간적 선택을 했었다. 그로 인해 좌절과 고통을 겪어야 했고, 창작의 공백기도 있었다. 필자는 그 동안 그의 시에 그렇게 많은 관심을 보이지는 않았다. 그의 난삽함이 어떤 포즈이거나 왜곡된 자기 감춤의 방법이라고 보았기 때문이다. 세련된 그의 산문들 또한 그의 시를 너무 유창하게 변호한다는 것이 늘 의심스러웠다. 그러나 그가 60년대 김수영의 안티테제로서, 그리고 거슬러올라 서정주나 유치환의 안티테제로서 우리 시단에서 중요한 몫을 담당하고 있다는 사실을 간

과한 적은 없었다. 그것은 문학사적 전개에 대한 관심 때문이었을 것
이다.

　최근 그의 시 「놀」(『작가세계』 1997년 여름호)을 읽으면서, 그에게 선
택이란 어쩌면 운명적인 것이 아닌가 생각하지 않을 수 없었다.

　어느 날, 70년 전의 어느 여름 저녁입니다. 어머니가 장독간에 간장을
뜨러 갑니다. 어머니의 치마 끝을 붙잡고 나도 아장아장 따라갑니다.
　어머니가 어떤 동작을 하다가 무심코 고개를 들어 서쪽 하늘을 바라
봅니다. 나도 무심코 어머니의 시선을 따라 서쪽 하늘을 쳐다봅니다. 그
쪽은 온통 놀로 물들어 있습니다.
　놀로 물든 하늘이 어머니의 볼을 적십니다. 어머니의 볼도 놀빛으로
불그스름 물들어갑니다. 나는 또 그런 어머니의 볼을 눈을 똥그랗게 뜨
고 하염없이 들여다봅니다. 그러자 내 눈의 거풀을 젖히고 예쁜 간장종
지를 든 어머니가 샤갈의 그림에서처럼 내 눈 안으로 선뜻 들어옵니다.
그 뒤로 어머니는 소식이 묘연합니다.

—「놀」 전문

　이 시를 읽으며 필자는 젊은 어머니가 무심코 고개를 들어 바라본
서쪽 하늘은 저물어간 19세기의 하늘이 아니었을까. 그리고 그 어머니
를 떠올리고 있는 화자가 바라보는 서쪽 하늘은 노을로 물들어가는 20
세기의 하늘이 아닐까 생각해보았다. 식민지 시대와 민족 분단의 시대
를 살아야 했던 김춘수에게 소용돌이쳤던 역사의 몸부림이 그의 어머
니가 보았던 저녁놀처럼 붉게 물들고 있는 이 시점에서 우리는 어린아
이와 노시인의 이미지를 겹쳐볼 수 있을 것이다. 또한 이 장면을 소묘
하고 있는 시인으로서 그의 입지는 가히 운명적인 것이라 말해두지 않
을 수 없다.
　오늘날의 혼돈과 부박함을 바라보고 있으면, 차라리 김춘수적인 선
택이 운명적인 것이었기 때문에 시인으로서 아름다운 저녁놀을 볼 수

있는 것이라는 느낌을 떨쳐버릴 수 없다. 인류사의 새로운 천년 앞에서 많은 사람들이 행복한 지상천국이 도래할 것처럼 소리 높여 말하고 있지만 비극적 그림자가 짙게 드리워져 있음은 또한 부인하기 어려운 것 같다.

지금까지 인류의 역사 전개를 돌이켜보면, 제기되는 역사적 난관을 해결하지 못한 적은 없었다. 오히려 그러한 난관을 적극적으로 타개해 나간 민족만이 세계사의 주도적 흐름을 이끌어왔다. 이 역사적 대전환기에 과연 시의 길은 무엇이며 시인의 길은 무엇일까. 일견 어떤 길도 열려 있지 않은 것 같다. 혁명의 시대에 차라리 시는 전성기를 구가했고, 시인들은 행복했노라고 말하는 것은 복고적이고 감상적인 자기 변명이다.

위기의 시대일수록 자기 분열적, 해체적, 소모적 시들이 밤거리에 명멸하는 불빛처럼 화려하고 찰나적인 마력으로 시인들을 그리고 독자들을 유혹하기 쉽다. 예언적 통찰도 지도자적 전언의 자리도 박탈당한 시인들은 스스로의 초라함을 그렇게라도 표현하고 싶은 충동을 느끼지 않을 수 없는 것이다. 세기와 세기 사이의 변화의 간격이 클수록 절망감은 심화되고, 그 절망감은 불안한 강박감으로 바뀔 수밖에 없다.

그러나, 진정 시인의 길을 선택한 자라면, 그 절망과 외로움을 끝까지 지킬 수 있어야 할 것이다. 시대의 조류에 이리저리 성급하게 몰려다니며 거짓된 허영을 탐한다면 시의 쓰레기 더미는 처치곤란한 정신적 공해의 주범이 될 것이다.

시대적 사명의 가시성이 사라진 후 심화된 단절과 외로움은 오로지 그것을 지키는 자에 의해 빛나는 것일 터이다.

태양의 돌이란 그것을 제대로 볼 줄 모르는 자에게는 그저 초라한 돌무더기일 뿐이다. 피라미드의 그림자가 새로운 천년의 태양으로 인해 짙은 그림자를 커다랗게 펼치고 있다.

(『한국문학』 1997년 가을호)

삶의 소용돌이와 풍경시

1

세상의 소용돌이 소리가 높다. 온갖 소음들로 들끓는 세상에서 아무 소리도 들리지 않는 것 같다. 대통령 선거를 앞둔 정치권의 폭로전과, 불황에 시달리는 경제계의 주름살이 국민들의 일상적 삶에 심한 압박을 가하고 있다.

어디를 둘러봐도 무엇 하나 기댈 곳이 없다. 마지막 희망을 걸고 또 한번의 승리를 확인하고 싶어하던 월드컵 예선 축구마저 홈 경기에서 일본에 완패하자 국민들의 허탈감은 더욱 커지지 않을 수 없다. 국민들에게 희망과 보람을 느끼게 하는 일은 쉽게 찾아지지 않는다. 문화계를 둘러보아도 광적인 청소년 문화가 신문 방송 등을 지배하고 있는 것처럼 느껴진다. 문화의 성숙이란 애초에 기대할 수 없는 찰나적이고 즉흥적인 음악과 쇼가 방송 매체의 황금시간에 공연되고 있다. 한국인들의 격정성은 오래 전부터 지적되어온 바이지만, 상황이 악화될수록 더욱더 과격해지는 것이 아닌가 싶다.

격변의 소용돌이가 심해질수록 불꽃놀이에서의 화려한 불꽃처럼 명멸하고 싶은 충동에 사로잡히기 쉽다. 그러나, 이러한 추세에 편승하기보다는 이를 유심히 지켜보고 진정시키려는 지적 노력이 시 본연의 일이라는 것이 필자의 생각이다. 고무하고 선동하는 일 또한 시의 첨단적인 기능 중의 하나지만, 한 걸음 물러서서 담담하게 삶을 응시하는 것 또한 시의 중요한 기능인 것이다. 어떤 주의주장을 내세우는 것이 아니라 가급적 이를 배제하고, 언어를 절제하면서 삶을 돌이켜보아야 한다는 것이다.

이럴 경우 우선 떠오르는 예가 풍경시다. 풍경화처럼 담담하게 풍경을 그려내는 시는 온갖 소음에 들끓고 있는 우리들의 심성을 진정시켜줄 뿐 아니라 내일의 진로를 예비케 하는 통찰의 기능을 갖는다. 그날그날에 봉사하는 시란 그날그날의 용도로 사라져버리기 때문이다. 휴식과 유예가 없다면, 소외된 감정은 결코 건강한 생명력으로 회복될 수 없을 것이다.

2

풍경시의 첫출발은 범박한 자연을 있는 그대로 표현하는 것이다. 새로운 것도 신기할 것도 없기에 독자들의 주목을 쉽게 받기 어렵다. 그러나 범상한 풍경시는 어쩌면 자연시의 최고의 경지일 수도 있다. 마음을 비우고 있는 그대로 보기 때문이다.

1

깊은 산골짜기에도 길은 있었다.

그 길의 끝은 어데일까 궁금하여 끝까지 따라가본다.
처음 걷는 길이라 나의 걸음은 흥분된 기대와 야릇한 해방감이 있었다.
마침내 길은 외딴 농가 앞에 와서 끊어진다.
가느다란 골짜기 물이 웅덩이 앞에 와서 머물듯이.

이런 집엔 과연 누가 살고 있을까.
가슴 두근대며 울안을 들여다본다.
아무 기척도 없는 빈 뜰에 빨간 칸나 꽃 피어 있다.
한낮의 뜨거운 햇볕 속
빨간 빛깔 너무나 선명하여 오히려 서늘해 뵈는……

나는 좀더 걸을 양으로 새 길을 찾아본다.
새 길은 어디에도 보이지 않았다.
나는 한참 동안 집 주위만 빙빙 돌다 발길을 돌린다 .
돌아오는 길은 모든 게 그저 친숙하여
낯익은 나의 정원 안을 걷는 것 같았다.

—「산책길에서」 앞부분

  김윤성의 「산책길에서」(『문학사상』 1997년 11월호)는 담담하지만 여러 가지 시적 장치를 담고 있는 시다. 별달리 새로울 것은 없다. 그러나 그가 더이상 나아가지 못하고 돌아오는 길에서 느끼는 자연의 친숙함은 그렇게 단순한 것이 아니다. 외딴 농가에서 그가 비록 사람을 만나지 못했다 하더라도 빨간 칸나 꽃이 피어 있음으로 인해 누군가 살고 있다는 암묵적 전제가 가능하고, 그것은 이 시를 매우 인간적인 것으로 만들 뿐만 아니라 자연을 친숙한 것으로 만든다. 어쩌면 이는 전통적 자연관을 반영하는 것일 터이며, 우리들의 삶 또한 그러한 둘레에서 크게 벗어나는 것은 아닐 터이다.
  이 시에서 화자는 더이상 새로운 길을 찾지 못했지만, 내일의 산책

길에서는 또다시 새로운 길을 찾아나설 것이다. 그러므로, 일상이 일상이 되지 않는다는 사실까지 우리에게 깨우쳐주는 것이 이 시의 묘미다. 친숙한 것에서 낯선 것으로의 동경이 바로 그것이다. 그리고 낯선 것을 친숙한 것으로 만든다. 황동규의 「어떤 풍경」(『문학동네』 1997년 가을호)은 구체적이고 날카롭게 자연을 다음과 같이 부조시키고 있다.

성긴 눈발 속에 주춤주춤 바다로 가던 길이
모퉁이를 돌며 멈춘다.
돌 몇 개를 층으로 박아
좁은 층계 만든 길
그대 마지막으로 지나간
잎 진 나무 하나
앙상한 팔을 들어 눈을 맞고 있다.
팔등에 새파랗게 얼어 있는 겨우살이도.
그 옆에는 마른 우물
들여다보면
가랑잎 얼굴들이 모여 있다.
가장자리가 온통 톱날인 얼굴도.

나무 하나
마른 우물
모퉁이를 돌다 문득 멈춘 길
돌기 전엔 성긴 눈
돌고 나면 밴 눈
앞길이 온통 하얗게 질려……

—「어떤 풍경」 전문

'나무 하나/마른 우물'이 이 시의 중심 풍경이다. 마른 우물 속의 가랑잎을 투시하는 화자의 시선은 선명하고 구체적이다. 이 시를 읽는 독자들은 일단 후반부의 시적 변주에 흥미를 가질 것이다. 그러나, 전체적 짜임새를 깊이 고려한 시이지만 범박한 풍경시로 끝내지 않으려는 지나친 의욕으로 인해 조금 무리가 느껴진다. "가장자리가 온통 톱날인 얼굴도"와 "앞길이 온통 하얗게 질려……"가 서로 호응하고 있기는 하지만 아무래도 후자의 표현에 지나치게 힘이 들어가 있다. 관찰의 구체성을 지나치게 압축시키려는 과정에서 일어나는 어색함이 느껴진다. 두 번 반복되는 "온통" 때문일까. 아마도 이는 종래의 풍경시를 뛰어넘으려는 강한 의욕의 표현이고, 여기서 한 걸음 나아가는 것이 황동규에게 부과된 몫일 것이다.

오규원의 「오디와 전화」(『문학동네』 1997년 가을호)는 크게 욕심 부리지 않은 아담한 풍경시다.

바람이 불고 전화가 왔다
바람이 부는데도 수화기를 드는 순간
전화가 툭 끊어졌다
바람이 불고 전화가 오지 않았다
집이 혼자 서 있다
울타리 너머 바람이 뽕나무에서 불고
오디가 까맣게 익는다

—「오디와 전화」 전문

이 시에서 문명과 자연의 변증법은 전화와 바람의 변증법으로 풀이된다. 오디를 익게 하는 것은 전화가 아니라 바람이다. 뽕나무에서 불어오는 바람을 바라보며 나는 오디가 익는 것을 본다. 전화가 오지 않더라도 바람이 불면 오디는 익는다. 집 속의 나는 혼자다. 혼자인 나는 바람 속에서 오디가 까맣게 익는 것을 본다. 전화로 전달되는 인간의 목소리보다 더 근원적인 것이 자연에 있다는 것이다. 나는 혼자지만 오디를 까맣게 익게 하는 바람과 하나이다. 수화기를 드는 순간 툭 끊어지는 전화가 아니라 자연의 바람은 쉬지 않고 불어와 오디를 익게 만든다. 나란 그 속에서 익어가는 존재가 아닐까. 크게 욕심내지 않았으므로 소품으로 깔끔하다.

박태일의 「인각사」(『동서문학』 1997년 가을호) 또한 깔끔하고 정갈하다.

인각사 아침 법문은
뻐꾸기 뻐꾹 제 전생 얘기
소복 단장 나비는 기왓골만 남실거리고
비 실러 떠나나
물밥같이 말간 저 구름
고려 적 일연스님
잔기침 소리.

—「인각사」 전문

군더더기가 제거된 이 시에서 '뻐꾸기／나비／구름／잔기침' 등으로 이어지는 시적 전개는 자연물에 대한 유기적 연상을 통해 천년 전 일연스님의 기침 소리를 오늘에 되살려 부른다. 그런데 화자는 왜 하필이면 일연스님의 잔기침 소리를 떠올리는 것일까. 이 시의 배면을 지배하는 것은 무엇일까 생각해보지 않을 수 없다. 아마도 화자는 『삼국유사』를 저술하던 시절의 일연스님을 생각했을 것이며, 그 『삼국유사』가 빌미가 되어 들르게 된 '인각사'에서 인연이란 무엇이고 삶이란 무엇인가를 생각해보았을 것이다. 이렇게 본다면 무심하게 시작했을 것 같은 뻐꾸기의 울음소리에서 그 전생 이야기를 떠올리는 것은 결코 우연이 아님을 알게 된다. "물밥같이 말간 저 구름"에서는 맑고 깨끗한 아침의 공복이 담겨 있을 법하고, 시를 쓰는 자신의 삶에 대한 성찰이 일연스님의 기침 소리로 전환되었을 법하다. 아마도 그가 군더더기를 제거한 것은 이런 유기적 연관성을 강조하고자 했던 탓이 아닐까. 풍경시라면 젊은 시인들의 솜씨도 만만치 않다. 류수안의 「석류」(『작가세계』 1997년 가을호)와 임선기의 「그 나무」(『작가세계』 1997년 가을호) 등이 그것이다.

> 먼 산, 가까운 산
> 울리던 우레 소리 멎어
> 문 열어보니
>
> 빈 뜰
> 저만큼
>
> 함께 선정에 들었던 중은 어디로 가고
> 붉은 촛불빛만 외로이 남아
> 선방 벽 뚫고 나가려 사방찬 벽에 온통
> 실금을 내가고 있었네.
>
> —「석류」 전문

이 시를 구성하고 있는 것은 풍경시의 전형적 수법인 회화적 구도다. 처음은 주변의 자연 풍경, 다음이 법당 앞 뜰, 그 다음이 방 안, 마지막으로 촛불빛 등으로의 전개가 그러하다. 이 시를 남다르게 만든 것은 마지막 "실금"이다. 촛불의 심상을 실금으로 포착한 것은 상당한 선방 체험 없이는 불가능한 것이 아닐까 짐작된다. 특히 "선방 벽 뚫고 나가려"는 실금이기 때문에 힘을 갖는다. 그러나 전체 구도로 보자면 처음 도입 부분에서 설명적인 측면이 많다. 좀더 단칼에 잘라내는 이미지는 없을까 아쉽다

> 박수근의 나무는
> 금바다 속에서

말이 없다

몇 조각은 나무에 스미고

헤엄치는 시늉을 하며

저녁 속을 살아간다

─「그 나무」 전문

　임선기의 이 시는 후반부가 주목된다. 처음의 자연스런 도입을 바탕으로 시적 심상을 확대시키고자 시인은 매우 고심했을 것이다. 그럼에도 "몇 조각"이 무엇인지는 분명치 않다. 그것이 이 시의 약점이다. 지나치게 축약하고자 했기 때문에 이런 결과가 빚어졌을 것이다. 전후 문맥에서 보자면 "금바다"에 이어지는 것이 아닌가 싶다. 그렇다 하더라도 "헤엄치는 시늉"이 모호하다. "몇 조각"이 그런 것인지 "나무"가 그런 것인지 분명히 알기 어렵다. 왜냐하면 첫 행에 "나무는"이 있기 때문이다. 물론 전체적으로 잔잔하게 퍼져가는 저녁 노을 속의 나무를 누구나 연상할 수 있다. 그러나 그것이 박수근 때문인지 이 시 때문인지 생각해보아야 한다는 것이다. 여기 풍경시의 어려움이 있다.

　제대로 된 풍경시란 그림의 값을 정하기 어려운 것처럼 그 값을 논하기 어렵다. 대개 고금을 통하여 명시라고 하는 것의 상당수가 풍경시에서 비롯되었다면 지나친 말일까. 풍경시가 인간적 고민을 녹여들인 것이 김명인의 「무료의 날들」(『창작과비평』 1997년 가을호)이다.

희망과 절망을 함께 묶으면 비닐 봉지 속의
채소 같은 걸까. 누군가 숨쉬기가 거북하다고
마을 버스를 기다리며 두 사람이
나직하게 이야기를 주고받는다

한 사람은 비닐 봉지를 들고 섰고
다른 사람은 그의 어깨에 손을 얹었다
무료의 날들, 슬픔도 엿듣고 보면 너무나 사소한 것들!
—「무료의 날들」 후반부

화자는 낮잠에 들었다 깨어난다. 아마 여름날 오후가 아닐까 싶다. 햇볕 든 마당가에서 그늘 쪽으로 개를 옮겨 매기 때문이다. 비가 올 거라는 일기예보를 듣고 시골집에 전화를 걸어 안부를 묻고, 길가에서 마을 버스를 기다리는 사람들의 이야기를 듣는다. 풍경 사이에 다른 사람들 이야기가 개입된다. 한 사람은 다른 사람을 위로하기 위해 어깨에 손을 얹어주지만 화자에게는 별다른 절망이나 슬픔으로 받아들여지지 않는다. 희망도 절망도 없는 무료한 내면 풍경은 그 솔직성으로 우리를 놀라게 한다. 단순한 냉소주의가 아니다. 엿듣는 슬픔은 진정한 슬픔이 아니기 때문이다. 슬픔에 대한 불감증의 풍경화란 실상 김명인만의 것이 아니다. 슬픔이나 절망에 대한 우리 내면의 자화상이라는 점에서 김명인의 풍경시는 사실적이다. 숨쉬기가 거북해 죽어간다는(아마도!) 사람의 이야기가 슬픔이나 절망의 느낌을 불러일으키지 않는 풍경시란 사물과 인간이 접합되는 지점에서 불화된 자의식의 반영으로 읽힌다.
이런 경우 우리는 흔히 이기철의 「언제 삶이 위기 아닌 적 있었던가」(『한국문학』 1997년 가을호) 와 같은 인생론적 시에 이끌리기 쉽다.

언제 삶이 위기 아닌 적 있었던가
껴입을수록 추워지는 것은 시간과 세월뿐이다
돌의 냉혹, 바람비 칼날, 그것이 삶의 내용이거니
생의 질량 속에 발을 담그면
몸 전체가 잠기는 이 숨막힘
설탕 한 숟갈의 회유에도 글썽이는 날은

이미 내가 잔혹 앞에 무릎 꿇은 날이다
슬픔이 언제 신음 소릴 낸 적 있었던가
고통이 언제 뼈를 드러낸 적 있었던가
목조 계단처럼 쿵쿵거리는, 이미 내 친구가 된 고통들
　　　　　　　—「언제 삶이 위기 아닌 적 있었던가」 전반부

　이 시가 전달해주는 것은 고통이나 위기의식에 대한 위안이다. 거기에는 인생에 대한 깨달음과 위기를 위기로 인식하지 않으려는 자기 화해의 포즈가 깃들여 있다. 설명적인 진술들은 고통받는 사람들에게 전하는 복음의 메시지로 들린다. 그러나, 문제는 거기에 진정한 위안이 있는가이다. 차라리 다른 사람의 슬픔을 풍경으로 넘겨다보며 사소한 것으로 처리하는 김명인의 시각이 솔직한 것이 아닌가 하는 생각도 든다. 왜냐하면 언제나 삶이 위기라면, 우리의 삶에는 위기가 없다는 식으로 읽힐 위험이 있기 때문이다.

　필자가 말하고자 하는 요지는 풍경시에서 인생시로의 전이는 그만큼 어렵다는 것이다. 풍경을 바라보고 있을 때 사람들은 비교적 객관적인 거리를 취하기 쉽다. 그러나 그것이 자신의 문제로, 그리고 다른 사람의 고통으로 뒤바뀌었을 때 그 객관성을 확보하기 어렵다는 것을 지적하고자 하는 것이다. 내면을 객관화하는 시적 시각을 확보하기 힘든 소용돌이에 빠져 있을 때 풍경시를 통해 언어의 절제와 감정의 통어력을 배우는 것 또한 난관을 헤쳐나가는 하나의 방법이 되리라 믿는다.

2

　이런 시각에서 뜻깊게 생각되는 시집들이 하반기에 간행되었다. 이시영의 『조용한 푸른 하늘』, 안도현의 『그리운 여우』, 나희덕의 『그곳이 멀지 않다』 등이 그것이다. 나희덕의 시집에서 우선 눈에 띄게 읽히는 시는 「천장호에서」이다.

　　얼어붙은 호수를 아무것도 비추지 않는다
　　불빛도 산그림자도 묻어버렸다
　　제 단단함의 서슬만이 빛나고 있을 뿐
　　아무것도 아무것도 품지 않는다
　　헛되이 던진 돌멩이들.
　　새떼 대신 메아리만 정정 날아오른다

　　네 이름을 부르는 일 그러했다

　단단함의 서슬만 빛나고 있는 겨울 호수 '천장호'에서 우리는 안이
한 타협이나 세속의 더러움을 단호하게 거부하는 강력한 정신을 본다.
그러나, 그의 시집을 통독하고 나면 그리움도 하소연도 다 거부하는
이 단단함 속에는 삶의 아픔을 껴안으려는 부드러운 시심이 담겨 있다
는 것을 알게 된다. 나희덕의 시적 미덕은 시끄럽고 요란한 시대에 삶
의 고통을 맑게 가다듬어 단정하게 시로 만들어내는 데 있다. 그의 시
는 '고통의 즙액'을 다음과 같이 달이고 걸러낸다.

　　무엇이든 다 담을 수 있지만
　　간장만은 담을 수 없는,
　　뜨거운 간장을 들이붓는 순간
　　산산조각이 나고 말 운명의,

　　시라는 항아리

—「어떤 항아리」 후반부

　고통의 즙액만 알아내는 감식안을 가진 항아리가 바로 그의 시이고,

그의 시는 고통을 달이고 걸러서 응축된 정갈하고 아름다운 언어로 빛나고 있다. 나희덕의 「천장호」가 모든 것을 부정하는 단단한 서슬을 품고 있다면, 안도현의 「겨울 강가에서」는 눈발을 포용하면서 고통을 끌어안으려는 시적 자세를 보여준다.

> 어린 눈발들이, 다른 데도 아니고
> 강물 속으로 뛰어내리는 것이
> 그리하여 형체도 없이 녹아 사라지는 것이
> 강은,
> 안타까웠던 것이다
> 그래서 눈발이 물 위에 닿기 전에
> 몸을 바꿔 흐르려고
> 이리저리 자꾸 뒤척였는데
> 그때마다 세찬 강물 소리가 났던 것이다
> 그런 줄도 모르고 계속 철없이 철없이 눈은 내려,
> 강은,
> 어젯밤부터 눈을 제 몸으로 받으려고
> 강의 가장자리부터 살얼음을 깔기 시작한 것이었다
> ─「겨울 강가에서」 전문

　살얼음이 가장자리에서부터 일기 시작하는 강과 눈발을 연결시킨 착상도 뛰어나지만 무엇보다 강의 '안타까움'을 적절히 표현하고 있다는 점에서 뛰어난 풍경시라 할 만하다. 누구나 볼 수 있는 심상한 풍경에서 자연과 자연의 상관성을 발견하고, 거기에 인간적 체취를 자연스레 부여하고 있다. 나희덕이 거부를 통해 긍정의 길로 나아간다면, 안도현의 경우 이질적 자연물들이 연상작용을 매개로 인간의 긍정으로 전개된다는 점에서 이 둘은 서로 다른 시법을 갖지만 귀결점은 하나로 통한다.

풍경이 풍경이 아닌 것은 풍경 속에 인간의 의식이나 제도를 담지하고 있기 때문이다. 풍경을 그리고 있는 것은 인간의 손이지만, 그 손을 지배하는 것은 인간의 정신이기 때문이다. 인간의 정신이란 그가 처한 상황이나 제도에 의해 얼마나 속박되어 있는 것인가.

필자가 이와 같이 길게 풍경시를 논한 이유는 무엇일까. 그것은 가라타니 고진(柄谷行人)의 『일본 근대문학의 기원』(박유하 옮김, 민음사, 1997)에서의 '풍경'에 대한 남다른 언급을 의식하고 있기 때문이다. 그는 메이지 20년 이후 확립된 일본의 '국문학사' 그 자체가 '풍경의 발견' 속에서 형성된 것이라고 말하고 있다.

> 필자의 생각으로는 '풍경'이라는 것이 일본에서 발견된 것은 메이지 20년대다. 물론 발견될 것도 없이 풍경은 이미 존재했다고 말해야 옳을지 모르겠다. 하지만 풍경으로서의 풍경은 그 이전에는 존재하지 않았으며 그렇게 생각해야만 '풍경의 발견'이라는 것이 얼마만큼 중층적 의미를 띠고 있는가를 볼 수 있는 것이다.
>
> ―『일본 근대문학의 기원』, 28쪽

'풍경'의 출현에 의해 인식틀의 구도 자체가 뒤바뀌었다고 보는 그는 계속해서 다음과 같이 말한다.

> 풍경이 일단 성립되면 그 기원은 잊혀져버린다. 그것은 처음부터 외부에 존재하는 객관물object처럼 보인다. 그러나 객관물이라고 불리는 존재는 거꾸로 풍경 안에서 성립한 것이다. 주관 또는 자기 자신 역시 마찬가지다. 주관(주체)/객관(객체)이라는 인식론적 공간은 '풍경'에 의해 성립된 것이다. 즉 처음부터 존재한 것이 아니라 '풍경'에서 파생한 것이다.
>
> ―『일본 근대문학의 기원』, 48쪽

‘풍경’에서 인식틀의 전모를 파악하고 거기서 나아가 일본 근대문학의 기원을 추적하는 그의 논지는 선명하고 날카롭다. ‘풍경’을 떠올릴 때 필자는 이미 오래 전에 착안했던바 정지용의 ‘山水詩’를 생각지 않을 수 없으며, 한국 현대시사의 전개에서 이상(李箱)을 또한 생각지 않을 수 없다. 그러나 지금 이 자리에서 보자면, 1930년대적 전환에 대한 천착의 중요성과 더불어 1990년대적 우리 시의 전환이라는 문제의식의 현장성도 절박하다. 그런 점에서 ‘풍경시’의 의미는 중층적이라고 하지 않을 수 없다. 절박하다고 해서 성급하게 서두를 필요는 없다. 그러므로 이시영의 「새벽」이라는 시를 천천히 음미해볼 필요가 있다.

　　이 고요 속에 어디서 붕어 뛰는 소리
　　붕어의 아가미가 카 하고 먹빛을 토하는 소리
　　넓고 넓은 호숫가에서 먼동 트는 소리

—「새벽」 전문

이 시가 우리의 인식틀 자체를 뒤바꾸게 하는 것은 아니다. 그러나 새로운 변혁에 대한 예감을 전해주고 있는 것은 아닐까.

풍경시를 단순한 자연시로 이해해서는 안 된다는 것이 필자의 생각이다. ‘소월’에서 ‘지용’으로 나아간 것이 한국 근대시의 대전환이라면 그들의 자연시(또는 풍경시)의 차이를 어떻게 변별할 것인가. 아마도 답습되는 ‘풍경시’는 지루한 것이리라. 그럼에도 ‘풍경시’를 통해 변하는 인간들의 내면을 꿰뚫어본다는 것 또한 통쾌한 자기 확인이 될 것이다.

변별하기 힘든 소음의 소용돌이 속에서 풍경시에 주목하는 것 또한 무의미한 일은 아닐 것이다. 새해 먼동 트는 소리를 ‘풍경’ 속에서 듣는다.

(『한국문학』 1997년 겨울호)

문학동네 평론집

디지털 문화와 생태시학

ⓒ 최동호 2000

| 1판 1쇄 | 2000년 10월 6일 |
| 1판 2쇄 | 2004년 9월 21일 |

지 은 이	최동호
펴 낸 이	강병선
책임편집	김현정 이은석
펴 낸 곳	(주)문학동네
출판등록	1993년 10월 22일 제406-2003-045호

주 소	413-756 경기도 파주시 교하읍 문발리 파주출판도시 513-8
전자우편	editor@munhak.com
전화번호	031) 955-8888
팩 스	031) 955-8855

ISBN 89-8281-326-8 03810

www.munhak.com